약속

약속

초판 1쇄 인쇄 2011년 11월 1일
초판 1쇄 발행 2011년 11월 7일

지은이 **펄 S. 벅**
옮긴이 **이선혜**
감수 **이종길**
펴낸곳 **도서출판 길산**
교열·교정 **주영하**
표지그림 **오진목**
본문디자인 **송유진**
마케팅·관리 **송유미**

ADD 경기도 고양시 덕양구 행주내동 170-6
TEL 031.973.1513 | FAX 031.978.3571
E-mail keelsan@hanmail.net | http://www.keelsan.com
ISBN 978-89-91291-32-4 03840

값 15,000원

THE PROMISE
Copyright ⓒ 1942 by Pearl S. Buck.
Copyright ⓒ renewed 1970 by Pearl S. Buck.
All rights reserved

Korean translation copyright ⓒ 2011 by Keelsan Books
Korean translation rights arranged with Harold Ober Associates Incorporated New York, NY through EYA(Eric Yang Agency), Seoul

이 한국판 저작권은 EYA(Eric Yang Agency)를 통한 Harold Ober Associates Incorporated 사와의 독점계약으로
한국어 판권을 도서출판 길산 이 소유합니다.
저작권법에 의하여 한국 내에서 보호를 받는 저작물이므로 무단전재와 복제를 금합니다.

● 파본은 구입처나 본사에서 교환해 드립니다.

펄 S. 벅 지음 | 이선혜 옮김

길산

차례

- 1장　피 흘리는 겨울　　7
- 2장　라오산의 이름　　24
- 3장　메리와 승　　47
- 4장　여인의 신념　　77
- 5장　출정명령　　106
- 6장　베마로드를 향해　　129
- 7장　뜻밖의 만남　　148
- 8장　보이지 않는 독　　169
- 9장　장군의 저녁　　187
- 10장　전쟁의 풍경　　207
- 11장　불안한 행군　　226
- 12장　동맹이라는 족쇄　　245
- 13장　중국 만세!　　261
- 14장　산 자가 부르는 노래　　280
- 15장　또 한 번의 이별　　309
- 16장　끊어진 다리　　325
- 17장　패배의 그늘에서　　352
- 18장　죽음이 비껴간 자리　　379
- 19장　당신은 내 친구입니까?　　400
- 20장　약속은 없다　　425

1장
피 흘리는 겨울

아무리 절망적인 상황이라도, 또한 그것이 한낱 약속에 불과할지라도, 약속만 있다면 희망을 가져야 하는 존재가 인간이다. 그래서 링탄은 약속을 언급할 때마다 고개를 설레설레 젓는 둘째 아들 앞에서도 믿음을 버리지 않았다.

링탄도 다른 사람들처럼 영국인들과 미국인들이야말로 세상에서 가장 강하고 사나운 민족이라고 믿었다. 또한 그를 비롯해 이 땅에서 적들에게 괴롭힘 당하고 있는 모든 이들이 매일 가슴속에 한 가지 소원을 품었다. 적국이 바다 건너 서양인들을 도발해 그들을 싸움에 끌어들여 마침내 전쟁이 끝나기를 말이다.

물론 이 땅의 적군들은 사악하고 강했다. 하지만 다들 이 강하고 사악한 적들조차도 털이 수북하게 난 영국군과 미군은 이길 수 없을 거라고 믿었다. 링탄도 영국군과 미군이 예전만큼 강하지 않다는 아들들의 말에 전혀 신경 쓰지 않았다.

라오얼은 어느 날 소금에 절인 오리 알을 팔러 성내에 갔다가 어떤 장면을 목격했다. 적군 보초가 한 서양인의 얼굴에 침을 뱉었는데, 그 서양인은 주머니에서 흰 손수건을 꺼내 얼굴을 닦고는 그저 가만히 서 있었다.

"틀림없이 그 사람은 그 손수건을 다시 주머니에 넣었을 걸요."

집으로 돌아온 라오얼이 아버지에게 말했다.

"적군이 또 침을 뱉으면 꺼내 쓰려고요. 저뿐만 아니라 그걸 본 모두가 깜짝 놀랐어요. 근처에서 만두를 팔고 있던 남자 말로는, 예전 같으면 있을 수 없는 일이라더군요. 예전엔 서양 남자는 물론 서양 여자가 모욕을 당하거나 모욕이 될 법한 일만 당해도 출항 준비를 갖추고 강에 정박해 있던 서양 전함에서 총 든 군인들이 내려왔답니다."

"그 전함들은 지금 어디 있지?" 형인 라오타가 물었다.

"요즘 강에는 적군 군함들만 보이던데. 언젠가 서양인들이 강기슭을 따라서 성문 안에 들어가려다가 우리처럼 제지당하는 걸 봤다. 보초병들이 옷을 벗기고 몸수색을 하던데 총 한 자루 없이 고분고분한 게 우리랑 똑같더구나. 그러니까 아버지, 이제 큰 기대는 접으세요."

두 아들들이 애원했다. 서양인들이 약속을 못 지킬 경우 아버지가 너무 큰 슬픔에 빠질까 염려해서였다. 그럼에도 링탄은 희망을 버리지 않았다. 그 외에 달리 희망을 걸 만한 게 뭐가 있겠는가?

불운이 감도는 가을 내내, 한창 추수 중인 들판 위 하늘은 고요하고 맑았지만 정세는 계속 나빠지기만 했다. 그럼에도 링 씨 마을 사람들은 평화로운 세상 한가운데 있는 것처럼 지냈다. 나름의 계획으로 서둘러 마을을 지나치는 이들이 넌지시 건네는 소식 외에는 달리 바깥 소식이라고 할 만한 것도 들려오지 않았다.

링탄과 아들들은 피난민들로부터, 아직 적군의 손아귀에 들어가지 않은 지역에서 여전히 전투가 계속되고 있다는 이야기를 들었다. 아울러 도읍을 내륙 깊숙한 곳으로 옮겼음에도, 적군이 거기까지 따라와 엄청난 위력의 폭탄을 투하하고 있다고도 했다. 한번은 링탄네 마을 근처에도 적군 폭탄이 떨어졌는데 단 한 발로 커다란 못을 만들 정도로 그 위력이 대단했다. 그 못에는 지금 물이 가득 고여 있었다.

링탄은 내륙 깊숙한 곳으로 옮긴 도읍까지 폭격을 당했다는 소식을 들은 날, 마을 근처에 깊이 패인 그 못을 보러갔고, 도시 곳곳에 이렇게 커다란 구덩이가 생긴다면 어떻게 될까 상상했다. 소문대로 바위산에 숨어 있다 해도 언제까지나 무사하지는 못하리라. 이런 생각을 하자 더 간절히 바깥세상으로부터 이 무서운 적들에 맞설 도움의 손길이 뻗어오기를 기다릴 수밖에 없었다.

그해 8월, 링탄과 아들들은 비 점령지 가운데 다섯 개 지방에서 동시다발로 적에 대항하는 전투가 벌어지고 있다는 소식을 들었다. 더불어 라오산이 보내온 첫 전갈도 도착했다. 소식을 전해준 승려는 최근 젊고 건강한 청년들이 새로 벌어진 전투에 참가하기 위해

피 흘리는 겨울 **9**

속속 모여 들고 있다고 전했다. 그런 뒤 회색 승려복에서 접혀진 종이 한 장을 꺼내 펼치더니 그 안에 동그랗게 말려 있는 검은 머리칼 뭉치를 보여주었다.

"그 훤칠한 젊은이가 제게 맡긴 겁니다. 그렇게 키 큰 사람은 일찍이 본 적이 없었지요. 가는 길에 잠시 이 댁에 들러달라고 부탁했어요. 주인들께서 이 머리칼을 보시면 음식을 공양해주실 것이라고 했습니다. 제가 보는 앞에서 잘라낸 겁니다. 지니고 있던 단도를 꺼내더니 잘라서 주었지요."

링사오는 승려의 이야기를 듣더니, 이건 여러 날 전에 산골 남자들을 이끌고 마을을 떠난 셋째 아들의 머리카락이 틀림없다고 소리쳤다.

"우리 셋째 말고 누가 이런 곱슬머리를 가졌겠어요! 저는 한 번도 이런 머리카락을 다시 보지 못했어요. 늘 말했던 것처럼 이 아이를 가졌을 때 뱀장어가 몹시 입에 당겼기 때문이에요. 여보, 우리 셋째를 가졌을 때 내가 뱀장어를 얼마나 맛있게 먹었는지 기억해요?"

"암, 기억하고말고." 링탄이 대답했다.

"셋째가 태어났을 때 다들 머리카락을 보고는 후회했지. 당신 말처럼 머리카락이 뱀장어 꿈틀대듯 고불거렸잖소. 하지만 후회해도 이미 늦은 일이었지. 그 아이 머리칼은 계속 그렇게 자랐으니까. 그런데 스님, 제 아들을 어디서 보셨다고 하셨소?"

"장사시長沙市 근처에서입니다." 승려가 대답했다.

"누더기를 걸치고 있던가요?"

링사오가 걱정스러운 얼굴로 물었다.

"아뇨, 옷차림도 멀쩡하고 잘 먹고 있는 것 같았어요. 그런대로 만족스러워 보였습니다. 그런데 이 청년도 그 지역 다른 젊은이들처럼 전쟁터로 향하는 중이더군요. 적군이 또다시 그 도시를 공격하려고 병력을 모으는 중이었거든요."

링사오는 승려로부터 머리칼을 받아 방 탁자 서랍에 보관했던 붉은 종이로 쌌다. 그런 뒤 큰며느리에게 승려가 양껏 먹을 만큼 식사를 준비하고, 그가 떠날 때 가져갈 수 있도록 음식을 챙겨두라고 일렀다. 큰며느리는 시아버지의 명에 따랐다.

큰며느리는 이제 링탄의 집에서 몸을 아끼지 않고 성실하게 일하는 존재로 자리매김했고, 항상 도움을 청하는 가족들 앞에서 한 번도 피곤한 내색을 하지 않았다. 게다가 그녀는 동서인 옥이 하던 일까지 도맡아 하고 있었는데, 옥이 미안해 할 때면 웃으면서 이렇게 말했다.

"아들 둘한테 젖 물리기도 바쁜데 동서한테 무슨 일을 더 시키겠어?"

실로 옥의 쌍둥이 아들들은 항상 젖을 보챘다. 옥은 아무리 많이 먹고 붉은 설탕을 섞은 쌀죽과 탕을 마시고 찻물에 삶은 계란을 먹어도, 품에 안겨 보채는 두 아들의 배를 채울 만큼 젖이 빨리 돌지 않았다.

그날 승려가 불룩해질 정도로 배를 채우고 음식이 가득한 바구니를 안고 떠난 다음, 링탄의 가족들은 한자리에 모여 셋째를 생각했다. 다들 셋째가 전쟁터에서 죽지나 않을지, 앞으로 어떤 운명에 처하게 될지 걱정했다.

그로부터 얼마 안 가 옥의 앞으로 편지 한 통이 도착했다. 봉투를 열어 본 옥은 그것이 메이리가 보낸 편지이며, 발신지가 구름 남쪽이라는 뜻을 가진 윈난성雲南省의 쿤밍昆明이라는 것을 알 수 있었다. 옥에게 말했듯이 메이리는 이곳에서 지내고 있었다. 짧은 편지는 밝은 분위기였지만 "라오산이 제가 맡긴 비단 국기를 가져오지 않았어요. 어찌된 일이죠?"라는 질문으로 끝을 맺고 있었다.

이 작은 비단 국기에 대해 아는 사람은 옥과 그녀의 남편인 라오얼뿐이었다. 메이리는 비 점령지로 떠나면서 라오산에게 전해달라며 그 국기를 남겨두고 갔다. 라오산에게 자신을 따라올 마음이 있는지 알기 위해서였다.

옥은 가을 햇살이 쏟아지는 마당에 앉아 가족들에게 큰 소리로 편지를 읽어주다가, 이 질문을 눈으로 먼저 읽고는 이 부분에 대해서는 입을 다물었다. 그녀로서는 대답할 수 없는 질문들이 쏟아질 게 분명했기 때문이다. 그러나 옥은 방으로 돌아가 남편과 단둘이 있게 되자 입을 열었다. 그러자 라오얼은 미소를 지으며 이렇게 답했다.

"라오산은 곧 메이리가 있는 곳에 도착할 거야."

그로부터 한 달이 조금 넘었을까. 옥 앞으로 또 한 장의 편지가 날아들었다. 메이리는 이 편지에서 이렇게 말했다.

부모님께 두 분의 셋째 아드님이 제가 있는 도시에 도착했다고 전해주세요. 라오산은 창사시 전투에 참가했고, 적에 맞서 큰 승리를 거두었습니다.

편지에 적힌 내용은 이게 다였지만, 가족들은 아군이 어딘가에서 승리를 거두었고 라오산이 살아 있다는 소식만으로도 더할 나위 없이 기뻐했다. 다만 링사오만은 편지만 봐서는 셋째와 메이리가 결혼할 건지 아닌지를 도무지 모르겠다며 애를 태웠다. 뒤이어 도착한 또 한 통의 편지에도 결혼에 대한 언급은 없었다. 링사오는 마침내 화가 나서 이렇게 말했다.

"셋째가 당장 눈앞에 나타나면 좋겠구나. 그러면 내 이 녀석의 귀를 비틀어놓을 텐데! 내 아들이 제 마누라도 아닌 계집의 꽁무니나 쫓아다니다니! 그 아이가 그렇게 좋거든 결혼을 하면 될 게 아니야! 게다가 사내를 제 옆으로 불러들이다니 그 계집은 더 형편없어. 이 뻔뻔한 행동거지만 봐도 그 계집의 어미 역시 행실이 뻔하지."

"악담 좀 그만하구려." 링탄이 아내의 말을 막았다.

"여자들은 왜 이리 서로 악담을 해대는지 모르겠군."

"그 처녀는 셋째와 결혼하지 않을 겁니다." 라오타가 말했다.

"그 처녀는 배운 게 많은 처자예요, 어머니. 하지만 셋째는 종이 위에 쓰인 제 이름 하나도 못 읽는 걸요."

링사오는 고개를 치켜들며 큰아들에게 쏘아붙였다.

"뱃속에 먹물이 가득 찬 여자라면 더군다나 셋째의 처가 될 수 없어. 그런 여자 옆에는 얼씬도 말아야 해."

가족들이 그 말에 웃음을 터뜨렸다. 링사오는 마음을 달래려고 옥의 품에서 쌍둥이 아이 하나를 받아 안아서는 부엌으로 향했다. 링사오는 항상 손자들로부터 위안을 얻곤 했다. 어른이 다된 자식들로부터는 잘못을 찾아낼 수 있었지만, 어린 손자들만큼은 그녀에게 완벽한 존재였다.

링탄의 집에서는 늘 이런 사소한 일들이 벌어졌고, 지역 전체가 적군 치하에 시달리고 있음에도 그럭저럭 살림을 꾸려나갔다. 땅을 일구어 충분한 식량을 거두어들였고, 라오타와 라오얼은 적군을 속이는 일에 점점 능숙해졌다. 라오타는 자기가 파놓은 함정에 빠져 있던 여인을 아내로 맞이한 뒤로는 함정 파는 일을 그만두었다. 남편을 세상 누구보다 사랑하는 아내가 라오타의 목숨이 위태로워지는 것을 더는 허락하지 않았기 때문이다.

그녀는 라오타가 집으로 돌아와 다시금 아버지와 살게 되고, 예전처럼 들판을 일구는 진정한 농부의 모습을 되찾게 될 때까지 눈물로 호소했다. 링탄 일가는 시골 어디에서나 볼 수 있는 평범한 가족처럼 보였지만, 한 순간도 적군을 향한 증오를 가슴에서 떨쳐버린 적이 없었다. 또한 하늘이 허락하는 날, 자신들도 함께 적을 바다 속에 쓸어버리겠다는 강한 의지를 품고 있었다. 링탄은 미국이 더는 분노를 참지 못해 전쟁에 발들이게 될 그날이 하늘이 정한 날이 되리라 생각했다. 어느 밤엔가 링탄은 아들들에게 이렇게 말했다.

"미국이 아군으로 참전했다는 소식만 들리면, 우리도 왜군을 공격하고 내쫓을 만한 힘을 얻게 될 거다. 저마다 들고 일어나서 가장 가까이 있는 적부터 덮치는 거지. 가진 거라고는 적의 목을 조를 맨손밖에 없더라도 말이다. 그렇게만 되면 모두가 자유를 되찾게 될 거다."

그날은 달이 끝나갈 무렵, 차가운 밤공기에 둘러싸인 날이었다. 링사오가 저녁 식사 자리를 따뜻이 데우기 위해 두 아들에게 마당에 있던 탁자를 큰방으로 옮겨달라고 할 정도로 공기가 차가웠다.

아직 서리는 내리지 않았지만 링사오는 문을 닫기 전에 고개를 젖히고는 킁킁거리며 이렇게 말했다.

"오늘밤에는 겨울 냄새가 나네요."

"전쟁이 시작된 지 벌써 다섯 번째 겨울이군."

링탄이 심각한 목소리로 대답했다.

"하지만 내년 겨울이 다가올 무렵에는 꼭 자유를 되찾게 될 거야."

가족들은 링탄의 희망을 꺾지 않기 위해 침묵을 지켰다. 링탄은 그날이 반드시 올 거라고 너무 굳건히 믿었다. 하지만 바깥세상으로부터 미국과 영국이 약속을 지킬 것이라는 소식이 들려오지 않는 상황에서 그 믿음은 허황된 것일 수밖에 없었다. 게다가 성 안에 사는 나이 든 사촌이 이따금 전해주던 소식도 이제 더는 들을 수 없게 되었다. 어느 날 밤 아편을 과하게 피운 사촌이 다시는 깨어나지 못했기 때문이다.

이튿날 아침, 사촌이 묵고 있던 허름한 방의 주인은 사촌의 숨이 끊어진 걸 발견하고는 비쩍 마른 시신을 성 밖에 던져버리려고 했다. 시절이 시절인 만큼 시신도 예전처럼 소중하게 다뤄지지 않았다. 매일 새벽 거리에는 헤아릴 수 없는 주검들이 수북했다. 굶주림 혹은 질병으로 죽거나, 누구의 것인지도 모를 비수에 찔려 숨을 거둔 사람들도 있었다.

그날 주인은 싸늘한 시신이 된 사촌이 낡은 학자 옷 안에 껴입고 있던 질 좋은 조끼를 발견하고는 그걸 벗겨서 자기가 입기로 했고, 그러다가 사촌의 유언장이 조끼에 실로 매달려 있는 것을 발견했다. 유언장에는 다음과 같이 적혀 있었다.

"만일 내가 죽거든 내 시신을 안사람에게 보내주십시오. 내 안사람은 남쪽 성벽 너머에 있는 링 씨 집성촌에 살고 있습니다."

주인은 보상을 기대하고 고인의 뜻을 따랐으며, 링탄도 그의 바람대로 사례를 했다. 사촌의 아내가 마침내 늙은 남편을 되찾은 그날은 분노와 슬픔이 뒤섞인 가운데 얼이 빠질 정도로 어수선했다. 사촌의 아내는 아무리 욕을 퍼부어봤자 관에 누운 남편이 듣지 못한다는 사실에 잔뜩 화가 나서는 제대로 슬퍼하지도 못했다. 링탄이 마련해준 관은 본래는 링사오의 몫이었다. 링탄은 예순 살이 되던 해 여름, 자신과 아내의 관을 준비해 바깥채에 보관해둔 차였다. 예기치 않은 죽음이 찾아들었을 때 편히 잠을 청할 수 있는 관이 있다는 게 두 사람에게는 큰 위안이 되었다.

그러나 링사오는 사촌의 아내에게 이렇게 말하며 자기 관을 내주었다.

"관은 아들들이 성에 갈 때 하나 더 장만하면 돼요. 이제라도 아주버님이 편히 쉴 수 있도록 해주세요."

가족들은 링사오의 뜻을 따랐고, 사촌의 아내는 흐느끼다 화내기를 번갈아했다. 눈물을 흘리며 슬퍼하다가도, 송장이 돼서 돌아온 늙은 남편이 여러 달간 성 안에 숨어 지내며 벌어들인 돈을 아편에 탕진한 걸 생각하면 화를 참지 못했다. 그럴 때면 울기를 멈춘 뒤 세수를 하고 머리를 빗고, 살아생전 아무 도움도 못 된 남편이 죽어서 얼마나 기쁜지 모르겠노라고 소리쳤다. 그러다가 또다시 이제 정말 과부가 되었음을 깨닫고는 눈물을 흘렸다. 이렇게 소란을 피우는 사촌의 아내에게 질려버린 마을 사람들은 늙은 사촌이 마침내 땅속에 묻히자 기쁜 내색을 감추지 않았다.

링탄은 사촌이 매장되기 전에 관을 들여다보며 미소를 지었다. 늙은 사촌은 아편에 찌들어 피골이 상접했지만 아주 평화로워 보였다. 링탄은 그 모습에서 사촌이 관 속에 누워 있는 지금 처지에 얼마나 만족하고 있는지 알 수 있었다. 그날 밤 링탄은 링사오에게 말했다.
"형님이 이제야 편안해지신 것 같아. 더는 마누라 잔소리를 안 들어도 되니까."
 학자로 평생을 보낸 사촌이 땅에 묻히는 바람에 바다 너머에서 무슨 일이 벌어지고 있는지 더는 알 길이 없었으므로, 링탄은 희망을 잃지 않기 위해 오직 약속만을 부여잡고 있었다. 따라서 날벼락 떨어지듯 끔찍한 일이 벌어진 그날에도 전혀 마음의 준비가 되어 있지 않았다.
 그날, 적군이 미군을 기습 공격했다. 바다 건너 항구에 나란히 정박한 미국 군함을 습격해서는 날개를 맞대고 착륙해 있던 미군 항공기에 불을 지른 것이다. 그날은 모든 게 한가롭기만 했던 날이었다. 바다와 하늘을 누비는 군함과 항공기를 맡고 있던 군인들은 자거나 여가를 즐기고 있었다.
 적군은 당연히 자신들의 승리를 온 세상에 포고했다. 거리를 누비며 승리를 외쳤고, 커다란 글씨로 벽마다 방을 써 붙였다. 소문은 바람보다 빠르게 온 나라 안에 퍼져서 링탄의 마을에까지 이르렀다.
 편안한 시절이었다면 아내에게 밀국수를 만들어달라고 크게 외쳤을 맑고 서늘한 날이었다. 링탄은 그날 아침 문 앞에 서서 서리 냄새를 맡으며 밖을 내다보았다. 타작마당에 하얗게 내린 서리가 보였다.

"세상이 어수선하지만 않았다면 오늘 밀국수를 먹을 텐데." 링탄이 링사오에게 말했다.

"오늘도 매일 먹던 수수밖에 없네요." 링사오가 대답했다.

"하지만 따뜻해요."

링탄은 따뜻한 삶은 수수를 먹었고, 그날도 여느 때처럼 흘러갔다. 두 아들은 각자 일을 하느라 바빴고, 링탄은 따뜻한 햇살을 받으며 앉아서 물 담배를 태우고 있었다. 그때 갑자기 누군가 링탄의 집을 향해 달려오는 게 보였다. 이웃마을에 사는 청년이었다. 청년은 눈물을 흘리며 링탄의 앞으로 곧장 달려왔다. 링탄은 그 모습을 보고 소리쳐 물었다.

"무슨 일인가? 그간 더한 일이라도 생겼나?"

"전에 없던 끔찍한 일입니다요." 청년은 이렇게 답한 뒤 헐떡거리는 숨과 함께 흐느껴 울면서 이야기를 시작했다. 그날 이른 아침, 적군이 바다 건너 수만 리 떨어진 곳에서 미국의 군함과 항공기를 공격해 박살을 냈고, 미국은 분노로 들끓고 있을 뿐 속수무책이라는 내용이었다.

링탄은 물 담뱃대를 손에 든 채 자리에 앉아 이 암울한 소식을 듣더니 "도저히 못 믿겠군." 하고 답했다.

하지만 청년의 자세한 설명을 듣고 있자니 입이 바짝 말라왔다. 경계를 늦추었다면 얼마든지 벌어질 법한 일이었다. 만일 미군들이 방심하고 있었다면 이 이야기는 사실일지도 몰랐다. 게다가 링탄은 적군이 얼마나 교활한지 잘 알고 있었다. 링탄은 청년을 집 안으로 들여 아들들이 보는 앞에서 이야기를 되풀이하도록 했다. 그런 뒤 아들들을 시켜 마을 사람들을 마당에 불러 모았다. 청년이 다시 한 번 모두가 들을 수 있도록 같은 내용을 전했다. 들을수록 있을 법한 이야기처럼 들렸다.

청년이 세 차례나 반복해서 이야기를 끝마쳤을 때, 링탄은 피우는 걸 잊은 채 손에 들고 있던 담뱃대에서 차갑게 식은 재를 털어낸 다음 링샤오를 돌아보았다.

"잠자리 좀 준비해줘. 누워야겠어. 다시 일어날 수 있을지 모르겠군."

링탄의 말에 놀란 가족들이 아직 영국군은 패하지 않았으니 희망을 잃지 말라고 위로했다. 그러나 링탄은 가족들이 말을 더듬는 걸 보더니 고개를 흔들었다.

"잠자리나 준비해주구려, 여보. 어서 잠자리나 준비해줘."

이후 링탄은 열하루 동안 눈을 감고 침대에 누운 채 먹지도 씻지도 않았다. 열이틀째 되던 날, 링샤오는 손과 얼굴이 재 투성이가 된 모습으로 상복을 지을 거친 흰 천을 들고 방에 들어와서는 큰 소리로 울며 말했다.

"만약 당신이 이대로 죽으면 나도 당신이 준 금귀고리를 삼켜버릴 거유. 난 당신 없이는 못 살아요."

뒤이어 두 아들과 며느리들, 그리고 손자들까지 방 안에 들어와서는 모두를 위해 기운을 차리시라고, 어서 씻고 식사를 하시라고 눈물을 흘리며 애원했다. 마침내 핑난을 움직이게 한 것은 옥의 입에서 흘러나온 한 마디였다.

"아버님은 지난 여러 해 동안 저희에게 용기를 주셨어요. 그런데 이대로 적의 손에 돌아가실 건가요?"

링탄은 잠시 생각에 잠겼고, 옥은 그를 뚫어져라 바라보았다. 잠시 후 링탄은 몸을 일으켰다.

"죽기만 바라는 나를 살릴 말을 네가 찾아냈구나." 링탄은 힘없이 화를 내며 말했다.

링탄이 일어서려 하자 두 아들이 급히 다가와 아버지를 도왔고, 여자들은 자리를 비켜주었다. 링탄은 아들들의 도움을 받으며 몸을 씻고 옷을 입었다. 그런 뒤 링사오가 준비해둔 계란 두 개가 들어간 탕을 마셨다. 이렇게 해서 링탄은 다시금 삶을 이어가기 시작했다.

그러나 그는 예전의 건강을 되찾지 못했다. 한층 쇠약해져서 걸음을 옮길 때면 벽과 탁자에 의지하거나 아들의 어깨 혹은 링사오에게 기대야만 했다. 더 이상 전쟁과 적, 잃어버린 희망에 대해서도 언급하지 않았다. 그날 이후 링탄은 완벽히 꼬부랑 노인이 되었으며, 이 사실을 깨달은 가족들이 번갈아 그를 돌보며 잠시도 혼자 두지 않았다.

링탄은 어떤 얘기를 들어도 제대로 기억하지 못했고, 무엇보다 셋째 아들이 어디에 있는지를 자꾸만 잊어버려서 불안해 했다. 그는 옥이 메이리의 편지를 읽어주었다는 사실을 계속 잊어버리고는 아직 편지 내용을 듣지 못했다고 우기며 날마다 편지를 읽어달라고 졸랐다. 옥은 인내심을 가지고 링탄에게 편지를 읽어주었다. 그러던 어느 날, 링탄은 엿새 전에 도착한 편지를 여섯 번째로 읽고 난 옥에게 손을 내밀었다.

"편지를 다오."

링탄은 옥이 건넨 편지를 오른손으로 받아들었다. 편지를 들고 있는 손이 아무리 애를 써도 떨리고 있었다. 몸이 약해진 뒤 생긴 이 수전증은 언제나 그를 화나게 만들었다.

"이 손 좀 봐라." 링탄이 남의 손을 가리키듯이 경멸이 담긴 목소리로 말했다.

"곧 나무에서 떨어질 마른 잎처럼 떨리는구나!"

옥은 아기를 고쳐 안았다. 쌍둥이 아들 중에 하나는 옥의 품에, 나머지 하나는 언제나 링사오의 품에 안겨 있었다. 옥과 링사오는 쌍둥이를 돌보느라 뭘 하건 잠시도 두 손이 자유롭지 못했다.

"한쪽 손만 그러신 거잖아요."

옥이 링탄에게 위로의 말을 건넸다.

"하지만 이 손은 땅에 씨앗을 뿌리던 손이다." 링탄이 불만스럽게 대답했다.

"그래서 더 기운이 없는 거예요." 옥이 다정한 목소리로 말했다.

링탄은 땅이 꺼져라 한숨을 쉬더니 편지를 두 손으로 집어 천천히 위아래를 바꿨다. 링탄은 자존심 때문에 어디가 위고 아래냐고 묻지 않았을 뿐더러, 옥도 시아버지가 마침내 편지를 거꾸로 드는 걸 보면서도 잠자코 있었다. 늙으신 시아버지에게 굳이 수치심을 안겨줄 필요가 없었다. 링탄은 편지를 손에 들고 주의 깊게 바라보면서, 방금 옥의 입을 통해 들은 이야기들을 눈앞에 보이는 글자에 꿰맞춰보려고 애를 썼다.

"편지로 라오산의 소식을 전하면서 막상 결혼은 안 하다니, 참 이상한 일이로구나." 마침내 링탄이 말했다.

"둘이 왜 결혼 안 하는 거냐?"

"다른 여자가 도련님과 결혼하지 않는 이유를 제가 어떻게 알겠어요?" 옥이 소리 내어 웃으면서 대답했다. 그러나 링탄은 웃지 않았다.

"라오산을 다시는 못 볼 것 같구나." 링탄의 목소리는 슬픔에 잠겨 있었다.

"타지의 바람과 물이란 건…… 좋지 않은 법이니까."

"그런 생각은 마세요." 옥이 대답했다. 아기는 그녀는 품에 안겨 잠들어 있었다. 옥은 아기를 침대에 눕힌 뒤 잠시 팔을 쉬게 해야겠다고 생각했다. 마침내 옥은 자리에서 일어나서 시아버지와 마주앉아 있던 마당을 조용히 가로질러 사라졌고, 링탄은 홀로 남겨졌다.

링탄은 읽지도 못하는 편지를 한동안 뚫어져라 들여다보다가 이윽고 작게 접어서 허리춤에 찔러 넣었다. 그는 이 편지를 그 아이, 셋째 아들이 사랑하는 그 여인이 보낸 다른 편지들처럼 닳아서 먼지가 될 때까지 허리춤에 간직할 생각이었다. 그는 셋째 아들처럼 훌륭한 청년과 결혼하려 들지 않으면서도 이따금 성실하게 편지를 써서 인편에 전해주는 이 여인을 도무지 이해할 수 없었다. 사실 지난 수년간 계속된 전쟁 통에 정상인 게 뭐가 있겠는가. 게다가 그중에서도 가장 이상한 건 사람이지 않은가.

링탄은 다시 한 번 한숨을 쉬며 탁자에 엎드렸다. 마당에 따뜻한 햇살이 내려앉았다. 주변 모든 게 평온하기만 했다. 갑자기 베틀 소리가 들려왔다. 셋째 딸 판샤오가 학교 때문에 내륙 산간지방으로 떠난 뒤 줄곧 침묵을 지키고 있던 베틀이었다. 링탄네 가족은 벌써 여러 달째 판샤오 소식을 듣지 못했다. 링탄은 딸의 얼굴까지 잊어버릴 지경이었다. 링탄은 베틀 소리가 들리는 순간, 딸을 생각했다.

물론 그는 베틀 앞에 앉아 있는 사람이 판샤오가 아닌 큰아들과 결혼한 과부라는 걸 알고 있었다. 그녀는 길쌈 솜씨가 좋았고 집안일에 능했지만 시어머니인 링사오의 비위를 지나치게 걱정해 이따금 링사오를 짜증나게 만들곤 했다. 매사 걱정에 빠져 있는 모습이 링사오를 언짢게 했고, 상처 받은 그녀는 구석에서 눈물을 흘리곤 했다. 그럴 때면 링사오는 화난 목소리로 외쳤다.

"미련한 것, 그만 좀 울거라! 네가 내 마음에 들려고 애쓰는 건 안다. 하지만 다리에 비비적대며 알짱대는 고양이처럼 종일 내 곁에 붙어 다니지 않는다면 훨씬 나을 거다. 너무 애쓰지 말거라. 그럼 내가 너를 훨씬 더 좋아하게 될 테니!"

그러나 라오타의 아내는 그 말을 제대로 이해하지 못한 채 눈물 가득한 눈으로 시어머니를 바라보며 훌쩍거렸다.

"어머니 마음에 들려고 애쓰는 게 무슨 잘못인가요?"

링사오와 큰며느리는 심심찮게 말다툼을 벌였고, 어느 날 이를 보다 못한 링탄이 마침내 아내에게 말했다.

"큰애가 선택한 여자잖아. 좋아하기도 하고. 그러니 그 아이를 그냥 내버려둬. 당신과 그 아이 때문에 내가 불행한 노년을 보내야겠어? 세상이 이렇게 어수선한데, 내 집에서라도 평화롭게 살 수 없나?" 링사오는 링탄의 이 말 뒤로는 남편이 듣지 않는 곳에서만 투덜거렸고, 링탄은 마침내 평화를 얻을 수 있었다.

베틀의 경쾌한 찰칵 소리가 포근한 겨울날의 따스한 햇살을 가로지르며 울려 퍼졌다. 링탄은 그 소리를 들으며 온갖 상념에서 벗어나 잠에 빠져들었다.

2장
라오산의 이름

 링탄의 셋째 아들 라오산은 아버지가 햇살 아래 잠들어 있는 마당으로부터 천오백 킬로미터 넘게 떨어진 곳의 또 다른 마당에 서 있었다.
 라오산은 얼마 전부터 다른 이름으로 불리기 시작했다. 농부의 아들로서는 라오산 혹은 라오삼 정도의 이름이면 충분했겠지만, 장사시 전투에서 승리한 뒤 병사들을 이끄는 지휘관이 되었기 때문이다. 그래서 그가 모시는 장군이 그를 진급시키고 '승'이라는 새로운 이름을 지어주었다. 라오산은 그날부터 승이라고 불리게 되었다.

승은 조금 전까지만 해도 도자기로 만든 작은 정원 탁자를 사이에 두고 사랑하는 여인, 그러나 자신과 결혼하려 들지 않는 메리와 마주앉아 이야기를 나누고 있었다. 지금 메리는 예리한 질문을 던져 승이 그 동안 어떻게 지냈는지 자세히 말하도록 유도하고 있었다. 두 사람이 마지막으로 만난 게 벌써 두 달 전이었기 때문이다. 승이 말을 끝내자 메리는 아리따운 머리를 숙인 채 잠자코 있었다. 그가 한 이야기를 곱씹으며 생각에 잠긴 것 같았다. 승은 메리가 무슨 생각을 하고 있는지 알 길이 없었다.

 그는 메리를 진심으로 사랑했지만, 그녀의 생각까지 안다고는 말하지 않았다. 메리는 머릿속을 매운 생각으로 볼 때 결코 평범한 여자가 아니었다. 승은 메리와 여느 군인 친구 대하듯이 대화할 수 있었다. 그러나 침묵을 지킬 때의 메리는 언제나 승보다 우월하게 보였다. 승의 시선을 느꼈는지 메리가 갑자기 고개를 들더니 살며시 미소를 지었다.

 "군복을 입으니까 멋있어 보이네요." 메리가 입술을 비틀어 웃으며 말했다.

 "내가 왜 이런 말을 하는지 알 거예요."

 그러나 승은 아무 대답도 하지 않았다. 그는 메리의 붉은 입술이 비틀어져 있으면 절대 질문에 대답하지 않았다.

 "글자를 몇 개나 쓸 수 있죠?" 메리가 또다시 질문을 던졌다.

 "필요한 만큼은 쓸 수 있소." 승이 대답했다.

 "그럼 왜 나한테 편지 안 보냈죠?"

 "늦어도 한두 달 안에 여기로 올 걸 아는데 뭐 때문에 편지를 보내겠소?"

"당신 생각이 그렇다면, 편지 쓸 이유가 정말 없는 거겠죠."

메이리는 찻잔을 들었다. 승은 그녀의 길고 가냘픈 손을 바라보았다. 손톱이 주홍색으로 칠해져 있었다. 승은 메이리의 손바닥에서 나는 향기를 잘 알면서도 그 곁으로 다가가는 대신, 새 군복의 품에서 비단 천을 꼭 쥐어 꺼냈다. 차를 홀짝이며 앉아 있는 메이리의 입과 커다란 검은 눈에는 여전히 미소가 서려 있었다.

"당신이 두고 간 국기요." 승이 말했다.

"여태 갖고 있었어요?"

"당신이 준 거잖소." 승이 메이리의 말을 막듯 대답했다.

"당신 있는 곳으로 오라는 명령과 다름없었지."

메이리는 여섯 달 전 링탄의 집을 떠나기 전에 옥에게 이 작고 선명한 빛깔의 국기를 맡기며 이렇게 말했다.

"제가 비 점령지로 간다고 라오산한테 전해주세요. 쿤밍으로 갈 거예요." 그리고 승이 전투에서 승리한 뒤 쿤밍으로 찾아왔음에도, 메이리는 그와 결혼하려 하지 않았다. 승이 도착한 지 벌써 여러 날이 지났음에도 그녀의 생각은 굳건했고, 승은 날마다 그녀를 만나러 왔다.

"왜 그 국기를 아직까지 품에 넣고 다니는 거죠?" 메이리가 물었다.

"당신이 기억하길 바라서요. 내게 여기로 와달라고 청한 사람이 바로 당신이란 걸 말이오."

승은 도자기로 만든 탁자 위로 몸을 기울이고는, 고개를 위로 젖힌 메이리의 얼굴을 바라보았다. 승의 머리 뒤로 마당을 에워싼 담이 보였고, 담 너머로는 우뚝 솟은 채 도시를 감싸고 있는 산이 보였다. 벌거숭이산은 맑은 겨울 하늘을 배경으로 자줏빛을 띠고 있었다. 이곳은 좀처럼 추운 날이 없어서 만일 다른 지역에서 이 정도 날씨라면 봄이라고 해도 될 법했다. 메이리와 승의 얼굴 위로 햇살이 쏟아졌다. 두 사람은 서로의 아름다움을, 중국 민족의 매끄러운 황금빛 피부, 그리고 더할 나위 없이 하얀 눈 흰자위와 새까만 눈동자를 감상했다.

"나와 결혼할 생각이 있는지 다시 한 번 묻겠소." 승이 말했다.

"어제도 물었지만 오늘 다시 묻는 거요."

메이리는 눈을 내리깔았다.

"요 며칠 새 아주 대담해졌군요. 처음 이곳에 왔을 때는 직접 물을 엄두조차 못 냈잖아요. 내 친구를 아는 사람을 찾아내 그 사람과 내 친구를 통해 청혼했잖아요."

"이제 시간이 없소. 군인이라면 원하는 걸 얻기 위해 곧은길을 따라가야 하는 법이오. 여러 말 않겠소. 내가 다음 전투를 치르러 떠나기 전에 나와 결혼하겠소?"

메이리는 눈을 들었고, 승은 그가 가장 두려워하는 것을 발견했다. 바로 메이리의 웃음이었다.

"마지막으로 묻는 건가요?"

메이리는 새끼 고양이가 공을 툭 치듯 장난스럽게 물었다.

"아니. 당신이 내 청을 받아들일 때까지 물을 거요."

"다음 전투에서 돌아온 뒤에 다시 물어요."

순간 승과 메이리는 같은 생각을 했다. '만일 돌아오지 못한다면?' 하지만 둘 중 누구도 그 생각을 입 밖으로 내지 않았다.

"나와 결혼하지 않으려는 이유가 뭐요?" 마침내 승이 물었다.

"나도 그 이유를 알게 되면 당신한테 말해줄게요."

또 한 번 긴 침묵이 흐르는 가운데 두 사람은 서로의 눈을 들여다보았다. 이윽고 승은 두 사람 사이에 놓인 선명한 색의 비단 국기를 구깃구깃 뭉쳐서 다시 품에 넣었.

메이리가 자리에서 일어섰다.

"갈 건가요?"

"그래야겠소." 승이 대답했다.

"가야 돼서인가요? 아니면 가고 싶어서요?" 승이 떠나려는 순간, 메이리는 그가 좀 더 있어주기를 바랐다.

"아무려면 어떻소. 당신을 찾아와서 할 말을 했으니까. 오늘은 더 있을 이유가 없소."

메이리는 아무 말도 않고 승 가까이에 서 있었다. 그녀는 여자로 치자면 키가 컸지만 승에게는 어깨 위로 조금 올라올 정도였다.

"아무래도 당신은 아직도 성장하고 있는 중인 것 같군요." 메이리가 힘주어 말했다.

"아직 어른이 되지 않은 남자랑은 결혼하기 싫은 게 당연해요. 나를 원망할 수는 없을 걸요?"

"나는 나를 원하지 않는 당신을 원망하오."

승의 목소리는 진지했다.

"우리 둘은 결혼하도록 운명 지어진 사이요. 당신도 알고 있잖소. 그래서 당신을 원망하는 거요. 사주만 봐도 우리가 서로를 위해 정해진 사람임을 알 수 있소. 당신은 금이고 나는 불이지 않소."

"나는 불에 녹고 싶은 생각이 없어요!" 메이리가 소리쳤다.

"나는 남자요. 당신은 여자고."

공기는 바람 한 점 없이 깨끗하고 햇살은 너무 맑았다. 승과 메이리가 딛고 선 하얀 돌 위로 늘어진 그림자가 두 사람을 하나로 만들었다. 메이리는 승과 너무 가까이 서 있다는 걸 깨닫고 뒤로 물러섰다. 순간 그림자는 둘로 갈라졌다.

"가세요. 어른이 되고 나면 그때 다시 와요."

승은 메이리를 한참이나 노려보았고, 메이리는 그의 사나운 눈빛을 바라보며 소리쳤다.

"내가 당신 눈빛을 두려워한다고 생각하는 건 아니겠죠?"

"내가 당신을 두려워한다고 생각하는 건 아니겠지?" 승은 힘찬 목소리로 되묻고 돌아서서는 더는 말 없이 메이리의 집을 떠났다.

혼자 남겨진 메이리는 마당을 서성이다 무리 지어 자라 있는 대나무 앞에 멈춰 서서는 부드러우면서도 단단한 잎을 하나 따서 이로 갈기갈기 찢었다. 그녀는 자기 육체가 갈망하고 있는 이 남자에 대해 자신이 언제쯤이나 확신을 가질 수 있게 될까 생각했다. 메이리는 시골뜨기와 결혼하고 싶은 마음이 조금도 없었다. 그는 정말 한낱 시골뜨기가 아닌, 그런 남자일까? 누가 진실을 알겠는가?

한 달 전 그는 상관으로부터 병사들의 지휘권을 부여 받았음에도, 여러 달간 그 자신이 고향 집 가까운 산에서 탈출한 누더기 걸친 몇 명뿐만 아니라 그 이상의 군대를 이끌 만한 재목임을 증명해야 했다. 그 몇 달간 승은 병사들과 섞여 훈련을 받았고, 밤에는 읽고 쓰는 능력을 키우기 위해 곧은 선과 점, 갈고리처럼 꺾인 선으로 그려진 글자들을 공부했다. 덕분에 이제는 간단한 책 정도는 읽을 수 있었다.

메이리는 아직도 승이 단순한 사람인지 아닌지 알 수 없었다. 물론 요즘 여자들이 그러는 것처럼 그와 결혼한 뒤에도 여차하면 인연을 끊을 수도 있었다. 그러나 메이리는 단지 그렇다고 해서 결혼을 할 만큼 뜨거운 피를 가진 여자가 아니었다. 그녀는 죽을 때까지 사랑할 수 있는 남자와 결혼하고 싶었다. 영원히 그녀의 사랑을 얻을 수 있으려면, 그 남자는 잘생긴 외모 이상의 뭔가, 그러니까 위대한 자가 될 수 있는 능력을 갖추고 있어야 했다. 승이 과연 그런 능력을 가진 사람일까? 그녀는 이 질문의 답을 알 수 없었다.

검은 웃옷과 바지를 입은 늙은 여인이 마당을 향해 열린 문 앞에 모습을 드러냈다.

"식사 준비가 다 됐어." 여자는 마당을 둘러보며 말했다.

"그 사람은 갔나? 아직 있는 줄 알고 돼지고기랑 밤을 사왔는데."

"내가 먹을게요." 메이리가 대답했다.

"아니, 그건 안 돼. 네 어머니는 마호메트를 섬기던 분이다. 내 손으로 밥을 지어주는 한 네 입에 돼지고기가 들어가게 할 수는 없어. 나는 네 어머니 집에서 어린 네게 젖을 먹였던 사람이다!"

"내가 왜 유모를 찾았나 몰라." 메이리는 투덜대는 시늉을 했다. 메이리는 이제 적들의 꼭두각시가 지배하고 있는 자신의 고향 도시에서 이 늙은 유모를 찾아냈다. 본래 가난한 사람들은 지체 높은 사람들에 대해 모든 걸 알고 있는 법이다. 늙은 유모 역시 메이리가 바다를 건너 이 땅으로 돌아왔다는 소식을 들었다. 어느 날 메리리를 찾아온 늙은 여인은 자기 신분을 밝히고는, 자신이 과거에 그녀의 유모였음을 증명하기 위해 어머니에 대한 이야기를 늘어놓았다. 유모도 마호메트의 추종자였다. 그렇지 않았다면 어린 메리리에게 젖을 물릴 수 없었을 것이다.

하지만 이제 마호메트를 추종하는 유모의 행동이 종종 메리리를 불편하게 만들었다. 유모는 자기 삶의 방식과는 거리가 먼 외국 땅에서 자란 메리리의 눈에는 아무 의미 없어 보이는 의식들을 따랐고, 음식 준비도 유난스러웠다.

"돌아가신 네 어머니가 나를 너한테 이끌어주신 게야."

늙은 류마가 말했다.

"네 어머니의 혼령이 내 침실 가리개를 이틀 밤이나 흔드셨지. 마님이 살아생전 머리에 뿌리시던 계수나무 꽃향기를 맡고서야 마님이신 걸 알았다."

"아버지는 지금도 계수나무 꽃향기를 좋아하시는 걸요." 메리리가 유모를 곁에 두고 싶어 하는 이유 중 하나는 자신을 낳다가 돌아가신 어머니에 대한 소소한 이야기들을 들을 수 있었기 때문이다.

"과연 내가 모르는 걸 네가 하나라도 알고 있다고 생각하니?" 유모가 물었다.

"네 어머니가 겪은 일은 곧 내가 겪은 일이란다. 나는 하나도 잊지 않았어. 자, 이제 식사를 하러 가자꾸나."

유모는 메마른 손으로 메리리의 손을 잡고 안방으로 통하는 문으로 이끌었다. 메리리는 이 집에서 유모와 단둘이 살고 있었다.

"앉거라." 유모는 명령하듯 말하더니 메이리가 자리에 앉자 손을 씻을 수 있도록 따뜻한 물이 담긴 놋쇠 그릇과 작은 흰색 수건을 대령했다. 그리고 메이리가 손을 씻는 동안 쉴 새 없이 투덜거렸다.

"돼지고기는 떠돌이 개들한테나 던져줘야겠네. 돼지고기는 어차피 개들이나 먹을 음식이지. 바보처럼 키만 큰 그 군인 말인데……. 네가 남매지간이나 다름없다고 했던 그 사람 말이다. 요즘처럼 다들 사리판단이라고는 할 줄 모르는 시절이 아니고서야 처녀가 의남매를 맺는다는 게 말이나 되는 소리니? 의남매고 나발이고 그 사람도 사내일 뿐이다. 친오빠가 아닌 외간 남자가 무슨 상관이람? 저 커다란 군인이 대문 안으로 들어오겠다고 고개 숙이는 걸 주변 눈들이 보게 된다면, 가문에 먹칠을 하는 꼴밖에 안 될 거다. 내가 널 위해 거짓말을 하고 다니기는 한다만, 군인이 오가다가 저 우리 집 안으로 들어가는 걸 사람들이 보게 되면 저 청년이 여기 있다는 걸 어떻게 숨기겠니? 집 옆에서 차를 파는 흉악한 노파가 그러더구나. '주인어른이 또 집에 오셨더군요.' 사내가 우리 집 대문 안으로 들어가는 걸 본 사람한테 어떻게 그 사람이 이 집 주인이 아니라고 말할 수 있겠니?"

나이 든 유모가 분수처럼 종일 쏟아내는 이런 이야기에 메이리는 아무 대꾸도 하지 않았다. 메이리는 오늘도 안방에 놓인 탁자에 앉아 미소를 머금고 희고 가냘픈 손으로 검은 머리칼을 쓸어내렸고, 양고기와 쌀밥 그리고 양배추를 맛있게 먹었다. 유모는 메이리가 음식을 먹는 동안 주위를 맴돌며 차를 따뜻하게 데우거나, 그녀가 먹는 모습을 지켜보며 쉴 새 없이 떠들어댔다.

메이리가 갑자기 장난기 가득한 얼굴로 유모의 말을 막았다. 메이리는 배불리 먹고도 젓가락을 내려놓지 않고 있었다.

"돼지고기는 어디 있어, 유모?" 메이리가 물었다.

"개들한테 주려고 부엌에 놔뒀다." 유모가 대답했다.

"가져다줘요. 아직 배고파."

류마는 눈을 크게 뜬 채 아랫입술을 내밀었다.

"안 된다. 너도 잘 알 텐데, 짓궂기는." 류마는 큰 소리로 말했다. "내 손으로 너한테 그렇게 불결한 걸 주느니 차라리 굶기지."

"하지만 승이 예전에 종종 그랬던 것처럼 여기서 식사하고 갔다면 나도 돼지고기를 먹었을 텐데요." 메이리가 대답했다.

"나는 항상 내가 나설 자리와 나서지 말아야 할 자리를 잘 알아." 류마가 힘을 주어가면서 말했다.

"물론 그랬다면 참자코 기다리다가 그 사람이 떠난 뒤에 너를 야단칠 거다."

"아, 유모는 정말 바보 같아요." 메이리는 여전히 웃으며 말하고는 자리에서 일어나 유모의 곁을 스쳐 지나 부엌으로 향했다. 흙을 빚어 만든 화덕 가장자리에 고기 그릇이 놓여 있었다. 밤을 넣어 요리한 돼지고기는 아주 뜨겁고 좋은 냄새가 났다.

"개한테 던져줄 음식처럼 안 보이는데요." 메이리가 여전히 장난기 어린 검은 눈동자를 반짝이며 말했다.

"꼭 나이 든 여자가 저녁 때 먹으려고 남겨둔 음식처럼 보이는걸요."

"아, 네 어머니가 계셨어야 하는데!" 류마는 혀를 찼.

"그러면 커다란 회초리로 너를 때려서 얌전한 숙녀로 만드셨을

게다. 하지만 주인님은 항상 솜처럼 부드러운 분이셨지. 무슨 일에도 엄하신 법이 없었어. 너를 때려서라도 가르칠 수 있는 사람은 오직 네 어머니뿐이었다."

메이리는 달콤한 돼지고기 요리가 담긴 그릇을 가져와 탁자에 내려놓은 뒤, 젓가락으로 가장 먹음직스러워 보이는 조각을 집었다. 살짝 갈색을 띤 비계가 붙은 고기는 알맞게 익어서 부드러워 보였다.

"한 번도 맛본 적이 없다면서 어떻게 이렇게 맛있게 요리할 수 있는 거죠?" 메이리가 류마를 바라보자, 류마의 구릿빛 얼굴에 갑자기 쪼글쪼글 주름이 졌다. "이런 장난꾸러기 같으니!" 류마는 크게 웃으면서 말을 이었다.

"네가 이렇게 나보다 크지만 않았다면 손바닥으로 엉덩이를 때려줬을 텐데. 네가 용의 아들이라고 부르는 그 청년이 너보다 크니 천만다행이지. 난 결혼한 다음에 그 사내가 너한테 화를 내도 모른 척할 게야. 너를 때리지 말라고 애원도 않겠다. 그냥 그 사람한테 이렇게 말할 거야. '한 대만 더 때려요. 내 대신 한 대만 더!'"

"정말 못말리겠어요." 메이리가 쾌활한 목소리로 대답했다. "왜 내가 그 사람이랑 결혼할 거라고 생각하는 거죠? 아직 나 스스로도 모르겠는데요."

❖

지금 승은 장군 앞에 차려 자세로 서 있었다. 장군은 남서부

지방 출신으로서 아직 젊고 원기 왕성했으며 현재 이 지역의 군을 총지휘하고 있었다. 그는 특이한 이력의 소유자였다. 한때는 반역자였다가 지금은 공동의 적에 맞서 싸우는 충성스런 군인으로 변신한 것이다. 남자들은 평화로운 시절에는 이런저런 이유로 싸우다가도, 바깥에서 적이 침략해오면 자기주장을 내세우며 다투는 법이 없었다. 지금 승과 마주하고 있는 장군 역시 병사들을 이끌고 총통을 찾아가서는, 자신도 부하들과 함께 공동의 적과 맞서 싸우겠노라고 충성을 맹세했다. 장군은 차려 자세로 선 승에게 손짓을 했다.

"앉아라. 상관으로서가 아니라 남자 대 남자로서 할 말이 있다. 총통께서 가장 우수한 사단 두 개를 버마*로 보내라고 명령하셨다. 내 의지와 상관없는 일이었지. 또한 자네한테 내려야만 하는 이 명령이 나도 마음에 들지 않는다는 사실을 밝히고 싶군. 안 그러면 총통의 지시를 이행할 수도, 자네한테 명령을 내릴 수도 없을 것 같다. 앉아, 어서 앉아!"

승은 명령대로 자리에 앉았지만 상관 앞에서 여유롭게 굴지 않으려고 의자 끝에 걸터앉은 채 모자를 벗어서 손에 쥐었다. 그런 뒤 경의를 표하기 위해 잠자코 장군의 말을 기다렸다. 벽을 등진 채 신상神像처럼 서 있던 보초 두 명은 장군이 눈을 치켜뜨자 밖으로 나갔다. 이제 방 안에는 승과 장군 단둘뿐이었다. 장군은 나무 의자에 등을 기대더니 책상 위에 놓인 흙으로 만든 작은 물소

---

* 미얀마의 옛 이름. 버마 민주항쟁이 벌어진 1988년인 다음해인 1989년, 정권을 잡은 군사정부가 국가 이름을 버마에서 미얀마로 바꾸었다. 군부의 정당성을 부인하는 국민들은 아직도 버마라는 이름을 고집하는 것으로 알려져 있다.

를 만지작거렸다.

"아버님이 농사를 지으신다고 했지?" 장군이 승에게 물었다.

"저희는 대대로 농사를 지어왔습니다." 승이 대답했다.

"형제는 없나?"

"삼형제 중에 막내입니다. 형님들은 모두 살아 계십니다."

장군은 한숨을 쉬었다. "그러면 한 집안의 대를 끊는 일 없이 자네를 그 불운한 전쟁터로 보낼 수 있겠군."

"집안의 대를 잇는 책무는 제게 있지 않습니다. 아버지께는 두 형님들이 있고, 형님들한테도 아들들이 있습니다."

"결혼은 했나?"

"아뇨. 쉽게 할 수 있을 것 같지가 않습니다." 승이 씁쓸한 목소리로 대답했다.

장군은 승의 대답에 미소를 지었다. "그렇게 답하는 걸 보니 역시 젊군."

승은 대꾸 없이 잠자코 있다가 이윽고 입을 열었다. "곧 전쟁터로 갈 사람한테는 오히려 아내가 없는 게 다행입니다. 적어도 혼자서 자유롭게 갈 수 있으니까요."

"맞는 말이야." 장군은 들고 있던 물소를 내려놓더니 붓을 들었다. "아버지가 계신 곳이 어디지? 존함은? 이번 전쟁에서 돌아오지 못하면 내가 직접 자네 아버지께 편지를 드릴 작정이다."

"아버지 존함은 링탄입니다. 장쑤성江蘇省 난징시南京市 남쪽의 링씨 마을에 살고 계십니다."

장군이 붓을 떨어뜨렸다. "그곳은 적의 손아귀에 들어간 곳이 아닌가."

"압니다. 놈들이 마을에 쳐들어와서는 닥치는 대로 불을 지르고, 깨부수고, 학살을 저질렀지요. 저도 거기서 산사람들과 싸우면서 적군 몇을 해치운 적이 있습니다. 하지만 저는 고향을 떠나야 했습니다. 이따금 서너 명 처치하는 것만으로는 놈들의 피를 갈망하는 제 심장을 채울 수 없었기 때문입니다. 놈들을 수백 명, 아니 수천 명 죽이기 전에는 이 갈증을 씻어낼 수 없을 겁니다. 그래서 고향을 떠났고, 장사시 전투에 참가하기 전까지 수개월간 훈련을 받았습니다."

"자네가 그토록 열심히 훈련에 임했던 이유를 알겠군." 장군이 대답했다.

장군은 링탄이라는 이름과 그 거주지까지 단숨에 적은 뒤 붓을 내려놓았다. 그런 뒤 두 손을 의자 옆으로 늘어뜨린 채 승의 얼굴을 뚫어져라 바라보았다.

"두 개 사단의 버마 출병은 내 뜻과는 반대되는 일이야. 총통께도 그렇게 말씀드렸지. 나는 두 가지 이유에서라도 우리 땅 아닌 곳에서 싸우는 건 무리라고 설명했다. 첫째, 버마인들의 문제는 우리가 관여할 바가 아니야. 우리가 자신들의 지배자들을 돕기 위해 왔다는 걸 알면 버마인들도 우리를 환영하지 않겠지. 버마인들은 자신들을 통치해온 영국인들을 좋아하지 않아. 그러니 영국인을 도우러 온 우리마저도 증오할 거다. 둘째, 영국인들은 자기들처럼 창백한 피부를 가진 사람이 아니면 무시하지. 우리가 자기들을 도우러 왔다는 걸 알면서도 동맹군에 걸맞은 대우를 해줄 리 없어. 마치 주인이라도 된 것처럼 우리를 종 부리듯 할 거다. 도우러 간 우리가 왜 그런 대접을 받아야 하나?"

라오산의 이름

"설명했더니 총통께서는 뭐라시던가요?"

장군이 몸을 앞으로 기울였다. "영국인들 스스로도 자신들이 버마에서 통치권을 유지하게 될 가능성이 거의 없다는 걸 아는 만큼 우리한테 감사할 거라고 하시더군. 우리 도움이 필요하니 큰 호의를 보일 거라고도 하셨어. 즉 우리가 영국인들을 도와 적과 싸워서 마침내 커다란 승리를 거두게 될 거라는 의미지."

"총통께서는 그만큼이나 우리 승리를 확신하시고 계십니까?"

"가장 훌륭한 사단 두 개를 보내시지 않나? 이 사단의 대원들은 경험이 풍부한 데다 젊고 강인하다."

장군은 한숨을 쉬었고, 그 한숨은 마치 신음처럼 들렸다.

"사실 이건 총통께서 하신 말씀이지. 홍콩이 적에게 패하자 영국이 잔칫날 선물하듯이 홍콩을 적에게 넘겼다는 걸 아시면서 어떻게 그런 말씀을 하실 수 있는지 모르겠어. 장담하건대 이제 영국은 운을 다했어. 그들을 도와 전장에 뛰어든다면 우리도 불행에 빠질 거야. 나는 한평생 액운이 놓인 곳을 피하는 법을 익히며 살아왔다. 지금 이 순간에도 어느 방향으로 가면 액운과 맞닥뜨릴지를 잘 알아. 우리는 우리 땅을 떠나서는 안 돼. 반드시 우리 땅에서만 싸워야 해. 저런다고 우리를 대하는 영국인들 속마음이 갑자기 바뀔 것 같나? 저들은 언제나 우리를 무시했어."

장군은 입을 다물더니 한동안 석상처럼 앉아 있었다. 승은 그의 귀 밑과 관자놀이 혈관이 부풀어 오르는 것을 보았다. 두 자루의 망치처럼 책상 위에 올려놓은 움켜쥔 주먹 위 관절이 새하얗게 변하고, 손목 위로도 핏줄이 솟았다. 다만 눈을 내리깐 채 승의 얼굴을 외면하고 있었으므로 그 눈에 어린 감정은 읽을 수 없었다.

잠시 후 장군은 목이 멘 듯 굵고 낮은 목소리로 말을 이었다.

"영국인들은 우리 땅에서 우리를 개 취급했어! 전쟁에서 이긴 뒤로도 이 땅에서 군림했지. 그들은 아편전쟁이라고 불렀지만, 그건 이 땅을 차지하기 위한 계략에 불과해. 영국 군함이 우리의 강 위를 떠다니고, 영국군이 우리 거리를 활보했지. 우리 땅을 빼앗았던 거야. 저들은 이 땅에서 우리 법에 복종하기를 거부하고 자신들을 위한 법과 법정, 법관을 세웠어. 저들 중에 누군가가 우리 물건을 훔치거나 심지어 우리를 죽여도 정의를 찾아볼 수 없게 된 거지. 게다가 저들의 성직자는 세금도 내지 않았다. 저 나라 성직자들은 세금 한 푼 내는 일 없이 원하는 곳에 가서 자신들의 종교를 선전했어. 조상을 공경하던 우리 젊은이들의 마음을 앗아갔지. 그뿐인가? 우리 세관에 떡 버티고 앉아서는 우리 물건이 제대로 거래되는 것도 방해했다."

장군은 분노가 번개처럼 번뜩이는 눈으로 벌떡 일어서더니 좁고 긴 방 안을 성큼성큼 오갔다. "그런데 지난 수년간 우리를 무시하고 짓밟은 저 자들을 위해 싸우라고 내 최고의 부하들을 보내야 한다니!"

승은 줄곧 도시 밖에 있는 아버지의 집에서 살아왔다. 그래서 장군이 이토록 증오하는 영국인을 본 건 손가락으로 헤아릴 수 있을 정도였다. 길에서 본 것이 한두 차례, 산에 풀이 높이 자란 가을 무렵 들짐승을 사냥하는 모습을 본 게 또 한두 차례였다. 그때 승은 이들을 주시하면서 그 큰 목소리와 한 마디도 이해할 수 없는 거친 말소리를 들었다. 하지만 그는 이들이 중국 민족에게 범한 가증스런 일들에 대해서는 전혀 알지 못했고, 때문에 이 순간 장군의 이야기를 들으면서도 잠자코 입을 다물고 있었다.

게다가 승은 군인이었다. 승은 지난 수개월간 부하들로 하여금 소소한 명령에도 복종하게 만들었던 것처럼, 그 자신도 항상 상관에게 복종하는 법을 배웠다. 승은 대답 없이 앉아서 장군의 명령만 기다렸다.

장군은 코밑수염 아래로 이를 갈면서 방 안을 서너 번 오가더니 다시 자리에 앉았다. 그런 뒤 두 손을 쫙 펴서 손바닥으로 책상을 내리쳤다.

"어차피 해야 할 일이라면 해야지!" 장군은 여전히 큰 소리로 외쳤다.

"나는 여러 날 동안 총통의 뜻에 맞서서 부하들을 지키려 했다. 하지만 이제 총통의 지시가 하늘이 내린 명령처럼 내려왔어. 그러니 지시에 따르거나 목숨을 내놓아야 하지. 하지만 내 한 목숨 버리는 게 무슨 소용이겠나? 어차피 다른 누군가가 총통의 명령에 따를 텐데."

장군은 앉으라고 말했지만, 승은 출전 명령을 받기 위해 일어섰다.

"나머지 병사들과 버마로 떠날 수 있도록 부하들을 준비시켜." 장군이 엄한 목소리로 말했다.

"내가 직접 이끌도록 하지. 버마 접경지대에 도착하면 계속 행군하라는 명령이 내려올 때까지 우리 땅에서 야영을 해야 할 거야."

승은 양쪽 발뒤꿈치를 붙인 채 경례를 한 뒤 기다렸다.

"그 다음 어디로 향하게 될지는 아직 확실하지 않아." 장군이 말을 이었다. "대원 중 일부가 인도차이나로 보내질 거라는 얘기가 있어. 침공을 감행해야 할지도 몰라. 적들은 태국 영토 안으로는 들어가지 않겠다고 약속해놓고 그걸 어겼어. 태국은 다섯 시간 만에 항복했고. 지금 적들은 도처에서 승리를 거두고 있어. 심지어 무기를 사용할 필요조차 없이 말이야. 가는 곳마다 모두가 이들을 맞이할 준비를 하고 있으니. 죽음을 무릅쓰고 저항하고 있는 건 이제 우리뿐이야." 장군은 한숨을 쉬더니 몸을 숙인 채 두 손으로 머리를 쥐어뜯었다.

"우리는 이미 진 것과 다름없는 전투를 치르러 가는 거야." 그는 다시 한 번 한숨을 쉬었다.

"나는 이 사실을 분명히 알면서도 총통께 이해시킬 방법이 없다."

"너무 걱정하지 마십시오." 승이 기운찬 목소리로 대답했다.

"싸워보지도 않고 어떻게 패배를 장담할 수 있겠습니까?"

장군은 한숨을 쉬더니 고개를 들고 승의 용감하고도 정직한 얼굴을 바라보았다. 그리고 여섯 달 전, 산에서 내려온 승을 처음으로 보았을 때를 떠올렸다. 여섯 달 만에 이렇게 다른 사람이 되다니 믿기 힘들었다.

그때 그는 호랑이처럼 거칠었다. 덥수룩한 머리칼은 눈을 덮을 정도로 자라 있었고, 촌사람들이나 입을 법한 푸른 무명옷은 누더기가 되어 있었다. 만일 그가 키 작은 사내였다면 아무도 그를 눈여겨보지 않았을 것이고, 그는 한낱 사병으로 배치 받아 오직 자기 노력으로 진급해야 했을 것이다.

하지만 승은 키가 작지 않았다. 아니, 대부분의 사내들보다 머리 하나가 더 컸으며 이상하게도 스물두 살인데도 계속 크고 있었다.

게다가 손은 보통 사람보다 두 배나 컸고, 발도 맞춤 신발 아니면 신지 못할 만큼 컸고, 몸 전체의 크기도 그 손발에 비례했다. 심지어 눈까지 컸으며 눈빛도 서글서글하고 또렷했다. 승은 어딜 가든 모두가 눈으로 그를 좇기 위해 고개를 돌리고 그 커다란 덩치에 감탄을 금치 못했다. 승은 이처럼 큰 몸집 덕에 언제나 무리 속에서 쉽게 우두머리가 되었다.

그러나 그가 어리석거나 소심했다면 아무리 키가 큰들 무슨 소용이었겠는가? 아마 그저 커다란 진흙 덩어리에 불과했을 것이다. 그러나 승은 분별 있고도 대범했으며 뭐든 열심히 배웠다. 아울러 그것을 완전히 배울 때까지 착실히 복종했고, 누군가를 가르칠 때도 상대에게서 완전한 복종을 이끌어냈다. 그래서 승의 부하들은 그를 좋아하면서도, 이끄는 사람을 대할 때 마땅히 그러해야 하듯이 두려움 또한 품었다.

하지만 승이 빠른 속도로 지휘관으로 진급한 것에는 또 다른 이유가 있었다. 이번 전쟁에서 자신의 능력을 충분히 증명했기 때문이다. 해가 바뀌고 여덟 달이 지나면서 전쟁은 여러 지역으로 확산되었고, 승은 참가하는 전투마다 훌륭하게 싸웠다. 그는 작은 부상을 입긴 했지만 살아남았고, 상사들이 죽을 때마다 빠르게 진급했다.

그해 9월, 마침내 승은 치열했던 장사시 전투에서 자기 부하들은 물론, 먼저 전사한 한 장교의 병사들까지 이끌고 전장에 나가 마지막 한 명까지 적을 몰아냈다. 병사들은 이 거구의 젊은이 곁으로 모여들었고, 새로이 솟아나는 용기를 가슴에 품고 그 뒤를 따랐다. 승은 키가 너무 커서 병사들 사이에서도 쉽게 눈에 띄었으며 언제나 선두를 지켰다.

마침내 전투가 승리로 끝나던 날, 살아남은 병사들은 장군에게 전령을 보내 승을 자신들의 지휘관으로 임명해달라고 청했으며, 이 요청이 승인되면서 승을 지휘관으로 삼은 군인들은 다른 병사들과 함께 용맹하기로 이름난 사단에 배치를 받았다. 그리고 승의 사단을 더할 나위 없이 자랑스럽게 여긴 장군은 이들에게 가장 좋은 음식과 총을 지급하고 매사에 최고 대우를 제공했다.

승은 자신이 모시는 장군처럼 머리를 짧게 자르는 법을 배우고 몸을 청결히 했고 군복을 갖춰 입었다. 군복은 모두 같은 것이라 그의 것이 딱히 부하들 것보다 좋지는 않았지만, 산에서 걸치고 있던 푸른 누더기보다는 훨씬 나았다.

그리고 승의 모든 노력 외에도 그가 진급할 수 있었던 저변에는 메리가 있었다. 메리는 노력을 들여 장군과 안면을 튼 뒤에 승에 대한 좋은 이야기를 여기저기 흘리고 다녔지만, 아무도 그녀가 이 키 큰 청년의 생사에 관심을 갖고 있다고 생각지 않도록 언제나 농담조로 언급하곤 했다. 한번은 장군이 듣는 자리에서 승이 산에서 지낼 때 보여준 용맹에 대해 이런 식으로 이야기하기도 했다.

"저는 그 사람 고향과 가까운 도시에서 왔어요. 그 사람은 그 지역에서 힘 좋고 용맹하기로 유명하더군요. 무리 작은 왜적쯤은 두 손과 낡은 총 한 자루로 거뜬히 잡는다고 들었지요. 게다가 불시에 적을 덮치는 솜씨가 어찌나 훌륭하던지 그 지방 사람들은 아이 어른을 막론하고 길을 가면서 그를 칭송하는 노래를 불렀어요."

메리의 말은 사실이었다. 그 자리에서 그녀는 난징시 거리에서

들은 노래 중에 하나를 불렀다.

> 용 한 마리가 산에 앉아 있네,
> 용은 낮에는 잠을 자고, 어둠이 내리면 사냥을 하지.
> 용은 손수 사냥한 먹이로 배를 채우네.
> 용은 모든 싸움에서 승리를 거두지.

장군은 그 단순하고 꾸밈없는 노래에 웃고 말았지만, 이후 승을 보게 되자 그 노랫말을 떠올렸으며, 자기 지휘 하에 있는 이 거구의 젊은 군인을 실제보다 높이 평가하게 되었다.

승의 변화에는 메이리의 공도 무시할 수 없었다. 그녀는 항상 웃음으로 승을 돌려보내곤 했는데, 승은 그녀의 뜻을 따르지 않겠다고 고집하면서도 마음속으로는 변하겠다고 결심하며 발길을 돌리곤 했다. 또한 입 밖으로는 지금과 똑같이 지낼 것이며 메이리가 있는 그대로의 자신을 사랑하지 않는다면 어쩔 수 없다고 말했는데, 그래도 메이리는 고집을 꺾는 법이 없었다. 결국 승은 메이리와 헤어지고 나면 그녀의 뜻대로 자신을 변화시켰고, 메이리는 다시금 자신을 만나러 온 승에게서 바라던 변화를 발견해도 아는 체하거나 언급하지 않았다. 다만 자기가 전에 한 말을 잊어버린 것처럼 행동하면서도 승이 변해갈 때마다 조금씩 더 다정해졌다.

메이리는 결코 자신이 승을 지배할 수 없다는 것을 알고 있었다. 물론 승은 그녀를 사랑했고, 그 사랑을 고백했다. 그러나 메이리는 승이 모든 걸 내던질 만큼 자신을 사랑하는 건 아님을 알고 있었다. 또한 자신만큼은 그를 위해 모든 걸 내던질 만큼 그를 사랑해야 한다는 것도 알았다. 그렇지 않고서는 그를 충분히 사랑한다고 말할 수 없었다.

메이리와 헤어진 승은 장군으로부터 부하들을 이끌고 영국 원조를 위해 버마로 출격하라는 명령을 받고는 마침내 이렇게 말했다.

"질문이 하나 있습니다. 버마까지는 어떻게 갑니까?"

"두 다리로 걷는 것 말고 달리 방법이 있겠나?" 장군이 되물었다. "버마까지는 철도가 없어. 우리는 큰길을 따라갈 거야."

승은 장군의 말을 잠깐 곱씹더니 다시 한 번 질문을 던졌다.

"식량은요?"

"행군하면서 그때그때 조달할 걸세."

승은 다시 생각에 잠겼다.

"언제 출발합니까?"

"나흘 후에."

승은 모든 대답을 듣고 나자 다시금 장군에게 경례를 한 뒤 돌아서서 밖으로 나갔다. 부하들에게 긴 여행을 준비시키는 데는 이틀이면 충분했다. 그들은 항상 준비된 강인한 군인들이었다. 하지만 그들에게도 아내에게 작별을 고하고, 전투를 치르는 동안 맛보지 못할 제대로 된 식사 한두 끼 정도 할 수 있는 시간은 필요했다. 또한 각자 여분의 신을 한 켤레씩 만들 서너 시간도 필요했다. 이제 그들은 미지의 여행, 그것도 어쩌면 돌아오지 못할 여행을 떠나기에 앞서 으레 해야 할 일들로 이 시간을 보내야 했다.

장군의 방에서 나와 경례하는 보초병 앞을 지나는 순간, 승은 자신도 영원히 돌아오지 못할 군인들 중에 하나가 될 수도 있다는 생각이 들었다. 그는 이번 전투가 지금껏 경험한 것 중에 가장 치열한 전투가 되리라는 것을 알고 있었다. 부하들을 이끌고 산을 넘고 강을 건너 진행되는 천오백 킬로미터 넘는 행군, 그 먼 길을 야전포를 끌고 간다는 사실, 등에 총을 지고 가야 한다는 사실, 그때그때 구할 수 있는 음식으로 배를 채워야 한다는 것, 그런 뒤 마침내 남의 땅에서 낯선 피와 기질을 가진 군인들을 전우 삼아 싸워야 한다는 사실, 이 모두가 크나큰 위험이 따르는 모험과 같았다.

승은 잠시 문 밖에 서서 지나가는 사람들을 바라보았다. 거리에는 차가워 보일 정도로 맑은 겨울 햇살이 쏟아지고 있었지만, 승에게는 모든 것이 잿빛이었다. 사랑하는 여인을 다시 볼 수 있을 때까지 아주 오랜 시간이 걸릴지도 몰랐다. 어쩌면 영원히 못 볼 수도 있었다. 승은 오른쪽이 아닌 왼쪽으로 돌아서서 인파를 헤치며 성큼성큼 걸었다. 사람들 위로 머리와 어깨가 비죽이 솟은 그는 지금 메이리가 살고 있는 도시 남쪽을 향하고 있었다.

3장

메이리와 승

 승이 좁은 길 끝에 자리 잡은 메이리의 집으로 들어섰을 때, 집은 매우 고요했다. 오후 반나절이 지난 무렵이었다. 류마는 마당 한구석 대나무 그늘 아래 잠들어 있었다. 바느질을 하던 중이었는지 왼쪽 손에는 메이리의 외국 산 비단 스타킹 한 짝이 길게 늘어져 있고, 오른손 가운데 손가락에는 놋쇠 골무가 반지처럼 끼워져 있었다. 바늘은 손에서 떨어져 실 끝에 매달려 있었다. 류마의 곁에는 메이리가 길에서 버려진 것을 보고 데려온 작은 개 한 마리가 잠들어 있었다. 개는 눈을 뜨고 승을 쳐다보더니 그를 알아보고는 다시 잠이 들었다.

승은 류마와 개를 향해 미소를 지은 다음 발뒤꿈치를 들고 살며시 마당을 가로질러 자그마한 집의 안방으로 들어갔다. 집 안 역시 마당과 마찬가지로 조용한 걸 보니 메이리도 자고 있는지 몰랐다. 안으로 들어서보니 메이리는 안방에 없었다. 자리에 앉아서 기다리려는 순간, 승의 눈에 메이리의 침실 문이 들어왔다. 승은 그곳에는 한 번도 들어가 본 적이 없었다.

열려 있는 문을 통해 창 앞에 선 메이리의 모습이 보였다. 그녀는 머리를 감았는지 방 안으로 스며드는 햇살 속에서 젖은 긴 머리칼을 손으로 툭툭 치고 있었다. 그녀는 승이 온 것을 모르고 있었다. 우두커니 서서 메이리의 모습을 지켜보는 승의 가슴이 방망이질 쳤다.

얼마나 아름다운 여인인가! 얼마나 아름다운 검은 머리칼인가! 승은 메이리가 여느 여학생이나 여군들처럼 머리를 자르지 않은 게 기뻤다. 기름을 바르지 않고 돌돌 말아 목 뒤로 늘어뜨린 머리칼이 그녀의 얼굴 양옆으로 흘러내리고 있었다.

승은 가슴이 터질 것 같았다. "메이리!" 그가 갈라진 목소리로 외쳤다.

메이리는 두 손으로 머리칼을 가르며 앞을 보고는 승을 발견하자 펄쩍 뛰쳐나와 문을 쾅 하고 닫았다. 연이어 나무 빗장 거는 소리가 들렸다.

"맙소사, 키만 커다랗고 멍청하기는!" 문틈으로 메이리의 숨소리가 들려왔다. 곧이어 메이리는 류마를 부르기 시작했다.

승은 재빨리 탁자 오른쪽에 앉으며 속으로 웃음을 터뜨렸다. 류마가 눈을 비비며 비틀거리는 걸음으로 문지방을 넘어왔다.

"여긴 어떻게 들어왔수, 키 큰 군인 양반?" 류마가 화난 목소리로 물었다. "들어오는 걸 못 봤는데."

"마법의 단검을 갖고 있다고 말하면 믿으실 거요?" 승이 놀리듯이 되물었다.

"허리춤에 넣어 다니는 거죠. '작아져라!' 말하면 몸이 먼지처럼 작아져서 담장을 날아 넘을 수 있고, '커져라!' 말하면 서풍처럼 휘몰아치면서 담장을 넘을 수 있죠."

승은 나이 든 유모가 떠돌이 이야기꾼이 들려주는 마법 단검 이야기에 익숙하리라 생각했다. 그러나 류마는 아랫입술을 내민 채 승을 쳐다볼 뿐 웃지 않았다.

"집 잘 지키는 개 한 마리를 키워야겠군. 이건 소맷자락에나 넣어 다닐 만한 데다 도둑이 들어와도 짖을 줄 모르니 고양이보다 나을 게 없어."

"개를 나무라기는요!" 승이 류마의 등을 향해 외쳤다.

유모가 방에서 나가 부엌으로 가서 찻물을 끓이고 있을 때, 개가 꼬리를 흔들며 안으로 들어왔다. 승은 허리를 굽혀 개의 길쭉한 귀를 잡아당겼다. 어느 여주인이 버리고 간 것이 틀림없을 이 작은 생명체는 사실 장난감과 다르지 않았다. 아마 이 개의 여주인은 지난해 하늘에서 쏟아져 내리던 적군의 폭탄을 피해 도시를 떠났을 것이다. 승은 도시 사람들이 기르는 작은 개가 낯설었다. 그가 아는 개들이란 늑대의 피를 물려받은 시골 마을의 짐승들이었다. 그 개들은 낯선 사람을 향해 사납게 덤빌 때면 여전히 늑대처럼 보였다. 아버지의 집에서 기르던 개도 그랬다. 승은 어린 시절, 낯선 사람이 집을 방문할 때면 기르던 개의 목덜미 털을 움켜쥐곤 했다. 그 개가 달려들어 방문자의 목을 물어뜯는 걸 막기 위해서였다.

하지만 이제 그런 개들도 얼마 남지 않았다. 약탈과 강간을 위해 마을에 들이닥친 적국의 세금 징수원과 군인들이 가장 먼저 죽인 것이 바로 이 용감하게 달려드는 개들이었다.

"넌 뭐에 쓸모가 있느냐?" 승이 작은 개에게 물었다. 개의 커다란 갈색 눈이 작은 얼굴에서 유리알처럼 튀어나와 있었다. 개는 승의 목소리를 듣더니 몸을 떨며 한 발을 내밀어 그의 발을 가볍게 툭 쳤다. 그러고서 검은 코를 찡그리며 승의 냄새를 맡더니 몸을 움츠렸다. 승은 크게 웃음을 터뜨렸고, 순간 메이리가 침실 문을 열었다. 그녀는 밝은 녹황색 원피스 차림에 머리를 하나로 묶어 목 뒤로 늘어뜨리고 있었다. 손에는 초록색 옥 반지를 끼고 있었다.

"왜 개를 보면서 웃는 거죠?" 메이리가 물었다.

"내가 이 개보다 너무 강한 것 같소." 승이 대답했다.

"내 냄새를 맡더니 겁에 질려서 뒤로 물러났거든."

"작지만 똑똑한 개예요."

메이리가 안방으로 나와서 작은 개를 품에 안았다. 승은 메이리가 무릎에 개를 올려놓고 자리에 앉는 것을 지켜보았다.

"왜 개를 어린애처럼 안는 거지?" 승이 물었다.

"말도 안 되는 일이오."

"왜 안 된다는 거죠? 얘는 깨끗해요. 어제 목욕을 시켰거든요."

"그것도 말이 안 되는군. 개를 어린애라도 되는 것처럼 씻기다니! 생각만 해도 소름끼치는 일이오. 짐승을 사람처럼 대한다는 게 말이 되나?"

"작고 순한 개예요." 메이리는 개를 사랑스럽게 어루만졌다.

"밤에는 내 침대에서 자요."

"듣던 중 끔찍한 얘기군." 승이 참을 수 없다는 듯이 말했다.

메이리는 무릎 위에 몸을 동그랗게 말고 엎드려 있는 개의 매끄럽고 부드러운 털을 쉴 새 없이 쓰다듬었다.

"서양 여자들을 봐야 해요." 메이리는 미소를 지으면서 말을 이었다. "얼마나 개를 사랑한다고요! 목줄을 채워 산책을 시키고 추울 때는 작은 외투도 입혀요."

승이 큰 소리로 콧방귀를 꼈다. "당신이 서양 사람들의 생활 방식을 죄다 배웠다는 건 알고 있소. 하지만 그중에서도 개를 사랑하는 거야말로 욕지기가 나는군."

승은 갑자기 벌떡 일어나더니 메이리가 무슨 일이 벌어졌는지 깨닫기도 전에, 그녀의 무릎에 엎드려 있던 개를 낚아채서 힘껏 던졌다. 개는 허공을 가르며 방 안을 가로질러 문 밖으로 날아가서는 마당 한가운데 작은 못에 풍덩 빠졌다.

"아, 이런! 당신은 짐승이에요!" 메이리는 소리치면서 마당으로 달려가 물이 뚝뚝 떨어지는 몸으로 울부짖고 있는 개를 잡아 올렸다. 하지만 비단옷을 입고 있어서 품에 안을 수 없자 다시 류마를 소리쳐 불렀고, 류마가 달려왔다.

"수건 좀 가져와요!" 메이리가 나이 든 유모에게 말했다.

"승이 무슨 짓을 했는지 보세요! 이 작은 개를 차가운 물속에 던졌어요!"

그러나 나이 든 유모도 이번만큼은 주인 편이 아니었다.

"햇빛에 말리게 그냥 둬." 류마의 목소리는 차가웠다.

"난 지금 바빠. 개 몸뚱이나 말리고 있을 시간은 없어."

"유모 말이 맞소." 승이 거들었다.

메이리는 손수 수건을 가지러 갔다. 그 동안 개는 몸을 떨며 방 안에 버티고 선 승을 슬픈 눈으로 바라보았다. 메이리는 개의 몸에서 물기를 닦아준 뒤 미리 돌 위에 접어 두었던 수건에 눕혔다. 돌은 햇살에 따뜻하게 데워져 있었다.

승은 날렵하고 고집스러우면서도 우아한 메이리의 움직임을 줄곧 지켜보고 있었다. 마치 같은 피가 단 한 방울도 흐르지 않는 사람처럼 낯선 모습이었다. 저 여인을 사랑하는 게 어리석은 일인지도 모른다는 생각, 만일 그녀와 결혼하면 그의 삶은 전장에서뿐만 아니라 집에서도 전쟁을 치러야 할지도 모른다는 생각이 처음으로 머릿속을 스쳐 지나갔다.

"이렇게 소란을 부리려고 온 게 아니오. 군대와 함께 버마로 출전 명령을 받았다는 사실을 알리려고 왔소." 승이 말했다.

메이리는 승의 입에서 흘러나오는 말에 물에 젖은 개는 까맣게 잊어버린 채 얼어붙고 말았다. 그녀의 초록빛 원피스와 머리 위로 햇살이 쏟아졌다. 승은 문간에 서서 메이리를 바라보았다.

"언제 떠나죠?" 메이리가 물었다.

"며칠 뒤에. 이틀이나 사흘 뒤…… 늦어도 나흘 뒤에는."

메이리는 도자기로 만든 정원 의자에 앉아 승을 올려다보았다.

햇빛이 메이리의 곱고 매끄러운 피부를 비추었다. 승은 흰 살갗 때문에 더 검게 보이는 메이리의 길고 곧은 속눈썹과 눈 위의 길고 가느다란 눈썹을 한 올 한 올 헤아릴 수 있을 정도로 자세히 바라보았다. 뒤이어 눈까지 들여다보니 검은 눈동자가 새하얀 흰자위와 또렷하게 구분되어 있었다. 그 새까만 눈동자를 들여다보는 순간, 승은 그 안에서 빛처럼 반짝이는 점들을 발견했다.

"당신 눈동자에는 금이 박혀 있군. 누구를 닮은 거요?" 승이 물었다.

"내 눈 얘기 따위를 할 땐가요? 이렇게 갑작스레 떠나게 되다니, 어떻게 그런 결정이 내려진 거죠?"

"우리한테만 갑작스럽게 느껴질 뿐이지." 승은 마당으로 나와서 류마가 잠들어 있던 의자를 끌어다 앉았다. 개는 여전히 몸을 떨며 잔뜩 웅크린 채 주인 곁으로 다가갔고, 승으로부터는 몸을 피했다. 하지만 이 순간 누구도 개는 안중에 없었다.

"벌써 여러 주에 걸쳐 논의된 일이야. 내가 모시고 있는 장군은 이번 결정을 반대하고 계셔. 이건 총통의 뜻이지. 그분 뜻을 누가 막겠어? 우리는 그저 갈 뿐이야."

'우리는 그저 갈 뿐이야.' 하는 목소리가 너무 단호하고 그 얼굴도 더할 나위 없이 엄숙해서 메이리는 입을 다물었다. 메이리는 승의 얼굴을 바라보며, 찾아올 때마다 말다툼을 했던 이 남자가 없는 삶은 과연 어떨까 상상해보았다. 그녀는 지금껏 조용한 삶 같은 건 한 번도 꿈꿔본 적이 없었다.

"우리는 백인들을 도와 싸우러 가는 거요." 승이 말했다.

"당신의 장군은 왜 그걸 반대하시는 거죠?"

승은 머리 위로 늘어진 대나무 줄기로 팔을 뻗어 잎을 한 개 따서는 이야기 내내 잘게 찢었다. 메이리는 승의 얼굴 대신 그 움

메이리와 승 53

직이는 손을 지켜보았다. 그의 손은 힘 있고도 느리게 움직이면서 여리고 부서지기 쉬운 대나무 잎을 정확하게 조각내고 있었다. 그의 손은 섬세한 모양새였다. 메이리 나라 사람들은 심지어 농부의 아들들도 섬세한 손을 가지고 있었다.

승 역시 메이리 대신 자기 손에서 떨어지는 초록빛 나뭇잎 조각에 시선을 멈춘 채였다. "장군님 말씀으로는 백인들이 질 게 뻔하다는군."

"그래요? 왜죠?"

메이리의 마음은 바다를 가로질러 자기 삶 대부분을 보냈던 땅을 향해 날아가기 시작했다. 메이리의 어머니는 그녀를 낳다가 죽었고, 아버지는 메이리가 채 한 살이 되기도 전에 그녀를 미국으로 데려갔다. 메이리가 가장 먼저 입을 뗀 단어들은 그 나라 말이었고, 그 말을 가르친 사람은 그녀를 돌봐주었던 검은 얼굴의 여인이었다. 아버지가 조국을 떠나며 메이리를 보살피기 위해 함께 데려간 중국인 유모는 바다를 건너자마자 향수병에 걸렸고, 그 때문에 아버지는 배가 항구에 닿자마자 유모를 되돌려 보냈다.

지금 이 순간 메이리는 바다 건너의 거대한 도시들과 공장들, 바쁘게 일하는 부유한 사람들, 어디에서나 찾아볼 수 있는 풍요와 자부심을 떠올리고 있었다.

"백인들이 어떻게 질 수 있다는 거죠?"

"그렇게 운명 지어졌으니까." 승이 대답했다.

메이리는 빨간 입술의 꼬리를 올렸다. "나는 미신 같은 건 안 믿어요. 더러운 옷을 입고 길 모퉁이에 앉아서 앞날을 운운하는 점쟁이의 말보다 신뢰할 만한 뭔가가 필요해요. 당신이 모시는 장군은 백인과 대화해본 적 있대요? 백인들이 사는 나라에 가보기라도 했어요?"

"모로오. 나는 장군님한테 질문 같은 건 안 하니까."

"백인들 나라에 가본 적이 없다면, 그런 말을 해서는 안 돼요."

"우리 땅에서는 백인들을 본 적이 있으시다더군." 승은 나뭇잎 조각들을 날려 보낸 뒤 두 손을 깍지 끼더니, 이제 메리리를 바라보며 말을 이었다. 그러나 메리리는 이 순간 승의 머릿속에 자기는 없다는 걸 알고 있었다. 승은 자신이 하고 있는 말과 그 말의 의미를 생각하고 있었다.

"장군님은 상해와 홍콩에서 백인들이 얼마나 콧대 높은 치들인지를 봤지. 백인들이 우리 조상에게서 빼앗아 자기네 도시로 만들어 버린 그 땅에서 말이오. 백인들이 우리를 집 대문 지키는 개처럼 취급했다고 하시더군. 우리와 비슷한 피를 가진 민족들에게도 그랬고 말이오. 백인들은 이들과 섞여 살 때면 언제나 이들을 개 취급했어. 그리고 이제 다들 그런 대접에 지친 나머지, 스스로 증오해 마지않는 왜적과도 손잡을 준비가 돼 있소. 자신들과 조상을 무시해온 백인들의 오만함을 왜적보다 증오하기 때문이오."

메리리는 승의 말을 이해할 수 없었다. 모두가 그녀에게 친절했던 나라에서 평생을 살아온 그녀가 어떻게 이걸 이해할 수 있겠는가? 메리리의 아버지는 미국의 수도에서 존경 받는 사람이었고, 그녀는 그런 이를 아버지로 둔 딸이었다. 그곳 사람들은 하인으로 부리는 흑인들은 무시해도 메리리에게는 그러지 않았다.

"미국인들은 우리를 무시하지 않아요. 피부 검은 사람들을 무시할 뿐이죠." 메리리가 말했다.

"우리는 미국인들 옆에서 싸우려고 버마에 가는 게 아니오. 버마를 지배하고 있는 건 영국인들이지. 버마 사람들이 증오하는 것도 영국인이고."

"미국인과 영국인은 크게 다르지 않아요."

"그게 사실이라면 듣던 중 끔찍한 말이로군."

메이리는 입을 다물었고, 붉은 입술을 씹으며 무슨 말을 꺼낼까 곰곰이 생각했다.

"백인들이 우리를 좋아하거나 말거나, 그건 중요한 게 아니에요. 우리가 염두에 둬야 할 건 우리의 적과 맞서려는 이 나라들이 가진 힘이에요. 만일 영국인들이 일본과 맞서 싸우려 하고 있다면 그들을 도와야 해요."

"그들을 도와서 이길 수만 있다면." 승의 목소리는 어두웠다.

"영국과 미국이 힘을 합하면 누가 그들을 이기겠어요?" 메이리는 큰 소리로 외쳤다. 그녀는 거대한 공장들과 그 공장을 가득 메운 철제 기계들, 나무나 종이 다루듯 쇠와 강철로 형태를 찍어내던 기계들의 놀라운 정밀함을 다시 한 번 기억해냈다.

"왜놈들은 그 먼 곳까지 손아귀에 넣은 놈들이소." 승이 낮은 목소리로 말했다.

"잊지 마시오. 왜놈들은 백인들을 기습 공격해서 승리를 거두지 않았소. 물론 예기치 않은 공격이니 누구나 한 번쯤은 패할 수 있지. 하지만 같은 날 불과 몇 시간 뒤에 백인들은 남쪽 섬에서도 또다시 놈들의 기습 공격에 당하고만 있었소. 그때도 백인들의 전투기는 날개를 맞댄 채 땅에서 쉬고 있었고, 왜놈들은 다시 한 번 그 전투기를 박살냈고 말이오. 강한 것만으로는 충분하지 않소! 지혜로워야 한다고."

승은 갑자기 조바심이 이는 것처럼 자리에서 일어나더니 긴 팔을 쭉 뻗었다. "나를 보시오!" 그는 명령조로 말했다.

"내가 얼마나 거대한 고기와 뼈로 이루어진 덩어리인지 보라고! 그런데 이 거구만으로 충분할까? 내가 맨손으로 쇠붙이를 구부릴 수 있다고 한들 그걸로 충분하겠소? 내가 바보라면 이렇게 큰 덩치와 힘이 무슨 도움이겠소? 아니, 필요한 건 지혜요!"

승은 이렇게 말하며 커다란 머리를 손가락으로 톡톡 쳤다. 메이리는 대답 없이 의자에 앉아서 하늘을 등진 채 우뚝 서 있는 승을 올려다보았다. 그녀는 승의 힘을 고스란히 느낄 수 있었다. 그간 얼마나 자주 스스로에게 승이 정말로 힘 있는 남자인지를 물어왔던가!

승은 진정으로 힘을 소유한 남자였다. 메이리는 몸을 떨었고, 피가 거꾸로 흘러 얼굴에 차오르는 것을 느꼈다. 승은 팔을 내린 채 꼼짝 않고 서서 메이리를 내려다보았다. 순간 메이리는 벌떡 일어나 승으로부터 달아나려는 것처럼 재빨리 옆으로 비켜섰다. 메이리는 감히 승의 힘이 자신에게 미치는 걸 허락할 수 없었다. 승이 그녀의 몸에 손을 댄다니, 있을 수 없는 일이었다.

메이리는 좁은 마당을 한 번 그리고 또 한 번 오갔다. 작은 개는 바닥에 몸을 납작 붙인 채로 다리를 끌며 메이리를 따라 다녔다. 개는 여전히 떨고 있었다. 메이리는 걸음을 멈추더니 연못가에 앉아서 두 팔로 무릎을 끌어안았다. 그녀는 승을 올려다보지 않았지만 승은 잔잔한 수면에 비친 메이리의 얼굴을 볼 수 있었다. 승은 그 또렷한 영상을 바라보며 자리에 앉았다. 겨울이라 연잎이 떠 있지 않은 연못은 하늘빛을 가득 담고 거울처럼 맑게 빛났다.

류마가 아랫입술을 삐죽 내밀고 다시 마당으로 나오더니, 흙을 구워서 만든 의자 가까이 놓인 정원용 탁자에 쟁반을 내려놓고 푸른색과 흰색으로 칠한 찻주전자로 차를 따랐다. 하지만 메이리와 승이 한데 앉아서 대화를 나누고 있다는 것에 못마땅한 심기를 내비치려고, 두 사람에게 잔을 권하는 대신 그대로 부엌으로 돌아가 버렸다. 잠시 후 마른 풀이 타들어가며 거센 연기가 나지막한 굴뚝 밖으로 쏟아지더니 구름처럼 마당 위에 드리워졌다. 메이리가 소리를 내며 웃었다.

"류마는 당신이 연기에 질식해 죽기를 바라는 모양이에요."

"그동안 저 할멈한테 너무 잘해줬소." 승이 잔뜩 화가 난 목소리로 대답했다.

"당신을 좀 더 쉽게 만나려고 은전을 쥐어주곤 했지."

"류마는 노인네예요. 게다가 우리 엄마를 무척 좋아했죠. 류마는 내가 엄마 딸로서는 부족하다고 여겨요. 너무 서양 사람 같다고 생각하죠."

"류마의 생각이 맞는지도 모르지." 승이 대답했다.

수면에 비친 메이리의 아리따운 머리가 흔들렸다. 그리고 승은 못에 떠 있는 메이리의 얼굴이 심각해지는 것을 보았다.

"서양 사람이든 아니든, 지금 같은 시절에 그게 왜 중요하죠? 자신과 다르다고 뭔가를, 아니면 누군가를 증오하다니 터무니없는 짓이에요. 지금은 세상에서 가장 강한 나라 사람들과 힘을 합쳐야 하는 게 아닌지를 스스로에게 물어야 할 때예요. 누가 뭐래도 영국과 미국은 최고 강대국들이에요."

"그 나라 사람들이 그렇게 강하다고? 그렇다면 왜놈들이 어떻게 그 두 나라와 싸워서 그토록 쉽게 이겼지? 왜놈들은 지난 수년간의 전쟁에서는 우리를 쓰러뜨리지 못했어."

"한 번 이겼다고 승리인가요? 나는 미국인들을 잘 알아요! 적들이야 미국을 이겼다고 믿기 쉽겠지요. 하지만 미국인들은 아주 부유한 데다 자신들의 능력과 힘에 익숙한 나머지 패배할 수도 있다는 걸 믿지 못하죠. 미국인들은 이제 분노를 못 참고 전보다 곱절은 사나워지고 열 배는 더 신중해질 거예요. 평범한 전쟁을 치르는 중이라면 일 년을 걸려 배울 점을 하루 만에 배우는 거죠."

"그런 대가를 치르고야 교훈을 얻을 수 있다니, 우리한테도 유감이군." 승이 험악한 목소리로 말했다.

"우리한테 만일 그 한두 시간 만에 박살난 비행기 몇 대만 있었어도 적군을 이 땅에서 몰아냈을 거요. 패배한 건 미국인들뿐만이 아니야."

메이리는 연못에 손을 담그고 작은 원을 그리며 천천히 휘저었다. "당신 말이 다 맞아요. 하지만 내가 아는 미국인들을 떠올려보면…… 미국인들은 결코 패배할 수 없어요. 무슨 일이 벌어졌건, 그리고 앞으로 무슨 일이 생기건, 미국인들은 최후의 승자가 될 거예요. 그러니까 우리도 미국인들과 힘을 모아야 해요."

"당신이 미국에 대해 기억하는 건 어떤 거지?" 승이 물었다. 찻잔의 차는 이미 식었지만 승과 메이리는 개의치 않았다. 접어놓은 수건 위에 엎드려 있던 개도 몸을 일으키더니 주인 곁에서 낑낑거리기 시작했지만, 메이리는 그 소리가 들리지 않았다. 메이리는 손을 물에 담근 채 회상에 잠겼다. 그녀는 마당 끝에 시선을 고정시킨 채 자신의 기억에 집중하고 있었다.

"미국은 세상에서 가장 아름다운 나라예요. 미국을 내 나라만큼 사랑하지는 않지만 이것만큼은 자신 있게 말할 수 있어요. 구불구불 이어진 넓은 길은 언덕과 산을 휘감고 올라가고 사막과 평원을 가로질러요. 마을은 아주 깨끗하고, 그곳 사람들도 더할 나위 없이 깨끗한 데다 배고픔을 모르고 살죠. 시골 농가들도 깨끗하긴 마찬가지예요. 상처투성이 거지나 잔뜩 배를 곯은 개들도 없어요. 숲은 우거지고 강물은 맑고요……."

"그렇다고 전쟁에 이기는 건 아니지." 승이 단호하게 대답했다.

"물론이에요. 하지만 미국에는 공장들이 있지요." 메이리가 재빨리 말했다.

"그 공장에서는 배와 자동차를 만들고요. 미국인들은 다들 자동차를 갖고 있죠. 그 사람들은 기계의 힘과 신비로움을 속속들이 알고 있어요. 미국인들은 세상을 뒤덮을 만큼 많은 비행기를 만들 수 있어요!"

"그런데도 우리한테 몇 대 보내줄 수 없다니 이상하군." 승이 씁쓸하게 대답했다.

"그래요. 하지만 미국인들은 아직 싸움을 시작하지도 않았어요!" 메이리가 외쳤다.

"당신은 몰라요. 충분히 만족한 사람들, 배고픔을 모르는 사람들은 깨달음이 늦게 마련이에요. 일단 고통을 당하고 온몸으로 전쟁을 느껴야 하죠……."

"우리는 벌써 다섯 해째 전쟁을 몸으로 겪고 있소. 미국인들한테는 우리가 피도 살도 없는 사람처럼 여겨진단 말이오?"

"미국과 우리는 아주 멀리 떨어져 살고 있어요. 그걸 알아야 해요. 미국인들은 우리에 대해 아는 바가 없어요."

"이렇게 먼 곳에 있는데 과연 그 사람들이 우리를 도와줄까?"

"틀림없이 그럴 거예요." 메이리는 힘주어 말했다.

"당신은 미국인들을 모르지만, 나는 잘 알아요. 그 사람들한테는 우리를 돕는 게 이롭죠. 일본을 공격할 때 우리 땅을 비행장처럼 이용할 수 있으니 유리한 것 아닌가요. 하지만 그들한테도 각성할 시간을 줘야 해요, 깨달을 시간을요……."

"그럴 시간이라면 이미 충분히 주었소." 승의 목소리는 우울했다. "며칠 뒤면 이국땅에서 전투를 치르려고 서쪽으로 행군해야 할 마당에 뭘 더 기다린단 말이오? 미국인들이 깨달을 시간을 기다리고 나면 너무 늦을지도 모르지. 지금이라면 비행기 몇 대 지원해 주는 것만으로도 우리를 구할 수 있을지 모르지만, 너무 늦으면 수천 대를 보내줘도 아무 소용이 없을 거요."

메이리가 아무 대답도 하지 않자 승은 이렇게 덧붙였다.

"나는 군인으로서 말하는 거요." 메이리가 잠시간의 침묵 뒤에 입을 열었다.

"군인들이라고 언제나 분별 있는 말을 하는 건 아니죠. 군인들은 전투만 생각하지 않나요. 하지만 전쟁에서 전투가 전부인 건 아니에요."

승이 메이리의 말을 막아섰다.

"그럼 또 뭐가 있다는 거지?"

순간 작은 개가 조막만 한 얼굴을 쳐들더니 눈을 감고 길게 뽑는 소리로 짖었다. 승과 메이리는 대화를 멈추고 개를 바라보았다.

"우리 귀에는 안 들리는 소리를 들은 모양이군." 승은 하늘을 올려다본 뒤 마당을 둘러보았다.

"들어봐요!" 메이리가 속삭였다. 두 사람은 가만히 귀를 기울였다. 그러자 점차 커지는 사이렌 소리가 들려왔다. 승이 벌떡 일어서며 외쳤다. "적군이오!"

메이리가 쿤밍에 도착한 이래 적기가 이곳 상공까지 날아온 건 처음이었다. 물론 적기가 출몰했다는 이야기를 듣거나 적군의 전투기가 남기고 간 폐허를 목격한 적은 있었지만, 메이리에게는 모두 풍문에 지나지 않았다. 그녀가 낯선 상점에 들어가 무너진 지붕이나 허물어져 돌 더미가 되어버린 벽을 바라볼 때면, 상점 주인이 나서서 자신과 가족들이 어떻게 적의 공격을 피해 달아났는지, 이웃 중에 어떤 사람들이 어떻게 살해되거나 불구가 되었는지를 열띤 목소리로 말해주곤 했다. 하지만 그들의 이야기 역시 메이리에게는 풍문일 뿐이었다.

사이렌 소리는 점차 커졌다. 작은 개는 고통스러워 어쩔 줄 몰라 하며 바닥에 엎드린 채 깽깽댔다. 저만치 류마가 앞치마에 손을 닦으며 뛰어나왔다.

"세상에, 맙소사! 어디로 가야 하지?" 류마가 소리쳤다.

"덩치 큰 군인 양반, 우리를 위해서라도 생각 좀 해봐요. 도움이 돼보시오! 우리는 둘 다 여인네에 불과하지 않소!"

승이 대문 앞으로 달려가 활짝 문을 열었다. 거리를 걷던 사람들은 벌써 이리 저리 뛰는 중이었고, 상점 주인들은 밤이라도 온 것처럼 가게 전면을 판자로 막고 있었다. 사방에서 요란하게 문 닫는 소리와 대문에 빗장 거는 소리가 들려왔다.

"여기가 성벽 밖이라면! 성 안에서는 우리에 갇힌 짐승처럼 꼼짝 없이 잡힐 수밖에 없어!" 승이 어깨 너머 뒤를 돌아보며 외쳤다. 그는 고향 마을에서 멀지 않은 도시에 처음 폭탄이 떨어졌을 때 으스러진 시체들을 보며 얼마나 메스꺼워했는지를 기억했다. 어른 아이 할 것 없이 갈가리 찢긴 채 살점과 뼈, 피와 뇌수가 사방에 흩뿌려져 있었다. 하지만 메이리는 그걸 본 적이 없었고, 보지 않은 건 두려워할 수 없었으므로 서 있는 곳에서 한 걸음도 움직이지 않고 있었다.

승은 재빨리 상황을 파악했다. 이곳에서 일 킬로미터만 가면 남문이 있었다. 성문이 닫히지 않았다면 적군이 들이닥치기 전에 도시를 벗어날 수 있을지도 몰랐다. 성 밖으로만 나가면 대나무 숲에 몸을 숨길 수 있을 테고, 그러면 지붕을 떠받치고 있는 들보와 돌을 쌓아서 만든 두꺼운 벽이 허물어져도 그 밑에 깔리는 일만큼은 피할 수 있었다. 폭탄이 머리 위로 떨어지지만 않는다면 더는 위험할 게 없었다.

"갑시다!" 승은 이렇게 외쳤고, 메이리와 류마도 그를 따라 달리기 시작했다. 순간 작은 개를 떠올린 메이리가 다시 뒤돌아 뛰기 시작했다. 이 때문에 긴박한 상황에서도 메이리와 승은 실랑이를 벌였다. 승은 개를 안고 있는 메이리를 보자 어리석은 행동을 탓하며 욕을 내뱉더니 개를 낚아채서 바닥으로 던져버렸다. 그런 뒤 메이리를 대문 밖으로 밀어내 곁에 바짝 붙잡아두었다. 메이리는 몸부림을 쳤지만 승에게서 벗어날 수 없었다.

"이런, 세상에!" 승이 외쳤다.

"두 발로 네 발 달린 사슴처럼 날쌔게 달려야 할 마당에 개 한 마리 때문에! 그것도 밥만 축내는 쓸모없는 개 한 마리 때문에 멈추다니……."

메이리는 빠져나가려고 버둥거렸지만 그럴수록 승은 더욱 세게 그녀를 그러잡고 남문으로 이어진 길을 따라 걸음을 재촉했다. 정신없이 달려가는 중에도 몇몇 사람들이 몸부림치는 젊은 여인을 억지로 잡아끌어대는 이 키 큰 사내를 이상한 눈으로 바라보았다. 류마가 뒤에서 숨을 헐떡이며 소리쳤지만, 승은 걸음을 멈추지 않았다.

"발이 묶인 것도 아닌데 혼자 오게 내버려 둬!" 승이 투덜댔다. 그때 노인 한 명이 승의 뒤에서 소리쳤다.

"군인 양반, 이런 판국에도 아녀자를 힘으로 후리는가? 죽어서 지옥에 떨어지고 싶지 않거든 그만두게, 그만둬."

노인은 군인들이 이따금 그러는 것처럼 승이 젊은 여자를 억지로 잡아끈다고 생각한 모양이었다. 또한 고래고래 소리를 지르며 쫓아오는 류마를 메이리의 어머니라고 믿고 있는 듯했다. 그러나 승은 노인에게 "노인장 앞가림이나 잘하쇼!" 하고 외치고는 여전히 걸음을 재촉했고, 메이리는 결국 반항을 멈추고 조용히 승을 따라갔다. 승은 더 이상 메이리를 잡아끌지는 않았지만, 꽉 잡은 손은 놓지 않았다.

윙윙대는 전투기 소리가 점차 가까워지는 가운데 그들은 여전히 성문을 향해 달려가고 있었다. 거리는 텅 비어서 덕분에 마음껏 달릴 수 있었다. 사람들은 하늘에서 뭐가 떨어지건 그저 기다릴 작정으로 집 안에 숨어 있었다. 눈앞에 거대한 성문이 보였고, 잠시 후 두 사람은 성벽의 차가운 그림자 안으로 몸을 감추었다. 두

께가 서른 자ℛ가 넘는 성벽은 길 위로 활 모양을 그리면서 뚫려 있었고, 그 깊숙한 안쪽 끝에 문이 있었다.

성벽의 그림자 속으로 들어가는 순간, 승은 성문이 잠겨 있는 것을 발견했다. 승은 사방을 에워싼 벽에 둘러싸여 여러 날을 지내본 적이 없었다. 그는 그간 이 도시를 벗어나기 위해 이 성문을 수없이 통과해왔다. 성문 아래 자갈길은 잠시도 해가 들지 않아서 한 해의 시작부터 끝까지 늘 축축하게 젖어 있었다. 승은 이 젖은 자갈길 위로 걸음을 디뎌 성벽 그림자 속으로 들어서는 순간, 열린 성문을 통해 펼쳐지는 눈부신 시골 풍경을 바라보는 것이 언제나 즐거웠다. 그러나 이 순간 그의 눈앞에는 어둠만이 드리워져 있었다.

그들은 그 어둠 속으로 걸어 들어갔다. 성문 앞은 피난처를 찾아온 집 없는 사람들, 여행 중에 성 안에 갇힌 사람들, 걸인들로 붐볐다.

어둑하고 서늘한 성벽 밑에서 승과 메이리는 빼곡히 모여든 사람들을 바라보았다. 누더기를 걸친 걸인들은 서로 몸을 바짝 붙이고 있었다. 문둥병에 걸려 볼이 썩어 들어간 걸인 하나만 스스로 무리에서 최대한 떨어져 있을 뿐, 이 상황에서 다른 이들로부터 동떨어져 있는 사람은 아무도 없었다. 문둥병에 걸린 걸인도 떨어진 간격은 그리 크지 않았고, 우연히 마지막으로 성벽 밑으로 들어오는 바람에 승과 메이리가 들어섰을 때는 입구 가까이에 있었다. 메이리는 참혹한 문둥병 환자의 모습을 보자마자 생각할 겨를도 없이 소리부터 질렀다.

"맙소사, 승! 저 사람 좀 봐요…… 문둥이예요!" 메이리는 이렇게 외치더니 다시 밖으로 뛰쳐나가려 했다. 하지만 이미 전투기가 도시의 북서쪽 상공에 모습을 드러냈고, 폭탄이 요란한 천둥소리를 내면서 쏟아지기 시작했다. 승은 두 팔을 뻗어 메이리를 껴안았다. 그 역시 문둥이를 향한 공포와 폭탄에 대한 두려움 사이에서 오락가락하고 있었다.

"잠깐!" 승은 소리치더니 문둥이와 몸이 닿지 않도록 조심하며 메이리와 문둥이 사이에 버티고 섰다. 얼마 안 가 문둥이에게 사람들 근처에 얼씬도 말라며 외치는 소리가 들려오기 시작했다.

한 사람의 말이 끝나면 또 다른 누군가가 기다렸다는 듯이 그를 나무랐다.

"그것도 목숨이라고 부지하고 싶은 게냐?"

"악귀 같은 왜놈들을 피해 기껏 여기까지 왔는데, 왜 또 다른 악귀와 마주쳐야 하는 거야?"

사람들은 소리쳤고 특히 아이를 둔 여자들이 유난히 모질게 화를 냈다. 류마의 목소리는 그 가운데에서도 가장 컸다.

"저만치 물러서지 못해! 깨끗한 살도 더러운 살처럼 썩을 수 있어!" 류마는 이제 문둥이뿐만 아니라 그의 어머니와 조상에게까지 욕설을 퍼붓기 시작했다.

고함이 오가는 가운데 문둥이는 한 마디도 하지 않았다. 그저 이 사람 저 사람을 바라보면서 속눈썹이 다 빠진 눈을 껌벅일 뿐이었다. 이렇게 불만이 높아가는 동안 몇몇 사람들은 문둥이를 피해 밖으로 나가려 했지만, 사방에서 요란한 소리와 함께 폭탄이 쏟아지기 시작했다. 순간 굴 깊숙한 곳에서 스님 한 사람이 걸어 나왔다. 회색 승복 차림의 그는 한 손에 탁발 그릇을 들고 있었다. 앳돼 보이는 얼굴에 이마에 생긴 아홉 개의 신성한 흉터가 여전히 붉은 것으로 봐서 이제 막 불가에 입문한 것이 분명했다.

문둥이는 스스로도 자신을 불쾌하고 불결한 존재로 느끼면서도 가진 것이라고는 목숨밖에 없었으므로 생명을 부지하기 위해 안간힘을 쓰고 있었다. 그는 쏟아지는 폭탄 아래로 나가려 들지 않았다. 폭음이 너무 커져 이제는 말소리도 귀에 들리지 않았다. 스님은 말없이 문둥이를 벽에 바짝 세우더니 사람들과 문둥이 사이를 자신이 가로막고 섰다.

사람들은 하늘에서 무시무시한 폭탄이 빗발치는 동안 고개를 숙인 채 서 있었다. 성문 앞 공기는 먼지로 자욱해졌고, 오래된 성벽이 한두 차례 흔들렸다. 천 년 전에 이 성벽을 건설한 사람들 중에 그 누가 이처럼 가공할 만한 적을 상상할 수 있었을까? 다행히 기초 공사를 깊고 단단하게 해둔 덕에 오래된 성벽은 허물어지지 않았다. 또한 하늘이 은혜를 베풀었는지 폭탄은 도시를 둘러싼 산줄기를 따라 구불구불 이어진 성벽 위를 피해 갔다. 당연히 성벽 밑에 몸을 피한 사람들 머리 위로도 폭탄은 떨어지지 않았다. 사람들은 빗발치는 폭탄 아래에서 할 말을 잊은 채 숨을 헐떡이며 서 있었다.

이윽고 위험한 순간은 지나갔다. 적기는 멀리 날아갔고, 승은 그 모습을 지켜보기 위해 숨어 있던 곳에서 나왔다. 그는 방금 전 적군의 비행기들이 화가가 붓으로 그려낸 기러기 떼처럼 한 줄로 날아오는 것을 보았다. 그리고 적기가 돌아가는 모습을 보기 위해 서둘러 성벽 위로 올라갔다. 적기는 올 때와 마찬가지로 나란히 줄을 지어 우아하게 본국으로 귀환하고 있었다.

승은 가슴 속에서 치미는 비통함을 억누를 길이 없었다. 적군의 비행기는 이곳까지 날아와 사악한 임무를 완수한 뒤 돌아갈 때까지 줄곧 저처럼 대열을 유지하는데, 이곳에는 하늘에 완벽한 줄을 그리며 날아가는 저 적기들을 흩뜨려놓을 만한 것이 아무것도 없었다.

승은 하늘을 바라보며 메이리가 했던 말을 떠올렸다. 메이리는 미국 땅에 있는 공장들이 각각 저런 비행기를 매일 스무 대쯤은 만들어낼 수 있다고 했다. 그런데도 미국은 새로운 적을 무찌를 수 있도록 전투기 삼사 백 대쯤 보내주는 일조차 하지 않았다. 하루 동안 만들어지는 것만 보내줘도 충분할 텐데!

승은 성벽 위로 올라가 하늘을 바라보면서, 자신과 부하들이 얼마나 땅에 얽매인 존재인지를 생각했고, 자신도 하늘을 날아 적의 무리를 쫓아갈 수 있기를 갈망했다. 그러나 안타깝게도 그는 지상에 묶인 존재였다. 승은 이제 부하들 앞에서 두 발로 터벅터벅 천오백 킬로미터가 넘는 길을 걸어가 주어진 전투를 치러야만 했다. 그런데 적군은 그가 사랑하는 여인이 살아남아야 할 이곳에까지 전투기로 날아와 계획을 실천으로 옮기지 않았는가.

승은 풀로 덮인 성벽 아래쪽을 향해 몸을 숙이고, 메이리에게 올라오라고 소리쳤다. 성문이 열린 지금, 사람들은 집이 있는 성 안으로 돌아가고 있었다. 여행 중인 사람들도 가던 길을 계속 갔다. 하지만 집이 없는 문둥이는 성문 옆에 덩그러니 앉아 있었.

오늘 단지 시주를 받으러 성 안에 들어왔던 스님도 산에 있는 절로 돌아가기 위해 성문을 나섰다. 그러나 떠나기에 앞서 그는 회색 승복 품에서 동전 몇 닢을 꺼내 문둥이의 손에 떨어뜨려 주는 것을 잊지 않았다. 동전이 떨어지는 순간, 쇠붙이끼리 부딪치는 것 같은 소리가 났다. 문둥이의 손바닥은 나병 때문에 핏기 없이 메말라 쇠붙이처럼 단단했다.

메리는 성벽 위로 올라갔고, 승은 순식간에 곁으로 다가온 메이리의 눈에서 걱정을 읽어냈다.

"집에 가서 씻어야겠어요." 메리가 말했다. "내 몸이 더럽게 느껴져요. 씻어야지 이 기분을 떨쳐버릴 수 있을 것 같아요."

승은 메이리가 문둥이 때문에 이렇게 법석을 떠는 것에 놀라 솔직하게 말했다.

"문둥이 몸에는 손끝 하나 대지 않았지 않소. 몸이 닿지 않았으니 걱정할 것 없소. 나도 문둥이 몸에 닿지 않도록 조심했고, 문둥이한테 손을 댄 건 스님뿐이지만, 스님은 신성한 분이니 아무해도 안 입을 거요."

"문둥이가 나다니는 걸 허락해선 안 돼요." 메리가 소리쳤다.

"미국이나 영국이라면 문둥이가 사람들 사이를 어슬렁대는 게 가능할 거라고 생각해요?"

"그럼 거기는 뭘 어떻게 한단 말이지?" 승이 기가 막힌 얼굴로 물었다.

"자기 의지와 상관없이 그렇게 된 사람들을 설마 죽이지야 않겠지?"

"병에 걸리지 않은 사람들과 신체 접촉을 할 수 없는 곳으로 보내요."

"그것도 불공평해." 승의 목소리는 심각했다.

"자기 힘으로는 어쩔 도리가 없는 병에 걸렸는데 감옥에 갇혀야 한다고?"

"당신은 아무것도 이해 못해요!" 메이리가 조바심을 내며 외쳤다. "문둥병에 안 걸린 사람들을 위해서라고요!"

승은 메이리를 바라보았다. 흙먼지가 묻은 그 얼굴과 머리카락, 두 뺨이 눈에 들어왔다. 언제나 장밋빛을 띠고 있던 그녀의 뺨이 지금은 창백하기 그지없었다.

"둘 다 이제 막 죽다 살아난 판에 싸움일랑 그만둡시다. 당신과 나는 무슨 일에서건 싸우게 되는군. 내가 먼 곳으로 가서 당신 곁에 없는 편이 낫겠어. 이제야 알 것 같소. 당신은 내가 당신이 원하는 사람이 아니라는 이유로 항상 싸우려 들겠지."

승은 메이리의 붉은 아랫입술이 떨리기 시작하는 것을 보았다. 메이리는 고개를 돌렸다. 그녀의 눈에 도시가 들어왔다. 두 사람이 잠시 잊고 있던 적의 공격에 초토화된 도시가 눈앞에 그대로 펼쳐져 있었다. 커다란 불기둥 네 개가 이글거리며 타오르면서 맑은 밤하늘 위로 연기가 소용돌이쳐 올라갔다. 메이리가 갑자기 흐느끼기 시작했다.

"왜 그러지?" 메이리가 우는 모습을 한 번도 보지 못한 승이 겁에 질려 소리쳤다.

"너무 화가 나요!" 메이리가 큰 소리로 대답했다.

"우리가 이렇게 힘이 없다는 게 너무 화가 나요! 우리가 뭘 할 수 있죠? 적군이 쳐들어와서 우리를 죽이도록 맥없이 기다리기만 하잖아요. 할 수 있는 거라곤 숨는 것밖에 없고요!"

승은 팔을 뻗어 메이리의 손을 잡고는 그녀와 함께 서서 타오르는 불을 하염없이 바라보았다. 사람들이 하나둘 모여들어 불길에 물을 뿌리기 시작하면서 우르르 군중의 외침 소리가 들려왔다. 그러나 승과 메이리는 도울 생각이 없는지 꼼짝 않고 서 있었다. 일손이라면 얼마든지 있다……. 도시가 가진 거라고는 사람밖에 더 있는가!

그때 류마가 길에서 고개를 치켜들고 꾸짖듯이 외치는 소리가 들렸다. "추운데 거기 그러고들 있을 거유? 곧 해가 질 텐데. 나는 집에 가서 밥이나 해야겠소."

승과 메이리는 류마의 재촉에 아래로 내려와서 그녀의 뒤를 따라 걸었다. 피로가 몰려왔다. 승과 메이리는 방금 전에 눈앞에서 벌어진 일들을 머릿속에서 지우지 못하고 있었다. 가슴에 한기가 돌고 온몸에서 기운이 빠져나가는 것 같았다.

"부하들한테 가봐야겠군." 승이 말했다.

"버마로 떠나기 전에 다시 올 건가요?" 메이리가 물었다. 승은 대답하지 않았다. 눈앞에 걸음을 멈추게 만드는 풍경이 펼쳐져 있었기 때문이다. 길이 북쪽으로 갈라지는 곳에서 집 한 채가 폭탄에 허물어져 있고, 젊은 남자가 목 놓아 울며 맨손으로 건물 잔해를 파헤치고 있었다.

"댁의 집이오?" 류마가 큰 소리로 물었다. 안쓰러운 마음에 류마의 늙은 얼굴에 주름이 잡혔다.

"집과 비단 가게, 그리고 내가 가진 모든 게 이 밑에 깔렸소." 남자가 흐느꼈다. "처와 나이 드신 아버지 그리고 어린 아들도요!"

"댁은 어떻게 빠져나왔단 말이오!" 류마는 질문을 던지고는 남자를 도와 건물의 잔해를 파헤치기 시작했다. 승도 서둘러 돌덩이를 걷어내는 데 사용할 만한 물건이 있나 주위를 둘러보았다.

"왜놈이 어느 쪽에서 오는지 보려고 잠깐 나왔소. 그런데 벌써 머리 위까지 날아와 있었소!" 남자가 울부짖었다. 그때 그의 시선이 붉은 꽃무늬 천 조각 위에 멈추었다.

"내 아들의 저고리예요!" 남자가 외쳤다.

순간 승은 어느 숨진 농부의 곁에 놓여 있는 운반용 막대를 발견했다. 막대 양쪽 끝에 매달린 쌀 광주리는 농부가 처음 대를 엮어서 만들었을 때와 다름없이 매끄럽고 온전한 모양새였지만, 농부는 허공을 가르고 날아온 쇳조각 하나에 양미간을 맞아 날카로운 칼에 수박이 쪼개진 듯 머리 절반이 떨어져 나가 있었다. 승은 막대를 주워서 돌 더미를 파헤치기 시작했다. 꽃무늬 천을 본 메이리도 바닥에 무릎을 꿇고 앉아서 두 손으로 돌덩이를 들어냈다.

금방 아이의 모습이 드러났다. 젊은 아버지가 두 팔로 아들을 안아 올렸지만, 아이는 이미 죽어 있었다. 모두가 입을 다문 가운데 침묵이 흘렀다. 젊은 남자는 아이를 높이 들어 올리고는 머리 위로 끝없이 펼쳐진 하늘을 향해 흐느꼈다. 마침내 모두의 눈에서 눈물이 흘러 내렸다. 메이리는 손수건으로 눈물을 닦았고, 류마는 앞치마로 눈을 훔쳤다. 승이 막대를 내려놓았다.

"아이가 죽은 걸 보니, 나머지 가족들도 마찬가지일 겁니다." 승이 말했다.

"하늘이 뜻한 바가 있어 당신만은 살려둔 모양이오. 나랑 같이 갑시다. 복수할 수 있도록 총을 드리겠소."

젊은 남자는 그제야 승이 군인임을, 군대를 이끄는 지휘관임을 알아보고는 앞뒤 잴 것도 없이 돌아섰다. 눈에서는 여전히 눈물이 비 오듯 쏟아지고 있었다. 남자는 승을 따라갔다. 다만 침대에 누운 듯이 팔에 안겨 있는 죽은 아들도 함께였다.

"아이는 두고 갑시다." 승이 명령하듯 말했다.

그러나 남자는 애처로운 눈빛으로 승과 메이리, 류마의 얼굴을 번갈아 바라보았다.

"저 밑에 깔린 가족들은 두고 갈 수 있소. 하지만 이 어린 걸 어떻게 혼자 두고 갈 수 있겠습니까?" 남자가 애원했다.

"개들의 먹이가 되고 말 겁니다."

"제가 할게요." 메이리가 말했다.

"제가 대신 관을 장만해서 묻어드릴게요."

"그럼 되겠군." 승은 이렇게 대답하며 다정한 눈으로 메이리를 바라보았다.

젊은 남자는 메이리에게 아들을 건넸고, 메이리는 죽은 아이를 품에 안았다. 이토록 가까이 아이를 안아보는 건 처음이었다. 사촌은 물론이고 먼 친척도 없는 이국땅 아버지 집에서 홀로 자란 그녀는 어떤 묘한 우연 때문인지 아이 곁에 있어본 적이 없었다. 메이리가 품에 안은 작은 생명은 그녀의 팔 위에서 축 늘어져 있었다. 메이리는 힘없이 자신에게 몸을 의지하고 있는 아이를 바라보며 목이 메어 아무 말도 못하고 승만 바라보았다.

승과 메이리는 죽은 아이를 사이에 두고 서로를 마주보았다. 그들은 죽기 전의 아이를 한 번도 본 적이 없었다. 그럼에도 아이의 죽음은 승과 메이리로 하여금 서로를 다시 애정 어린 태도로 대하도록 만들었다.

"되도록 빨리 돌아오겠소." 승이 말했다.

"기다리고 있을게요." 메이리가 대답했다. 이 말은 돌아오기로 약속한 손님에게 으레 건네는 인사에 불과했지만, 그녀의 눈빛에는 진심이 담겨 있었다. 승은 그런 메이리의 마음을 느낄 수 있었다. 이윽고 그는 젊은 남자를 이끌고 자신의 길로 향했고, 메이리 역시 자기 갈 길을 갔다.

"이리 다오." 류마가 말했다. 그러나 메이리는 고개를 저었다.

"유모보다는 내가 젊어요. 힘도 더 세고요."

메이리는 아이를 품에 안은 채 집으로 돌아왔다. 그녀의 집은 떠날 때와 다름없었지만, 남쪽으로 집 열 채가 줄지어 허물어지고 구름처럼 뿌연 먼지가 사방을 에워싸고 있었다. 마당에서 몸을 떨며 주인을 기다리고 있던 작은 개는 메이리가 들어서자 죽은 아이의 냄새를 맡고 머리를 쳐들며 낑낑댔다. 그러나 메이리는 말없이 방으로 들어가 자신의 침대에 아이를 눕혔다.

세 살 정도 되어 보이는 아이는 동그랗고 부드러운 얼굴을 가진 잘생긴 소년이었다. 눈으로 봐서는 상처를 찾을 수 없어서, 메이리는 혹시 숨결이 남아 있을지 모른다는 생각에 아이의 작고 통통한 손을 잡았다. 그러나 부질없는 기대였다. 메이리는 관절 부위가 옴폭 팬 여린 손가락에 죽음이 깃들어 뻣뻣해지기 시작했음을 느낄 수 있었다. 그녀는 아이의 손을 내려놓고 잠시 그대로 있었다. 그녀는 한 번도 살아 있는 모습을 본 적이 없는데도 눈앞의 아이에게서 시선을 거둘 수 없었다. 그리고 처음으로 이 전쟁이 뭘 의미하는지, 한 아이가 죽임을 당할지 모르는 마당에 누구도 살인자를 막지 못하는 이 현실이 무엇을 의미하는지를 뼈저리게 느꼈다. 가슴속에서 분노가 잡초처럼 자라기 시작했다.

"손을 뻗어서 저 악마들의 목을 조를 수만 있다면!" 메이리가 중얼거렸다.

그때 류마가 문에 드리워진 붉은 비단 커튼을 젖히고 방 안을 들여다보았다. 한참이나 아무 소리가 없자 궁금해진 것이다. 류마의 눈에, 침대에 걸터앉아 아이를 뚫어질 듯 바라보고 있는 젊은 여주인의 모습이 들어왔다.

"가서 관을 사올까?" 류마가 물었다.

"네." 메이리가 대답했다.

"그런데 관은 어디에 묻지?" 류마가 또다시 물었다.

"성문 밖에서 땅을 구하면 돼요. 어딘가에 아이를 묻을 만한 땅을 떼어 팔 농부가 있겠죠."

"빌리면 그만이다. 어린애 주검은 금방 썩는단다. 게다가 이 아이는 네 피붙이도 아니야."

"적군의 손에 죽은 아이는 모두 내 피붙이에요!" 류마는 메이리의 격한 음성에 놀라 재빨리 커튼 뒤로 몸을 숨겼다.

류마는 집을 나섰고, 메이리는 잠시 후 자리에서 일어나 침대 주위에 커튼을 치고 마당으로 나와 손수 사서 처마 밑에 놓아둔 긴 등나무 의자에 몸을 눕혔다. 개가 두 손으로 눈을 가린 채 누워 있는 그녀의 곁으로 다가와 몸을 동그랗게 말고 엎드렸다. 작은 개는 살았고, 아이는 죽었다. 말도 안 되는 일이었다. 메이리는 승이 어째서 그토록 개를 아끼는 자신을 보며 화를 냈는지를 비로소 알 것 같았다. 집으로 돌아와 개가 죽어 있는 걸 봤다면 어땠을까? 아마 귀여운 물건을 잃은 듯한 마음으로 슬퍼했겠지만 눈물은 흘리지 않았으리라. 그러나 아이는 생명체였다. 메이리의 마음에도 개를 향한 증오심 비슷한 감정이 고개를 들었다. 다만 메이리는 본래 좀처럼 눈물을 보이지 않는 여자였으므로 더는 울지 않았다.

이윽고 류마가 돌아왔다. 메이리는 류마를 도와서 인력거로 싣고 온 관을 집 안에 들여놓은 뒤 거기에 아이를 눕혔다. 삯을 받기 위해 기다리던 인력거꾼이 또 다른 인력거꾼을 데리고 와서 모두 함께 도시를 둘러싼 성벽 밖으로 향했다. 류마는 관을 실은 인력거에, 메이리는 나머지 한 대의 인력거에 몸을 실었다.

도시를 이삼 킬로미터 정도 벗어났을 무렵, 그들은 농부 한 명을 만났다. 아들들을 전쟁터로 보냈다는 그 나이 지긋한 농부는 손에 은전 몇 닢을 쥐어주자 밭 끝자락을 파주었다. 메이리 일행은 관을 구덩이에 내려놓았다.

"들개가 파헤치지 못하게 지켜주세요." 류마가 말하자 농부가 낄낄대며 답했다.

"요즘 같은 시절에 개들이 무덤까지 파헤칠 필요가 있을 것 같소? 천만에요. 아무리 배불리 잘 먹는 부자도 개들만은 못할 겁니다!" 농부는 한숨을 쉬더니 두 손에 침을 뱉은 뒤 괭이를 들어 올려 다시 일터로 향했다.

메이리와 류마도 인력거에 몸을 싣고 성 안으로 돌아갔다.

4장
여인의 신념

그날 밤 메이리는 잠에서 깨서 잠시 귀를 기울였다. 무슨 소리가 잠을 방해했는지 알아내기 위해서였다. 하지만 피로에 젖어 잠든 도시에는 침묵만이 감돌았다. 그녀를 깨운 소리 같은 건 없었다. 정확히 말하자면 바깥은 그랬다.

가만히 누운 채 귀를 기울이던 메이리는 갑자기 자신의 육체와 숨결, 자신의 방과 지금 누워 있는 침대를 비롯한 모든 걸 몸으로 느낄 수 있었다. 오늘 그녀는 죽은 아이를 이 침대 위에 눕혔다. 모든 게 실재하면서도 동시에 실재하지 않는 것 같은 기분이었다.

메이리는 그간 느끼지 못했던 지독하게 암울한 비애에 젖어들었다. 견디기 힘들 정도로 무겁게 내리누르는 슬픔에 숨조차 쉴 수 없을 지경이었다.

"나쁜 꿈을 꾼 건 아니겠지?"

메이리는 자신에게 물었다. 물론 아니었다. 그녀의 가슴은 상실감 외에는 아무 감정도 느낄 수 없을 만큼 텅 비어 있었다. 하지만 뭘 잃었단 말인가? 죽은 아이는 그녀의 자식도 아니었다. 단지 아이의 죽음 때문에 이렇게 우울해질 수 있는 걸까? 메이리는 두려움에 사로잡혀 몸을 일으켰다. 혹시 방 안에 누가 있는 걸까? 가까이에 있는 어떤 사악한 존재를 느끼고 잠에서 깬 건 아닐까?

메이리는 급히 침대에서 내려와 탁자 위에 놓인 초에 불을 밝힌 뒤 높이 들어 문 쪽을 비추었다. 아무도 없었다. 그녀의 걸어가서 문을 열어보았다. 보이는 건 긴 의자에 누워 잠들어 있는 류마의 모습뿐이었다. 류마의 잠은 무엇으로도 방해받지 않는 듯했다. 입을 벌린 채 자고 있는 류마의 늙은 얼굴은 평온 그 자체였다. 하지만 집 안도 마찬가지로, 메이리의 가슴을 메운 그 깊은 공허감으로 가득했다.

"어찌된 일이지?" 메이리는 또 한 번 자신에게 물었다. 그런 뒤 방으로 돌아가 문을 닫고 손에 초를 든 채로 서 있었다. 갑자기 주위의 모든 것이 낯설게만 느껴졌다. 문득 메이리는 지금 자신에게 없는 가정이라는 것을 떠올리고, 그것을 갈망했다. 사방에 도사린 이 재앙으로부터 달아나고 싶었다. 하지만 어떤 가정을? 메이리에게는 아주 먼 곳에 계신 아버지 말고는 가족이 없었다.

아버지를 떠올리는 순간, 가슴속에 갈망이 차올랐다. 미국의 한 도시에 있는 쾌적한 방에 대한 그리움으로 가슴이 아파왔다. 그 도시에는 아버지가 살고 계셨다. 메이리는 환한 색깔의 깨끗한 커튼과 바닥에 깔린 파란 카펫을 떠올렸다. 왜 아버지 곁을 떠났을까? 왜 그 좋은 곳을 떠났던가?

메이리는 자신의 조국에서 벌어지고 있는 전쟁에 동참하기를 원했다. 그래서 그 좋은 곳을 떠난 것이다.

"후회할 거야." 아버지는 메이리에게 경고했다.

"그곳에 간 걸 후회하게 될 거다. 너는 그런 난리통에 익숙하지 않아."

'그렇다고 돌아갈 수는 없어.' 메이리는 생각했다. 그녀의 꽉 다문 도톰하고 빨간 입술이 굳건한 일자로 다물어졌다. '돌아가지 않겠어.'

메이리는 촛불을 끈 뒤 다시 침대로 들어갔다. 그런 뒤 빨간 꽃무늬 비단 이불을 머리까지 뒤집어쓴 채 위험을 피하려는 것처럼 몸을 웅크렸다. 하지만 이불 속은 피난처가 될 수 없었다. 이 이불은 직접 만든 게 아니라 류마가 가게에서 사온 것으로 평범한 키의 자그마한 여자에게 맞도록 재단되어 있어서 키가 큰 메이리가 머리 위로 끌어당기면 발이 삐죽 드러나고, 발을 덮으면 머리가 밖으로 나왔다. 메이리는 이불 속에 완전히 숨을 수 있을 만큼 작게 웅크릴 수 없었다. 마침내 짜증이 솟구친 메이리는 다시 침대 밖으로 나왔다. 계속해서 허전하고 슬픈 마음이 떠나지 않고 있었다. 메이리는 이불로 어깨를 감싼 채 침대에 걸터앉아서 알 수 없는 비참한 기분에 몸을 맡겼다. 불현듯 이 조국에는 자기가 머물 자리가 없다는 생각이 들었다. 이곳에서 그녀 같은 여인은 설 자리가 없었다. 시골에 사는 여자라면 젊은 남자와 마찬가지로 땅을 일굴 것이고, 공부를 한 여자라면 간호사나 간병인이 돼서 부상자를 돌볼 수 있었다. 하지만 그녀는 일이라고는 해본 적이 없는데 뭘 할 수 있단 말인가? 그녀는 조국으로 돌아오려고 아버지 곁을 떠났고, 지금 아버지는 그녀가 어디에 있는지조차 몰랐다.

이곳에서 메이리가 진정으로 알고 지내는 사람은 오직 승뿐이었다. 그러나 며칠 뒤면 그마저 이곳을 떠난다. 그가 떠나고 나면 메이리에게 류마와 개 말고 무엇이 남을까? 메이리는 아무것도 가진 게 없는 삶을 떠올리며 입술을 삐죽였다. 이런 시절에, 주어진 모든 지혜와 재능을 뒤로 한 채 이렇게 사는 것에 만족해야 하나?

메이리는 어깨를 감싸고 있던 이불을 내던진 뒤 다시 촛불을 켠 뒤 몸을 따뜻하게 하려고 방 안을 서성거렸다. 몸을 데우고 뇌 속으로 뜨겁게 흘러들기 시작한 피 덕분인지 메이리는 갑작스레 앞으로 해야 할 일이 무엇인지를 분명히 깨달았다. 서쪽으로 가는 거다! 메이리는 승이 그곳으로 싸우러 갈 때 자신도 함께 가리라 마음먹었다. 거기서 뭘 하게 되든 상관없었다. 이 생각은 누군가의 명령을 받기라도 한 것처럼 선명함과 정당성을 갖추고 떠올랐다.

어느덧 외로움은 사라졌고, 이해할 수 없는 어리석은 슬픔도 함께 자취를 감추었다. 그래, 바로 이거야. 군대를 따라 가는 거야. 하지만 어떻게 실행에 옮기지? 파견될 군대들은 가장 잘 훈련된 남자들로 구성되어 있었고, 여자는 없었다. 승은 메이리에게 함께 행군할 군인들 모두가 엄격하게 차출된 사내들이라고 자랑스럽게 말하곤 했다. 대원들이 젊고 건강한지 총통이 직접 한 명 한 명 살펴봤다는 승의 자랑은 사실이었다. 승은 그때 유일하게 총통을 보았고, 이후 여러 날 동안 메이리에게 총통의 엄숙한 여윈 얼굴과 짙고 날카로운 눈에 대해 이야기했다.

"총통을 직접 뵈었소." 승은 메이리에게 말했다.

"그분의 눈을 보는 순간, 바늘 천 개에 찔린 것처럼 몸이 따끔거렸소." 그런 뒤 승은 총통의 말을 그대로 옮겼다.

"내 부하들 중에 귀관만큼 키 크고 기골 장대한 사람은 없네. 그러니 누구보다도 훌륭한 군인이 되어주길 바라네."

"총통의 말씀대로 할 작정이오." 승은 이렇게 덧붙였다.

메이리는 부상자를 돌볼 때 도움이 될 만한 걸 배웠더라면 얼마나 좋았을까 생각했다. 하지만 그녀는 병자에 대해서조차 아는 바가 없었다. 그렇다면 그녀가 군대를 따라갈 수 있게 힘을 써줄 영향력 있는 사람을 찾아야 했다.

머릿속이 오직 이 생각으로 뜨겁게 달구어질수록, 가고야 말겠다는 의지가 더 확고하고 고집스러워질수록 메이리는 두려움을 모르는 본연의 모습을 되찾아갔다.

'총통을 직접 만나러 가면 되지 않을까?' 메이리는 스스로에게 물었다. '총통을 찾아가면 돼. 총통께서 허락하지 않는다면 영부인이 보내주시겠지. 영부인도 나와 비슷한 사람일 테니. 우리는 둘 다 같은 이국땅에서 자랐어. 영부인은 내가 뭘 원하는지, 내가 어떤 기분을 느끼고 있는지 이해하실 거야. 영부인도 나처럼 불같은 성격을 가진 여자니까.'

메이리는 구체적인 계획을 세웠지만 승이 알게 되면 막으리라는 걸 알았으므로 그에게는 아무 말도 않겠다고 마음먹었다. 승은 전장으로 향하는 남자는 여자 생각을 하지 말아야 하며, 여자를 가까이 해서도 안 되고, 심지어 세상에 여자가 존재한다는 사실조차 기억해서는 안 된다고 입버릇처럼 말하곤 했다.

"그럼 여군은요?" 메이리는 언젠가 승에게 이렇게 물었다.

"군인이 되면 더 이상 남자가 아니야." 승은 근엄한 목소리로 대답했다.

"군인은 남자도 여자도 아닌 그저 군인일 뿐이지. 강철 같은 의지를 품고 맹렬히 나아가며 싸우고 방아쇠를 당길 뿐이야."

메이리가 만일 이 계획을 이야기하면 승은 이렇게 소리칠 게 분명했다. "비단구두를 신은 발로 당신이 뭘 할 수 있겠소?"

'승한테는 아무 말도 말자.' 메이리는 마음속으로 다짐했다. '그냥 내 뜻대로 가는 거야. 그 사람이 내가 전장에 있는 걸 좋아하건 말건 신경 쓸 필요 없어.'

마음을 정하고 나자 메이리는 다시 침대에 누워 아이처럼 달콤한 잠에 빠져들었다.

✥

"어디로 갔죠?"

그로부터 이틀 뒤 승이 류마에게 물었다.

"아무 말도 안 하고 갔는데 난들 알겠소?" 류마가 대답했다.

"어디 가냐고 물었더니 웃으면서 말하기 싫다더군. 댁이 나한테 물을 게 뻔하다면서 말이오. 내가 알고 있으면 댁이 무슨 수를 써서라도 내 입을 열게 할 거라더군. 그러니 난 아무것도 모른다오. 나한테 아무리 물어봤자 소용없어요. 내가 아는 건 이 두 눈으로 본 것뿐이오. 작은 가방 하나 들고 인력거를 타고 갑디다."

승은 성난 짐승처럼 발로 땅을 차더니 고함을 질렀다.

"어느 쪽으로 갔소?"

"우리 집은 이웃집 세 채를 앞에 두고 골목 끝에 있으니 한쪽밖에 더 있겠소? 골목을 따라 쭉 가다 보면 길이 꺾어지지. 그 다음 어디로 갔는지는 나도 못 봤소." 류마는 몸집 커다란 군인을 놀리는 걸 은근히 재미있어 하며 차분한 목소리로 대답했다.

"언제 돌아올지는 말했소?" 승이 물었다.

"돈을 쥐어주면서 끼니를 해결하라고 합디다. 돈을 다 쓰기 전에 돌아올 거라고 했소."

"얼마나 주고 갔는지 좀 봅시다." 승이 명령조로 말하자 류마는 손을 품에 넣어 갈색 종이로 감싼 은전 열 닢을 꺼냈다.

"이거면 며칠이나 지낼 수 있지?" 승이 류마에게 물었다.

"잘 먹는다면야 눈 깜짝할 사이에 쓸 수도 있소만, 허기만 달래는 정도라면 한 달은 버틸 수 있을 거요."

승은 너무 태평해 보이는 류마의 늙은 얼굴을 벽에 밀어붙이고 싶은 심정이었다. 하지만 그랬다가는 이 노인네가 입을 다물어버릴 게 분명했다. 때문에 승은 냄새를 맡으며 주춤주춤 다가오는 작은 개를 발로 차는 것으로 마음을 달랬다. 개는 깨갱거리면서 달아났다.

"차고 싶거든 맘대로 하구려. 난 어차피 저 개한테 아무 애정이 없으니."

류마는 틀어 올린 머리에서 은 귀이개를 뽑아 오른쪽 귀를 느릿느릿 파기 시작했다. 그녀의 얼굴에 나른한 만족감이 번졌다. 잠시 후 류마는 하품을 하더니 귀이개를 다시 틀어 올린 머리에 꽂았다.

"메이리가 없으니 집이 너무 조용하군." 류마가 다시 입을 열었다. "나도 모르게 잠이 들곤 한다오."

승은 대꾸 없이 텅 빈 마당을 둘러보고는 두 손을 허리춤에 찔러 넣고 돌아섰다. 그리고 대문을 나서려다가 걸음을 멈추고 류마에게 소리쳤다.

"돌아오거든 전해주시오. 내가 전쟁터로 떠났다고 말이오."

이미 눈을 감고 의자에 앉아 있던 류마는 승의 고함소리에 실눈을 떴다.

"알겠소!" 류마는 퉁명스럽게 답하더니 두 손을 배 위에 포개 얹고 한 마리 고양이처럼 만족스런 얼굴로 눈을 감았다.

❖

같은 순간 메이리는 장군의 전용기에 몸을 싣고 까마득한 저 아래 산을 내려다보며 흔들흔들 하늘을 날고 있었다.

메이리는 곧바로 장군이 있는 사령부로 향했고, 그녀를 아는 보초병들이 그녀를 안으로 들였다. 장군은 아침식사 중이었고 메이리는 장군의 찡그린 얼굴을 보고 소리 내서 웃었다. 장군은 남자의 몸에 기운을 불어넣어준다는 이야기를 듣고 좋아하는 쌀밥과 마른 생선, 설탕에 절인 과일과 짭짤한 야채 대신 귀리로 만든 서양식 죽을 먹고 있었다.

장군은 친절한 남자인 데다 여자를 대하는 신식 예절을 조금 알고 있어서 메이리가 들어오는 걸 보자 자리에서 일어나서 말했다.

"드셔보시라고 권하고 싶지만 그랬다가는 오히려 결례일 것 같군요. 이제야 백인들이 점심식사 전까지 왜 그렇게 험악한 얼굴을 하고 다니는지 알겠습니다. 아침에 일어나서 먹는 음식이 이렇다면 당연히 그렇겠죠."

메이리는 웃으면서 숟가락을 들어서 탁자 한가운데 놓인 큰 그릇에서 죽을 한 수저 떴다. 잠시 후 그녀도 얼굴을 찡그렸다.

"타서 쓴 맛이 나네요." 메이리가 말했다.

"소금 간도 안 되어 있고요. 그리고 이건 설탕과 크림을 넣어 먹는 음식이에요."

"크림이라니요?" 장군이 물었다.

"우유로 만든 크림 말이에요."

장군은 깜짝 놀란 얼굴로 메이리를 바라보며 큰 소리로 물었다.

"소젖을 먹다니 내가 송아지라도 됩니까?"

메이리는 장군의 말에 크게 웃느라 두 뺨까지 빨개졌다. 아직 젊은 나이의 장군은 그 모습에 스스로 만족했지만 금방 엄숙한 얼굴로 돌아와 손뼉을 쳤고, 그 소리에 들어온 군인에게 고함을 쳤다.

"취사병을 데려와!" 잠시 후 요리사가 들어오자 장군은 방이 떠나갈 것처럼 소리쳤다.

"너는 이 서양 죽을 태워먹은 데다 소금과 설탕도 안 넣었구나!

그리고 소젖으로 만든 크림을 넣어서 먹어야 된다는 건 왜 말 안 했지? 그런데도 이 죽에 대해서 잘 안다고 말했나?"

취사병은 하얗게 질린 얼굴로 말을 더듬었다.

"우유 냄새를 싫어하시는 줄 알았습니다. 항상 백인들한테서 지독한 냄새가 난다고 하셔서요."

"백인들한테서 나는 게 소젖 냄샌가?" 장군이 소리쳐 물었다.

"그렇다면 잘된 일이다. 동맹국 군인들을 냄새로 가려낼 수 있을 테니까."

장군은 스스로의 농담에 만족스러운 듯 크게 웃더니 손을 내저으며 음식을 가리켰다.

"가져가서 쏟아버리고 쌀밥을 가져와." 장군은 취사병에게 계속 지시를 내렸다.

"개들한테도 주지 말도록. 이건 쓰레기통에나 어울릴 음식이다."

취사병은 귀리죽이 담긴 그릇을 가져가더니 금방 일반 사병들이 먹는 쌀밥을 가지고 왔다. 그러자 장군은 밥공기와 젓가락을 들고 음식을 그릇째 입에 대더니, 만족스런 한숨을 내쉬며 단숨에 먹어치웠다. 순식간에 일어난 일들이었지만 메이리에게는 이 순간이 길게만 느껴졌다. 하지만 메이리는 장군의 기분이 좋아질 때까지 잠자코 기다리다가 마침내 질문을 던졌다.

"서쪽으로 가시기 전에 한 번 더 총통님을 뵈러 가실 거죠?"

장군은 밥공기에 파묻고 있던 얼굴을 들었다. "우리가 서쪽으로 간다고 누가 그러던가요?"

"그냥 알게 됐어요." 메이리는 얼굴에 피어오르는 웃음을 최대한 감추며 대답했다. "그리고 저도 가고 싶어요."

장군은 밥공기를 내려놓더니 큰 소리로 말했다.

"당신이요? 거기서 뭘 할 겁니까?"

"여자들도 데려가시잖아요." 메이리는 두 팔을 탁자에 올려 장군이 시선을 피하지 못하도록 했다.

"그 여자들은 부상자를 돌보는 이들입니다. 의사들을 몇 데려가다 보니 자연히 간호사도 따라가게 되는 거고요. 그리고 간호사들을 데려가는 건 우리가 아니라 의사들입니다."

"저도 부상자를 돌볼 수 있어요."

그러나 장군은 고개를 저었다.

"그건 내 관할이 아닙니다. 그런 일은 허락할 수 없어요. 부하들이 알게 되면 내가 왜 당신을 데려가는지 그 이유를 곧이곧대로 믿겠습니까? 부하들도 당신이 얼마나 젊고 아름다운지 한눈에 알아볼 겁니다. 내 안사람은 또 어떻고요? 내 눈알을 파내고 머리털을 뽑아버리겠지요. 안 될 일입니다. 우리는 전쟁에 이기기 위해서 떠나는 겁니다."

메이리는 장군의 말에 수긍하는 듯했다. 아니, 적어도 반박은 하지 않았다. 그녀는 한숨을 쉬더니 마침내 부드러운 목소리로 이렇게 말했다.

"장군님 말씀이 맞을지도 모르겠군요. 그럼 부탁 하나만 더 드릴게요. 총통님을 뵈러 가시는 길에 저도 데려가주세요."

"거기에 아는 사람이라도 있습니까?" 장군이 날카롭게 물었다.

"처리해야 할 일이 좀 있어서요." 메이리는 겸손하게 대답했다.

"저는 군대에 합류하거나 뭔가 도움이 되는 일을 하려고 장군님께 왔어요. 하지만 할 수 있는 일이 아무것도 없군요. 하지만 정부 쪽에서라면 총통 내외를 도와드릴 수 있을 것 같군요. 고아원에서 일하거나 총통 내외를 위해 제 외국어를 활용할 수도 있고요. 아버지도 제 뜻에 기꺼이 동의하실 거라 믿어요."

장군은 메이리의 아버지를 잘 알고 있었다. 또한 메이리의 이야기에 대해 곰곰이 생각해볼수록 이 어여쁘고 대담한 여인을 총통 내외 가까이에 두면 좋겠다는 쪽으로 마음이 기울었다. 그러면 총통 내외가 메이리를 지켜줄 수 있지 않은가. 장군은 메이리의 청을 받아들이는 쪽이 그녀의 아버지에게도 호의를 베푸는 길이라고 생각했다. 장군은 마침내 "그 부탁이라면 들어드리죠." 말했다.

이렇게 해서 메이리는 장군의 전용기에 몸을 실은 채 그와 함께 하늘을 날게 되었다. 장군은 이튿날 새벽에 떠날 계획이었지만, 메이리가 집으로 돌아갈 생각이 없다는 걸 알고는 안절부절못하기 시작했다. 장군이 식사를 하는 동안 젊은 대위들이 여러 핑계로 그의 방에 들어와 이런저런 보고를 하면서 메이리에게 눈길을 던졌기 때문이다. 장군은 목덜미가 후끈 달아오를 지경이었다. 대위들 중에 누군가가 다른 사람에게 이 상황을 전하고, 그 사람이 또 다른 이에게 어떤 말을 전할지 모를 일이었다. 이렇게 입에서 귀로 전해진 말이 마침내 정결한 아내의 귀에 들어간다면? 대위들이 본 여인은 친구의 딸이자 자신의 딸과 다름없다고 설명해봤자 아내가 과연 믿을까? 장군의 아내는 천성적으로 질투심이 많아서 늘 남편의 말보다는 자기 생각을 믿는 여인이었다.

결국 장군은 그날 계획했던 일을 모두 미루고 쌀밥으로 배를 채운 뒤 두 시간이 안 돼 메이리와 함께 하늘을 날고 있었.

메이리는 장군의 뒤에 앉았다. 작은 비행기는 급강하를 한 뒤 높이 날아올랐고, 난기류에 휩쓸렸다가 빠져나왔다. 저만치 아래에 뭉게뭉게 피어오르는 구름이 보였다. 메이리는 지금 승은 자신이 어디 있는지 전혀 모르고 있을 뿐 아니라 이 상황을 상상조차 못 할 거라는 생각에 일찍이 경험하지 못한 기쁨을 느꼈다. 승을 언제 어디서 다시 만나게 될까? 그 순간 나누게 될 첫 마디는 무엇일까?

메이리는 하늘을 향해 미소를 지었고, 그 순간 고개를 돌린 장군도 메이리의 얼굴에 떠오른 미소를 보았다.

"용이 된 것 같은 기분입니다!" 장군이 메이리에게 소리쳤다. "구름을 타고 나는 용이 된 기분 말이오!"

메이리는 소리 내서 웃었다. 찢어진 덮개 사이로 몰아치는 바람이 그녀의 입에서 흘러나오는 웃음을 낚아챘다.

✢

아버지로부터 익히 전해들은 이야기들 덕분에 메이리는 총통 내외가 낯설지 않았다. 영부인은 한때 메이리의 어머니와 친구였고, 총통은 아버지의 친구였다. 뿐만 아니라 아버지는 종종 총통에게 조언과 충고를 구하곤 했다.

메이리는 총통 내외를 만날 준비를 하며 차림새에 주의를 기울이고 동시에 무슨 말을 할지를 미리 생각해두었다. 면담 허락을 얻는 것은 어렵지 않았다. 메이리가 전갈을 보내자 답신이 왔는데, 영부인이 직접 영어로 보낸 서신에는 "내일 와서 우리와 함께 아침식사를 듭시다."라고 적혀 있었다.

종일 하늘을 난 뒤 호텔에서 단잠을 잔 메이리는 그렇게 해서 이튿날 가장 좋아하는 밝은 녹황색 드레스를 차려 입고 검은 긴 머리를 매끄럽게 빗어 머리 뒤로 틀어 올렸다. 그런 뒤 진홍색 립스틱을 바르고 눈썹 끝을 검게 그렸으며, 귀에는 소박한 고리 모양의 금귀고리를 찼다. 마침내 호텔을 나선 그녀는 문 앞에서 기다리고 있던 인력거에 몸을 실었다.

"위원장님 관저로 갑시다." 총통은 보통 위원장이라고 불렸으므로 모두들 총통을 위원장이라는 직함으로 알고 있었다.

인력거꾼은 전혀 놀라는 기색 없이 말했다.

"나루터까지 은전 반 닢입니다." 메이리가 고개를 끄덕이자 인력거꾼은 허리띠를 졸라매더니 그간 구릿빛 다리를 길들여온 속도로 천천히 달리기 시작했다.

강에 이르는 길을 따라 줄지어 늘어선 건물들은 죄다 허물어져 온전한 집은 단 한 채도 찾아볼 수 없었다. 이토록 지난 여름 충칭重慶을 초토화시킨 폭격이 위력적이었음에도 누구도 신경 쓰지 않는 듯했다. 전쟁이 너무 오래 지속되자 이제 아이들은 이리저리 뛰어 다니며 떠들었고, 심지어 부모를 돕기 위해 잔일을 도맡기도 했다. 어른들 역시 하늘을 가린 지붕이라고는 못 보고 지낸 탓에, 더는 폭격을 범상한 일이 아닌 심한 뇌우나 태풍쯤으로 생각하고 있었다. 인력거가 달리는 길 위로 바삐 움직이며 물건을 사고파는 사람들, 안에서 장사를 하면서 집을 수리하는 이들도 보였다. 이리저리 뛰놀던 아이들이 수레나 인력거를 끌고 가는 사람들의 발치에 넘어질 때마다 이른 시간임에도 일상을 향한 유쾌한 욕설과 고함, 기분 좋은 웃음소리가 허공에 울려 퍼졌다. 둘러보는 곳마다 활기가 넘쳤고, 두려움이나 슬픔의 흔적은 찾아볼 수 없었다.

메이리 또한 자신이 이 순간 여기에 살아 있으며 총통 내외와 아침식사를 하러 가는 길이라는 소박한 만족감으로 입가에 미소가 떠오르는 걸 느꼈다. 생기로 가득해진 그녀는 이야기를 하고 싶은 충동에 사로잡혔고, 마침내 가장 가까이 있는 사람인 인력거꾼과 잡담을 나누기 시작했다.

"다리 아래에서 오셨습니까?" 인력거꾼이 공손하게 물었다.

메이리는 충칭에서는 이 질문이 토박이인지 외지인인지를 묻는 말이라는 걸 알고 있어서 이렇게 대답했다.

"아주 먼 곳에서 왔어요." 인력거꾼은 이 직업을 갖고 있는 사람들이 으레 그렇듯이 이야기 나누는 것을 좋아했다. 그는 지금이 자기 같은 사내들에게는 좋은 시절이라고 말했다.

"요즘 같은 때는 학자가 되는 것보다 인력거를 끄는 편이 더 좋지요." 인력거꾼이 웃으면서 이야기했.

"학자들도 저와 같은 생각을 갖고 있답니다. 공부를 많이 한 어떤 사람을 알고 있는데, 그 남자는 외국 학교 졸업장까지 있으면서 인력거를 끈답니다. 관리로 일하는 것보다 인력거 끄는 쪽이 돈을 더 많이 벌기 때문이죠. 이런 시절에는 튼튼한 두 다리가 든 게 많은 머리나 넘치는 학식보다 나은 법입니다."

인력거꾼은 자기 가족들은 두 여름 동안 떨어진 폭격에도 모두 살아남았으며 심지어 막내 아이는 지난 여름, 하늘에 적군이 나타났다는 신호가 올리면 바위산 동굴로 아장대며 걸어가는 법을 배웠다고 말했다. 그런 뒤 그는 자기가 바쁠 때 아내 혼자 아이들을 데리고 먼 길을 걸을 필요가 없도록 동굴 입구 근처에 오두막을 지었고, 그곳에서 가족과 편안하게 살고 있다고 덧붙였다.

"그래도 이건 행복한 삶이 아니에요. 이런 상황을 끝내야만 해요." 메이리가 대답했다.

"매사에는 끝이 있게 마련이죠." 인력거꾼이 쾌활한 목소리로 말했다.

"우리가 신경 써야 할 건 그 끝이 찾아왔을 때 죽지 않고 살아 있는 겁니다."

인력거꾼은 이렇게 이야기를 이어가며 강 앞에 멈추었고, 메이리는 삯에 행하를 얹어 건넨 뒤 손님을 더 받기 위해 기다리고 있던 나룻배에 올라탔다.

메이리의 외모와 값비싼 옷차림에 압도된 사공은 그녀가 올라타자마자 배를 출발시켰다. 사공은 강을 가로지르며 노를 저었고, 메이리는 멈추어 서서 강기슭 너머 보이는 상처투성이 도시에서 눈을 떼지 못했다. 도시는 흠씬 두들겨 맞은 용감한 생명체, 싸움에서 부상을 입고도 여전히 꼿꼿이 고개 들고 있는 용처럼 보였다. 흙이 녹아 있는 강 위로 아른거리는 빛이 물은 진주처럼 맑게, 도시는 더 어둡고 상처투성이로 보이게 만들었다.

나룻배에는 일찌감치 길을 나선 손님 서넛이 더 타고 있었다. 그들은 모두 메이리를 뚫어져라 바라보았지만 그녀는 침묵을 지켰다. 강 건너편에는 총통 내외가 메이리를 위해 마중 보낸 자동차 한 대가 서 있었다. 차를 운전하는 젊은 군인이 메이리에게 인사를 건넨 뒤 울퉁불퉁한 길 위로 차를 몰기 시작했다. 그가 급하게 운전을 하는 바람에 자동차는 쉴 새 없이 흔들리고 이음쇠에서는 삐걱삐걱 소리가 났다.

마침내 차가 멈춰서 밖으로 나왔지만, 이번에는 그녀를 산 위로 데리고 갈 가마가 기다리고 있었다. 메이리는 이렇게 여러 가지 탈것에 몸을 맡긴 뒤에야 마침내 평범한 벽돌집 앞에 도착했다. 눈앞에 보이는 집은 분명히 궁전은 아니었지만 총통과 영부인이 살고 있는 곳이었다. 문을 지키고 있던 보초들이 메이리의 방문을 미리 알고 통행을 허락해주었다. 작은 정원을 지나쳐 집 안으로 들어서자 하인이 그녀를 소박한 방으로 안내했다. 절반은 중국 물건, 절반은 서양 물건으로 장식된 곳으로 화려하거나 값비싼 물건은 찾아볼 수 없었다.

메이리는 의자에 앉아서 기다렸지만 그리 오래는 아니었다. 일이 분이 지났을까, 가벼우면서도 빠른 발자국 소리가 들리더니 영부인이 아침 기운을 담은 활기차고 아름다운 모습으로 나타났다. 그녀는 두 손을 앞으로 내밀었고, 메이리는 그 손이 강인하다는 걸 느꼈다. 영부인의 손은 작고 가냘프면서도 단단했으며, 그 안에 많은 것을 담고 있는 듯했다.

"내 친구의 딸이로구나!" 영부인이 외쳤다.

"어디 좀 보자. 그래, 엄마를 쏙 빼닮았구나. 커다란 눈이며 복스러운 코며, 어디 하나 다른 데가 없네. 네 엄마는 정말 아름다웠단다." 영부인은 날렵하면서도 우아한 몸놀림으로 길쭉한 서양 의자에 앉더니 메이리를 끌어당겨 곁에 앉혔다.

메이리는 난생 처음으로 움츠러드는 기분에 아무 말도 못했고, 그런 자신에게 놀라고 있었다. 그녀는 지금껏 한 번도 무슨 말을 해야 할지 몰라 당황한 적이 없었다. 그런데 지금은 멍하니 앉아 영부인을 바라볼 뿐이었다. 짧은 소매가 달린 짙푸른 실크 드레스를 입은 영부인은 수수하면서도 화려한 인상이었다. 드레스 위에는 같은 색의 벨벳 조끼를 걸쳤는데, 전체적으로 어두운 색조의 옷이 맑은 피부와 붉은 입술을 더욱 돋보이게 했다. 영부인은 매우 아름다운 여인이었다. 이목구비도 어느 하나 빠지는 데가 없었지만, 가장 눈부신 건 두 눈에 어린 자신감 넘치는 총기와 풍부한 표정을 담은 입과 날씬할 뿐 아니라 무엇과도 비교할 수 없을 정도로 우아한 몸 위로 꼿꼿이 머리를 세운 자태였다. 영부인은 더는 젊은 여인이 아니었음에도 영원히 늙지 않을 것처럼 보였다. 메이리는 영부인의 기질에 대해 들었던 그 숱한 이야기들을 이제는 정말 믿을 수 있을 것 같았다. 영부인은 편안한 성격을 가진 사람이라고는 여겨지지 않을 만큼 엄청난 힘과 열정을 뿜어내고 있었다.

"아버지는 어떻게 지내시니?" 영부인은 미소를 머금고 물었다.

"총통께서는 네 아버지를 매우 높이 평가하신단다. 이따금 네 아버지의 충고에 귀를 기울이시곤 하지. 그럴 때면 질투심이 고개를 들곤 한단다." 영부인은 이렇게 이야기하면서 맑은 소리로 웃었다.

"총통께서는 내 이야기는 좀처럼 들으려 하시지 않거든." 그녀는 아리따운 입술을 장난스럽게 삐죽거렸다.

"아, 이런 시대에 여자로 산다는 건 정말 불리한 일이야! 안 그러니?"

이렇게 질문을 던지는 영부인의 모습이 너무 아름다워서 메이리는 웃지 않을 수 없었다.

"영부인께는 여자로 산다는 것도 전혀 불리한 일이 아닐 것 같은데요."

"아니, 정말 불리하단다." 영부인이 재빨리 대답했다.

"아마 상상하기 힘들 거야. 난 늘 하고 싶은 게 많지. 뭐든지, 뭐라도 다 하고 싶어. 내 눈에는 해야 할 일이 너무 많아 보이거든. 하지만 늘 같은 난관에 부딪친단다. 총통께서 항상 이렇게 말씀하시거든. '당신은 여자라는 사실을 잊지 말아요, 제발.'"

영부인은 다시 한 번 고집스럽고 충동적이면서도 매력적인 웃음을 터뜨렸다. 그리고 메이리는 난생 처음 입을 다물고 그녀의 이야기에만 귀를 기울이며, 그 아름다운 얼굴에 웃음과 열정이 빛과 그림자처럼 어른거리는 걸 지켜보고 싶다는 충동을 느꼈다.

순간 영부인이 갑자기 입을 다물었다. 문간에서 발자국 소리가 들려왔기 때문이었다. 영부인이 자리에서 일어나며 말했다.

"오신 모양이다." 메이리도 자리에서 일어났다. 두 여인이 서 있는 가운데 문이 열렸고, 행차를 알리는 경호원이나 하인 하나 없이 총통이 안으로 들어섰다.

총통은 호리호리한 체격 때문에 실제보다 키가 커 보였으며, 군인다운 몸가짐을 갖추고 있었다. 또한 그의 얼굴은 메이리가 일찍이 본 적 없는 풍모였다. 메이리는 가장 먼저 그의 눈에 시선을 멈추었다. 총통의 두 눈은 메이리에게 곧장 빛을 쏘아 보내는 듯했고, 그 맑은 시선 앞에서 메이리는 빛나는 검은 칼날 두 개가 뇌를 꿰뚫는 것 같은 기분이었다. 나아가 메이리는 총통이 바라보고 있는 건 자신이 아니라 자신의 생각인 것 같다는 느낌에 사로잡혔다. 이 순간 그녀가 젊다거나 여자라거나 아름답다는 사실 같은 건 아무 의미가 없었다. 의미 있는 건 오직 그녀가 이 순간 가진 생각일 뿐이었다.

"위 씨의 딸 메이리예요." 영부인이 총통에게 말했다.

"제가 메이리의 엄마에 대해서 했던 말들 기억하세요?"

총통이 앞으로 걸어왔다. "물론 기억하지."

그의 얼굴은 이제 다정함을 풍겼다. 총통은 메이리의 손을 잡았다. 그 손은 그의 얼굴이나 몸과 마찬가지로 야위었지만 단단했고 강인했으며 힘줄이 많았다. 메이리는 사람의 것이 아닌 강철처럼 느껴지는 그 손을 맞잡는 순간 역으로 자신의 부드럽고 따뜻한 손을 느꼈다. 총통은 목소리도 사람의 음성처럼 들리지 않았다. 그의 목소리는 높고 가늘면서도 역시 강철처럼 기운찼고, 몸속 깊은 곳에서 울려 나오는 듯했다. 총통은 영부인을 돌아보았다.

"어서 아침식사를 들어야겠소. 장군들이 명령을 기다리고 있거든. 모두들 당장 소속 부대로 돌아가야 한다오."

총통이 앞서 걷자 영부인은 다시 메이리의 손을 잡고 그 뒤를 따랐다. 총통과 영부인의 손은 달라도 너무 달랐다. 총통의 손은 마르고 단단했지만, 영부인의 손은 따뜻하고 부드러웠으며 메이리의 손을 포근하게 감싸 쥐고 있었다. 하지만 두 사람의 손은 무엇과도 비교할 수 없을 만큼 강하다는 점에서는 똑같았다.

세 사람이 작은 탁자 앞에 앉자 서양 음식과 중국 음식이 반반인 아침식사가 그 위에 차려졌다. 영부인은 빵과 커피와 계란을, 총통은 쌀밥과 소금으로 간을 한 음식을 먹었다. 이것이 그들 사이에 놓인 괴리였다. 총통은 자신에게 주어진 때와 국가와 국민을 고스란히 받아들여 그것과 하나처럼 살아가는 반면, 영부인은 여전히 자기 개성을 간직하고 있었다. 중국어와 마찬가지로 영어에도 능통한 영부인은 두 언어를 번갈아 사용했으며, 세상의 한쪽 편을 떠올리다가도 곧 그 반대편으로 생각을 돌리곤 했다.

이처럼 그녀의 생각은 이 나라 저 나라를 넘나들었고, 그녀는 이 모든 나라들의 조합인 것처럼 보였다. 반면 총통은 중국 사람이었으며 오직 중국어만 사용했다. 그는 부인이 이따금 영어로 너무 길게 이야기할 때면 그녀의 존재를 잊어버린 것처럼 깊은 침묵 속으로 빠져들었다. 그럴 때면 항상 남편의 모습뿐 아니라 그 행동 하나하나와 표정까지도 살피는 영부인은 다시 중국어를 썼다. 그리고는 남편이 여전히 아무 대답도 없으면 가볍게 건드리거나 질문을 던져 그의 주의를 환기시키곤 했다.

총통은 말 없는 사람이었고, 영부인은 이야기하는 것을 즐겼다. 영부인은 메이리에게 숱한 질문을 던지면서도 정작 대답은 듣지 않았다. 그럼에도 그녀는 이미 답을 알고 있는 듯했고, 단어 두세 개만 듣고도 모든 것을 이해했다.

"미국인들은 어땠니? 적군이 공격을 해올 거라고 생각했니?"
영부인은 이렇게 묻고는 메이리가 입을 열자 재빨리 스스로 답을 말했다.

"당연하지. 미국인들은 도무지 생각을 하는 법이 없어. 그들은 너무 바쁘잖니." 영부인은 얼굴을 찡그린 채 새하얀 이로 빵 껍질을 깨물었다.

"전쟁고아들한테 쓸 돈이 필요해. 지금 가진 돈으로는 부족하거든. 그리고 전투기를 지원받을 수 없다니 말도 안 돼. 총통께 이미 말씀드린 것처럼……."

총통이 이 순간만큼은 온화하고 다정해 보이는 얼굴로 고개를 들었다. "전투기 지원은 이미 약속 받았소."

영부인은 매력적인 얼굴로 웃으며 총통을 바라보았다.

"아, 당신은 언제나 남의 말을 잘 믿죠!"

"나는 우리 동맹국을 믿을 뿐이오." 총통이 대답했다.

"구하는 자는 얻으리라." 영부인이 응수했다.

"성경에 이렇게 쓰여 있지 않나요?"

"우리는 이미 요청을 보냈소."

"요청하는 데도 다양한 방법이 있죠. 우린 너무 신사적이에요. 정중한 말만 쓰지요. 하지만 다른 나라들은 그렇게 신사적이지 않아요. 그래서 우리와는 다르게 원하던 걸 얻었죠."

총통의 양미간이 고집스럽게 일그러지는 걸 보니, 두 사람은 이미 오래전부터 이 문제로 논쟁을 벌여온 듯했다. 총통의 고집스러움에 영부인의 아름다운 입이 굳게 다물어지면서 둘 사이에 침묵이 흘렀다. 그러나 논쟁과 고집스러움과 침묵에도 불구하고, 이 방에 앉아 있는 사람이라면 누구라도 영부인의 불안한 세계가 총통 안에 거하고 있다는 것을 눈치 챘을 것이다.

하지만 총통의 심장은 완전히 그녀 안에 존재하지 않았다. 증오와 사랑이 뒤섞인 무언가가 둘 사이에서 번개처럼 번쩍였고, 메리의 머릿속에 불쑥 승의 모습이 떠올랐다. 총통도 한때는 이름 없는 청년이자 링탄의 가족처럼 평범하지만 화목한 집안의 아들이었다. 총통은 배움이 일천했음에도 오로지 자신의 힘으로 지금 이 자리에 오른 사람이었다. 그가 메리의 눈앞에 앉아 있는 이 여인과 결혼했을 당시, 어이없어 한 사람이 한둘이 아니었다. 아버지에게 들은 이야기로는, 신붓감이 부잣집 딸이었을 뿐만 아니라 여러 학교에서 교육을 받은 여성이었기 때문이다. 그러나 총통은 결코 그녀의 오만함 앞에서 물러서지 않았고, 두 사람의 불화를 둘러싼 이야기가 방방곡곡 떠돌았다. 자신감에 찬 이 여인은 남편과 자신이 동등하다고 여기며 결혼했고, 매사에 자신을 그와 동일한 위치에 놓으려고 했다. 반면 총통은 매순간 아내가 여자의 본분을 다하도록 강요했다.

정부 각료회의 때의 일이었다. 영부인은 여자에게는 허락되지 않는 그 자리에 굳이 참석하려고 했지만, 문 앞의 보초병들이 총통의 부인임에도 불구하고 그녀를 막아섰다.

"누구의 명령이라고 나를 막는 거죠?"

보초병들이 대답했다.

"위원장님의 명령입니다." 그녀는 화가 났지만 결국 물러설 수밖에 없었다. 그때 그녀가 얼마나 사납게 남편에게 비난을 퍼부었을지 누가 알겠는가. 이후 누구도 이 일에 대해서는 언급하지 않았다.

그녀가 걷잡을 수 없이 화가 났을 때 벌어진 또 다른 일화도 있었다. 그날 영부인은 남편에게 앙갚음하기 위해서 한때 자신을 사랑했던 남편의 연적에게 편지를 쓰고 있었다. 때마침 총통이 들어오자 그녀는 두려움에 편지를 감췄으며, 뭘 쓰고 있었는지 보자는 남편의 요구를 거절했다. 그러자 총통은 무시무시한 목소리로 외쳤다.

"당신 남편이 아닌 이 나라의 주석으로서 명하는 거요!" 그런 뒤 그는 검을 뽑아들었다. 결국 영부인은 편지를 건넸고, 총통은 편지를 읽은 뒤에 탁자 위에 던졌다.

"그자한테 보내는 편지에 무슨 내용이 담겨 있건 내 알 바 아니오." 그는 화를 억누른 채 얼음장처럼 차가운 목소리로 말했다.

"하지만 당신이 내 말에 복종하지 않는 건 그대로 봐 넘길 수 없소."

전해지는 또 다른 이야기에 의하면, 영부인은 자존심 때문에 더 이상 남편에게 굴복할 수 없을 때면 남편의 곁에서 먼 곳으로 떠난 뒤 돌아오지 않는다고 했다. 어떤 사람들은 총통에게 영향력을 행사하던 그녀가 떠나버린 걸 기뻐하기도 했다.

그러나 총통이 여러 날 화를 삭이지 못하고 영부인도 그럴지언정 언제나 상황을 종결짓는 날이 찾아왔다. 두 사람 모두 그런 날이 와야 한다는 걸 알고 있었다. 싸움이 끝났건 안 끝났건 총통은 사람을 보내 아내를 데려왔고, 이따금 영부인이 자기 발로 돌아올 때도 있었다. 그들의 사랑과 증오는 이렇게 해서 이어져왔다.

영부인은 총통의 육체와 마음은 물론 영혼까지 지배하는 존재였다. 총통 또한 자신의 이 세 가지 모두를 지배할 만한 다른 사람을 알지 못했다. 영부인은 아름답고 학식이 높을 뿐 아니라, 총명하고 지혜로웠다. 또한 총통은 결코 알 수 없을 방식으로 세계를 이해했고, 모든 상황에 적절하게 대처할 만큼 언변이 좋았다. 그녀는 꽉 채워지지 않으면 만족을 모르는 남편의 영혼을 꿰뚫어보았다. 총통은 자기가 한 일이 훌륭하고 옳다고 확신해야 마음을 놓았으며, 자신이 도교의 가르침에 따라 나아가고 있다고 굳게 믿었다. 영부인은 남편의 그런 욕구를 충족시켜주는 사람이자, 남편이 기도할 때면 함께 기도도 할 수 있는 여인이었다. 아마 성자인 동시에 군인인 총통 같은 남자를 만족시킬 수 있는 여자는 세상에 그녀 말고는 없을 것이다.

　메이리는 총통과 영부인을 지켜보며 이들의 힘과 흡인력을 느꼈다. 그 흡인력은 메이리를 밀어내는 동시에 그녀를 이들의 영역 안으로 빨아들였다. 이처럼 두 사람은 어디에서건 단둘이 있으면서 그들 주위로 온 세상을 끌어당겼다. 그리고 그 모든 모습은 더없이 경쾌한 웃음과 즐거운 대화와 엄숙한 선언 속에 드러나곤 했다.

　문득 영부인이 자신이 경영하는 고아원 중 한 곳에서 어떤 아이와 나눈 사소한 대화에 대해 이야기하기 시작했다. 어제 어린 소년 하나가 영부인에게 이렇게 물었다는 것이다.

　"저도 글을 읽을 줄 알아야 하나요?"

　영부인이 대답했다.

　"그럼, 너도 읽을 줄 알아야 한단다. 어린아이는 모두 글을 배워야 하니까."

　그러자 소년은 고민으로 가득한 얼굴로 이렇게 대답했다고 한다.

　"하지만 글을 읽을 시간이 없어요. 우선 적군과 맞서 싸워야 하니 총 쏘는 법부터 가르쳐주세요."

　영부인은 이 말을 하며 소리 내서 웃은 뒤에 진지한 얼굴로 총통에게 말했다.

　"저는 모든 아이들에게 총 쏘는 법과 글을 가르칠 거예요. 우리는 글만 배우고 총 쏘는 법을 배우지 않아서 고통을 당했지요."

　영부인은 더 진지한 목소리로 말을 이었다.

　"어느 나라라고 말은 안 하겠지만, 그들은 이번 전쟁에서 우리의 신뢰를 얻을 수도 있었어요. 하지만 이제는 그들을 믿을 수 없게 됐네요. 약속을 몇 번이고 되풀이해서 어겼으니까요."

총통은 논쟁할 생각이 없었으므로 식사를 마친 틈을 타 자리에서 일어섰다. 그리고 식당을 나서기 전에 따뜻한 차를 한 모금 더 마시기 위해 찻잔을 들었다.

"난 아직 그렇게 생각하지 않소." 총통이 영부인에게 말했다.

"나는 우리 동맹국들을 변함없이 믿을 작정이오. 최고의 사단을 버마로 보내려는 것도 그 때문이지. 우리가 동맹국들과 어깨를 나란히 하고 싸워서 이번 작전에 성공한다면, 그래서 군수물자 보급 수송로의 폐쇄를 막을 수만 있다면 그때는 당신 생각이 틀렸다는 걸 알게 될 거요."

총통은 메이리에게 고개를 까딱해 보이고는 자리를 떠났다. 식탁 앞에는 두 여인만 남겨졌다. 영부인의 에너지도 총통을 따라 나가버린 것처럼 방 안에는 잠시 침묵이 흘렀다. 영부인은 맨살이 드러난 동그란 팔꿈치를 식탁에 올려놓은 채 길고 갸름한 눈을 내리깔고 있었다. 그녀의 마음도 총통을 따라간 것이 틀림없었다. 메이리는 마침내 다시금 올려 뜬 영부인의 눈동자에서 두려움을 읽었다.

"무섭구나." 영부인이 말했다. "너무 겁이 나."

"왜죠, 부인?" 메이리가 물었다.

"이번 작전 말이다. 총통께서는 가장 우수하고 잘 훈련된 노련한 군인들을 이 작전에 투입하셨지. 하지만 이미 총통께 말씀드린 것처럼, 우리나라를 생각한다면 그 군인들을 다른 곳에 보내서는 안 돼. 이 정예부대가 버마에 있는 동안 적군이 들이닥치면 어떻게 될까? 총통께서는 마치 친아들을 떠나보내는 것처럼 그 군인들을 소중하게 여기셔. 그러면서도 이 작전에 최고의 군인들을 보내야 한다고 말씀하시지."

영부인은 총통이 곁에 없을 때면 으레 그러는 것처럼 영어로 이야기했다. "작전이 계획대로 진행되지 않으면 총통께서 얼마나 충격을 받으실지 생각만 해도 두려워."

"계획대로 진행되지 않을 이유가 없지 않나요?"

영부인은 고개를 저었고, 그 아름다운 얼굴은 슬픔으로 젖어들었다. "이유가 있단다, 그것도 여러 이유가. 내가 남자로 태어났더라면, 그래서 직접 군대를 이끌 수 있다면 얼마나 좋을까. 그러면 그 이유들이 괜한 기우였다는 걸 눈으로 직접 확인할 수 있을 텐데."

영부인은 땅이 꺼질 것처럼 한숨을 쉬었다.

"그날그날 어떤 일이 벌어지는지 곧바로 알고 싶어. 그럼 작전이 성공적으로 진행되건 않건 진실을 알게 될 테고, 더는 그릇된 길로 나아가지 않을 텐데."

메이리의 가슴이 방망이질 쳤다. "저를 보내주세요. 부인 대신에 제가 가서 상황을 지켜볼게요. 그리고 눈으로 본 모든 것과 그곳에서 벌어지는 일들을 사실 그대로 전해드릴게요."

영부인은 고개를 들더니 아름답고 강렬한 눈으로 메이리의 얼굴을 뚫어져라 바라보았다.

"그건 너무 위험해. 네 아버지와 어머니를 생각해서라도……." 영부인은 말은 이렇게 하면서도 메이리의 얼굴에서 눈을 떼지 않았다.

"부인도 아시다시피 아버지 어머니는 상관없어요." 메이리가 차분한 목소리로 말했다.

"요즘 같은 시절에 중요한 건 한 가지예요. 각자 맡은 바 임무를 다하는 거죠. 여자들도 군대에서 남자와 함께 싸울 수 있다면, 여자들도 남자와 함께 수천 킬로미터를 행군할 수 있다면, 저도 그걸 할 거예요."

"그래, 할 수 있겠지. 내가 너라면 나도 그럴 거야. 하지만 뭘 어쩌겠니? 이번에 파견되는 부대에는 여군이 없단다. 의학 지식은 좀 있니?"

"아뇨. 하지만 의료진을 돌보는 일은 할 수 있을 거예요. 여자 간호사들을 돌보게 해주세요. 간호사들의 식사와 숙소를 살피고, 필요한 건 없는지 챙길게요. 또 밤에는 이들과 머물면서 다들 낯선 나라에서 탈 없이 지내도록 보호할게요."

"그래. 그럴 수도 있겠구나." 영부인은 다시 천천히 말했다.

"그리고 어디에 있건 지켜본 모든 걸 부인께 보고 드릴게요. 제가 부인의 눈과 귀가 되겠습니다."

"그래, 내 눈과 귀가 될 수 있겠지."

영부인은 잠시 말없이 생각에 잠긴 채 앉아 있었다. 창을 통해 스며든 햇살이 그녀가 낀 반지의 맑은 비취색을 돋보이게 했다. 눈부실 만큼 훌륭한 옥으로 만든 이 반지만 팔아도 그녀가 돌보는 모든 고아들을 여러 날 먹일 수 있으리라. 하지만 이 아름다운 반지는 영부인의 일부로서 그녀의 힘을 담고 있는 물건이었기에 그녀의 것이어야 하며 결코 팔 수 없는 물건이었다. 때로는 타인의 생명보다도 소중한 아름다움이 있는 법이다. 따라서 영부인의 아름다움 중에 한 조각을 떼서 판다면 그녀를 아는 사람은 누구라도 놀라 소리칠 것이다. 메이리는 영부인의 바로 그 아름다움을 바라보면서 가슴속에 마치 하늘을 향한 충성심처럼 사명감이 차오르는 것을 느꼈다.

영부인은 자기 가슴이 따뜻해지는 걸 느끼기라도 한 것처럼 눈을 들더니 이렇게 말했다.

"너를 믿는다. 보내주마. 이제 그만 가보렴. 너를 보낼 준비를 해야겠다."

5장
출정명령

 메이리는 이후로는 총통 부부를 다시 만나지 못했다. 그녀는 여관으로 돌아와서 하루를 기다린 뒤 영부인으로부터 편지를 받았다. 편지에는 이렇게 씌어 있었다.

 우리가 계획한 일이 성사되었단다. 오늘밤 준비되는 비행기를 타고 쿤밍으로 돌아가거라. 네 어머니가 하늘에서 굽어보며 이 일에 찬성하기를 바란다.

메이리는 그날 종일 여관방에서 자다 깨서 식사를 하고 다시 잠들기를 반복했다. 그러다가 마침내 자정이 가까워질 무렵, 외롭게 멈춰 선 자그마한 비행기 옆에 섰다. 그녀는 넘치는 기운과 함께 앞으로 무슨 일이 벌어지건 당당히 맞설 수 있을 것 같은 자신감을 느꼈다.

　비행기에는 다른 승객 한 명이 더 타고 있었다. 그녀는 모르는 제복 차림의 장교였다. 넓적하고 평범한 얼굴을 가진 이 젊은 장교는 메이리의 이름을 부르며 그녀에게 말을 걸어왔다. 함께 비행기를 타게 될 여자가 누구인지 이미 들어서 알고 있는 눈치였다. 그러나 그는 몇 마디를 건넨 뒤로는 망토로 몸을 감싸더니 입을 다물었고, 비행기는 침묵 속에서 메이리의 집을 향해 날아갔다.

　그 이튿날, 아담한 집 안으로 들어선 그녀를 맞이한 건 고요와 평화뿐이었다. 메이리는 비행기의 쏜살같은 속도와 총통 내외 방문에 대한 흥분에서 채 벗어나지 못한 터라 너무 조용한 이 장소가 현실인지 믿기 힘들 지경이었다. 정원에 선 대나무는 흔들림 없었고, 작은 연못은 화창한 푸른 하늘 아래 더 맑게 보였다. 메이리가 자신의 방문 앞에 채 도착하기도 전에, 발자국 소리를 들은 작은 개가 주인이 돌아온 것을 기뻐하며 날뛰고 짖어대기 시작했다. 뒤이어 류마가 손에 밥공기를 든 채 부엌에서 나왔다. 그녀는 주인이 돌아왔으리라고는 상상도 못한 채 밥을 먹던 중이었다.

　"왔구나!" 류마는 이렇게 외치고 밥공기를 내려놓은 뒤 허둥대며 차와 음식을 가져왔다. 개와 류마 그리고 메이리로 인해, 고요하기만 하던 집안 분위기는 금방 바뀌었다. 메이리는 넘치는 기운과 가슴에 차오르는 기쁨으로 멈추지 않고 노래하며 쉴 새 없이 류마를 불러댔다. 그리고 자신이 없는 동안 승이 다녀갔는지 알고 싶은 마음을 숨기지 않고 내보였다.

"내가 없는 동안 그 거인 같은 사내가 귀찮게 굴지는 않았어요?" 메이리가 부엌에 있는 류마에게 소리쳐 물었다. 류마 역시 소리쳐 대답했다. "왜 아니겠니. 너도 참 안됐다!"

"왜요?" 메이리는 창가에 따뜻한 물이 담긴 도자기 대야를 놓고 세수를 하는 중이었다. 그녀의 고운 피부와 빨간 입술에서 모락모락 김이 피어올랐다.

"그 사람 말이다, 호랑이처럼 으르렁대던데." 류마가 소리쳤다. "동서남북 사방에 대고 고래고래 소리를 질러댔지. 네가 어디 있는지를 모르니 말이다."

"유모는 아무것도 알려줄 수 없었겠네요!" 메이리가 신난 목소리로 외쳤다.

"암, 아무 얘기도 못했지!" 늙은 유모는 화덕에서 뭉게뭉게 올라오는 연기에 기침을 하며 깔깔거렸다. 젊은 주인이 돌아온 지금, 그녀는 잔뜩 들뜬 데다 다시금 살아 있다는 기분을 느꼈다. 그녀는 여러 일을 한꺼번에 하려고 허둥대느라 자꾸만 물건을 떨어뜨렸고, 계란 한 알도 손에서 놓쳐버렸다. 그녀는 개를 불러서 바닥에 떨어진 계란을 핥아 먹게 했다.

메이리는 지금껏 이토록 기쁨으로 벅차본 적이 없었다. 총통 내외, 특히 자신이 눈과 귀가 되어주기로 약속한 영부인을 목숨이 붙어 있는 한 잊지 못할 것 같았다. 이제껏 그녀에게 주어졌던 모든 일 중에 이번 임무만큼 기쁜 일은 없었다. 그녀는 주어진 임무를 훌륭하게 완수하리라 확신하며 자신을 믿기로 했다. 그녀는 쌀밥과 계란, 생선을 양껏 먹은 뒤, 노릇노릇하게 구운 참깨 빵 한 조각을 손으로 찢었다. 그런 뒤 날카롭고 새하얀 이로 작은 깨알을 씹으며 개에게 빵조각을 던져주었다. 식사를 하는 내내 그녀의 마음은 드넓은 평야와 산을 뛰어 넘어 전쟁터로 향하고 있었다.

'틀림없이 성공할 거야.' 메이리는 생각에 잠겼다. '우리 군대가 적군들을 막아내고, 우리가 얼마나 용감한지, 우리가 적군을 얼마나 잘 막아냈는지를 모든 나라들이 두 눈으로 똑똑히 보게 되겠지. 그렇게 우리의 성공을 목격한 동맹국들도 우리에게 존경을 표하며 약속을 지킬 거고.'

거창한 상상 속에서, 메이리는 산의 험준한 바위를 이리저리 뛰어 다니고 작전에 투입된 군대는 승리를 거두었다. 상상으로 경험하는 전쟁터의 고난은 쉽게만 느껴졌다. 전장에서 싸우는 젊은 지휘관들 중에서 가장 용감하고 뛰어난 사람은 승이 아닐까? 나와 승이 함께한다면 언젠가는 총통 부부 같은 모습이 되지 않을까? 그러나 메이리는 원래 몽상가와는 거리가 먼 사람이었으므로 스스로를 비웃으며 개의 귀를 잡아당겼다.

"이런 먹보 같으니. 이렇게 빵을 먹어대다가는 탈이 나고 말 걸." 메이리는 개에게 말을 건넨 뒤 자리에서 일어나 초조하게 정원을 서성이며, 자기가 함께 가게 된 걸 승에게 말해야 할지 아니면 그가 혼자 알아내도록 놔두어야 할지 곰곰이 생각했다. 하지만 한 시간이 다 되도록 결정을 내리지 못했다. 승에게 사실을 알리는 건 분명 기분 좋은 일이 될 것이다. 영부인의 명령을 그가 어떻게 막겠는가.

하지만 메이리는 장난기 넘치는 여자였다. 그녀는 승이 함께 행군하고 있는 자신을 발견할 때 한바탕 웃어주고 싶다는 마음을 억누를 수 없었다. 간호사들은 분명히 여건이 허락되는 한 최대한 멀리 트럭으로 이동할 것이다. 메이리는 트럭에 몸을 싣고 승의 곁을 지나치는 자신의 모습을 떠올렸다. 그리고 승이 자기를 보면 어떤 표정을 지을지도 상상해보았다. 그리고 이런 상상에 마음을 빼앗긴 나머지 승에게 사실을 알리지 않기로 결심했다. 그래, 알리지 말자. 메이리는 집에 돌아왔다는 사실조차 그에게 말하지 않겠다고 마음먹었다.

순간 장군이 생각났다. 메이리는 전투 준비를 위해 장군들을 신속하게 돌려보내야 한다는 총통의 말을 들은 차라, 장군이 자기보다 앞서 이곳에 도착했다는 걸 알고 있었다. 만일 그가 명단에서 그녀의 이름을 보게 되면 즉시 승에게 알릴 수도 있었다. 그렇다면 서둘러 장군이 있는 사령부로 가서 그녀가 함께 가는 걸 비밀로 해달라고 사정해야 했다.

메이리는 여기까지 생각이 미치자 곧바로 움직이기 시작했다. 일단 매끈하게 머리를 빗어서 틀어 올린 뒤 빨간 딸기 모양 장식을 꽂았다. 그런 뒤 빨간 모직 드레스를 입고 긴 검정 망토를 둘렀으며, 뺨과 손바닥에 향수를 뿌렸다. 이렇게 해서 그녀는 장군을 만나러 갈 준비를 마쳤다.

"또 어딜 가는 게냐?" 류마가 부엌 창으로 내다보면서 소리쳐 물었다.

"볼일이 있어요." 메이리가 대답했다. "내가 없는 동안 혹시 그 사람이 와도 내가 돌아왔다고 말하지 마세요."

메이리의 말은 류마를 안심시켰다. 유모는 메이리가 외간 남자의 집에 찾아가는 걸 장난처럼 넘길 수 없었다. 류마는 여자가 무너진 담장을 넘어가면 그 위로 길을 만드는 꼴이 된다고 목청을 높이곤 했다. 여자는 모름지기 둘러쳐진 담장 안에서 살아야 하며, 그러지 않으면 품위 따위는 내동댕이친 채 함부로 행동하게 된다는 것이다.

메이리는 인력거에 몸을 싣고 장군이 있는 사령부로 향하며 생각했다. '운이 나쁘면 승도 와 있을지 몰라.'

그러나 승은 사령부에 없었다. 메이리는 입구를 지키고 있는 보초병에게 이름을 말했고, 보초병은 장군에게 그녀의 방문을 보고했다. 메이리보다 하루 먼저 돌아온 장군은 보초병에게 그녀를 들여보내라고 명했다. 장군은 마침 혼자 있던 차에 메이리와 마주할 생각에 기분이 좋아졌다. 그는 한 번도 아내 아닌 다른 여자에게 음흉한 한눈을 판 적이 없었지만, 거리낄 것 없는 상황이라면 아름다운 젊은 여인과 대화를 나누는 것도 싫지 않았다.

장군은 작전 계획이 담긴 문서를 한쪽에 밀어놓은 뒤 옷깃을 뻣뻣하게 펴고, 거울 역할을 톡톡히 해주는 열린 창에 얼굴을 비춰 보면서 머리를 매만졌다. 그리고 잠시 후 메이리의 발자국 소리가 들리자 자리에서 일어섰다. 메이리가 날렵한 걸음걸이로 안으로 들어서고 있었다. 그녀는 미처 깨닫지 못했지만 무의식적으로 영부인의 걸음걸이와 몸짓, 따뜻하면서도 시원시원한 미소를 흉내 내고 있었다.

메이리는 고개를 숙여 인사하는 장군에게 몸에 밴 서양식 악수를 청했다. 장군은 머뭇거리다가 손을 내밀어 그녀의 손을 툭 건드렸다. 메이리는 장군의 뻣뻣한 악수에 웃음을 터뜨렸다.

"우리가 악수에 익숙하지 않은 민족이라는 걸 깜빡 잊었네요." 메이리가 솔직하게 말했다. "저는 해외 생활을 너무 오래 했어요."

"앉으시죠." 장군은 이렇게 권한 뒤 자리에 앉았다. 장군은 코끝에 느껴지는 메이리의 향수 냄새를 깊이 들이마셨다. 그의 아내는 좋은 여자였고, 두 명의 아들을 낳아주었다. 장군도 그런 아내를 사랑했다. 그러나 그는 아내를 택한 사람이 부모님이었다는 걸 잠시도 잊은 적이 없었다. 이 순간 장군은 막연한 갈망으로 눈앞의 젊고 아름다운 얼굴을 바라보았다. 자리에 앉은 메이리는 망토를 벗은 뒤 팔을 책상에 올려놓고 장군을 빤히 쳐다보았고, 장군은 그녀의 노골적인 시선에 수줍음을 느끼면서도 내심 즐거웠다. 장군은 마음속으로 생각했다. '이런 신여성들은 남자를 골치 아프게 할 수 있지만, 그래도 매력적이란 말이야.'

물론 그는 메이리 같은 신여성과 결혼하고 싶다는 마음이 없었다. 남자들은 신붓감을 고를 때는 매력 넘치는 여자를 원치 않는 법이다. 그러나 상대가 하는 행동이나 말에 책임을 지지 않아도 된다면, 이런 여자를 바라보는 일은 기분 좋지 않을 수가 없었다.

"언제나 도움만 청하러 오네요." 메이리의 목소리에는 애교가 섞여 있었다. 그녀는 한 번도 승에게는 이런 목소리로 말한 적이 없었다. 그녀는 승과 함께 있을 때면 냉정했고 그의 애를 태웠으며, 자기 생각을 거침없이 말했다. 그러나 그녀는 이 순간에는 장군과 동등하다고 느끼는 속마음을 드러내 보여서는 안 된다는 걸 본능적으로 깨닫고 있었다.

"당신을 돕는 건 언제나 기쁜 일이지요." 장군이 미소를 머금은 얼굴로 답했다.

"버마로 파견될 세 개 사단과 동행할 간호사 명단은 보셨나요?" 메이리가 물었다.

"아뇨. 이번 작전과 관련해서 신경 써야 할 일이 많아서 아직 못 봤습니다."

"그럼 제가 늦게 온 건 아니군요." 메이리는 몸을 앞으로 숙여 장군의 앞으로 조금 다가갔다.

"장군님도 아시다시피, 총통 내외를 뵈었어요." 메이리는 목소리를 낮추었다. "혹시 두 분께서 제 얘기를 하시던가요?"

"영부인은 못 뵈었습니다만." 장군이 대답했다.

"그리고 총통님과는 군과 관련된 얘기만 나눴습니다."

"영부인께서 제게 임무를 맡기셨어요. 버마로 가서 젊은 간호사들 돌보는 일이죠."

장군이 빙그레 웃었다.

"부인께서는 뭐든 뜻대로 하시죠. 하지만 그런 데를 가기에 당신은 너무 젊은 것 같은데요."

메이리는 장난기 어린 미소를 지었다.

"젊기는 하죠. 하지만 아주 튼튼하답니다. 먼 길도 걸을 수 있고 무더위도 견딜 수 있어요. 그리고 뭐든 잘 먹죠."

"훌륭한 군인의 자질을 갖추셨군요. 또 뭘 잘하시죠? 어쨌든 당신이 맡은 임무는 제 소관 밖의 일입니다. 다른 사람한테 보고하셔야겠군요."

장군은 서류를 뒤적이더니 담당자를 찾아서 큰 소리로 이름을 읽어주었다. "파오첸이 당신의 상관입니다."

메이리는 장군이 불러준 이름을 똑똑히 기억해두었다.

"파오첸." 그녀는 상관의 이름을 되뇐 뒤 말을 이었다.

"하지만 장군님을 찾아온 건 다른 이유 때문이에요."

장군은 몸을 뒤로 기대더니 여전히 미소를 머금은 얼굴로 메이리를 바라보았다.

"그 이유를 언제 말할 작정이십니까? 책상에 있는 이 서류들을 좀 보십시오. 하나하나 다 실행에 옮겨야 하는 것들이랍니다. 그런데 남은 시간이라고는 채 며칠이 안 되지요! 벌써 너무 많이 늦췄어요."

"빨리 말씀드릴게요. 긴 얘기는 아닌데 말씀드리기가 어렵네요. 그게…… 제가 동행하게 된 걸 아무한테도 알리지 말아주세요."

메이리는 막상 부탁하려니 승의 이름이 입 밖으로 나오지 않았다. 그녀는 자신을 바라보는 장군을 향해 얼굴을 붉힌 채 긴 속눈썹을 깜박였다.

"당신 이름을 왜 비밀로 해야 하죠?" 깜짝 놀란 장군이 물었다.

메이리는 장군이 전혀 이유를 모른다는 걸 알고는 용기를 내서 대답했다.

"그 젊은 지휘관 말씀인데요……. 얼마 전에 장군께서 진급시키신 그 지휘관이요."

"링승 말씀이로군요."

"네. 그 사람이요……. 제가 가는 걸 그 사람이 몰랐으면 해요."

"예?"

"그 사람이 저한테 바보 같은 생각을 품고 있거든요." 메이리의 두 뺨이 또다시 새빨갛게 달아올랐다.

"그리고…… 우리는 마주치지 않는 편이 좋아요……. 그러니까 우리한테는 완수해야 할 막중한 임무가 있어요. 그래서 차라리……."

"당신은 그 사람한테 바보 같은 생각을 안 품고 있습니까?" 장군이 장난기 넘치는 미소를 지었다.

"전혀요, 전혀예요." 메이리가 재빨리 답했다.

"저는 주어진 임무를 훌륭히 수행해야 해요. 그리고 그 사람이 바보 같은 생각을 더는 안 했으면 좋겠어요. 그에게는 그가 해야 할 일이 있고, 제게는 제가 해야 할 일이 있어요. 그 사람 생각 같은 건 알고 싶지 않아요. 게다가 제가 그곳에 가는 걸 그 사람이 알게 되면, 분명히 저를 찾아와서 말릴 거예요."

"영부인께서 명하신 일이라면 그 사람도 막을 수 없을 겁니다."

"장군님은 그 사람을 모르세요." 메이리가 열띤 목소리로 말했다. "그 사람은 제가 해야 할 일과 하지 말아야 할 일을 자기 마음대로 결정할 수 있다고 생각해요."

"바꿔 말하자면 당신을 사랑한다는 얘기로군요." 장군은 부드럽게 웃었다.

"하지만 저는 사랑받고 싶은 마음이 없어요." 메이리가 발끈했다. "지금은 그럴 때가 아니에요."

장군은 몸을 흔들며 잠시 소리 죽여 웃더니 눈물을 닦았다.

"원하시는 대로 해드리죠. 제게는 완수해야 할 작전이 있습니다. 그러니 그가 당신에 대해 모르는 편이 낫다는 생각에 동의합니다. 물론 그가 부상이라도 당하게 된다면 당신이 거기 있는 걸 알게 되겠죠. 하지만 그렇지 않다면 당신이 우리와 함께 있는 걸 알게 될 일이 없을 겁니다."

"그게 바로 제가 바라는 바예요." 메이리가 대답했다. 원하던 것을 얻은 지금, 그녀는 잠시도 더 머물 생각이 없었다. 그녀는 자리에서 일어섰고, 두 손으로 책상을 짚은 채 미소를 머금은 얼굴로 장군을 내려다보았다.

"장군님처럼 친절하고 좋으신 분은 없을 거예요. 제게 주어진 임무에 충실할 것을 약속드릴게요. 언제라도 제가 필요하시면 불러주세요."

장군은 고개를 끄덕였다. 그리고 뜨겁게 데운 달콤한 술을 들이키기라도 한 것처럼 뱃속에서 온기가 꿈틀대는 것을 느꼈다. 바로 그 순간, 군인 한 명이 들어오더니 장군이 명령한 시간에 맞춰 온 지휘관들이 밖에서 기다리고 있다고 보고했다.

"아, 그래. 깜빡 잊었군. 들어오라고 해."

그러나 메이리는 장군의 말이 떨어지기 무섭게 손으로 입을 가리더니 속삭였다.

"안 돼요. 제가 먼저 나가게 해주세요."

"아, 그렇군요. 미처 생각 못했습니다. 그 친구도 지휘관 중에 하나지요." 장군은 이렇게 대답한 뒤 군인에게 명령했다.

"잠깐 기다리라고 해."

군인은 밖으로 나갔고, 메이리는 군인이 명령을 전달할 만큼의 시간이 흐르자 장군에게 작별인사와 한 번 더 감사의 말을 전하고는 그의 방을 떠났다. 메이리는 승이 어딘가에서 자신의 모습을 볼까 겁이 났다. 그래서 망토 깃을 높이 세운 채 머리를 숙이고 걸음을 재촉했다. 그러나 어디에도 승의 모습은 보이지 않아서 곧

안심했다. 장군에게 보고를 하러 왔던 군인이 남녀관계에 대한 농담을 즐기는 추잡한 사내만 아니었더라도, 아마 메이리는 그렇게 무사히 집으로 돌아갔을 것이다. 그러나 그 군인은 킬킬거리며 세 명의 지휘관들이 기다리는 곳으로 향한 뒤, 장군이 그들이 봐서는 안 될 손님과 같이 있어서 잠시 기다려야 한다고 전했다.

지휘관들은 서로를 바라볼 뿐, 상관에 대한 예의로서 아무 말도 하지 않았다. 잠시 후 그 군인이 돌아가자 승이 솔직한 생각을 말했다. "그런 분이 아닌 줄 알았는데."

"그런 분이 아니셔." 두 번째 지휘관이 반박했다.

"열등한 인간들은 언제나 이런 식의 몹쓸 이야기를 입에 담게 마련이지. 특히 윗사람에 대해서."

그들은 중앙 뜰 끝 쪽의 작은 방에서 기다리고 있었다. 그곳은 뜰과 방 사이로 통로가 나 있고 방문이 통로를 향해 열려 있는 곳이었다. 세 번째 지휘관이 방문 앞으로 걸어갔다.

"그런데 여자가 보이는데?" 세 번째 지휘관이 언짢은 목소리로 말했다.

승과 나머지 한 명도 문 앞으로 걸어갔다. 너무 잠깐 동안이라 얼굴을 분간할 수는 없었지만, 그들은 키 크고 날씬한 여자가 망토로 몸을 감싼 채 걸어가는 것을 보았다. 그러나 승은 그 모습을 보는 순간 그녀가 누구인지를 알아챘다. 저런 망토를 입은 여자는 어디에나 있었다. 하지만 승은 저 키 큰 여인이 누구인지 눈치 챘고, 망토 깃을 움켜쥔 손에 우연히 시선이 멈추는 순간 자기 생각이 맞았음을 확인할 수 있었다. 그 손에서 옥반지가 초록빛으로 빛나고 있었다.

그 순간 승의 몸을 흔들고 지나간 그 거센 공포와 분노를 누가 알겠는가? 메이리가 지난 며칠 내내 머문 곳이 바로 여기란 말인가? 다른 곳도 아닌 바로 여기에? 그녀를 두고 경쟁해야 할 남자가 바로 그가 모시는 장군인가?

승이 두려움에 사로잡힌 채 멍해져 있을 때 군인이 돌아왔다.

"장군님께서 오시랍니다."

머뭇거릴 시간이 없었다. 승은 동료들과 움직였고, 그들과 어깨를 맞댄 채 장군이 있는 방으로 걸어 들어갔다. 장군은 상기된 두 뺨과 빛나는 눈으로 자리에 앉아 있었다. 다른 두 명과 나란히 서서 차려 자세로 경례를 하던 승은 공기 중에 희미하게 남아 있는 달콤한 향수 냄새를 맡을 수 있었다.

❖

"그 덩치 큰 군인은 안 왔다." 류마가 대문 안으로 들어서는 메이리를 보면서 말했다.

"아, 잘됐네요." 메이리는 건성으로 대답했다. 그녀는 기분이 좋으면서도 한편으로는 불안했다. 망토와 드레스를 벗고 부드러운 옷으로 갈아입은 뒤에도 여전히 불안감은 가시지 않았다. 그녀는 작은 정원으로 들어갔다 나오기를 여러 번 반복했다. 그리고 그가 온다 해도 아무 말 않겠다고 마음먹었다. 두 사람은 농담이나 주고받고 말다툼을 할 뿐, 둘의 사랑을 드러내지 않을 것이다. 그렇게 메이리는 떠나가는 승에게 작별인사를 한 뒤 계획대로 일을 진행할 것이다. 메이리는 들떠서 남몰래 웃었고, 즐거운 마음을 감추려고 애썼다. 그리고는 작은 개를 괴롭히다가 류마에게도 장난을 쳤다. 마침내 류마가 더 이상 참지 못한 채 화를 냈다.

"너는 이제 어린아이가 아니다." 류마가 메이리를 나무랐다.

"볼기라도 때릴 수 있게 차라리 어린아이라면 좋으련만. 하늘이 하루 빨리 네게 남편을 점지해주셔야 할 텐데. 그럼 누가 됐건 나는 상관 안 할 게야. 생각 같아서는 당장 그 덩치 큰 군인을 데려와서 그냥 너를 데려가라고 하고 싶구나. 조금이나마 마음이 편해지는 것만으로도 기쁠 테니."

"편해질 수 없을 걸요." 메이리가 웃었다.

"유모도 나랑 같이 가야 할 테니까요. 나를 돌봐야 하잖아요. 우리가 얼마나 잘 싸우는지 알죠? 그 사람이랑 나 말예요."

"그래도 그 사람이 내 편이 돼서 너를 혼내줄 테니 지금보단 낫겠지."

사실 류마는 그 키 큰 젊은 군인이 조금씩 좋아지기 시작한 차였다. 그리고 메이리가 그와 결혼하는 편이 정말이지 차라리 낫겠다고 오늘 마음을 고쳐먹은 터였다. 군인 말고 어떤 남자가 이토록 자유분방하고 다루기 힘든 여자와 결혼하려 들겠는가. 품위 있는 남자는 얌전하고 순종적인 여자를 원하게 마련이다. 메이리가 과연 평범한 남자에게 좋은 아내가 될 수 있을까?

류마는 그렇다고 답할 수 없었다. 그래서 다음번에 승이 찾아오면 이제 마음이 바뀌어서 그를 좋아하게 되었음을 알려주겠노라고 몰래 마음먹었다. 또한 류마는 그간 혹시 메이리한테 소식이 있는지 날마다 찾아왔던 그가 오늘도 틀림없이 오리라 믿으면서 애타게 기다렸다.

그러나 승은 오지 않았다. 그날 종일 그는 모습을 보이지 않았고, 류마는 점차 걱정스러워졌다.

"설마 그 덩치 큰 군인이 어디로 싸우러 간 건 아니겠지?" 이틀째 되는 날 오후, 류마가 메이리에게 물었다.

"이렇게 한참 안 온 적은 없는데."

"그 사람이 전쟁터로 갔건 말건 알 게 뭐예요?" 메이리는 개의 귀를 당기면서 이렇게 되묻더니 개에게 말했다.

"우리랑은 상관없는 일이지, 그렇지?"

"아무래도 내가 무처럼 길쭉한 그 사람한테 길들여진 모양이다." 류마가 마지못해 말했다.

"유모는 나보다 무를 더 좋아하나 보네요." 메이리는 여전히 웃었다. 그리고 스스로 인정하고 싶지 않았지만, 그녀 역시 승이 오지 않는 이유가 궁금했다. 그날 이후 메이리는 더 이상 승 이야기를 하지 않았다. 그럴 만한 시간이 없었기 때문이다. 이튿날 아침 일찍 상관인 파오첸으로부터 명령을 하달 받으러 오라는 전갈을 받은 것이다.

전갈을 받은 순간 메이리는 이제 류마에게 계획을 알려야 할 때라고 판단했다. 메이리는 식사를 마친 뒤, 류마가 설거지할 그릇을 가지러 들어오자 담배에 불을 붙였다.

"류마, 할 말이 있어요."

"말하려무나." 류마는 허리에 둘러맨 앞치마 밑에 두 손을 포개 잡은 채 서 있었다.

"떠날 거예요." 메이리가 불쑥 말했다.

"총통 내외로부터 명령을 받았어요. 자세한 내용은 말할 수 없지만 꼭 내가 해야 하는 일이에요."

류마는 아무 대답 없이 입만 딱 벌린 채 메이리를 뚫어질 듯 바라보았다.

"떠날 날짜는 아직 몰라요." 메이리가 말을 이었다.

"오늘 아침 전갈은 내 직속상관한테서 온 거예요. 가서 내가 할 일이 뭔지 알아봐야 해요. 유모는 내가 돌아올 때까지 여기서 이 집과 개를 돌보면서 지내면 돼요. 혹시라도 적적하거든 다른 여자를 찾아서 함께 지내도 좋을 거고요."

류마는 긴 인생을 살아오는 동안 변화를 받아들이는 것에 익숙해져 있었고, 일단 명령을 받으면 감히 거역할 생각을 하지 않았다. 그러나 그녀는 막 들은 소식이 달갑지 않았다. 다만 명령에 항의할 수는 없었으므로 사소한 트집을 잡았다.

"내가 왜 이곳에 다른 여자를 들여서 밥을 먹이고 말벗이 돼주고 종일 알짱대는 꼴을 봐야 하니? 차라리 잘 아는 개랑 단둘이 사는 편이 낫겠다."

"좋을 대로 하세요." 메이리가 기분 좋게 대답했.

"내가 언제라도 돌아와 쉴 수 있게 이 집만 잘 지켜주시면 돼요."

"글쎄다, 그게 잘하는 짓인지 모르겠구나." 류마는 언짢은 기분을 드러내려고 애를 썼다.

"여기 땅과 물은 내 고향의 땅과 물과는 다르지. 게다가 네가 정말 돌아올지 내가 어떻게 알겠니? 너도 생각이 바뀔지 몰라. 그럼 난 여기서 너를 기다리다가 죽게 되겠지. 그때 내 침대 옆에는 개 한 마리만 달랑 있을 거구."

"정말 까다롭네요, 류마." 메이리는 소리 내서 웃었다.

"그럼 다시 말할게요. 여기 있고 싶으면 있도록 해요. 하지만 떠날 거라면 문을 걸어 잠그세요. 개는 데려가도 되고, 두고 가도 돼요. 뭐든 맘대로 하세요."

메이리는 이렇게 불평할 이유들을 모두 없애버렸지만, 이것이 늙은 유모를 더욱 골나게 했다. 류마가 그릇을 달그락 소리가 나게 집어 들면서 말했다.

"왜 하필 너를 보내는 게냐? 도무지 알 수 없는 일이로구나."

"이유를 알고 싶거든 영부인께 물어보세요. 나도 그 이유를 알고 싶으니까요. 어쨌든 명령을 받았으니까 가야 해요."

"영부인은 너를 모른다." 류마가 흥분한 목소리로 외쳤다.

"너는 고집이 센 데다 한곳에 머물 줄 모르는 선머슴 같은 아이지." 류마는 입을 다물 줄 몰랐다.

"네가 뭘 하겠다는 거냐? 총을 들고서 그 덩치 큰 군인이랑 같이 나란히 걸어가겠다는 거냐?"

류마의 마지막 말이 뾰족한 가시가 되어 찌르는 순간, 화가 난 메이리는 몸을 앞으로 기울여 류마의 뺨을 때렸다.

"입 다물어요! 그 사람이 가는 곳으로 발령 받게 될지 아닐지조차 몰라요. 늙은이가 사악하게도 음탕한 생각만 하는군요!"

류마는 메이리의 반응에 입을 다무는가 싶더니 다시 고함을 질렀다. "나는 정숙한 여자다! 내 머릿속에 든 생각은 너를 결혼시키는 거야! 고삐 풀린 망아지처럼 제멋대로 돌아다니는 대신 정숙한 여자가 되도록 만드는 거지. 정숙한 여자란 모름지기 한 남자와 결혼해서 둘러쳐진 담장 안에 살아야 하는 법이다. 그 남자의 아이를 낳으면서 말이다."

"꿈같은 얘기만 하는군요." 메이리가 내뱉듯 말했다.

"지금이 결혼을 하고 아이를 낳고 담장 안에 갇혀 살 땐가요?"

류마는 메이리의 단호한 말투에 겁을 먹고는 더는 아무 대꾸도 않은 채 일만 계속했다. 다만 가장 퉁명스런 표정으로 입을 빼문 채 움직였다. 메이리도 치미는 분노에 입을 꽉 다문 채 호출 명령에 복종할 준비를 했다. 그녀는 자신이 서쪽으로 가는 것은 승 때문이 아니라 도움이 되는 일을 하고 싶어서라고, 이것이 진실이라고 생각했다.

그녀는 호출 받은 장소까지 걸어서 갔다. 입구에 도착해보니 다른 여자들이 안으로 들어가고 있었다. 여자들은 모두 젊고 강인해 보였으며 엄숙한 표정이었다. 메이리는 여자들 무리에 섞여서 문을 통과한 뒤 커다란 방 안으로 들어갔다. 책상 앞에 앉은 남자 둘이 여자들의 이름을 확인하더니 오른쪽 혹은 왼쪽으로 보내 대기하도록 했다.

마침내 메이리의 차례가 왔다. 그녀는 다른 여자들과 달리 정면에 열려 있는 문 안으로 보내졌다. 거기에는 며칠 전 비행기로 이동할 때 유일한 동승자였던 남자가 있었다. 메이리는 그를 보는 순간, 왜 그가 비행기에서 형식적인 인사만 건네고 더 이상 아무 말도 않았는지 궁금해졌다. 그러나 이 순간 자기가 그때 함께 비행기를 타고 온 사람임을 굳이 말하지는 않기로 했다. 그녀는 남자의 앞에 서 있다가 앉으라는 권유를 받은 뒤에야 의자에 앉았다. 그리고 그가 눈앞의 서류를 검토하는 동안 잠자코 기다렸다.

마침내 그가 서류를 내려놓았다.

"임무에 대해서는 이미 들은 걸로 알고 있는데 맞습니까?" 남자가 말했다.

"일부만 전해 들었습니다." 메이리가 대답했다.

"여기 나머지 임무가 적혀 있습니다." 남자가 서류를 집어 메이리에게 건넸다.

"읽어보시죠." 그런 뒤 그는 명령하듯 말을 이었다.

"이해 안 가는 부분이 있으면 말씀하십시오."

메이리는 주의 깊게 서류를 읽었다. 조목조목 적힌 내용에는 번호가 매겨져 있었다. 이해하기 어려운 부분은 없었다. 남자는 메이리가 서류를 검토하는 동안 꼼짝도 않고 기다렸다.

"확인할 부분은 없습니까?" 남자가 물었다.

"네, 없어요."

"여기 적힌 일들을 처리하는 게 당신의 임무입니다. 만일 하나라도 제대로 실행되지 않으면 책임을 물을 겁니다. 그리고 의료진의 대표인 청량모 박사님이 업무를 분담해줄 겁니다. 환자 및 부상자와 관련된 모든 일은 당신과 청량모 박사님이 책임져야 하고, 간호사들은 당신과 박사님의 지휘 하에서 일하게 될 겁니다. 박사님은 수술을 비롯해서 의료 관련 문제들을 책임질 것이고, 당신은 간호사, 식사, 숙소, 필요 물품 조달 등과 관련된 문제를 맡으면 됩니다. 혹시라도 박사님과 책임 소재와 관련해 의견 충돌이 생기면 나를 찾아오십시오. 누가 맡아야 할 일인지 결정해 드리지요. 하지만 그런 문제가 생길 거라고는 생각하지 않습니다."

메이리는 동의를 표하기 위해서 고개를 끄덕였다. 남자가 책상 위에 놓인 종을 울리자 군인 한 명이 들어왔다.

"청 박사님을 안으로 모셔." 남자가 말했다.

그는 잠시 후 또 다른 남자가 안으로 들어올 때까지 입을 다문 채 미동 없이 앉아 있었다. 메이리는 함께 일해야 할 사람이기에, 그리고 첫 대면부터 마음에 들지 않으면 앞으로 힘들어질 것을 알아서 조바심을 내며 박사를 기다렸다. 그러나 박사가 들어오는 순간, 메이리는 금방 그가 마음에 들었다. 청량모는 키는 작지만 다부져 보이고 머리와 얼굴이 둥글었으며, 참을성 있어 보이는 입매, 강한 인내와 선량함을 담은 눈을 갖고 있었다. 또한 그 눈 속에는 지혜가 빛나고 있었다. 그는 부끄러움을 타는 사람도, 뻔뻔스러운 사람도 아니었고, 마치 친구 사이라도 되는 것처럼 파오첸에게 인사를 건네더니 자리에 앉았다. 파오첸은 조금 전과 달리 흥미를 느끼는 얼굴로 말했다.

"이미 얘기를 들어서 아시겠지만, 이쪽은 앞으로 함께 일하게 될 위 메이리 씨입니다. 위 메이리 씨는 명령을 하달 받았고, 박사님도 마찬가지로 명령을 전달 받으셨습니다. 잠시 조용한 곳에 가셔서 서로 대화를 나눠보시는 게 좋을 것 같군요. 제가 업무를 보는 동안 저 옆방으로 가 계시지요."

청 박사가 일어서더니 소탈한 미소를 머금은 얼굴로 메이리에게 말했다. "그럼 가실까요?"

메이리는 자리에서 일어나 청 박사를 따라 옆방으로 들어갔다. 두 사람은 의자에 앉았고, 청 박사는 메이리가 받은 것과 똑같은 서류를 주머니에서 꺼내더니 그녀에게 건넸다.

"바꿔서 읽도록 하죠. 그래야 우리 할 일을 완전히 알 수 있을 겁니다."

"여기 있어요." 메이리도 자기 서류를 건넸고, 두 사람은 잠시 동안 서로의 문서를 찬찬히 살펴보았다.

"파오첸은 특이한 사람입니다." 이윽고 박사가 입을 열었다.

"말보다는 언제나 글로 전달하는 편을 좋아하죠. 하지만 워낙 정신이 맑고 빈틈이 없어서 실수하는 일이 거의 없답니다. 파오첸은 말보다 행동이 먼저인 사람이에요. 이번 작전에서 파오첸이 맡은 일을 그보다 잘할 수 있는 사람은 아무도 없을 겁니다." 박사는 메이리에게 다정한 눈길을 보내며 그녀의 얼굴을 찬찬히 뜯어 보았다.

"굉장히 젊어 보이시는데요. 지금까지 살아오면서 고생해본 적은 있나요?"

"없습니다." 메이리는 솔직히 대답했다.

"하지만 어떤 고생도 견딜 각오가 되어 있습니다."

"엄청난 고생을 하게 될 겁니다." 박사가 부드러운 목소리로 말했다.

"이번 작전은 아마 힘들 거예요. 총통께서 군인들에게 아주 어려운 임무를 맡기셨거든요. 우리에게는 항복이 허락되지 않습니다. 이게 우리에게 내려진 유일한 명령이죠. 죽는 한이 있어도 항복해서는 안 됩니다."

"총통다우신 명령이로군요." 메이리는 총통의 얼굴을 떠올렸다. 그건 이글거리는 성자의 눈을 가진 군인의 얼굴이었다.

"부상자가 속출할 겁니다." 박사가 말을 이었다.

"전투가 시작되면 잠도 휴식도 잊고 밤낮으로 대기해야 합니다."

메이리는 머리를 숙였다.

"먹을 줄 알고 잘 줄도 알지만, 자거나 먹지 않고서도 견딜 수 있어요." 그녀는 담담한 목소리로 말을 이었다.

"단지 질문이 하나 있어요. 언제 출발하죠?"

"그 질문에는 아무도 답할 수 없습니다. 총통님의 마음 문제니까요. 총통께서 신호를 보내시면 그때 출발하게 될 겁니다. 어쨌든 모든 준비는 끝났어요. 한 개 사단은 이미 출발했고, 수일 내로 나머지 두 개 사단도 떠날 겁니다. 그러고 나면 우리도 가게 되겠죠. 아니, 어쩌면 두 개 사단과 함께 출발하게 될지도 모릅니다." 박사의 이야기를 듣는 순간, 메이리의 가슴속에 또 다른 질문이 고개를 들었다. 이미 출발한 사단이 승이 이끄는 군대라면? 승이 찾아오지 않은 것도 그 때문일까?

그러나 그녀가 가슴에 품은 이 질문에 누가 답해줄 수 있겠는가? 메이리는 박사의 참을성 넘치는 둥근 얼굴에 시선을 고정시킨 채 조용히 앉아 있었다.

"우리는 어디로 가게 될지조차 모릅니다." 박사가 이야기를 계속했다.

"인도차이나로 보내질 거라는 말이 있는가 하면, 버마로 가서 백인들과 합류하게 될 거라고 말하는 이들도 있습니다. 양쪽으로 나뉘어 가게 될 거라는 이들도 있죠. 결국 길을 나서기 전에는 알 수 없을 겁니다."

메이리의 가슴속에 또 다른 질문이 울려 퍼졌다. '승과 내가 서로 다른 곳으로 가게 되면 어쩌지?'

그러나 가슴에 품은 이 질문에 누가 대답해줄 수 있을까? 메이리는 이 질문을 입 밖으로 내지 못한 채 잠시 후 자리에서 일어섰다.

"언제라도 떠날 준비를 하고 계셔야 합니다." 박사가 이렇게 말을 맺었다.

"그렇게 하겠습니다." 메이리가 대답했다.

6장

버마로드를 향해

메이리는 자신을 꾸짖었다. 적군이 조국의 생명을 위협하고, 버마로 이어지는 생명줄 같은 수송로가 끊어지게 생긴 마당에 무슨 권리로 자신만 생각하고 자기 가슴이 외치는 소리에만 귀를 기울인단 말인가?

지금은 사랑을 마음에 둘 때가 아니다! 스스로도 믿지 않으면서 이 말을 승에게 얼마나 자주 했던가. 그러나 수많은 타인의 목숨을 구하기 위해 작전을 세우고 있는 이 진지한 남자들 앞에 서고 나자, 비로소 메이리는 그 말을 진심으로 믿게 되었다. 그리고 잠시 자신이 두려워졌다. 진정으로 내게 부상자와 사망자를 마주할 힘과 용기가 있을까? 걷거나 수레를 타거나 가능한 온갖 방법을 동원해가며 수백 킬로미터에 달하는 거친 길을 따라가고, 길조차 없는 시골과 밀림을 헤치고 나아갈 힘과 용기가 과연 내게 있을까?

그러나 돌이키기에는 너무 늦어버렸다. 설령 결정을 번복한다고 해도 기다림과 무료함을 견딜 수 있을 것 같지 않았다. 승이 떠난 뒤 홀로 남게 된다면 도시 전체가 텅 빈 것처럼 느껴질 것 같았다. 승을 만나고 못 만나고를 떠나 둘 다 서쪽으로 가게 될 것이며 함께 적군에 맞서 맹렬히 싸우게 되리라는 것만 확실해지면 그것만으로도 큰 위안이 될 것 같았다.

"저한테 시키실 일은 없나요?" 메이리가 박사에게 물었다.

"매일 제 사무실로 와서 이번 작전에 가져갈 물품 준비를 도와주십시오. 우리가 가져가는 것 외에 현장에서는 아무것도 구할 수 없을 겁니다."

"그럼 내일 아침에 오겠습니다."

메이리는 그 이튿날부터 열하루 동안 매일 아침 박사를 도우러 갔고, 열하루 동안 항상 밤늦게 집에 돌아왔다. 그리고 류마가 또다시 승의 행방을 궁금해 하던 날을 제외하고는 승의 이야기를 꺼내지 않았다.

"그 덩치 큰 군인 말이다……. 어디 있는지 모르겠구나." 류마가 말했다.

"틀림없이 인도차이나에 갔을 거예요." 메이리가 차분한 목소리로 대답했다. "거기로 발령 난 사람이 많거든요."

메이리는 잠시 류마의 호기심에 찬 날카로운 시선을 느꼈다. 류마는 부산하게 먼지 터는 시늉을 하고 있었다. 그러나 메이리는 침착함을 잃지 않았고, 그 냉정함이 류마로 하여금 혀를 함부로 놀리지 못하도록 만들었다. 이날 이후로 류마도 더는 승의 이름을 입에 담지 않았다.

❖

메이리의 삶은 이제 송두리째 판에 박힌 채 흘러갔다. 게다가 앞으로 여러 달 동안 이 틀 안에서 살아야 할 처지였다. 메이리는 하루 일과를 준비하기 위해 아침 일찍 잠자리를 털고 일어났다. 그녀는 지금까지 매일같이 할 일이 쌓여 있는 삶을 경험해보지 못했다. 하지만 이제부터는 이른 시간에서 밤늦게까지 바쁘게 움직여야 했다.

그녀는 아침식사를 마치자 비단으로 안감을 댄 짙은 색의 드레스를 입고, 족히 이삼 킬로미터는 되는 길을 걸어 의료용품 수집 장소로 향했다. 메이리가 아무리 일찍 도착해도 항상 그곳에는 박사가 먼저 와 있었다. 박사는 사람 좋아 보이는 평범한 얼굴에 뻣뻣한 머리를 단정히 빗어 넘기고, 추위로 빨개진 손으로 물건을 차곡차곡 쌓거나 자신만큼 일찍 온 사람이 없을 때면 혼자서 의료용품 꾸러미를 묶기도 했다. 판자와 종이로 만든 길쭉한 방은 금방 간호사와 군인, 직원들로 가득 찼다. 그들은 물품 목록을 확인하고, 약품을 따로 분류해서 기름 먹인 천과 종이로 포장하고, 상자 뚜껑을 못으로 박는 등의 일을 했다. 그러면 방 한쪽에는 이렇게 준비된 상자들이 수북하게 쌓였다. 이 상자들은 사람이 등에 질 수 있는 정도보다 무겁지 않도록 하나하나 무게를 쟀다.

박사는 첫날 메이리에게 한 묶음의 물품 목록을 쥐어주고 간호사들이 사용할 물건을 관리하는 일을 맡겼다.

"직접 확인해주세요." 박사가 영어로 말했다.

"혹시라도 없는 물품이 있거든 채우시고요."

박사는 푸젠성福建省 깊숙한 외지의 방언을 썼으므로 메이리에게는 언제나 영어로 말했다. 고향보다 해외에서 더 많은 시간을 보낸 그는 영어가 능숙했고, 프랑스어와 독일어도 영어만큼 자유자재로 구사했다. 그러나 외과의의 섬세한 손을 제외하면 그 작달막한 체구는 지극히 평범했다. 메이리는 처음에는 박사의 그 섬세한 손에 제대로 신경 쓰지 못했다. 그러다가 인간의 생명을 다루는 그의 모습을 자주 보게 되면서, 박사가 거칠거나 무거운 물건을 만지려 들면 그의 손을 보호하기 위해 재빨리 달려가곤 했다. 생명을 구하는 손이 섬세함을 잃어서는 안 된다고 생각해서였다.

박사는 전혀 자기 몸을 아끼지 않았다. 막일꾼이라도 되는 것처럼 허리를 굽혀 상자를 들어 올려 어깨에 얹거나, 무게를 가늠하기 힘든 상자는 등에 짊어졌다. 때로는 못질을 하거나 깨진 병조각을 줍다가 손을 베이기도 했다. 메이리가 긴 방의 한쪽에서 날마다 물품 목록을 점검하고 물건을 확인하는 동안, 박사는 온화한 얼굴로 말없이 바쁘게 일하며 방 안을 누비고 다녔다.

산더미 같은 물건들과 뒤엉켜 있던 사람들도 서서히 질서를 찾아가며 준비를 갖추었다. 그 와중 메이리는 팔구십 명은 족히 되는 간호사들과 한 명 한 명 알게 되었다. 둔하고 느린 사람들도 있긴 했지만, 모두가 하나같이 기꺼운 마음으로 전장으로 떠나려 했고 지금 하는 일이 가치 있고 필요하다고 생각하고 있었다. 또한 그중에서도 메이리가 가장 먼저 알게 된 간호사 네 명은 언제나 그녀 가까이에서 항상 명령에 따를 준비가 되어 있는 이들이었다. 이중에 한수첸이라는 학생은 난징 약탈 때 가족들이 몰살당했다. 그녀는 국경에서 멀리 떨어진 학교에 머물고 있었던 덕에 살아남았다. 동그란 얼굴의 한수첸은 가슴에 깊은 슬픔을 품고도 늘 쾌활했지만, 적국을 향한 증오심을 노골적으로 드러내며 복수를 위해 자신의 일에 모든 열정을 바치고 있었다. 그녀의 피부는 연약하고 장밋빛이었다. 그래서 손가락 끝은 뾰족하지만 통통한 손은 항상 동상으로 살갗이 벗겨져 있고, 혈류가 피부 바로 밑에서 돌아 입술은 발갛고 뺨도 주홍색이었다. 또한 살갗은 금방이라도 피가 터져 나올 것처럼 보였다.

한수첸이 메이리의 눈에 가장 먼저 띈 것도 그 손 때문이었다. 그날 메이리는 한수첸에게 짐에서 나온 붕대 접는 일을 맡겼다가 흰 헝겊에 피가 묻어 있는 것을 발견했다.

"이게 무슨 피지?" 메이리가 물었다.

한수첸은 부끄러워하며 손을 내밀었다. 그 예쁜 손이 갈라져 피를 흘리고 있었다.

"이쪽으로 와. 기름을 바르고 붕대로 감아야겠어." 메이리가 말했다. "이런 손으로 뭘 할 수 있겠니?"

그날 이후 메이리는 매일 아침 한수첸의 손에 기름을 발라주고 붕대를 감아주면서 그녀를 더 잘 알게 되었다. 한수첸은 언제나 얼굴을 붉혔고 소리 내서 웃었으며 자기 손은 괜찮다고 큰 소리로 말하곤 했다.

두 번째 간호사는 톈진天津 출신으로 창백한 얼굴에 몸은 말랐고, 키도 작았다. 도회지 출신답게 풍족함에 길들여져 있던 그녀는 적군이 쳐들어온다는 소식을 듣고 부모님과 피난길에 올랐다. 그러나 어머니가 고생 끝에 숨을 거두고 두 오빠가 전쟁터에서 목숨을 잃자 연로한 아버지와 단둘이 남게 되었다. 더는 줄 것이 없는 데다 늙고 힘없는 신세가 된 아버지는 그녀에게 어디로건 떠나서 오라비들의 원수를 갚을 길을 찾으라고 애원했다.

하지만 그녀는 자신이 떠나면 아버지를 돌볼 사람이 없었으므로 그 청을 받아들이려 하지 않았다. 그러자 딸의 마음을 알아차린 아버지는 고통 없이 죽을 수 있다는 독약을 구해 먹었다. 어느 날 아침 싸늘한 주검이 된 아버지를 발견한 그녀는 이제 그 명령이 거역할 수 없는 것이 되었음을 깨달았다. 그녀의 이름은 타오 안란이었다.

세 번째 간호사는 빼어난 미모를 가진 성셰잉이라는 여성이었다. 셰잉은 도시에 떨어진 폭격을 제외하면 고생이라고는 해본 적이 없었다. 그녀는 이곳에서 나고 자랐으며 애국심이 넘쳐흘렀다. 마음속 깊은 곳에서는 변화와 여행을 갈망했을지 모르나, 아무튼 그녀는 자신의 이번 참전 결정이 애국심에서 비롯된 것이라고 믿었다.

마지막 간호사는 적군에게 시달림을 당했던 젊은 미망인이었는데 자신이 받은 고통에 대해서는 말하려 하지 않았다. 그녀는 북서부에서 군인으로 참전했다가 포로가 되었으며, 이후 탈출에 성공해 긴 여정 끝에 마침내 이곳에 도착한 뒤 서부로 군대를 파병한다는 소식을 듣고 다시금 지원했다. 그녀의 이름은 마오 치링이었다.

네 여인은 다른 간호사들과 마찬가지로 부상자와 병자 돌보는 법을 배웠고, 어느 정도 차이는 있지만 다들 상당한 의학 지식을 갖고 있었다.

나아가 자발적으로 메이리를 책임자로 믿고 따르기 시작한 이 네 명뿐만 아니라 나머지 간호사들도 날이 갈수록 메이리를 우두머리이자 상관과의 중개자로 여기기 시작했다. 그리고 이런 상황은 메이리에게도 변화를 가져왔다. 그녀는 지금까지는 자신 말고는 누구도 생각하지 않고 살아왔다. 하지만 이제는 자신을 의지하는 간호사들을 생각하면서 그녀들을 위해 계획을 세워야 했다. 메이리는 낮에는 종일 일하고, 밤에는 혹시 잊은 게 없나 하는 걱정에 잠을 설치곤 했다. 밀림을 가로지르는 행군 때 죽음이라는 불상사를 막기 위해 반드시 필요한 물품들을 잊었을지도 모른다는 생각 때문이었다. 이번 행군은 정보를 얻어 들을 만한 연결고리조차 없는 터라 메이리는 직접 서쪽을 다녀온 사람을 찾기 시작했다. 또한 그런 사람을 만나면 트럭 운전사, 짐꾼, 군인, 행상을 가릴 것 없이 질문을 퍼부었다.

"그곳 날씨는 어떻죠?" 메이리가 물었다.

"뜨거운 찻물이 차갑게 느껴질 정도로 덥수다." 어떤 이는 이렇게 대답했다.

"비가 어찌나 많이 오는지 입고 있던 옷이 곰팡이에 삭아 떨어질 정도요." 이렇게 대답하는 이도 있었다.

"벌레들이 사람을 하늘에서 내린 선물로 여기지." 또 누군가는 이렇게 말했다.

"뱀이 길 한가운데에서 고개를 쳐들고는 댁한테 그날 배 채울 먹이 대하듯 인사할 겁니다." 어떤 이는 이렇게 대답하기도 했다.

"독을 품은 덩굴이 사방으로 뻗어 있어요." 누군가가 대답했다.

"햇살이 어찌나 따가운지 머리카락이 죄다 빠지는 건 물론이고 머리 가죽까지 벗겨지죠." 또 누군가는 이렇게 말했다.

"열기가 얼굴에 뚫린 일곱 개 구멍으로 스멀스멀 기어 들어와서 잔에 든 주사위처럼 온몸의 뼈를 달달 떨리게 만듭죠." 어떤 이는 이렇게 말했다.

"가까이 다가가기 전까지는 잔잔하고 얕은 것처럼 보이던 강물이 바닷물처럼 불어나서 댁을 삼킬 게요. 그곳 강물의 신은 아주 강하고 사악한 데다 벌써 왜놈들 뇌물에 넘어갔다오." 노인 하나는 이렇게 대답했다. 그는 그곳 어딘가의 강에 빠졌다가 악어에게 물려서 다리가 뭉텅 잘려 있었다.

메이리는 그 모든 이야기에 귀를 기울였으며, 먼 길을 걸어 다녀온 그 나라가 질병과 불운으로 가득 찬 위험하고 험난한 곳이라는 이들의 말 속에서 진실을 건져냈다. 그녀의 의무는 힘닿는 한 이 모든 위험에 대비하는 것이었다. 약은 청 박사가 가져가게 되어 있어서 메이리는 간호사들을 위해 각각마다 한 켤레씩 여분이 될 가죽신들을 구입했고, 벌레가 물지 못하게 다리를 감싸게 할 생각으로 이 지역 농가에서 짠 두껍고 폭이 넓은 천을 사서 말아두었다. 또한 독액을 내뿜는 날벌레와 모기를 막기 위해서는 올 성긴 아마포를 떠와 얼굴을 가릴 수 있게 잘라두었다.

뿐만 아니었다. 메이리는 간호사 각각에게 줄 여분의 식량을 궁리한 끝에 말린 두부와 소금에 절인 고기, 각설탕을 납작하게 눌러 상자에 담았다.

만에 하나라도 수송 차량이 고장 나면 각자 짐을 옮겨야 했다. 하지만 밀림 공기를 마시는 것만으로도 힘겨운 판에 무거운 짐을 짊어진다는 건 어불성설이었다. 이 무렵 어디를 가나 서양 군인들을 둘러싼 소문이 자자했다. 들리는 바에 의하면 이들이 좀 더 편히 지내려고 너무 많은 짐을 메고 다니느라 적군을 따라잡지 못하고 있다는 것이었다.

어느 날, 남쪽 전장에서 돌아온 나이 든 군인 하나가 갈아입을 옷을 가져가야 한다는 사실에 불만을 늘어놓았다. 그는 침을 뱉고 크게 웃으며 악담을 퍼부었다.

"내가 그 멍청한 서양 놈들처럼 여름옷이랑 겨울옷, 장화랑 비옷, 이부자리랑 먹을 것, 햇빛 가릴 모자랑 비 가릴 모자를 가져가야겠나? 집만 두고 모조리 싸들고 가야겠냐고? 총알이야 훔치면 그만이니 총 한 자루와 짚신 한 켤레만 더 있으면 충분해. 먹을 건 그때그때 구하면 되고. 그리고 그깟 비쯤이야 무서울 게 뭐 있나?"

모든 군인이 이 늙은 병사와 같은 마음이었다. 모두들 전장에서 꼭 도움 될 물건만 가져가고 싶어 했고 총을 제 몸보다 소중히 여겼다. 그중에는 서슴지 않고 총알을 훔치려 드는 사람도 있어서 다들 동료들마저 경계하며 제몫의 총탄을 지켰다.

마침내 모두가 기다리던 날이 찾아왔다. 장군은 분노와 조바심 속에서 상부에서 하달될 명령을 기다리던 차였다. 그는 지난 열하루 동안 자신은 출전 준비를 마쳤다고 당당하게 선포하고, 이렇게 출발이 지연되는 건 틀림없이 어떤 계략 때문일 것이라는 독설을 뿌리고 다녔다. 그렇지 않고서야 적군이 도처에서 세력을 키우고 있는데 출발을 늦출 이유가 없다는 것이다. 이 무렵 백인들은 남쪽 섬에서 연거푸 패배해 산허리 굴에 짐승처럼 몸을 숨기고 있었다. 이런 상황에서 갑자기 명령이 떨어졌고, 장군은 그로부터 채 한 시간도 지나지 않아 부하들에게 지시사항과 동시에 이튿날 새벽에 대장정이 시작될 것이라는 사실을 전달했다.

그날 밤 집에서 자리에 누운 메이리는 잠을 이루지 못하고 두 번, 세 번이나 침대에서 내려와 옷을 살폈다. 필요한 물건들은 빠짐없이 의자 위에 놓여 있었다. 묵직한 신발과 군인들의 것과 같은 제복, 권총 그리고 가방이었다. 메이리는 가방을 열어 안에 든 물건들을 확인했다. 그녀는 허리에 차고 웃옷으로 가릴 작정으로, 돈을 간수할 주머니가 달린 허리띠도 미리 만들어두었다.

한밤중에 문이 열리더니 살며시 류마가 방 안으로 들어왔다. 그녀는 손에 들고 있던 손바닥만 한 주머니 하나를 메이리에게 건넸다.

"단추라도 떨어지면 어쩔 셈이냐?" 류마가 진지한 목소리로 속삭였다. "작은 것 하나가 큰 문제를 만들기도 하는 법이야."

메이리는 류마가 건넨 주머니를 받아 들었다. 그 안에는 짧은 바늘 여러 개와 종이 실패에 작게 감아놓은 가늘고도 질긴 비단실, 날카롭게 날 선 작은 강철 가위, 놋쇠 골무 두 개, 뼈로 만든 외국산 단추, 외국산 옷핀 여섯 개가 들어 있었다. 류마가 이 값진 물건들을 어디에서 구했는지는 알 수 없었다.

"이런 건 미처 생각 못했네요." 메이리가 말했다. "하지만 꼭 필요할지도 모르겠어요."

"지금까지는 네 옷 바느질을 내가 했으니, 네가 이런 자질구레한 것들에 신경 쓸 필요가 있었겠니? 하지만 이제는 내가 더 필요 없을지도 모르겠구나." 류마는 갑자기 닭똥 같은 눈물을 흘리더니 흐느끼며 말을 이었다.

"너는 항상 골칫거리였지만, 너 없이 사는 건 더 속 타는 일이 될 거다!"

"돌아올 거예요." 메이리가 약속했다.

"그러니까 여기서 기다려야 해요……. 꼭 돌아올 거예요. 약속해요."

"하늘만이 약속을 지킬 수 있는 법이지." 류마는 웃옷 자락으로 눈물을 훔치며 방을 나갔다.

메이리는 컴컴한 어둠 속에서 다시 침대에 누웠다. 출발을 앞둔 이 순간, 영원히 돌아오지 못할지도 모를 길을 떠나야 하는 이 순간, 그녀는 걷잡을 수 없는 혼란에 휩싸였다. 지금 그곳에 왜 가려는 거지? 메이리는 외로움에서 벗어나기 위해, 한편으로는 승을 향한 인정하고 싶지 않은 사랑 때문에, 또 한편으로는 조국에 보탬이 되고 싶은 진실한 바람으로 인해 깊이 생각해보지도 않고 출발을 결심했다.

이제 이 모든 이유들이 모여 온전한 하나가 되었다. 그녀는 곧 떠날 것이다. 그녀는 이제 중국이 나머지 세상으로 나갈 수 있는 유일한 문이 버마뿐임을 알고 있었다. 오직 그곳을 통해서만이 적과 맞설 만한 도움을 얻을 수 있었다. 그러니 무슨 일이 있어도 그 문을 열어두어야 했다.

✥

'버마라는 문을 열어두어야 한다.' 이는 총 세 개 사단 군인들 모두의 목표이자, 내일 동틀 녘에 행군을 시작할 모든 남녀의 가슴에 깃든 결의였다. 이 하나의 목표가 이들을 가족보다도 끈끈하게 묶어냈고, 모두가 서로에게 친밀감을 느꼈다.

하지만 누구도 이 감정을 말로 표현하지는 않았다. 이들은 여느 출발 때처럼 소음과 고함, 짐의 무게를 불평하는 소리, 사소한 일로 고집을 부리는 소리, 느닷없이 다투는 소리가 어지럽게 뒤섞인 가운데 행군을 시작했다. 최대한 멀리까지 몰고 갈 트럭이 가장 먼저 채워졌다. 짐을 실은 뒤 여자들이 올라타자, 남자들이 남은 자리에 비집고 들어갔다. 트럭 한 대당 지도 한 장씩이 주어졌는데 지도에는 트럭이 갈 길과 멈춰서 일행을 기다릴 지점이 표시되어 있었다.

메이리는 뻣뻣한 천으로 만든 제복을 입고 짐을 어깨에 둘러멘 채 간호사들 앞에 서 있었다. 간호사들은 모두 메이리와 같은 옷차림에 다들 심각한 표정을 짓고 있어서 이상할 정도로 옆 사람과 닮아 보였다. 메이리의 곁에는 그녀의 왼팔과 같은 간호사 네 명이 서 있었다. 이들 또한 메이리와 마찬가지로 흥분과 두려움 그리고 승리를 향한 염원으로 가슴을 두근대고 있었다. 수첸의 발그스레한 둥근 얼굴은 진지한 어린아이처럼 보였고, 안란의 얼굴은 여느 때보다 창백했다. 어린 나이에 남편을 잃은 치링은 슬픔과 동시에 벌써 행군을 시작하기라도 한 듯이 피로가 어려 있었다. 다만 고생이라고는 해본 적이 없는 셰잉만큼은 밝은 표정으로 미소를 머금고 있었다. 셰잉의 눈은 까맣게 반짝였고, 입술은 쉴 새 없이 깨물어 빨개져 있었다.

"부상자를 돌볼 사람들!" 한 남자가 목청을 돋워 외쳤다.

"병자를 보살필 사람들은 이쪽으로 오세요! 이쪽으로!"

키 작은 중위가 종잇장을 흔들며 외쳤다. 메이리는 간호사들과 앞으로 걸어 나와 따로 대기하고 있는 트럭 쪽으로 움직였다. 간호사들은 예의바르게 메이리가 운전석 옆자리에 먼저 올라타기를 기다린 뒤 트럭에 탔다. 운전사는 큰 머리에 평범한 얼굴의 남자였는데 작은 눈이 빳빳하게 곤두선 까만 눈썹 밑에 바짝 붙어 있었다.

한두 마디의 고함소리와 잔뜩 흥분한 웃음소리가 잠시 들려오는가 싶더니, 이내 그들은 떠날 준비를 마쳤다. 메이리가 탄 트럭은 작전에 투입될 대원들을 이동시킬 넉 대의 차량 중에 선두였다. 이윽고 운전사가 손잡이 하나를 밀었지만 트럭은 꼼짝도 하지 않았다. 운전사는 두 발을 구르고는 이번에는 다른 손잡이를 밀었다. 그래도 트럭은 여전히 움직이지 않았다. 그러자 운전사는 하늘을 향해 소리치며 두 손바닥으로 차의 옆머리를 때리더니, 차를 향해 욕설을 퍼부었다.

"어미와 붙어먹을 놈 같으니라고! 네놈한테 외국 기름을 배터지게 먹였다! 배떼지에 물도 잔뜩 넣어주고! 게다가 어제는 네놈을 위해 향을 피워 천지신명께 빌기까지 했다! 그런데 뭘 더 바라는 게냐?"

운전수는 차에서 뛰어내려 트럭 아래쪽을 걷어찬 다음 펄쩍 차에 올라타서 다른 손잡이를 밀었다. 하지만 역시 소용없었다. 트럭은 끽끽 소리, 쉬익 소리, 그리고 윙윙대는 소리만 낼 뿐 꿈쩍도 하지 않았다. 그때 다른 나라에서 외국 차를 자주 타본 메이리가 작은 손잡이 하나를 발견하고는 손으로 가리켰다.

"이걸 뒤로 젖히세요."

운전수는 메이리를 향해 이를 드러내고 웃더니 그 손잡이를 뒤로 젖혔다. 그러자 트럭은 즉시 움직이기 시작했다. 그러나 그는 필요한 조처를 잊은 걸 전혀 부끄러워하지 않고 트럭이 울퉁불퉁한 길 위를 덜컹대며 나아가는 동안 불평을 늘어놓았다.

"이런 서양 물건들은 말이지, 머리를 안 굴려 만드는 게 문제요. 그렇게 똑똑하다면서 왜 좀 더 머리를 써서 자동으로 제동이 풀리는 장치를 안 달았지? 차가 알아서 움직이도록 말이지. 내 이 꽉 막힌 머리가 어떻게 나하고 차까지 동시에 생각하겠소? 내가 모든 걸 다 알아서 해야 하나?"

순간 메이리는 트럭에 보닛이 없다는 것을 깨달았다. 엔진 부품 전체가 먼지와 언제 내릴지 모를 비에 고스란히 노출되어 있었다.

"엔진 덮개를 떼어내다니 그다지 신중한 처사가 아닌 것 같은데요? 비라도 오면 차가 멈출 거예요. 엔진에 먼지가 잔뜩 껴도 그렇고요."

운전사는 머리에 쓴 자그마한 모자의 챙을 옆으로 돌려 메이리 쪽의 눈을 시원하게 열었다.

"내가 왜 하루에 스무 번씩 덮개를 올렸다 내렸다 해야 하나? 그게 싫어서 빌어먹을 덮개를 아주 떼어버렸지."

그는 유쾌한 목소리로 대수롭지 않은 듯 대답했고, 이야기하는 내내 야수 다루듯 트럭을 몰았다. 메이리는 곧 할 말을 잃었다.

그녀가 할 수 있는 일이라곤 두 발로 힘껏 바닥을 누르며 의자에서 떨어지지 않게 안간힘을 쓰는 것뿐이었다. 메이리의 몸은 양쪽 위아래로 정신없이 흔들렸다. 운전사는 무시무시한 속도를 조금도 늦추지 않은 채 이를 드러내고 웃으며 말했다.

"그쪽 옆에도 군인 하나를 앉히는 게 좋을 겁니다. 그래야 나하고 그 군인이 푹신하게 막아줄 테니까요."

"조금만…… 조금만 속도를 늦출 수 없을까요?" 메이리가 금방이라도 숨이 넘어갈 것 같은 목소리로 물었다.

그러나 운전사는 고개를 젓더니 덜컹대는 요란한 소음 속에서 목이 터져라 외쳤다.

"이 후레자식 같은 놈의 차는 말입니다, 지금보다 천천히 가게 해주면 쉴 때가 됐구나 생각한단 말이지. 어림없는 일이요. 일단 이놈한테 움직여야 할 때라는 걸 알렸으면, 내가 배고파서 어디건 멈춰 뭐라도 먹어야 될 때까지 계속 가게 해야 합죠. 게다가 이놈은 점심때가 지나면 아침만큼 잘 달린 적이 없수다. 서양 사람들은 점심때가 지나면 일을 안 하나?"

메이리는 설레설레 고개를 저으며 웃을 뿐, 간신히 숨을 몰아쉬는 게 전부인 상황에서 소리 내서 대답할 엄두조차 내지 못했다.

이날 정오는 얼마나 반가웠던가! 운전사는 메이리에게 아무 예고도 하지 않고 차를 멈췄지만, 그녀가 앞 유리가 없는 트럭 밖으로 튕겨나가 나뒹굴지 않도록 어깨를 잡아주었다. 메이리는 불현듯 찾아온 고요에 어리둥절한 기분이었다. 그녀는 정신을 차리려고 잠시 그대로 앉아 있었지만, 운전사는 벌써 트럭에서 펄쩍 뛰어 내려 여인숙 안으로 들어가면서 식사를 준비하라고 소리치고 있었다.

잠시 쉬고 난 메이리는 또다시 웃음을 터뜨리더니 그 웃음을 멈추지 않고 트럭에서 내렸다.

"벌써 백 킬로미터를 훨씬 넘게 걸어온 기분이네."

메이리가 그녀를 돕기 위해 달려온 셰잉에게 말했다. 간호사들이 메이리 주위로 모여들었다. 셰잉이 제안했다.

"식사가 끝나면 저랑 차를 바꿔 타세요. 이 운전사는 흙덩이를 전혀 피하지 않더라고요. 제가 탄 트럭 운전사는 학생인데 아주 똑똑했어요. 땅이 팬 곳이랑 흙덩이가 쌓인 곳을 피해가며 차를 몰았죠."

활발한 성격의 셰잉은 자기네 트럭을 운전한 군인이 쾌활해서 마음에 든 모양이었다. 메이리는 셰잉의 마음을 알아채고도 미소만 지을 뿐 다른 말은 하지 않았다.

대원들은 자신들을 위해 마련된 큰 밥공기에 수북한 쌀밥과 고기, 양배추를 먹었다. 식사를 마치고 나자 셰잉은 끝내 고집을 부리며 얼굴 큰 운전사의 옆자리에 올랐고, 메이리는 창백한 얼굴에 마른 몸집을 가진 청년의 곁에 앉게 되었다. 청년은 트럭에 올라타는 메이리를 향해 미소 없는 얼굴로 고개를 끄덕여 인사했다.

청년은 얼굴 큰 운전사와는 달라도 정말 달랐다. 그는 마치 형제라도 되는 것처럼 트럭에 대해 잘 알았고 조심스럽게 다루었다. 트럭은 고양이처럼 부드럽게 움직였다. 길 상태는 아침 내내 지나온 길보다 조금도 나을 게 없었음에도 트럭 안 몸의 느낌은 너무 달랐다.

"차를 잘 아는 것처럼 운전하시네요." 메이리가 말했다.

"네, 잘 알지요, 엔지니어거든요. 미국 대학에서 공부했고요."

청년이 대답했다.

"그런데 왜 이런 일을 하시는 거죠?" 메이리가 물었다. 그녀는 자기도 모르는 새 영어를 쓰고 있었고 청년도 영어로 대답했다.

"미국에서 공부를 하고 있었죠, 마지막 학기였고요. 그런데 더는 계속할 수 없었어요. 고향으로 돌아와 함께 싸워야 했으니까요. 그래서 충칭으로 가서 기다리고 또 기다리면서 여러 달이 지났지요. 하지만 아무 일도 못 하다가 이 기회를 만난 겁니다. 그래서 이 일을 하게 된 거고요."

"아무 일도 할 수 없었다니요?"

청년은 입을 삐죽였다.

"높은 사람을 만나기 위해 꼭 필요한 것들이 저한테는 없었어요."

"필요한 거라뇨?"

"연줄…… 문을 여는 데 필요한 돈, 정치적 배경…… 뭐 이런 것들 말입니다."

"그렇지 않아요." 메이리가 반박했다.

"저도 가진 게 없는데도 총통 내외를 뵈었는데요."

청년은 길에서 눈을 떼지 않고 어깨만 으쓱했다. 한참 침묵이 흐른 뒤, 청년이 여전히 길에 시선을 고정시킨 채 불쑥 말을 꺼냈다.

"우리 조국은 세상에서 가장 아름다운 나라입니다. 저 산 좀 보세요! 세상에 저보다 아름다운 게 있나요. 얼마나 고향으로 돌아오고 싶었는지 모릅니다."

사방을 둘러싼 풍경은 정말로 아름다웠다. 산은 비록 나무는 없었지만 불그스레한 겨울 풀로 뒤덮여 저녁나절의 자줏빛으로 물들

버마로드를 향해

어 있었고, 황금빛 하늘을 배경으로 심홍색으로 빛났다. 우뚝 솟은 산을 뒤로 하고 낮은 곳에 옹기종기 모여 있는 농가가 마을을 이루고 있었고, 사람들은 나지막한 산을 계단 모양으로 깎아 농터로 만들어 놓았다. 푸른 옷을 입은 농민들이 문 앞에 서서 트럭이 지나가는 걸 지켜보는 중이었다. 아이들은 길가로 뛰어나와 군인들에게 소리를 지르며 손을 흔들었다. 골짜기에 늘어선 대나무는 여전히 푸르렀고 이따금 높이 솟은 절 지붕이 매끈한 곡선을 자랑하며 모습을 드러냈다.

"이게 바로 제가 돌아온 이유입니다." 청년은 여전히 영어를 쓰고 있었다. "저는 이 땅과 이 사람들을 위해 돌아온 겁니다. 높은 자리를 차지하고 있는 사람들을 위해서가 아니고요."

"혹시 공산주의자세요?" 메이리는 문득 떠오르는 대로 물었다.

"무슨 의미로 '공산주의자'라는 말을 사용하시는지 모르겠군요." 청년이 힘주어 말했다.

"저는 민중을 생각하는 한 사람일 뿐입니다." 그는 또다시 한참 침묵을 지키더니 마침내 입을 열었다.

"국민의, 국민에 의한, 국민을 위한."

메이리의 귀에도 익숙한 서양 문구였지만, 그녀는 이 청년이 이 순간 왜 저 말을 하는지 이해할 수 없었다. 게다가 그는 아무 설명도 덧붙이지 않았다. 두 사람은 트럭에 몸을 싣고 달리는 거의 반시간 동안 침묵을 지켰다. 이윽고 청년이 작은 마을의 어귀에 부드럽게 차를 세웠다.

"여기가 오늘 밤 야영할 곳이에요." 그는 이렇게 말하면서 트럭에서 펄쩍 뛰어 내렸다.

메이리도 트럭에서 내렸다. 돌아서서 걸음을 옮기려는데 청년의 모습이 보였다. 그는 트럭을 마치 자기가 기르는 살아 있는 생명체라도 되는 것처럼 조심스럽게 살펴보고 있었다.

　메이리는 '내일은 이름을 물어봐야겠어.' 생각하면서, 왜 오늘 이름을 안 물어봤을까 고개를 갸웃했다. 어쨌든 그녀는 청년에게 이름을 묻지 않았다. 그러나 따지고 보면 이름은 아무 의미도 없었다. 모두가 함께 앞으로 나아가고 있는 지금, 한 개인의 이름은 중요하지 않았다.

7장
뜻밖의 만남

메이리는 오늘 잠자기는 틀렸다고 생각했다. 그녀는 한 번도 바닥에서 자본 적이 없었다. 메이리를 따르는 네 명의 간호사가 메이리의 누울 자리에 짚을 깔아주었다. 메이리는 모두가 식사를 마치고 필요한 물품을 받은 뒤 잠자리에 든 것을 확인한 다음에야 담요로 몸을 감싸고 바닥에 누웠다.

그들이 밤을 보내고 있는 곳은 절의 뒤뜰이었다. 남자들은 앞뜰에서 야영하고 여자들은 뒷방을 제공받았지만 너무 좁아서 절반은 밖에서 자야 했다. 메이리는 밖에서 자는 편을 택했다. 밤공기도 차갑지 않았고, 뒤편 산에서 흘러나와 절의 경내를 가로질러 흐르는 잔잔한 개울물 소리가 밤의 정적을 깨뜨리고 있었다. 메이리는 귀를 간질이며 졸졸 흐르는 물소리를 들으면서 잠시 동안 오늘 하루 일을 돌이켜 보았다.

'잠자기는 다 틀렸어.' 메이리는 생각했다. 그러나 자고 못 자고 따위는 중요할 것 같지 않았다. 개인사가 무슨 상관이란 말인가. 메이리는 바닥에 누운 채 생전 처음으로 자신에게 무슨 일이 생기건 아무 의미가 없을지도 모른다는 생각을 했다. 승이 어디에 있건, 그에게 무슨 일이 생기건 그 역시도 의미 없을지 몰랐다. 이들은 하나의 거대한 파도에 휩쓸려 서쪽으로 향하고 있었다. 그리고 다시 만날 수도, 아니면 영원히 다시 못 만날 수도 있었지만 이 역시 아무 의미가 없었다. 계속 앞으로 나아가고, 적을 찾아내고 무찌르는 것. 이것만이 이들 모두의 삶 자체였다.

✥

이튿날 아침, 메이리는 가장 먼저 잠에서 깼다. 잠시 동안 정신이 멍했다. 눅눅하고 차디찬 잿빛 아침 공기 너머로 어린 수탉이 애써 뽑아내는 가냘픈 울음소리가 들려왔다. 메이리는 이미 불을 밝힌 절을 바라보며 한동안 그대로 누워 있었다. 아침 불공을 드리는 스님들의 낮고 단조로운 불경 소리가 고즈넉하게 울려 퍼졌다. 염불은 지금 살아 있는 사람은 누구도 기억할 수 없을 만큼 오래 기원을 갖고 있다고 했다. 하지만 이곳 불교 사원에서 들려오는 불경 소리의 운율 안에는 여전히 이국적인 정취가 배어 있었다. 인도에서 전해진 것인 만큼 그 안에서 인도를 느낄 수 있었다.

메이리는 인도에 가본 적이 없었다. 또한 그녀가 생각하는 인도는 학교에서 본 지도에서 색칠된 한 칸을 차지하고 있던 나라 그 이상 그 이하도 아니었다. 그러나 잿빛 어스름 속에서 불경 소리를 듣고 있는 지금의 인도는 그들의 얼굴이 향하고 있는 땅처럼 여겨졌다. 고대인들이 중국을 떠나 인도로 향한 것은 새롭고 더 나은 신을 찾기 위해서였다. 한 황제가 사자들에게 이렇게 명한 것이다.

"인도에 우리가 모르는 신이 있다고 들었다. 가서 그 신을 찾아라. 그리고 우리와 함께 살 수 있게 이곳으로 모셔오너라." 그리고 왕의 명을 받은 사자들은 인도에 가서 부처를 찾아냈다.

이제 사제들이 아닌 군인들이 인도를 향해 움직이고 있었다. 수천 명에 달하는 이들이 심지어 어깨에 감은 밧줄이나 끈으로 대포를 끌면서 걷고 있었다. 아마 지금쯤이면 행군하던 길목 어딘가에서 야영을 하고 있으리라. 이들은 매일 오십 킬로미터를 전진할 계획으로 트럭보다 이틀 먼저 출발했고, 어제 트럭은 이들을 따라잡지 못했다.

메이리의 곁에서 치링이 고개를 들었다.

"일어나셨어요, 대위님?" 치링이 물었다. 대위는 파오첸이 메이리에게 내린 계급이었다.

"응." 메이리가 대답했다.

메이리가 담요를 접어 넣고 자리에 앉자 그녀의 주위로 간호사들이 머리를 들었다. 그들 역시 이미 잠에서 깨어 있었지만 기다리고 있던 터였다. 메이리가 깬 것을 본 젊은 간호사들은 하나둘 자리에서 일어나 담요를 개고 배낭과 짐을 챙겼다. 거의 모두가 침묵 속에서 출발을 준비하고 있었다.

가장 먼저 잠에서 깬 대원들 중에 하나인 메이리는 절의 부엌으로 갔다. 노승 두 사람이 벌써 흙을 빚어 만든 커다란 화덕 앞에서 풀을 집어넣고 있었다. 큰 솥에는 뜨거운 물이 담겨 있었다.

"물을 떠가십시오." 노승은 여자인 메이리의 얼굴을 외면한 채 말했다. "씻을 물입니다."

양철 대야 하나가 메이리의 눈에 들어왔다. 메이리는 바가지로 뜨거운 물을 듬뿍 떠서 대야를 채워 대나무로 가려진 구석으로 가서 얼굴을 씻고 머리를 빗었다. 그녀는 여전히 긴 머리를 간직하고 있었지만, 이 순간 어깨 위로 머리를 빗어 내리면서 이런 생각이 떠올랐다.

'이 머리로 뭘 한단 말이지? 성가시기만 할 거야.' 메이리는 잠시 승을 떠올렸고, 그가 자신의 긴 머리를 얼마나 좋아했는지를 기억해냈다. 승은 메이리가 요즘 많은 여자들이 그러는 것처럼 머리칼을 자르겠다고 장난삼아 말하자 이렇게 대답했다.

"나는 여자란 한눈에 여자라는 걸 알아볼 수 있도록 여자다워야 한다고 생각해."

그러나 메이리는 이내 승에 대한 생각을 떨쳐버렸다. 그녀는 둘둘 만 긴 머리를 한 손으로 움켜쥔 채 간밤에 잤던 곳으로 돌아가 가방을 열었다. 그런 뒤 류마가 챙겨준 바느질 주머니에 들어 있던 작은 가위를 꺼내서는 왼손으로 잡은 머리채를 목 높이에서 잘라냈다. 간호사들은 메이리를 바라보았지만 아무도 뭐라고 말하지 않았다. 메이리는 긴 머리 다발을 쥐고 부엌으로 간 뒤 키 작은 노승이 웅크리고 앉아 있는 화덕 앞으로 갔다. 그리고는 깜짝 놀라 눈이 휘둥그레진 승려가 지켜보는 가운데 머리 다발을 풀이라도 되는 것처럼 화덕 안에 던져 넣었다.

승려는 이 없는 잇몸을 드러내며 빙그레 웃었다.

"모르긴 몰라도 여인네의 머리칼을 태워 중의 아침 공양을 짓는 건 이번이 처음일 겁니다." 승려는 기운 없는 사내들 특유의 높고 날카롭고 작은 목소리로 말했다.

메이리는 미소를 지어 보인 뒤 부엌을 떠나 뒤뜰로 나와 머리를 흔들었다. 짧은 머리카락 사이로 시원한 바람이 지나갔다. 메이리는 가뿐하고 자유로웠고 이날 이후 머리를 더 꼿꼿이 세우고 다녔다.

✥

어제 걷는 내내 저만치 아래에서부터 오르막이던 버마로드*는 이날 산 속으로 이어지면서 더 가팔라졌다. 하루 전만 해도 대원들은 적군의 폭격을 피하기 위해 좁은 길을 따라 이동했지만, 국경에 가까워지자 버마로드를 따라 남쪽으로 이동하라는 명령이 떨어졌다.

---

* 정식 이름은 버마루트라고 불린다. 미얀마의 라시오(Lashio)에서 중국의 쿤밍에 이르는 약 천 킬로미터의 교통로로서 중일전쟁 당시 중국이 군수물자 수송을 위해 건설했다.

버마로드 얘기를 못 들어본 사람이 있을까? 대원들은 이 길이 어떻게 만들어졌는지 잘 알고 있었다. 이 길은 남녀 가리지 않고 모든 농민들이 하나가 되어 논밭 가는 데만 사용하던 가래와 괭이를 들고 만든 길이었다. 농기구조차 없는 사람들은 맨손으로 일을 도왔다.

메이리는 전날 탔던 두 번째 트럭에 다시 몸을 실었고, 만족했다. 트럭을 운전하는 젊은 엔지니어가 메이리 혼자서는 깊은 뜻을 이해하지 못한 채 스쳐버린 것들을 다시 볼 수 있게 해주었기 때문이다. 그는 메이리가 일처리에 바쁜 시간을 보낸 뒤 밖으로 나왔을 때 이미 운전석에 앉아 있었다. 메이리의 자존심은 자기가 지휘하는 간호사들로 인해 잠시라도 일정이 늦어지는 것을 용납하지 못했다. 그래서 그녀는 청 박사가 나타났을 때 이미 절 밖에서 간호사들을 통솔하며 기다리고 있었다. 서둘러 옷을 입고 빗질 안 된 머리로 나타난 청 박사는 절 밖에 서 있는 메이리를 보더니 겸연쩍은 미소를 지었다.

"일찍 일어나는 건 인간한테 내려진 저주와 다름없군요." 청 박사는 짐짓 괴로운 표정으로 투덜댔다.

"박사님은 항상 저보다 일찍 일어나시는 줄 알았는데요." 메이리가 말했다.

청 박사는 대답을 대신해 큰 소리로 하품을 하더니 개처럼 몸을 흔들었다. 그런 뒤 수북이 쌓인 짐 위에 자리를 잡고 앉으면서 주머니에서 갈색 참깨빵 조각을 꺼내서 뜯어 먹기 시작했다. 메이리도 간호사들이 모두 트럭에 오르자 조수석에 앉았다. 젊은 엔지니어는 매끄럽게 빗은 머리에 말끔한 차림으로 트럭에 시동을 건 채 기다리고 있었다.

그는 보일 듯 말 듯한 미소를 머금고 메이리를 바라보았다.

"제 이름은 리쿼판입니다. 미국 사람들은 찰리라고 불렀죠."

"찰리요?" 메이리는 그의 이름을 따라 말했다.

"리쿼판보다 잘 어울리는데요. 그냥 찰리라고 부를게요. 제 이름은 메이리예요. 성은 위고요."

찰리는 메이리의 이름을 따라 말하는 대신 고개만 끄덕였다. 이윽고 트럭이 출발했다.

메이리는 찰리의 가늘고 긴 눈에서 들뜬 흥분을 엿볼 수 있었다. "전 이날을 기다려왔어요." 찰리가 말했다.

"버마로드가 만들어진 이래로 꼭 이 길을 따라가보고 싶었죠. 이게 저한테는 그 소원을 이룰 첫 번째 기회이고, 또한 제가 이 작전에 지원한 이유일지도 모르겠군요."

그들 앞에 펼쳐진 길은 아주 가파른 오르막이었지만 노면은 잘 다져져 있었고, 올라갈수록 가팔라지는 산허리 위까지의 길도 사람과 동물이 밟아 다진 듯이 잘 이어져 있었다.

"이 길이 여길 오르내리던 사람들이 디뎠을 만한 자리를 얼마나 잘 따라가고 있는지 한번 보세요." 찰리가 말했다.

"이 길을 만든 사람들은 이 산을 수없이 오가본 덕에 어디에 발 디딜지를 훤히 알고 있던 사람들이었지요."

찰리의 말은 맞았다. 대대로 풀을 베어 땔감으로 내다팔던 이들은 가장 지나다니기 쉬운 비밀 길을 발견했고, 가져간 물건을 팔고 돌아와서 새 물건을 찾기 위해 짐 실은 노새를 몰며 서쪽으로 향하는 동안 남북으로 길게 늘어선 산줄기를 넘을 길을 찾아냈다.

"이 큰길을 만드는 데 시간이 얼마나 걸릴지 다른 나라 기술자들한테 물어봤다는군요." 찰리가 말을 이었다.

"그러자 그 타국 기술자들은 자기들 장비를 계산에 넣더니 수년이 걸릴 거라고 답했다나요. 하지만 총통께서는 '몇 달 안에 끝내야 하니 우리가 가진 장비를 이용하도록 하지.' 하셨어요. 결국 공사는 몇 달 안에 끝났고요."

찰리는 날렵하게 경사진 길을 눈에 담을 것처럼 뚫어져라 올려다보았다.

"보기만 해도 자랑스럽습니다." 메이리는 그런 찰리를 바라보았다. 그의 눈에 눈물이 차오르고 있었다. 메이리는 침묵을 지켰다.

아침나절이 절반 지났을 무렵, 대원들은 어제 적군의 폭격으로 커다랗게 움푹 팬 길에 이르렀다. 길을 처음 닦았을 때와 마찬가지로 남녀가 하나가 되어 구멍을 메우고 있었고, 보수 작업은 트럭이 지나가도 좋을 만큼 잘 마무리되고 있었다.

저 사람들은 누구지? 메이리는 트럭이 멈추자 차에서 내렸다. 간호사들에게 계속 가려면 잠시 기다려야 하는데 그간 쉬거나 밖으로 나와도 좋다고 말하기 위해서였다. 푸른 옷차림에 억세 보이는 사람들이 바쁘게 움직이고 있었다. 메이리는 바닥에 털썩 주저앉아 크고 단단한 돌로 작은 돌을 부수고 있는 한 여인 곁으로 다가갔다. 여인은 젊었지만 돌가루 때문에 얼굴과 머리칼이 부연 빛깔이었다. 심지어 눈썹에도 돌가루가 매달려 있고, 어깨 위에도 돌가루가 두껍게 앉아 있었다. 곁에 놓인 낡은 바구니 안에는 어린아이가 찢어진 담요를 덮은 채 잠들어 있었다. 여인은 메이리가 다가오자 부끄러운 듯이 위를 올려다보았다. 낯선 사람이 외국인인지 아닌지 알 수 없어 그러는 것 같았다.

"식사는 하셨나요?" 메이리가 공손하게 물었다. 북쪽 지방에서는 흔히 이런 인사말을 주고받았다. 하지만 여인은 이것을 질문 그대로 받아들였다.

"밤새 일했어요." 여인이 대답했다.

"밥은 일을 하면서 먹고 있고요."

여인은 메이리가 자신과 같은 말을 쓴다는 걸 알고는 흙먼지 뒤덮인 얼굴로 고르고 새하얀 이를 보이며 환한 미소를 지었다.

"그럼 아이는요?" 메이리가 깜짝 놀란 얼굴로 물었다.

"여기서도 잘 자요." 여인이 웃으면서 대답했다.

"가족한테 맡기면 되지 않나요?" 메이리가 또다시 물었다.

"남편과 저, 그리고 아이 둘 모두가 여기서 일하고 있어요." 여인은 자랑스럽게 말했다.

"우린 이 길을 만드는 데 힘을 보탰죠."

"지금처럼요?"

"저는 돌을 부수고 남편은 흙을 나른답니다. 딸아이는 저기서 돌을 깨고, 아들은 우리가 부순 돌들을 나르고요."

여인은 이삼 미터 떨어진 곳의 소녀를 고갯짓으로 가리켰다. 소녀는 일손을 멈춘 채 메이리를 뚫어져라 바라보고 있었다.

"어느 분이 남편이죠?" 메이리가 묻자 여인은 저만치서 괭이질을 하고 있는 남자를 턱으로 가리켰다. 남자는 흙을 가득 채운 대나무 바구니 두 개를 장대에 걸어 어깨에 짊어지더니, 땅이 팬 곳으로 가서 바구니를 비웠다.

"저희는 여기서 멀지 않은 곳에 살아요." 여인은 또다시 턱으로 자신의 집 방향을 가리켰다.

"길을 고쳐야 한다는 얘기를 듣고 다 같이 문을 잠그고 이리로 왔지요. 적군더러 아무리 파헤쳐보라지요. 우리가 다시 메우면 그만이니까." 여인이 웃자 흙먼지를 뒤집어쓴 잿빛 얼굴 위로 또다시 새하얀 이가 드러났다. 여인은 다시 돌을 깨기 시작했다.

모두들 남자와 여자가 한데 어울려 몸에 밴 느긋함 속에서 일하고 있었고, 채 한 시간도 안 돼 흙과 돌로 다져진 좁지만 튼튼한 길이 완성되었다.

"저는 바로 저런 사람들 속에서 자랐지요." 트럭이 다시 출발하자 찰리가 말했다.

"부모님께서 저런 분이셨나요?" 메이리가 물었다.

찰리의 얇은 입술이 더욱 가늘어졌다.

"민중은 모두 제 아버지이자 어머니입니다." 찰리는 짧게 대답했다. 메이리는 더는 그의 조상이 누구인지에 대해 들을 수 없었다.

오늘은 앞으로 다가올 수많은 날들과 다를 게 없었다. 만일 메이리가 소심하고 겁 많은 여자였다면 계속 두려움을 느껴야 할 것이다.

이제 버마로드는 너무 비탈져서 돌과 흙 위를 달리는 게 아니라 하늘을 나는 것 같았다. 간호사들 여럿이 멀미 때문에 트럭 밖으로 고개를 내밀고 먹은 음식을 토해냈다. 그럼에도 이들은 불평하거나 일정이 지체되는 걸 용납하지 않았다. 한번은 아득하게 높은 산등성이를 따라서 길이 이어질 때였다. 우연히 뒤를 돌아보자 안란의 모습이 눈에 들어왔다. 그 창백한 얼굴은 공포로 일그러져 있었다. 좁고 울퉁불퉁한 길 양옆 산등성이의 가파른 경사는 실로 보는 것만으로도 두려운 풍경이었다. 메이리는 고개를 뒤로 돌리고 소리쳤다. "안란! 견딜 만해요?"

안란은 대답조차 하지 못했다. 입술은 뻣뻣하게 굳어 있고 입술을 축이려고 내민 혀는 바짝 말라 있었다. 안란은 고개를 끄덕이는 것 말고는 꼼짝도 하지 못했다.

"괜찮겠어요?" 찰리가 물었다.

"안란이 겁에 질려 얼굴이 새파래졌어요. 하지만 여기는 차를 멈출 만한 곳이 못 되겠네요." 메이리가 대답했다.

"맞는 말씀입니다." 길이 너무 위험천만해서 찰리는 잠시도 눈을 뗄 수 없었다. 순간 이들이 지나치는 곳에 큰 위험이 도사리고 있었다. 길 양옆으로 이어진 절벽 밑을 보니 양쪽으로 미끄러져 굴러 떨어진 트럭과 승용차 잔해들이 널려 있었고, 부서진 차 주위로 사람들이 빙 둘러 차체를 조각조각 뜯어낸 다음 들어 옮길 수 있는 덩어리로 묶고 있는 게 보였다. 쇠붙이는 허투루 버릴 수 없는 값비싼 자재였으며, 얼마 안 가 메이리도 이 쇠붙이들이 아주 소중하게 쓰이고 있는 마을 하나를 지나게 되었다. 이 마을은 수백 년 동안 유명한 가위 생산지였고, 전쟁이 한창인 지금도 가위 장인들이 여전히 장사를 하고 있었다. 대원들은 점심을 먹기 위해 이 마을에 멈추었다.

메이리와 간호사들은 여기서 만드는 가위가 보고 싶었다. 노련한 솜씨로 세공된 데다 섬세하게 돋을새김을 넣은 가위는 여인이라면 누구나 마음에 둘 만한 물건이었다. 다들 그 가위를 몹시 갖고 싶어 했고 기꺼이 점심까지 거르며 가위를 사려 했다.

메이리도 가위를 샀다. 류마가 챙겨준 게 있긴 했지만 여러 마리의 나비 조각을 새긴 날카롭고 빛나는 작은 가위를 발견하자 가지고 싶다는 마음을 억누를 수 없었다. 그녀가 산 가위는 날이 칼날처럼 날카로웠다.

"날이 얼마나 날카로운 거죠?" 메이리가 가위 파는 늙은 남자에게 물었다. 그는 길가 작은 상점의 주인이었는데 그의 가게 안은 온통 가위만 가득했다.

"이건 외국 산 강철로 만든 거요." 상점 주인은 이렇게 답하고 놋쇠 테 안경을 쓰더니 메이리에게 설명을 하려고 가위를 집어 들었다.

"이런 강철은 어디서 구하지요?" 메이리가 물었다.

"여자들은 참을성이라곤 눈곱만큼도 없다니까!" 상점 주인이 작고 엄숙한 눈으로 메이리를 나무랐다.

"막 설명하려던 참이잖소. 이 강철은 버마 대로에서 미끄러져 굴러 떨어진 트럭에서 나온 거요. 그 트럭들이 미국에서 만들어졌다는 건 알고 있지요? 미국 사람들은 여러 금속을 섞어서 강철을 만듭니다. 그래서 아주 단단하지요. 우리가 만들 수 있는 그 어떤 철보다도 말이오. 그들이 어떻게 이런 강철을 만드는지 비법을 알고 싶을 정도요. 이 강철 덕분에 우리는 그 어느 때보다도 훌륭한 가위를 만들고 있소. 물론 우리 가위가 수백 년 동안 이 지역에서 유명세를 떨치기는 했지만."

"저는 미국에 가본 적이 있어요. 그곳 사람들은 자기 나라를 아메리카라고 불러요." 메이리가 미소 띤 얼굴로 말했다.

"그리고 금속을 섞는 거대한 강철 용광로도 본 적 있고요."

메이리는 입을 딱 벌리고 눈은 휘둥그레진 상점 주인에게 어떻게 그 엄청난 규모의 강철 공장을 구경하게 되었는지를 설명했다. 피츠버그에 사는 학교 친구와 그 친구 집에 갔을 때의 일이었다.

"정말 대단했어요." 메리가 말을 이었다.

"용광로가 집보다 크더군요. 게다가 쇠가 얼마나 뜨거운지 흰 빛을 뿜으면서 살아 있는 물처럼 흘러나왔어요. 하지만 어떤 금속을 섞어서 녹인 건지는 모르겠네요. 그저 놀랍고 멋진 광경이라고만 생각했죠."

상점 주인은 메리의 이야기에 귀를 기울이며 부드러운 종이로 가위를 포장한 뒤, 심각한 얼굴로 고개를 흔들었다.

"그 서양인들은 금속과 강철에 대해서라면 모르는 게 없지. 게다가 다들 자기 비행기를 가진 것처럼 자주 비행기를 타고 말이오. 가끔 머리 위로 그이들 비행기가 날아가곤 하는데, 산에서 불쑥 나타나더군. 제 아무리 사악한 악마도 이를 드러내고 웃는 것 같은 그 모습을 보면 겁을 먹을 거요. 그래서 미국 비행기가 나타나면 적기 같은 건 비명을 지르면서 내빼고 말지. 한번은 저렇게 괴물처럼 무시무시한 비행기를 조종하는 사람들은 어떤 사람들일까 생각했소. 키가 열 자는 되고 독수리 소리를 낼 거라고 믿었지. 하지만 천만에요. 여기서 멀지 않은 마을에 미군 이착륙장이 있어서 가끔 그이들을 보는데, 평범한 청년들이더군. 외국인이기는 하지만 보통 젊은이들처럼 혈기왕성하고 소란스러운 청년들 말이오. 하늘에서 내려오면 배가 고파 고래고래 소리를 지르지."

상점 주인은 작은 소리로 웃으며 안경다리를 접었다. "어린애들 같지." 그의 목소리는 다정했다.

"마술을 부리는 어린애들 말이오."

평생 가위만 만들어온 그는 지긋한 나이에 지혜로움이 느껴지는 사람이었다. 메이리는 그 앞에서 겸허해지는 기분이었다. 그녀는 가위를 받아들고 상점을 나섰지만, 결국 그가 한 말을 잊을 수 없게 만드는 사건이 벌어졌다.

이튿날 오후 구불구불한 길을 따라 가장 위험한 구역을 지날 때였다. 그들 앞에 갑자기 더 큰 위험이 등장했다. 산 너머 하늘에서 적기 열일곱 대가 모습을 드러낸 것이다. 하늘은 맑고 푸르렀고 숨을 곳도 없었다. 아래로는 깊이 삼백 미터는 넘을 듯한 절벽이, 위로는 깎아지른 산이 우뚝 솟아 있었다. 동굴이나 몸을 숨길 수 있는 커다란 바위도, 숨을 시간도 없었다. 적기는 용처럼 빠르게 날아왔다. 이런 순간 멈출지 속도를 낼지를 누가 결정하겠는가?

"차를 멈추고 트럭 밑으로 기어 들어가도 소용없을 겁니다!"

찰리는 신음하듯 말하더니 힘껏 가속 페달을 힘껏 밟았다. 트럭은 좁은 길 가장자리 쪽으로 이리저리 흔들리면서 쏜살같이 나아갔다.

거칠고 사나운 적기가 고도를 낮추기 위해 내는 소음 때문에 골짜기에는 우르르 소리가 울려 퍼지고 산은 탁탁 소리를 냈다. 메이리는 의자 옆을 손으로 움켜잡고 기울어진 바닥을 발로 힘껏 눌렀다. 순간 메이리는 자신을 포함해 대원 모두가 어떤 위험에 처했는지 곧바로 깨달았다. 다들 당장이라도 강철과 나무 조각에 뒤섞인 살점 같은 몰골로 절벽 아래로 곤두박질 칠 수 있었다.

그때 적기가 그랬던 것처럼, 또 다른 전투기 네 대가 순식간에 하늘에 모습을 드러내더니 눈으로 쫓을 수 없을 만큼 빠르게 적기를 공격했다. 메이리는 높이 있다가 어느새 고도를 낮추고 적기의 총구가 내뿜는 불 사이를 요리조리 피해 다니는 전투기들을 바라보았다. 그녀가 단 한 번도 상상해보지 못한 전투가 눈앞에서 펼쳐지고 있었다. 결국 적기는 네 대의 전투기를 피하기 위해 공습을 포기하고 기수를 돌려야 했다. 하지만 누구도 노련한 기술로 하늘을 누비는 이들을 당해낼 수 없었다. 적기 중 여섯 대는 골짜기로 추락했고, 나머지 폭격기들은 폭탄 하나 떨어뜨려보지 못하고 달아났다.

찰리는 마침내 트럭을 세웠다. 네 대의 전투기가 하늘에서 적기를 추격하고 있었으므로 멀리 떨어져 있는 편이 안전했다. 줄지어 가던 차량 모두가 멈췄고, 대원들은 모두 하늘을 지켜보았다.

"하늘을 나는 호랑이 같군요." 찰리는 입술이 떨리고 눈은 빛나고 있었으며, 뜀박질이라도 하는 것처럼 숨을 헐떡였다.

"잡아!" 그는 전투가 계속되는 동안 쉴 새 없이 중얼거렸다. "저걸 잡아……! 잘했어. 저기 또 한 대 있어! 아, 정말 잘했어……. 아, 정말 대단한 친구들이야……!"

채 십 분도 안 돼 상황은 종료됐다. 하늘이 다시 맑아지자 메이리는 몇 시간 동안 힘든 동작 하나에 몰두하고 있었던 것처럼 온몸이 쑤시는 기분이었다. 갑자기 손이 아팠다. 손을 내려다본 뒤에야 메이리는 의자 금속 가장자리를 너무 세게 쥐어 손을 다쳤다는 걸 깨달았다.

하지만 메이리는 채 다시 말문을 열기도 전에 이 사실을 잊었다. 갑작스레 비행기 날개가 바람을 가르는 굉음이 들려왔기 때문이었다. 옆으로 보이는 까마득한 저 아래 들판과 맞닿은 허공 속으로 작은 비행기 한 대가 일 초 남짓 아주 가까이에서 모습을 드러냈다. 연이어 활짝 웃고 있는 미국인의 얼굴 하나가 비행기 밖으로 나타났다. 메이리가 손을 흔드는 그의 모습을 지켜보는 가운데, 비행기는 다시 올라가서 산꼭대기를 향해 날아갔다. 순간 메이리는 어제 가위를 판 노인에게서 들었던 말을 떠올렸다.

"마술을 부리는 어린애들 말입니다!"

✥

그러나 가장 기묘한 사건은 버마로드를 따라가는 대장정 마지막 날에 벌어졌다. 산 정상에 가까워지고 계곡 안으로 깊이 들어갈수록 대원들의 눈에는 길을 따라 펼쳐진 아름다운 풍경이 들어찼다. 여기저기 나타나는 폭포는 족히 백 미터는 되는 아래로 허공을 가르며 곤두박질치고 있었다. 어둠이 내리면 다들 웅장한 풍경 아래서 야영하거나 아득하게 높은 낭떠러지 위에 매달린 작은 마을, 혹은 산꼭대기에 있는 잔 모양의 골짜기에서 잠을 청했다. 그들은 하루하루 맞이하는 장엄한 나날 속에서 처음으로 말을 잃었다. 웃으면 그 소리가 여남은 골짜기를 가로질러 울려 퍼질 수 있었고, 고함소리가 거대한 절벽 바윗돌을 뒤흔들 수도 있었다. 대원들은 자기도 모르게 속삭이고 소리 죽여 웃었다. 시간이 흐를수록 높은 산은 서서히 나지막한 언덕으로 변했고, 차갑고 건조했던 공기는 부드러워졌다. 다시금 대나무와 백합 그리고 양치식물이 눈에 띄기 시작했다. 대원들은 높은 산에서 내려와 버마로 이어지는 저지대로 접어드는 중이었다.

바로 그 지점에서 믿기 힘든 일이 벌어졌다. 그날 대원들이 하루를 마무리하기 위해 도착한 곳은 몇 안 되는 가구가 모여 사는 작은 마을이었다. 메이리는 여느 때처럼 간호사들에게 숙소를 배정하고 잠시 혼자만의 시간을 가졌다. 그녀는 늘 새로운 걸 보고 싶어 했고, 그래서 이날도 야영지로 빌린 절의 출구로 걸음을 향했다. 이날 남자 대원들은 도시 밖에서 야영하고 있었다.

그렇게 메이리가 절의 문 앞에 서 있는데, 그녀의 대원이 아닌 젊은 여자들 한 무리가 걸어왔다. 메이리는 다른 부대의 부대원들이 이 도시에 야영하고 있다는 사실을 알고 있었다. 평소처럼 청 박사에게 보고를 하러 갔다가 들은 이야기였다.

"다른 부대가 떠나면서 남기고 간 병든 군인들이 있습니다. 지독한 말라리아에 걸린 이들이죠. 오늘밤 환자들 상태를 살피러 이들이 머물고 있는 도시 남쪽으로 갈 계획입니다. 환자와 접촉해서는 안 되니 우리 대원들에게는 도시 북쪽에서 야영하도록 지시했습니다."

"지독한 말라리아요?" 메이리가 물었다.

박사는 말라리아는 산을 낀 저지대에 매복 중인 적군보다 날쌔고, 인간의 육체뿐만 아니라 뇌까지 공격하는 아주 혐오스러운 질병이라고 설명했다.

"간호사들이 말라리아에 걸리지 않도록 하려면 어떻게 해야 하죠?" 메이리가 몹시 걱정스런 얼굴로 물었다.

"모기에 물리지 않도록 해야 합니다." 박사는 답했고, 그날 저녁 메이리는 간호사들에게 그 말을 전했다. 메이리가 설명을 하는 와중에 잠시 숙소에 들른 노승이 말했다.

"향을 피워 놓고 주무십시오. 그 병을 옮기는 악마는 부처님께 바치는 향불을 몹시 싫어한답니다."

그는 잠시 후 향 한 움큼과 누런 종이를 꼬아 대를 만든 성냥을 가져와서는 향을 피워주었다.

메이리는 이 모든 과정을 지켜보고 나서야 거리와 오가는 사람들을 살피고 구경하려고 잠시 절 문 앞으로 간 것이다. 그리고 여기서 그녀의 대원들이 아닌 한 무리의 소녀들을 보게 되었다. 그런데 그 순간, 이야기를 들으면 모두가 있을 법하지 않다고 말할 만한 일이 벌어졌다. 소녀들 가운데 메이리가 틀림없이 알고 있는 목소리가 들려온 것이었다. 그리고 유심히 보니 정말로 아는 얼굴이었다. 바로 승의 누이동생인 판샤오였다! 메이리는 산속 동굴에 마련된 학교에서 한동안 학생들을 가르쳤던 적이 있었고, 수개월 전 바로 그곳에 판샤오를 남겨둔 채 떠나온 터였다.

메이리는 뚫어질 듯이 소녀를 바라보며 생각했다. '판샤오가 맞잖아!' 하지만 금방 이렇게 생각했다. '판샤오일 리 없어. 판샤오는 너무 어리고 약한데, 그런 아이가 어떻게 여기에 있을 수 있겠어?'

소녀들은 이제 메이리 바로 곁을 스쳐가고 있었다. 모두 제복을 입고 웃으며 이야기를 나누는 중이었다. 메이리가 낮지만 또렷한 목소리로 외쳤다.

"판샤오!"

그러자 메이리가 지켜보고 있던 소녀가 걸음을 멈추고 고개를 돌리더니 휘둥그레진 눈으로 메이리를 바라보았다. 틀림없는 판샤오였다.

"세상에나, 선생님!"

판샤오는 무리에서 튀어나오더니 두 손으로 메이리의 손을 꼭 잡고 뚫어져라 그 얼굴을 쳐다보며 웃었다. 그런 뒤 메이리의 손을 자기 가슴 앞으로 당기며 큰 소리로 물었다.

"대체 어디로 훌쩍 떠나셨던 거예요? 선생님이 떠나신 뒤로 얼마나 보고 싶었는지 몰라요! 제가 학교에서 도망친 것도 다 선생님 때문이라고요. 선생님이 저희한테 해주신 이야기들 때문에요. 폴 리비어* 책을 한사코 못 배우게 하셨던 거 기억하세요?"

"물론 기억하지." 메이리가 웃으면서 대답했다.

"일단 안으로 들어가자."

"이분은 내 친구야!" 판샤오는 놀라서 얼어붙은 소녀들에게 신이 난 목소리로 말했다.

"선생님⋯⋯. 예전에 내 선생님이셨어."

"다들 안으로 들어와요." 메이리가 말했다. 소녀들은 절 안으로 들어가서 법당 앞 대리석 계단에 앉았고, 판샤오는 자신이 프림 교장으로부터 어떻게 벗어났고, 어떻게 동굴 속 학교에서 달아났는지를 이야기했다.

"모두 합쳐 여섯 명이 함께 도망쳤어요. 그리고 뿔뿔이 흩어졌죠. 조금도 어렵지 않았어요. 그냥 어느 날 빠져나왔죠. 군대가 멀지 않은 곳에 있고, 남쪽으로 피난 가는 사람들도 많았거든요. 그래서 그 사람들을 따라갔죠. 군에 지원할 거라고 했더니 음식을

---

* 미국 독립혁명의 우국지사. 독립혁명이 벌어진 1775년 찰스타운(Charlestown)과 섬머빌(Somerville) 등을 달리면서 영국군의 침공 소식을 전한 것으로 유명하다. 그의 활약에 힘입어 미국은 첫 전투인 렉싱턴과 콩코드 전투에서 커다란 승리를 거둘 수 있었다.

나눠줬어요."

판샤오는 여윈 데다 먼 길을 걸어 피부가 거칠어지긴 했지만, 발그스레한 뺨과 온화한 갈색 눈동자 때문에 한없이 천진난만하고 발랄하게 보였다. 메이리는 그 모습에 다정한 미소를 지을 수밖에 없었다. 메이리는 천성적으로 다정하기도 했지만 유독 판샤오에게 깊은 정을 느꼈는데 거기에는 그럴 만한 이유가 있었다. 판샤오는 승의 누이동생이자 메이리에게 처음으로 승에 대한 이야기를 해준 사람이었다. 뿐만 아니라 판샤오는 어린아이처럼 순진하게도 처음부터 메이리가 자신의 새언니가 돼주기를 바라고 있었다.

"오빠가 버마로 가고 있는 거 알아?" 메이리가 판샤오에게 물었다. 판샤오는 손뼉을 치더니 두 손을 뺨에 얹었다.

"셋째 오빠요?"

"그래."

판샤오는 허리를 굽혀 메이리 쪽으로 바짝 다가왔다.

"설마…… 아직이죠?"

"결혼은 아직이야." 메이리는 얼굴이 화끈해지는 것을 어쩔 수 없었다.

"오빠도죠?" 판샤오가 조심스럽게 물었다.

"그래, 안 했어."

메이리는 뚫어질 듯 바라보는 판샤오의 맑은 눈동자 앞에서 얼굴이 불붙은 듯 화끈거리는 것을 느꼈다. 이런 순간 뭐라고 말하고 어떻게 행동하지? 메이리는 서둘러 다른 이야기를 꺼낼 수밖에 없었다.

"어디로 가는 중이지?"

"아직 아무 얘기도 못 들었어요."

"우리랑 같이 서쪽으로 갈래?"

"정말요? 선생님이랑 같이 가고 싶어요!" 판샤오가 큰 소리로 답했다.

"그럼 너를 데려갈 수 있도록 손을 써볼게."

승의 누이동생과 함께라면 즐거울 게 분명했다. 메이리는 팔을 뻗어 판샤오의 손을 잡았다.

"그만 돌아가고 내일 아침에 짐을 챙겨서 다시 와. 오늘밤에 윗사람들을 만나서 네가 우리랑 아니, 나랑 함께 갈 수 있게 해달라고 부탁할게."

"하지만 허락하지 않으면요?"

메이리는 미소를 머금은 얼굴로 대답했다.

"허락할 거야." 그녀의 눈과 목소리에는 거절당해본 적 없는 사람만이 가질 수 있는 자신감이 가득했다.

판샤오가 벌떡 일어섰다.

"지금 당장 짐을 챙길게요." 그러더니 판샤오는 메이리 앞에 털썩 무릎을 꿇었다.

"오늘밤에 가면 안 될까요?" 판샤오가 애원했다.

이렇게 간절한 바람을 어떻게 거절하겠는가. 메이리는 판샤오의 청을 물리칠 수 없었다.

"좋아, 오늘밤에 오렴. 그 편이 낫겠다. 우리는 새벽 일찍 하루를 시작하거든."

8장
보이지 않는 독

 버마 국경에 도착한 승은 줄곧 기다림 속에서 하루하루를 보냈다. 그의 곁에는 부하들이 암울한 얼굴을 하고 모여 있었다. 그들은 밤의 추위와 푹푹 발이 빠지는 눈, 그럼에도 한낮에는 내리쬐는 더위, 이 모든 것들을 이겨내며 벽처럼 버티고 선 산자락을 오르는 중이었다. 이들은 각각 소총과 총검, 대를 엮어 만든 비 막이 모자, 군모, 사흘치 식량, 여벌 신발 한 켤레, 물통, 삽, 총알 스무 발, 수류탄 두 발을 짊어지고 매일 오십 킬로미터 정도를 꾸준히 이동해 총 천육백 킬로미터가 넘는 길을 걸어왔다. 함께 온 짐꾼들도 대원들과 보조를 맞추었다. 이들은 각자 사십 킬로그램에 달하는 쌀을 짊어지고 있었지만, 승은 행군을 재촉하지 않는 것처럼 속도가 느려지는 것도 허락하지 않았다. 자신의 대원들이 중국에서 끊임없이 파견되는 군인들의 긴 행렬 속에서 일정한 위치를 지켜야 한다는 걸 알아서였다. 비록 맨 앞에서 선발대 역할을 하고 있긴 했지만 이들의 북쪽과 남쪽에도 부대가 진군해 있었기 때문이다.

승은 행군 내내 길과 지형과 주민들에 대해 상세히 기록했고, 특히 먹을거리가 충분한 곳과 그렇지 못한 곳은 더 세심하게 적어 넣었다. 군인들은 어느 마을에서건 주민들의 환영을 받았다. 주민들이 가진 것을 죄다 내주려고 하는 통에 식량 부족한 곳에서도 배곯는 일은 없었다.

승은 정확한 날짜에 부하들을 이끌고 버마와의 국경에 도착했다. 장군이 지정한 도착 시각보다 여섯 시간 늦은 정도였다. 승의 부하들은 진흙투성이에 몹시 지쳐 있었다. 그럼에도 다들 여러 차례 적군과 싸운 경험이 있어서, 가장 치열한 접전이 펼쳐지리라 예상되는 이 전투를 고대하고 있었다. 이들은 먼 길 동안 단 한 자루의 총도 잃어버리거나 심지어 빗물에 적신 적도 없었다. 이들의 소총은 총통이 이번 작전에 투입되는 대원들에게 지급하기 위해 주문한 새 무기였다. 대원들은 모두 그 소총을 오직 자신에게만 주어진 선물처럼 여기고, 잘 때도 머리는 진흙 바닥에 누일지언정 소총은 높고 안전한 곳에 잘 보관했다. 게다가 높은 산중의 험하고 좁은 골짜기를 따라 대포까지 끌고 왔는데, 항상 기름칠을 해서 언제라도 빨리 사용할 수 있도록 관리했다.

게다가 그들에게는 이 무기들 말고도 또 다른 힘이 있었다. 행군이 시작되던 날, 장군은 적군들 몰래 은밀하게 대원들 앞에 서서는 그들이 일반 병사들과는 다른 의무를 안고서 버마로 파견된다고 선언했다.

"제군들은 지금 총통 각하의 믿음의 상징으로 파견되는 것이다." 호리호리하고 키 큰 젊은 장군이 꼿꼿하게 서서 말했다.

"총통 각하께서는 적군에 맞서 하나로 뭉친 연합국의 동맹 관계에 강한 믿음을 갖고 계신다. 아울러 각하께서는 침략 국가에 대항하는 투쟁에 온힘을 쏟기로 하셨다."

대원들은 결코 이 말을 잊지 않고 있었다. 그들은 동맹이 될 외국인들 앞에서는 자신들이 조국을 대표하고 지도자를 대신해야 한다는 것을 알고 있었다. 승은 대원 하나하나가 얼마나 충만한 자부심으로 행동하는지, 얼마나 신중하고 용기 있게 주어진 임무를 완수하는지를 하루하루 지켜보며 뭉클한 감동을 느꼈다.

하지만 승은 장군이 대원들 앞에서는 이렇게 말해놓고도 그 마음 비밀스런 곳에 의심을 품고 있다는 것을 알고 있었다. 장군은 마지막 순간에 승에게 이렇게 말했다.

"나도 총통 각하처럼 믿음을 가질 수 있다면 좋겠군! 대원들을 사지로 몰아넣는 게 아니라고 확신할 수 있다면 좋겠어!"

승은 계곡과 골짜기와 산기슭을 따라 대원들을 이끄는 내내 총통과 장군의 말을 되새겼다. 그리고 매일 밤 대원들에게 일종의 완수해야 할 임무에 대해 진지하게 이야기했다. 우리 대원들을 열등하고 무력하다고 얕보는 외국 동맹군들과 함께 싸우되 이들에게 용기와 기지와 능력을 증명해 보여야 한다는 임무였다. 그리고 승은 행군이 계속되는 동안 밤마다 이 사실을 상기했다.

그들은 해가 지면 외로운 산기슭 어디에서건 걸음을 멈추었다. 까마득한 아래로는 어둠 속으로 사라지는 골짜기가 보였고, 머리 위로 펼쳐진 하늘에는 별이 총총히 박혀 있거나 환한 달이 떠 있었다. 운 좋은 날이면 절이나 바위에 매달린 작은 마을을 만나기도 했다. 대원들은 휴식을 취하고 저녁식사를 마치고 나면 잠들기 전에 승의 주위에 모여들었고, 승은 언제나처럼 꾸밈없는 무뚝뚝한 투로 그날의 행군을 평가하고 만족스러운 점과 다음 날 개선하기 바라는 점을 이야기했다. 그런 뒤 대원들의 질문과 불만 사항에 귀를 기울이고 항상 같은 내용의 말로 끝을 맺었다.

"제군들은 스스로를 평범한 군인으로 생각해서는 안 된다. 예전 군인들은 그다지 존경받지 못했을 뿐만 아니라, 자신들의 용기를 비싸게 파는 재산가에 불과했다. 하지만 우리는 다르다. 나부터도 농부의 아들이다. 내 아버지께서는 한때 부유한 생활을 하셨다. 내가 두 형님과 아버지를 모시고 살 때만 해도 항상 먹을 것과 입을 것이 넘쳐났고, 강을 끼고 있는 비옥한 땅에는 풍년이 들었다. 하지만 이제 그 땅은 적의 손에 넘어갔다. 이제 나는 가진 게 없다. 나는 산에 숨어서 싸우다가 군인이 되었고, 지금 여기까지 오게 됐다. 그러나 매순간 내가 바라는 것은 오직 하나, 최대한 많은 적군을 죽이는 것뿐이다. 내가 제군들의 대장이 된 건 단지 운이 좋아서일 뿐이고, 그 운이 나를 이곳에 이르게 했기 때문이다. 나는 진실로 제군들보다 나을 것이 하나도 없다. 이 전쟁에서 우리는 모두는 동등하다. 우리는 강하고 젊을 뿐만 아니라 죽음을 두려워하지 않기 때문에 선택된 형제들이다. 총통께서 우리를 선택하신 건 우리가 각하의 군인들 중에 가장 우수하기 때문이다. 그리고 총통께서는 백인들과 어깨를 나란히 하고 싸우기 위해, 저들에게 중국 최고의 군인들이 어떤지를 증명해 보이려고 우리를 이곳으로 보내셨다. 무슨 일이 있어도 후퇴나 제 한 목숨 살 길을 생각해서는 안 된다."

"저희한테는 그런 말씀 안 하셔도 됩니다." 대원들이 투덜거렸다. "저희는 대장님이 이끄시는 곳이라면 어디든 따라갑니다."

"만일 내가 쓰러지더라도 지금까지 배운 대로 생각하고, 각자 스스로가 지휘관이라는 자세로 행동해야 한다. 앞으로 닥칠 전투에서는 제군들이 상상하는 이상의 일들이 벌어지게 될 것이다. 외국 동맹군들은 우리를 통해 우리 민족의 실체를 보게 될 것이며, 이 세계에서 우리가 차지해야 할 정당한 자리를 우리 민족에게 내줄 것이다."

승은 매일 이처럼 사기를 드높이는 말들로 부하들에게, 그들이 평범하지 않은 하나의 특별한 임무를 부여받은 군인이라는 점을 깨닫게 해주었다. 이들은 외국 동맹군들 앞에서 당당하게 행동해야 했고, 제 몫을 다해 적군을 무찔러야 했다.

그들이 절이나 작은 마을에서 밤을 보낼 때면 다른 사람들도 찾아와서 승의 훈계에 귀를 기울였다. 스님들은 회색 승복 차림이나 짙은 황색 법복을 입고 승의 이야기를 들었고, 작은 마을에서는 농부들과 그 아들들이 승의 훈계를 경청했다. 아침이 되면, 전날 밤 승이 부하들에게 한 이야기를 듣고 감동을 받은 젊은이들이 마을을 등지고 승을 따라나서기도 했다.

승은 이들을 뿌리치지 않았다. 승 역시 한때는 그들과 다름없는 청년이었으며, 만일 그의 부대 같은 군대가 마을에 들어왔더라면 당장 따라나섰을 것이다. 다만 이 젊은이들은 아직 군인에게 필요한 훈련을 받지 않았으므로 승은 이들을 짐꾼 대열에 합류시켰다. 승이 이끄는 군대는 이렇게 해서 드높은 산에서 내려와 버마 국경과 가까워졌다.

지금 승은 버마에 도착해 곧장 전장으로 진격하기를 고대하고 있었다. 부하들이 수시로 "국경에 도착한 뒤의 계획은 뭡니까?" 물어왔고, 그럴 때마다 승은 이렇게 대답했다.

"국경에 도착하면 지시를 받게 될 거다. 우리를 통솔할 외국인 지휘관이 할 일을 말해줄 거야. 어쨌든 적군이 벌써 태국을 같은 편으로 끌어들인 데다 남쪽까지 진격한 만큼, 작전이 지연되는 일은 없을 거다. 우리가 뭘 해야 할지 미군 측에서 지시가 올 거다."

총통은 연합군을 크게 신뢰했다. 그래서 외국인 사령관에게 전쟁 경험이 풍부한 중국 최정예 부대의 지휘권을 넘겨주었다. 군인들이라면 누구나 그를 알았다. 승의 부하들도 직접 본 건 아니었지만 그의 이름을 알아서 승에게 그에 대해 물어오곤 했다. 그러나 승도 그를 본 적이 없었고 그저 장군으로부터 이런 말을 들은 게 전부였다.

"우리는 미국인 사령관의 지휘를 따르게 될 거다."

장군은 이 말을 행군 전날에 했고, 바로 그날 승은 긴 망토로 몸을 감싼 채 사령부 뜰을 잰걸음으로 가로지르던 메이리를 보았다. 승은 복잡한 감정에 혼란스러웠음에도 다음의 질문을 던질 수 있을 만큼 장군의 이야기를 똑똑히 새겨들었다.

"총통께서는 왜 우리를 외국인 지휘관 밑에 두시려는 겁니까?"

"이 전쟁에는 이해할 수 없는 것들이 많다." 장군이 대답했다.

"그냥 이렇게 생각하도록 하지. 영국군은 우리보다는 미국인 지휘관을 편히 여긴다고." 냉소 가득한 언사를 내뱉는 장군의 입술이 일그러져 있었다.

"영국인들은 한 가지 언어밖에 사용할 줄 모른다. 바로 자기들 나라 말이지."

그날 승과 함께 장군 앞에 서 있던 장교들은, 비록 입은 열지 않았지만 외국인의 지휘를 따라야 한다니 참 이상한 일이라고 생각했다. 하지만 총통의 명령이니 어쩔 수 없었다. 그들이 할 수 있는 일은 명령을 받드는 것뿐이었다.

"그 백인 지휘관은 좋은 사람입니까?" 잠시 후 승이 물었다.

"두 번에 걸쳐 얘기를 해봤는데 좋은 사람 같았다. 큰 키에 말랐고, 젊지는 않다. 성격도 그다지 급하지 않고 분별심이 있는 듯했다. 자기 부하나 우리를 무시하는 것 같지도 않았다. 그 미국인을 아는 사람들 말로는, 그 사람은 외투를 벗어던지고 일반 사병과 다름없이 싸운다더군. 영국군과는 다른 게지. 영국군은 죽어가는 병사들한테조차 상관에 대한 경례를 원하니까. 사실인지 아닌지 모르지만 아무튼 그렇다고들 하더군."

"그 미국인 지휘관 말은 어떻게 알아듣죠?" 또 다른 장교가 물었다.

"그 사람은 우리말을 할 줄 안다." 장군은 대답을 마친 뒤 책상 위로 몸을 기울였고, 날카로운 눈으로 장교들을 한 명씩 바라보며 말을 이었다.

"잘 들어라. 나는 우리가 그 미국인 지휘관을 따르고 신뢰해도 좋다고 믿고 있어. 하지만 그 사람도 결코 최고 통솔자는 아니야. 그 사람 머리 위에는 섬나라 사람들이 있다. 우리를 지휘하는 건 그 사람이지만, 그 사람을 지휘하는 건 영국이다."

장교들은 장군과 시선을 마주치면서 이 경고에 담긴 의미를 최대한 이해하려고 애썼으며, 장군의 입에서 또 다른 말이 흘러나올지 기다렸다. 장군은 손바닥으로 책상을 힘껏 내리쳤다.

"나는 귀관들에게 만반의 준비를 시켰다. 그리고 귀관들은 지령을 받았다."

이 말을 끝으로 장교들은 장군의 방에서 나왔으며, 승은 그날 이후로 장군을 만나지 못했다.

승은 지금 버마의 전투 상황이 어떻게 흘러가고 있는지 몹시 궁금했다. 행군이 계속되는 동안 모든 소식으로부터 차단되어 있었기 때문이다. 적군은 지금 어디 있을까? 백인들은 잘 싸우고 있을까? 백인들이 만약 랑군rangoon을 지키고 있다면 괜찮았다. 랑군은 벵골만과 맞닿은 도시였다. 따라서 백인들이 아직도 랑군을 지키고 있다면 중국은 미얀마의 라시오Lashio를 비롯해 북쪽에서 뻗어 나온 길을 장악할 수 있었을 것이며, 그러면 적군도 방콕에서 군수물자를 조달하기 위해 수백 킬로미터에 달하는 거리를 이동해야 했을 것이다.

그러나 승이 국경에 도착해보니 들려오는 소식도 없었고, 세상 어디에도 전쟁이 벌어지지 않은 것처럼 모든 게 평화롭기만 했다. 승은 부하들을 이끌고 작은 도시에 인접한 마을에 도착했다. 선발대로 도착한 승의 부대를 주민들은 놀라움과 두려움이 가득한 눈으로 뚫어질 듯이 바라보았다. 한눈에 이 마을에는 중국인과 버마인, 소수민족들이 한데 섞여 있음을 알 수 있었다. 버마인들은 중국인보다 피부색이 짙고 걸음걸이는 가벼웠으며 어린애 같은 천진난만한 명랑함과 활발함이 넘쳤다. 이곳은 중국인과 버마인이 한데 어울려 잘 살고 있었지만 그 사이사이 서로를 향한 반감도 자리 잡고 있었다. 사실 중국인들은 버마인들보다 약삭빠른 데다 장사에 능했고, 이것이 버마인을 화나게 만들곤 했다. 버마인들은 이웃나라 중국인들이 자신들보다 열심히 일하니 더 빨리 부자가 되는 게 당연하다고 생각하면서도, 열심히 일해서 부자가 되는 중국인을 좋아하지 않았다. 이 두 민족은 서로의 딸들과 혼사를 맺고 이웃이 되고 심지어 한집에 살기까지 했지만, 버마인들의 마음 한구석에는 분노가, 중국인들의 가슴속에는 지나치리만치 쾌락을 추구하는 버마인에 대한 가벼운 멸시가 자리 잡고 있었다.

승은 이 금방 두드러지는 갈등을 이 낯선 마을에 도착한 첫날 저녁 직접 체험했다. 한가로이 거리를 산책하다가 설탕에 절인 과일 값을 물어보려고 여관 앞에 멈추었을 때였다. 행군 내내 쌀밥과 말린 생선 그리고 손쉽게 구할 만한 채소만 먹은 터라 참기 힘들 정도로 혀끝의 단맛이 그리웠다. 그런데 버마인인 여관 주인이 언짢은 얼굴로 승을 쳐다보며 잘 들리지 않는 작은 소리로 값을 이야기했다. 승은 직설적으로 물었다.

"물건을 팔기 싫은 겁니까?"

그 버마인의 중국어는 제법 능숙했다.

"돈을 낸다면야 내 사탕과자를 누가 먹든 알 바 아니죠. 하지만 댁이 정말로 돈을 갖고 있는지 내 어찌 알겠소? 일전에도 중국 사람한테 속은 적이 있다오."

승은 여관 주인의 말에 화가 나서 판매대 위에 동전을 던졌다. 그러자 여관 주인은 다시 기분이 좋아졌다. 버마인들은 화를 오래 내지 않는 민족이었다. 여관 주인은 신문지 양끝을 비틀어 만든 작은 봉지에 설탕에 절인 과일을 담아 승에게 건네며 말했다.

"나한테 화 내지 마시오. 개한테 두 번 물리고도 세 번 물릴 일을 경계하지 않는다면 바보나 다름없죠."

"개라뇨?" 승이 물었다. "그리고 물리다니?"

여관 주인은 보기 좋은 어깨를 으쓱했다.

"국경을 넘어 깊숙이 들어갈수록 이 말이 무슨 뜻인지 알게 될 겁니다. 우리 버마인들은 거지가 두 손가락으로 짓이겨대는 이처럼 중국인들과 영국인들 사이에서 으스러지고 있어요. 영국인들은 자기 배를 채우려고 우리를 지배하고, 중국인은 우리들에게서 일거리를 훔치고 있죠. 사실을 말하자면 우리는 당신들 모두를 증오합니다."

여관 주인은 크게 웃으며 이렇게 말하더니 가게 바닥에 냅다 침을 뱉었다. 그런 뒤 머리를 문지르고 발을 동동 구르더니 기분이 좀 나아진 것 같았다. 승은 거리로 나서서 생각에 잠긴 채 절인 과일을 씹으며 걸었다. 혀끝에 와 닿는 과일 맛이 낯설게만 느껴졌다.

눈이 있다면 누구나 여관 주인의 말이 사실임을 알 수 있었다. 거리를 따라 늘어선 판매대 뒤로 흥해 보이는 상점의 주인은 거의가 중국인이었다.

승은 먼 길을 걷느라 벗겨진 왼쪽 발뒤꿈치가 쓰라려 면양말을 사기 위해 그중 한 상점 앞에 멈추었다. 판매대 뒤에는 젊지도 늙지도 않은 중국 남자가 서 있었다. 승은 그와 이야기를 시작했다. 승은 먼저 인사를 나누었고, 이후 그가 버마로드 반대쪽 끝에서 왔으며 이곳에서 장사한 지 몇 달 되지 않았다는 사실을 알게 되었다.

"자리를 빨리 잡으셨군요." 승은 작지만 물건들이 알차게 진열되어 있는 가게를 둘러보았다.

"이곳에서는 누구라도 돈을 벌 수 있습죠." 가게 주인이 대답했다. "여기 사람들은 씀씀이가 헤프고, 번쩍이는 노리개와 사치품을 좋아하거든요. 또 게으른 데다 먹고 자고 웃는 걸 좋아하죠. 꼭 어린애 같답니다."

승은 이들이 어린애 중에서도 짓궂은 어린애라고 생각했다. 그날 밤 야영지에 돌아왔을 때 부하 하나가 이렇게 외쳤기 때문이다.

"혹시 피를 흘리시는 겁니까?"

"아니? 무슨 소리 하는 건가?"

"등에 커다란 핏자국이 있는데요." 승은 부하의 대답을 듣고 웃옷을 벗었다. 옷 등에 정말로 커다란 핏자국이 찍혀 있었다. 자세히 보니 빈랑나무 열매를 씹어 붉게 물든 침 자국이었다. 혼잡한 인파 속에서 빈랑나무 열매를 입에 가득 물고 있던 누군가가 승의 등에 침을 뱉은 것이 분명했다. 승은 욕을 퍼부었지만, 여벌이 없는 그로서는 힘을 다해 얼룩을 지우는 것 외에는 달리 할 수 있는 일이 없었다.

그날 밤 승은 장군이 지휘관 모두에게 나누어준 버마 지도를 자세히 들여다보았다. 이미 수도 없이 펼쳐본 이 지도를 오늘밤은 새로이 주의를 기울여 살피며 분석해야 했다. 지난 하루 이틀 사이, 버마에 들어가면 그곳 사람들로부터 환영받지 못하리라는 사실을 깨달았기 때문이다.

"영국인과 중국인, 우리는 당신들 모두를 증오합니다." 그 버마인은 이렇게 말했다. 그 말은 대체 어떤 의미지? 승은 진지하게 자문해보았다.

승은 밤늦도록 작은 글씨로 촘촘하게 지명이 인쇄된 지도를 분석했다. 그는 지난 한 해 동안 글을 배웠으며, 그래서 지도 아래에 적힌 글자를 읽을 수 있게 되었다. 버마는 두 개의 나라가 합쳐졌다고 해도 좋을 정도로 북쪽 지역과 남쪽 지역이 판이하게 달랐다. 거대한 이라와디 강Irrawaddy River*이 시작되는 북쪽은 높고 낮은 산이 남북으로 길게 뻗어 있는데, 지도에 적힌 바에 의하면 이 산의 울창한 숲속은 소수민족들로 가득했다. 이곳에 사는 원주민들은 어떤 사람들일까? 친구일까, 적일까? 승은 지도와 지도에 적힌 글을 보며 욕설을 퍼부었다. 지도에는 버마 북부 산악 지대에는 석유가 매장되어 있고 아름다운 녹주옥과 홍옥, 고운 녹색옥 같은 보석이 묻혀 있다는 점은 쓰여 있었지만, 그곳 원주민들이 어떤 사람인지, 친구인지 적인지에 대해서는 아무 언급이 없었다.

그런데 이라와디 강의 넓은 하구가 펼쳐지는 남쪽에는 전혀 다른 모습의 버마가 있었다. 비옥한 농지가 펼쳐진 이곳에서는 세계에서 가장 희고 품질 좋은 쌀이 생산되고 있었다. 이 남부 지방은 천오백 미터는 족히 되는 해안선을 따라 펼쳐져 있었고, 헤아릴

---

* 티베트에서 시작되어 안다만 해로 흘러드는 미얀마 중부에 위치한 미얀마 최대의 강

수 없이 많은 섬을 바다에 흩뿌려놓고 있었다. 그러나 역시 지도에 원주민에 대한 기록은 없었으므로, 승은 이곳 주민들이 어떤 사람들인지에 대해서는 전혀 알 수 없었다.

승은 마침내 지도를 접어 넣고 어둠 속에서 담요를 덮고 누운 채로 방금 본 것을 떠올렸다. 이 마을은 완전히 다른 버마의 북쪽과 남쪽이 만나는 지점에 자리 잡고 있었다. 아직 승의 부대가 북쪽으로 가게 될지 남쪽으로 가게 될지는 몰랐지만, 아무튼 미지의 나라로 들어가게 된다는 것만큼은 틀림없었다. 어둠 속에서 두려움이 고개를 들더니 엄청난 무게로 승을 짓눌러왔다. 울창한 밀림이 펼쳐져 있는 데다 길이라고는 찾아보기 힘든 이 미지의 나라에서 앞으로 어떤 일이 벌어질까?

오랜 세월 이곳을 지배해온, 버마인들이 증오해 마지않는 중국인과 영국인은 이제 동맹이 돼서 이 나라에 발을 들여놓았다. 과연 어떤 민족이 지배자를 좋아하겠는가? 승은 두려움에 사로잡힌 채 장군이 찾아와주기를 간절히 바랐다. 그가 온다면 당장 달려가 그들 앞에 도사린 위험을 알리겠다고 마음먹었다. 장군이 무슨 짓을 했건, 도리를 저버리고 메이리를 흔들어놓았건 상관없었다. 지금은 여자를 생각할 때가 아니었다.

모기가 요란하게 윙윙대며 승의 머리 위를 맴돌기 시작했다. 밤공기가 무더웠지만 그는 모기가 말라리아를 옮긴다는 말을 들은 차라 담요로 머리를 덮었다. 아버지 집에 살면서 봄부터 겨울까지 수없이 모기에 물려본 그로서는 믿기 힘든 이야기였지만, 고향으로부터 멀리 떨어진 이곳 모기는 정말로 독을 품고 있을지도 몰랐다.

승은 잠을 이루지 못하고 담요를 머리 위까지 뒤집어쓴 채 과거의 기억들을 조각조각 떠올렸다. 아버지 집에 있던 자기 모습, 형제들, 옥과 어머니와 누이들, 잔인하게 살해당한 란, 그리고 메리, 그리고 다시 또다시 쿤밍의 자그마한 집에 있는 메리……

메리는 아마 지금 쿤밍의 집에서 개를 데리고 놀고 있겠지. 승의 기억 속 메리는 그날 침실 창가에 서 있을 때의 모습으로 존재했다. 그의 젊은 육체가 햇살 아래 긴 검은 머리칼을 늘어뜨린 메리의 모습을 떠올리며 잠시 꿈틀거렸다. 그는 고통스러웠고 그 고통을 고스란히 받아들였다.

그러나 잠시 후 그는 메리 생각을 머리에서 몰아냈다. 어쩌면 다시는 그녀를 못 볼 수도 있었다. 아니 차라리 못 보리라 생각하는 쪽이 편했다. 그래, 현실을 받아들이자. 승은 승리를 거둘 때까지 여자를 생각하지 않기로 맹세했다. 부하들도 거의가 비슷한 다짐을 했다. 이 맹세를 하지 않은 대원은 몇 안 되었는데, 동료들에게 여자 가까이에 있는 모습을 들킬 때면 당황한 기색을 감추지 못하고 멋쩍어했다.

승은 이 맹세를 기억하면서 몸이 다시 편해지는 것을 느꼈다. 욕망이 잦아드는 순간, 승은 잠으로 빠져들었다.

✥

이튿날 장군이 도착했다는 소식이 들려왔다. 승은 장군을 찾아가 그간의 일을 보고하기 위해 준비를 서둘렀다. 오후 시간이 절반쯤 지났을 때 장군의 도착 소식을 들었고, 우선 대중목욕탕으로 가서 몸을 깨끗이 씻으며 한 시간을 보냈다. 목욕탕에서 일하는 종업원들은 모두 버마인이거나 버마인 피가 섞인 남자들이었는데 다들 잘생긴 외모에 활발했으며 서로 웃고 떠들며 맡은 일에는 소홀했다. 승이 목욕탕으로 들어서자 아주 젊은 종업원 하나가 다가왔다. 그는 승이 잘 모르는 붉은 꽃 한 송이를 귀에 꽂았고 치아도 빈랑나무 열매에 물든 붉은 빛이었다. 또한 기름 바른 피부에서는 빛이 나고 있었다.

그는 욕조에서 피어오르는 자욱한 김 속으로 걸어 들어오면서 머리에 두른 빨갛고 노란 줄무늬 비단 터번을 풀었다. 순간 승은 청년의 머리가 어깨에 닿을 정도로 길게 흘러내리는 걸 보고 깜짝 놀랐다. 자기 머리칼에 꽂힌 승의 시선을 느낀 청년은 재빨리 머리채를 틀어서 머리에 얹었다.

"조직에 가입해 있거든요." 청년은 서툰 중국어로 말했고, 승은 아무 대꾸도 하지 않았다. 뒤이어 청년이 일을 시작하기 위해 짧은 면 웃옷을 벗었다. 승은 그의 문신한 몸을 보았지만 역시 조직의 일원임을 증명하는 표시이리라 추측하고는 아무 말도 하지 않았다. 청년의 가늘고 부드러운 팔은 놀라우리만치 강인했다. 여자 팔처럼 보이는 두 팔로 뜨거운 물이 담긴 양동이를 전혀 무겁지 않다는 듯 번쩍 들어 올렸다.

청년은 솔로 승의 몸을 문질렀고, 승은 뜨거운 물과 찬 물이 몸에 쏟아질 때마다 땀을 흘리고 몸을 떨었다. 이윽고 승이 청년에게 물었다.

"어떤 조직에 가입해 있는지 물어봐도 되겠소?"

청년은 잠시 침묵을 지키더니 마침내 입을 열었다.

"타킨Thakin이라고 들어보셨어요?"

"이제 막 도착한 터라 아무 얘기 못 들었소." 승이 대답했다.

청년은 잠시 동안 말이 없더니 이해하기 힘든 냉소를 머금고 승에게 소리쳤다.

"중국인들은 대체 왜 영국인들을 돕겠다고 온 겁니까?"

승은 청년의 말에 너무 놀라서 뭐라 답해야 할지 고민했다. 이렇게 신분 낮은 사람들마저도 같은 반감을 품고 있는 걸까? 잠시 후 승은 입을 열었다.

"우리는 동쪽 바다 섬나라의 난쟁이들을 몰아내려고 온 것뿐이오. 놈들은 우리의 적인 동시에 당신들의 적이기도 하잖소."

청년은 승의 말이 끝나자 두툼한 입술을 꼭 다물었다. 두 사람 사이에 더는 아무 대화도 오가지 않았다. 승은 요금을 지불한 뒤 청년에게 차나 한잔 마시라며 수고비를 건넸고, 청년은 터번을 다시 머리에 두르더니 귀에 붉은 꽃을 꽂았다. 이윽고 승은 장군을 만나기 위해 길을 나섰다.

장군은 몹시 지쳐 있었음에도 휴식으로 시간을 허비하는 대신 부관을 비롯해 승처럼 보고를 하러 온 장교들과 바쁜 시간을 보냈다. 그는 사령부로 사용하려고 대여한 여관의 작은 방에 앉은 채, 승이 들어오자 손에 든 편지를 읽는 동안 잠시 기다리라는 손짓을 했다. 승 외에도 여러 명의 장교가 기다리고 있었지만, 장군은 편지를 읽는 동안 누구에게도 신경 쓰지 않았다. 이윽고 장군이 편지를 접어 주머니에 넣었다.

"누가 제일 먼저 왔지?" 장군이 대기 중인 장교들에게 물었다.

"제가 가장 늦게 왔습니다." 승이 대답했다.

"그럼 앉아 있게." 장군의 명령에 승은 의자에 앉아서 다른 장교들이 한 명씩 질문과 보고를 하는 동안 잠자코 기다렸다. 한 시간이 조금 넘게 흘러 마침내 승의 차례가 되었지만, 지칠 대로 지친 장군은 의자에 등을 기대더니 한숨을 쉬었다.

"문 좀 닫게." 장군이 말했다.

"그 전에 차 좀 가져오라고 해. 목이 마르군."

승은 군인 하나를 불러 장군의 명령을 전했다. 군인이 잠시 후 뜨거운 차가 담긴 찻주전자를 가져왔다. 장군은 잔 두 개에 차를 따르더니 승에게 마시라는 손짓을 했다. 장군은 연거푸 두 잔을 따라 마셨다. 승은 장군의 질문을 기다렸지만, 장군은 갈증을 해소하고 난 뒤에도 아무 말이 없었다. 대신 제복의 옷깃을 풀어헤치고 남모를 고민이 있는 것처럼 몹시 근심스러운 얼굴로 잠자코 앉아 있기만 했다. 잠시 후 그가 품에서 편지를 꺼냈다.

"도무지 이해할 수 없어."

장군이 승에게 편지를 던졌다. 승은 그것이 미국인 사령관이 보내온 것임을 깨달았다.

편지는 사령관이 직접 쓴 것이 아니라 누군가 사령관의 명령에 따라 대신 중국어로 쓴 것이었으며, 추후 전달사항이 있을 때까지 모든 병력을 국경에 대기시키라는 지시가 담겨 있었다.

"이해할 수가 없군." 장군이 말했다.

"이곳으로 오는 동안 나는 내일 출격하라는 지시가 있을 거라고 기대했다. 그런데 추후 지시를 기다리라니 대체 뭘 기다리라는 건가? 누구의 지시를?"

두 사람은 서로의 얼굴을 바라보았다.

"제 생각으로는 미국인 사령관보다 높은 누군가의 지시를 말하는 것 같습니다." 승이 느릿느릿 말했다.

"내 생각도 그래." 장군의 목소리가 또렷하게 울려 퍼졌다.

9장

장군의 저녁

 분노와 조바심으로 가득 찬 대원들을 잡아둔다는 게 얼마나 힘든 일인지 누구도 이해할 수 없으리라. 대원들은 왜 행군을 계속할 수 없는지 이유를 모르고 당장 진격하기만 바라고 있었다. 그날 밤 승과 장군 사이에 오간 이야기는 짧았다. 그 역시 장군만큼은 알고 있었지만, 사실은 둘 다 아는 게 전혀 없음을 깨달았기 때문이다. 승은 걱정과 의혹에 휩싸여 임시 사령부를 떠났고, 장군은 석상이라도 된 것처럼 꼼짝 않고 앉아 있었다.
 그로부터 며칠간 대원들은 끊임없이 승을 찾아와 언제 다시 행군을 계속할 거냐고 물었다. 그들은 공손하게 이런저런 핑계를 둘러댔지만 찾아온 이유는 언제나 하나였다.

"언제 싸우게 되는 거죠?"

승은 자신도 모른다고 사실대로 말할 수밖에 없었다. 대원들은 승을 뚫어져라 쳐다보았고, 그중에 배짱 좋은 한 대원은 기탄없이 이렇게 묻기도 했다.

"왜 이유를 알아보지 않습니까? 장군님께 물어보세요."

"장군님도 모르신다." 승은 솔직하게 대답했다.

대원들은 지휘관 앞에서 잠자코 있는 법을 배우지 못했으므로 승을 똑바로 쳐다보고 투덜대며 돌아갔다. 이들은 자존심이 강했고, 싸움에서 어떻게 자기를 지켜야 하는지를 알고 있었다. 이런 이들을 인솔하려면 말없고 온순한 병사를 거느릴 때보다 값비싼 대가를 치러야 했다. 승의 대원들은 왜 싸워야 하는지, 어디에서 누구와 싸워야 하는지를 알 때만 훌륭하게 전투를 치렀다. 그들은 함께 의논했고 지휘관의 선택보다 나은 방법이 있다고 생각되면 서슴지 않고 자기 생각을 말했다. 그들은 자유인이었고, 자유인으로서 전투에 임했다.

다만 너무 자유로운 나머지 이 순간 대원들은 마음껏 화내고, 출발이 지연되는 것에 대해 하늘을 욕하고, 손 놓고 기다리고 있는 지휘관들에게 소리쳐도 좋다고 생각하고 있었다. 예를 차리거나 영국군의 '초청'을 기다리며 꾸물거리는 대신 당장 버마로 출격하고 싶은 것이다.

"대체 빌어먹을 뭐가 우리를 여기에 잡아두고 있는 거야?" 어느 날 대원 하나가 승이 가까이에 있는 것도 모르고 동료들에게 투덜댔다. 아침나절이 다 지난 무렵이라 다들 점심식사를 마치고 쏟아지는 햇살 아래 야영지에 모여 한가로운 시간을 보내고 있었다. 짚신을 고치거나 서로 면도를 해주거나 담배를 피우는 사람도 있었지만, 대부분은 할 일 없이 빈둥대고 있었다. 야영지가 소음과 웃음소리, 거친 목소리로 가득한 가운데 한 남자의 목소리가 두드러졌다. 대원들은 승을 발견하고는 웅성대기 시작했다. 그러나 목소리의 주인공은 전혀 움츠드는 기색이 없었다. 승은 걸음을 멈추고 그를 바라보았다. 그는 체격 좋고 키가 컸으며 북쪽 지방의 말투를 사용하고 있었다.

"기다리기 힘든 건 나도 마찬가지다." 승이 조용히 말했다.

"저는 보잘것없는 사병이지만 대장님은 다릅니다." 대원이 대답했다.

"제가 대장님처럼 높은 자리에 있다면 결코 기다리지 않을 겁니다." 햇볕에 그을린 그의 얼굴에는 미소와 함께 주름이 잡혔고, 그 날카롭고 빛나는 검은 눈에는 조바심과 웃음이 뒤섞여 있었다.

"나는 내 뜻대로 사안을 결정할 수 있을 만큼 높은 사람이 아니다." 승은 이렇게 말한 뒤 가던 길을 갔다.

하지만 무엇도 안절부절못하는 청년들을 달래지 못했다. 이제 대원들은 동료들끼리는 물론 마을 사람들과도 싸우기 시작했고, 맹세를 저버린 채 노골적으로 여자를 흘끔댔다. 결국 매춘부들은 화대를 올렸고 모두가 밤낮으로 불평을 늘어놓았다. 남쪽으로부터 흘러드는 소식들은 이런 문제들을 해결하는 데 전혀 도움이 되지 않았다. 마을에는 장사를 위해, 혹은 전쟁을 피하기 위해, 또는 버마로드를 따라 여행하기 위해 남쪽에서 유입되는 인파가 끊이지 않았다. 그런데 그들이 전해오는 말은 항상 같았다. 영국군은 샐윈 강 Salween River을 따라 집결해 있는 게 전부인 반면, 적군은 이미 강을 건넜고 마르타반Martaban까지 점령한 상태라는 것이다. 판Paan에는 영국군이 여전히 버티며 적의 군함에 무차별 사격을 가하고 있었지만, 그들이 얼마나 더 견딜 수 있을지도 의문이었다. 과연 그들에게 더 버틸 마음이 있긴 한 걸까?

승도 부하들과 마찬가지로 여행자들이 들려주는 이야기에 귀를 기울였다.

"마르타반이 중요해서가 아니에요."

어느 날 승은 자잘한 물건을 파는 행상에게서 수건을 샀고, 행상은 승에게 이렇게 말했다. "다만 마르타반은 태국에서 건너오는 적군에게는 다리와 같죠. 그 다리 위에서 적의 두 개 병력이 하나로 뭉칠 수 있거든요."

승은 이 인도 태생의 낮은 카스트인 행상에게 질문을 던졌다. 그는 너무 여러 곳을 돌아다닌 탓에 여러 피가 섞인 사람처럼 변해 있었고, 어디를 가건 그곳 사람처럼 행동했다. 뿐만 아니라 민첩하고 영리했고, 가는 곳마다 그곳 현지 사람들을 잘 파악했다.

"영국인들은 왜 우리 진입을 막는 겁니까?" 승은 낯선 상인에게 솔직하게 물었다. 그러자 행상은 까무잡잡한 맨살이 드러난 무릎에 역시 가무잡잡한 손을 펴서 얹은 채로 몸을 앞으로 기울였다.

"영국인들은 당신들이 외국 무기로 무장하고 당신들 나라 지휘관 밑에서 싸우는 모습을 버마인들한테 보여주기 싫은 겁니다."

대답하는 행상의 얼굴이 증오로 전율하는 가면을 뒤집어쓴 것처럼 변했다.

"영국은 버마를 잃게 될 겁니다." 행상은 분을 못 이겨 쉬익 소리를 내며 말했다.

"버마인들이 영국한테 등을 돌릴 거니까요. 이야말로 우리 모두가 영국으로부터 벗어날 기회가 될 겁니다."

행상의 꽉 다문 잇새에서 거품 같은 침이 튀어나오는 바람에 승은 몸을 뒤로 뺐다.

"댁은 버마 사람이 아니잖소? 그런데 왜 그토록 영국인을 증오합니까?"

"만일 버마 사람들이 영국인들을 증오하는 게 시원찮다 싶으면 인도에 와보세요. 우리가 얼마나 영국인들을 증오하는지 알 수 있을 겁니다!"

행상은 두 손으로 무릎을 움켜잡았다. 승은 그 모습에서 혐오감을 느꼈다.

"그런데 버마 사람들도 인도 사람을 좋아하지 않는다고 들었소만."

행상이 말을 이었다.

"그리고 역시 당신들로부터도 벗어나고 싶어 하지요."

행상은 사납게 어깨를 으쓱이며 길게 말려 올라간 검은 속눈썹 아래 검은 눈동자를 희번덕거렸다.

"버마 사람들은 사야 산Saya San*을 잘 기억하고 있지요." 행상

---

* 승려 출신으로 농민반란을 이끌었다. 사야 산은 1930년 12월 22일 영국에 선전포고하고 폭동을 일으켰으나 결국 체포되어 1937년 1월 28일 반역죄로 처형되었다. 사야 산 운동은 버마 민족운동에 자신감을 주었다.

이 힘주어 말했다.

"사야 산이 누굽니까?" 숭은 그 이름을 한 번도 들어본 적이 없었다. 행상은 엄지손가락과 집게손가락을 튕기며 그 이름을 경멸하는 듯한 표정을 지었다.

"별 볼 일 없는 사람이었죠. 타라와디 출신의 무식자였고요. 하지만 시작은 좋았죠. 고위 관리 한 명을 살해했거든요. 그런데 무지한 그의 추종자들이 우리나라 사람들한테 등을 돌렸습니다. 그때부터 모든 게 뒤죽박죽 돌아가기 시작한 거죠……."

행상은 긴 손가락으로 터번을 풀더니 다시 능숙하게 머리에 둘렀다. "잘 아시겠지만 버마 사람들은 무식하기 짝이 없습니다. 읽고 쓸 줄만 알았지 도무지 아는 게 없어요. 자유보다 웃고 떠드는 걸 더 중요하게 생각하지요. 게다가……."

행상이 입을 크게 벌리고 웃자 흰 치아가 번쩍였다.

"버마 사람들은 중국인을 증오하죠. 왠지 알아요? 사실 신들조차도 버마 사람들에 대해서는 모를 겁니다, 그래요. 하지만 나는 이 한 가지만은 확신합니다. 이곳 사람들은 영국인을 돕지 않을 거라는 사실이죠."

행상은 다시 부드러운 표정을 지으며 분노를 내면 어딘가에 감추었다. 이제 그 분노는 그의 눈에서 이글거리고 그의 목소리에 녹아들었다. "영국인들이란……."

행상은 더 이상 분노를 드러내지 않고 잠시 있더니 마침내 짐을 들고 길을 떠났다.

이런 이야기는 사람들의 입을 통해 전해지게 마련이라 장군의 귀에까지 흘러들어갔다. 어느 날 장군이 장교들을 불러 모았다.

"정신 똑바로 차리지 않으면 우리는 자멸할 수도 있다."

장군이 말했다. 2월 저녁이었음에도 공기는 고향의 6월 무렵처럼 뜨거웠다. 다들 모인 방 지붕 서까래에서 도마뱀 한 마리가 나와 벽을 타고 기어가며 모기를 향해 날렵한 혀를 잽싸게 날름거렸다. 승은 장군의 이야기를 들으며 도마뱀을 지켜보았다.

방에는 승이 한 번도 본 적이 없는 젊은 장교 한 사람이 있었다.

"우리 동료를 이 자리에 초대했다." 장군이 이야기를 계속했다.

"외국 동맹군에 대해 정확한 소식을 듣고 나면 좀 더 편안한 마음으로 기다릴 수 있을 것이다."

장군의 말에 젊은 장교가 일어섰다. 그는 매끄러운 얼굴에 섬세한 이목구비를 가진 지나치리만치 잘생긴 청년이었다. 그 얇은 입술만 아니라면 군인이라고 믿기 어려울 정도였다. 그는 말하는 동안 이따금 가냘프고 고운 손을 움직였다.

"저는 광시성廣西省에서 온 여러분의 형제입니다." 젊은 장교의 목소리는 낮았고 뜻밖으로 단호했다.

"저와 저희 부대 대원들은 걸어서 이곳으로 왔습니다. 트럭은 물론 노새 한 마리도 없어서 산악포를 짊어지고 그 모든 포들을 끌면서 행군했지요. 그리고 마침내 총통 각하의 명령을 전하기 위해 샨주Shan States에 도착했습니다. 저희는 영국군을 찾아가 지휘관에게 우리의 입성을 알리고 총통 각하의 인사를 전했습니다. 그리고 '만일 버마가 우리의 도움을 원한다면 수천 명에 달하는 병력을 당장 파견할 것'이라는 총통 각하의 말씀 역시 전달했습니다."

"영국 지휘관은 뭐라던가?" 장군이 물었다.

"통역병을 통해 아주 공손하게 답하더군요. 이미 버마에 대기 중인 중국군들이 많은데 더 많은 병력을 파견해줄 수 있다니 기쁘다고 했습니다. 만일 필요할 경우에 말입니다."

"다른 말은 없었나?" 장군이 물었다.

"없었습니다. 그저 저희 부대를 산악 지역에 배치한 게 다입니다. 저희 부대가 보유한 총이 산악 지역에 적합할 거라더군요. 저희는 그곳에서 대기 중입니다."

모두가 얼어붙은 듯 꼼짝 않고 앉아서 젊은 장교의 이야기에 귀를 기울였다. 그리고 '대기 중'이라는 말이 들려오는 순간 다들 얼굴 위로 똑같은 표정이 스쳐 지나갔다. 건장한 청년들이자 경험 많은 군인들인 이 모두에게 기다림은 고문과 다름없었다.

"남쪽에서는 매우 치열한 전투가 벌어지고 있다." 장군이 말했다. "영국군은 홀로 싸울 작정인가?"

"인도군이 영국군의 지휘 하에 전투에 참가하고 있습니다." 젊은 장교가 대답했다.

"우리가 이렇게 기다리는 동안 저들은 버마 남부를 잃게 될 거다."

"영국군은 끝까지 랑군을 지킬 것이라고 하더군요."

"지켜야 하는 건 버마 북부다. 물론 끝까지, 무슨 일이 있어도 반드시 지켜야 한다. 설사 버마 남부를 잃는다 해도 북부만큼은 절대 적의 손아귀에 넘겨줘서는 안 돼. 버마 북부가 무너지면 중국은 적에게 완전히 포위되고 말 것이다."

방 안에 오랜 침묵이 흘렀다. 모두가 침울한 얼굴로 멍하니 앉아 있었다. 도마뱀이 타일 바닥에 배를 철썩 부딪치면서 떨어지더니 제 소리에 놀라 황급히 달아났다.

젊은 장교는 다시 책상다리를 하고 바닥에 앉아서 두 손을 꼭 잡아 다리 위에 얹었다. 그런 뒤 시선을 손에 고정시킨 채 이야기를 계속해나갔다.

"양국의 원수元首가 인도를 떠나 본국으로 돌아간 건 우리를 전투에 투입하기 위한 모든 계획들을 마친 뒤였습니다. 이 상황에서 우리의 버마 진입을 늦추는 이유가 뭔지 영국 지휘관에게 물어봤습니다. 그랬더니 그는 모든 게 준비되면 그리 할 것이라며 영국군이 남쪽에서 시간을 끌기 위해 전투를 벌이고 있다고 답했습니다. 우리를 위한 지상기지와 전투기 이착륙장을 마련한다고 말입니다. 또한 가장 큰 전투는 틀림없이 중앙 평원에서 벌어지게 될 것이라고도 말했습니다."

장군이 큰 소리로 날카롭게 웃더니 외쳤다.

"우리는 그런 거창한 준비 따위 없어도 얼마든지 싸울 수 있다. 우리는 아무 준비 없이 싸우는 데 이골이 난 자들이다!"

장군은 두 손바닥으로 책상을 내리치더니 자리에서 일어나 초조한 듯 방 안을 서성댔다. 지금 그는 자신도 모르는 사이 총통 같은 표정이 되어 총통처럼 걷고 있었다.

장군이 갑자기 걸음을 멈추고 장교들을 바라보았다.

"전할 소식이 있다. 우리 군대가 치앙마이 Chiengmai 서쪽을 흐르는 강을 건너는 중에 태국 최북단에서 적과 교전했다. 아직 버마로 들어간 건 아니다. 게다가 적군은 치앙마이에 병력을 집결시키고 있다."

"지금도 적군이 치앙마이로 이동하고 있습니까?" 승이 물었다.

"그렇다. 바로 우리가 적군의 이동을 막아야 한다. 그런데도 적군은 아무 저지도 받지 않고 있다."

장군은 갑자기 말을 멈추더니 초조한 눈길을 던지며 거칠게 말했다.

"이상이다. 아는 게 없으니 더 할 이야기도 없다. 사나흘 안에 아무 소식도 오지 않으면 총통께 더는 이곳 지휘를 맡을 수 없다고 말씀드릴 작정이다. 이렇게 무작정 기다리는 것에 대해서 이의를 제기할 생각이다. 량군이 무너지는 걸 알 품은 암탉처럼 가만히 앉아서 지켜봐야 하겠나?"

장군이 손을 휘둘러 해산을 명하자 장교들도 자리에서 일어나 밖으로 나갔다. 얼굴들이 하나같이 어두웠다. 총통이 지휘를 맡긴 이 장군처럼 유능한 지휘관이 또 어디 있단 말인가? 장군은 젊었음에도 전투 경험이 풍부했으며 산악 전투에 능했다. 또한 누구보다도 용감했다. 이런 그를 대신할 만한 사람은 아무도 없었다.

승은 더할 나위 없이 침울한 얼굴로 야영지로 돌아왔다. 시무룩한 얼굴로 걷는 그에게 대원 누구도 말을 붙이지 못했다.

장군은 방에서 나가는 젊은 장교들을 지켜보았다. 그들은 걷는 훈련이 잘 되어 있었음에도 마치 행군에 익숙하지 않은 군인처럼 긴 보폭으로 여유롭게 걷고 있었다. 다들 호리호리하고 기품 있었으며, 빈약하지만 부드러운 살 속에서 뼈가 탄력 있게 움직였다. 장군은 엄격한 사람이자 잔인한 면도 있었지만, 이들을 생각할 때만큼은 여자처럼 마음이 약해지곤 했다. 장군에게 이들은 소중한 사람이었다. 또한 장군은 장교이자 남자인 이들을 너무 잘 알고 있었다. 이들의 이름과 얼굴이 하나가 되어 그의 머릿속을 스쳐 갔다.

장군은 적군을 물리치기 위해서라면 얼마든지 단호하게 부하들을 희생시킬 수 있었지만, 불필요하게 부하를 잃게 될 때면 아무도 없는 곳에서 남몰래 눈물을 흘렸다. 분노 때문이 아니었다. 그가 신뢰했던 자의 심장이 멈추었기 때문이다. 또한 그가 자랑스러워하던 이의 육신이 짓이겨지고 훼손되었기 때문이다. 이런 성정 때문에 장군의 가슴에는 항상 적으로부터 온전한 대가를 받아내지 않고는 결코 부하를 잃지 않겠다는 강한 열정이 자리 잡고 있었다.

장군은 몹시 갈증을 느끼는 사람처럼 차를 마셨다. 이런 기후에는 아무리 물을 많이 마셔도 몸에서 땀이 빠져나가는 속도를 당해낼 수 없을 것 같았다. 장군은 잠시 후 문을 잠근 뒤에 벽장을 열어 작은 라디오를 꺼냈다. 라디오는 방송을 수신하기 위해 전선이나 다른 기계 장치를 필요로 하지 않았기 때문에 그의 소유물 중에서 가장 소중한 물건이었다. 장군은 수많은 전투 와중에 전리품 중에서 이 라디오를 발견하기 전까지만 해도 세상에 이런 물건이 있는지 꿈에도 몰랐다.

또한 총통 관저에서 비슷한 물건을 보고 나서야 이걸 어떻게 사용하는지도 알게 되었다. 장군은 총통에게 이 진귀한 물건에 대해 말해야 할지 한동안 고민했지만, 결국 양심의 소리를 잠재웠다. 틀림없이 이번 작전을 수행할 때 크게 소용될 물건이었기 때문이다.

장군은 책상에 라디오를 올려놓고 앞면 단추를 돌리며 이리저리 주파수를 맞춰보았다. 그는 마술처럼 신비한 이 물건 앞에서 모든 걱정과 근심을 잊었고, 영혼이 육신을 벗어나 바람과 구름을 타고 마음껏 떠다니는 것 같은 기분을 느꼈다. 달콤한 혹은 격정적인 음악과 그가 이해하지 못하는 언어로 말하는 목소리, 신음소리와 울음소리, 그리고 인간의 말이 아닌 것 같은 더듬거리는 소리가 들려왔다.

때로는 모국어나 적국의 언어인, 그가 이해하는 단어들도 흘러나왔다. 장군은 어린 시절 일본에서 다섯 해를 공부한 적이 있어서 적의 말을 잘 알았다. 게다가 그곳 사람들 또한 너무 잘 알아서 그들을 두려워하고 증오할 수 있었으며, 그들의 말을 알아들을 수 있었던 덕에 힘든 생활을 버틸 수 있었다.

장군은 저녁 공기 속에서 라디오를 태국을 향한 남쪽으로 돌려놓았다. 라디오에서 퉁명스럽고 거슬리는 거친 목소리가 흘러나왔다.

"랑군이 불타고 있습니다! 도시를 지키던 자들은 참패한 채 자신들의 도시에 불을 지르고 있습니다. 오늘 우리 군은 랑군에 무차별 폭격을 가했고, 그 때문에 불길도 함께 타오르고 있습니다. 영국군은 우리 폭격을 피해 달아날 것을 우려해 수천 명의 하급 노동자들을 부두에 억류했고, 발이 묶인 모두가 처참한 죽음을 맞이했습니다.

그러나 영국 장교들과 랑군에 있던 영국인들은 산악 지대로 안전하게 피했습니다. 랑군에서 영국군이 맡았던 업무는 현지인들이 대신하고 있습니다. 영국인들은 현지인들의 목숨 따위는 아랑곳 않고 있습니다. 그러나 우리는 노예를 해방시키기 위해 이곳으로 올 것입니다. 우리 군은 랑군에서 고작 삼십 킬로미터 떨어진 곳에 있습니다. 랑군 시민 여러분, 달아나지 마십시오! 여러분은 곧 구원받을 것입니다!"

장군은 라디오를 껐다. 방금 들은 이야기가 사실일까? 장군은 다시 손잡이를 이리저리 돌렸다. 그러나 다른 목소리는 없고 하늘에 대고 소리치는 적의 목소리만 흘러나왔다.

"우리는 버마 북쪽으로 길을 내는 중입니다. 또한 북쪽과 남쪽에서 공격을 감행하고 있습니다. 적군은 우리 두 손아귀에 있습니다. 버마 시민 여러분, 용기를 내십시오! 여러분은 압제자로부터 해방될 것입니다. 우리는 여러분의 형제이자 여러분과 인종이 같습니다. 백인들이 과연 여러분을 동등하게 대할까요? 백인들은 우리 중에 단 하나도 자신들의 '신성한' 나라에 받아들이지 않을 것입니다. 아시아는 아시아인이 지켜야 합니다!"

장군은 라디오를 껐다. 저기에 일말의 진실이 담겨 있을지 모른다는 생각에 더는 참고 들을 수 없었다. 장군은 바로 이 두려움 때문에 밤잠을 못 이루곤 했다. 혹시 적과 싸워 승리한다고 한들 정말로 자유를 되찾을 수 있을까?

장군은 불끈 움켜쥔 주먹을 책상에 올려놓고 힘겨운 듯 꼼짝도 않고 앉아 있었다.

누가 알겠는가? 그토록 잔인한 짓만 저지르지 않았더라면, 침략을 해오지만 않았더라면, 살인과 파괴 아닌 다른 방법을 사용했더라면, 사실 일본인들 말이 옳을지도 몰랐다.

하지만 지금, 중국인들이 누구를 믿을 수 있겠는가? 한 번에 한 전쟁씩 치러내며 계속 싸우는 수밖에 없었다. 이번 전쟁에서 승리한 뒤에 또 다른 전쟁이 기다리고 있다면, 그 전쟁에서도 싸워야 한다. 그리고 지금 맞서야 할 적은 일본이었다.

장군은 한동안 이런 생각에 잠겨 있다가 마침내 자리에서 일어났으며, 라디오를 벽장에 넣고 자물쇠를 채웠다. 그런 뒤 방문을 열고 소리쳐 군인 하나가 뛰어오자 이렇게 물었다. "면담 기다리는 사람이 있나?"

시간도 늦었고 장군도 지친 상태였지만, 장군의 첩자는 흔히 밤에 찾아오곤 했다. 이들은 온 나라에 흩어져서 일행을 앞서거나 뒤서며 쫓았다.

"두 명이 기다리고 있습니다, 장군님." 군인이 경례를 붙이면서 대답했다.

"들어오라고 전해." 장군이 명했다.

곧이어 남자 둘이 방 안으로 들어와 문을 닫았다. 몇 주 전에 버마로 보낸 첩자들이었다. 그들은 버마 농부처럼 차려 입고 피부에 검은 칠을 하고 머리에는 무명 터번을 두르고 있었다.

두 사람은 보고를 위해 서 있었고, 장군은 미소 지으며 그들을 맞이했다.

"마침 잘 왔다." 장군이 말했다. "남쪽에서 오는 길이라면 랑군이 불타고 있다는 게 사실인지 말하라."

"틀림없는 사실입니다." 둘 중 연장자로 보이는 남자가 대답했다. "눈이 있다면 누구라도 거기서 무슨 일이 벌어질지를 알았을 겁니다. 저희는 수일 전에 랑군을 떠나 수레를 얻어 타기도 하면서 여기까지 걸어서 왔습니다. 하지만 랑군이 무너지리라는 건 자명한 사실이었습니다. 도시를 방어할 준비가 전혀 안 되어 있었습니다. 애당초 랑군을 지킬 생각이 없었던 겁니다. 바다 위로는 적의 군함이 몰려오고, 무더위와 갈증에도 아랑곳 않고 사방에서 적군이 들이닥치고 있어요. 적군은 목이 타들어가는 심한 갈증으로 괴로워하면서도 우물물에 독이 있을지도 모른다는 두려움 때문에 감히 물을 마시지 못하고 있습니다. 하지만 그러면서도 행군을 계속하고 있고요."

장군은 두 남자에게 시선을 고정시킨 채 이야기를 들었다. 그는 적군의 가공할 만한 용기를 잘 알고 있었다. 저들의 용기는 갈라진 틈 없는 바위처럼 완전했고, 그 불굴의 용기에는 결코 금이 갈 수 없었다.

"적군은 크게 웃으면서 랑군에 들이닥치고 있습니다." 둘 중 젊은 남자가 슬픈 얼굴로 말했다.

"말라야Malaya가 무너진 지금, 모든 병력이 그곳에 집결될지도 모릅니다."

"모두 무너졌다고는 말하지 말라." 장군의 목소리는 침울했다.

"우리가 이곳에서 대기하고 있는 만큼 다 무너진 건 아니다."

"정말 기다리고만 계실 겁니까, 장군님."

나이 든 남자가 말했다. 남자는 군살이 없어서 검은 피부가 뼈에 들러붙어 있었다.

"이렇게 기다리고 기다리는 동안 랑군은 완전히 무너지고 말 겁니다."

그는 젊은 남자를 돌아보았다.

"우리가 본 걸 말해야 할까?"

"그게 우리 임무 아닙니까?" 젊은 남자가 대답했다.

"나한테 숨기는 게 있어서는 안 된다." 장군이 말했다.

두 남자는 랑군에서 만달레이Mandalay까지 이동하는 동안 목격한 풍경들을 번갈아가며 보고했다. 적군이 이기리라 확신한 버마인들이 백육십 여 킬로미터에 달하는 도로 위에서 외제 트럭과 자동차를 비롯한 차량을 닥치는 대로 파괴했다는 것이다.

이야기를 듣던 장군은 두 손으로 자신의 옆머리를 때리며 신음하듯 외쳤다.

"내 부하들은 천 킬로미터가 훨씬 넘는 길을 무기까지 끌며 걸어왔다!"

젊은 남자가 나이 든 남자와 마주보더니 서둘러 말했다.

"적이 군인들을 버마로 이동시키는 데 쓰게 놔두느니 차라리 태워버린 게 낫습니다."

"어떻게 태우던가?" 장군은 머리카락이 모조리 곤두설 정도로 손으로 머리를 쓸어 올렸다. 그의 얼굴은 피로로 가득해 초췌해 보였다.

"외제 휘발유를 들이부었습니다." 나이 든 남자가 느릿느릿 대답했다.

"휘발유라고!" 장군이 소리쳤다. "이런, 맙소사!"

두 남자는 휘발유를 쏟아 부은 사람들이 자신들이기라도 한 것처럼 겁먹은 얼굴로 서로를 바라보았다. 휘발유는 외국 땅에서 엄청난 운송비를 들여야 가져올 수 있는 자원인 만큼 은보다도 비쌌다.

"몇 대나 태웠지?" 장군이 소리쳐 물었다.

"적어도 이백 대는 될 겁니다." 나이 든 남자가 대답했다.

"전부 새 차였습니다." 젊은 남자가 신음하듯이 덧붙였다.

"모두 바퀴가 여섯 개 달린 차들이었습니다. 어떤 마을에서는 스물세 대를 한 번에 태우더군요. 차에는 외국산 기계랑 고무 타이어가 잔뜩 실려 있었습니다."

장군은 이를 갈며 다시 머리를 쥐어뜯었고, 차에 불 지른 자들의 어머니, 그 어머니의 어머니까지 저주했다.

"차를 다른 곳으로 옮겨놓을 수도 있었잖나! 불을 지른 자들과 그 자들의 어미, 그 어미의 어미에게까지 저주가 내릴 거다!" 그는 짐승이 으르렁거리듯이 외쳤다.

"하지만 그 사람들은 적군이 가로막고 있어서 집으로 돌아갈 수도 없었습니다." 나이 든 첩자가 말했다.

"적군 손에 무엇 하나도 넘겨줘서는 안 된다고 숱하게 들어오지 않았습니까." 젊은 남자가 덧붙였다.

"밥 한 공기, 쇠붙이 한 조각, 바퀴나 대갈못 한 개, 하찮은 무기 하나도 남겨둬서는 안 된다는 지시를 받았죠. 그게 적의 손에 들어가서는 안 되니까요. 차를 불태운 사람들도 틀림없이 마음이 아팠을 겁니다. 그 사람들의 볼을 타고 흘러내리는 눈물을 봤습니다. 불길에 휩싸인 차를 지켜보던 마을 사람들도 함께 울었습니다."

그러나 장군은 생각을 고쳐먹지 않았다.

"나였다면 차를 안전한 곳으로 옮겼을 거다." 장군은 고집스럽게 말했고, 두 남자는 장군이 분노를 누그러뜨리지 않으리라는 것을 깨닫고는 인사를 하고 떠났다.

장군은 그날 밤늦게까지 가슴에서 들끓는 분노 때문에 잠을 이루지 못했다. 그때 여관 마당에서 소란스러운 소리가 들려왔다. 조바심에 사로잡혀 있던 장군은 침대에서 펄쩍 뛰어내렸다. 그는 모기 때문에 침대에 모시 휘장을 두르고 있었다. 벌레에 물리는 것보다는 더운 게 낫다고 생각했다가 결국 열기를 이기지 못하고 실

오라기 하나 걸치지 않은 몸으로 누워 있던 차였다. 그는 잠시 멈춰서 속옷 하나만 꿰입고 문 앞으로 걸어갔고, 난데없는 소란에 화가 치밀어 사나운 기세로 밖으로 뛰쳐나갔다.

"대체 이게 무슨……!"

장군은 버럭 소리를 지르려다가 얼어붙은 듯이 멈춰 섰다. 여관 마당은 여자들로 가득했고, 모두들 놀란 얼굴로 장군을 바라보고 있었다. 여관 주인이 들고 있는 횃불이 거세게 타오르고 있었고, 그 빛 속에서 장군은 여자들의 시선이 일제히 자신을 향하고 있는 것을 보았다. 그리고 그 맨 앞, 그에게서 가장 가까운 곳에는 메이리가 서 있었다. 메이리의 얼굴은 금세 웃음이 터져 나올 듯이 움찔대고 있었다. 장군은 눈앞에 펼쳐진 광경에 너무 당황한 나머지 속옷을 움켜잡고는 잠시 멍하니 서 있었다.

메이리는 방금 전까지만 해도 숨쉬기조차 힘들 만큼 피로했음에도 반짝이는 눈으로 입꼬리를 올리며 장군에게 인사했다.

"이제 막 도착했습니다, 장군님. 저희 숙소는 어디죠?"

장군은 마침내 정신을 차렸지만, 목이 메는지 입을 다물고는 펄쩍 뛰어 방으로 들어갔다. 그런 뒤 제복을 입고 허리띠를 맨 다음 방금 전에 아무도 못 본 것 같은 얼굴로 방문을 열었다.

그는 매우 엄한 얼굴로 소리쳤다.

"오셨군요, 상관은 어디 있습니까?"

"박사님은 길을 잃으신 모양이에요."

메이리가 부드러운 목소리로 답했다.

"엉뚱한 방향으로 가신 것 같은데요. 박사님을 따라가고 있었는데, 여기서 이삼십 킬로미터 떨어진 곳에서부터 박사님이 보이지 않더군요. 그래서 저희끼리 온 거예요."

"부관!" 장군이 외치자 부관이 옆으로 다가왔다.

"이분들을 숙소로 사용될 유교 사원으로 안내해라." 장군이 명했다. 장군은 간호사들이 메이리의 뒤로 모여드는 동안 몸을 꼿꼿이 세운 채 단호한 표정으로 서 있었다. 메이리는 당당하게 간호사들을 이끄는 와중에도 문 앞에서 고개를 돌려 장군과 눈을 마주쳤고, 장군은 문 위에 매달린 등불 아래 그녀의 눈동자가 웃음으로 빛나는 것을 보았다. 이윽고 그녀는 문 밖으로 사라졌다.

장군은 침실로 들어간 뒤 방 한가운데 우두커니 서 있었다. 그리고 잠시 후 잔뜩 화를 내며 여관 마당으로 뛰쳐나온 자기 모습이 어땠을지 깨달았다. 몸뚱이 한가운데 손바닥만 한 속옷 하나만 달랑 걸친 채 뛰쳐나가다니, 장군인 그가!

장군은 갑자기 웃음을 터뜨리더니 바닥에 주저앉아 한참 웃고 또 웃었다. 이윽고 다시 침대에 눕자 편안한 느낌에 곧 잠이 들 수 있을 것 같았다. 그러나 막 잠들려는 순간 또 한 가지 생각에 정신이 맑아졌다. 그의 잠을 몰아낸 건 바로 승과 메이리 두 사람이 모두 이곳에 있다는 사실이었다. 메이리는 승이 자기 위치를 모르게 해달라고 부탁하지 않았던가.

메이리가 여기 온 걸 승에게 알릴까 아니면 비밀로 해야 할까? 장군은 곰곰이 생각하며 승이 깜짝 놀라 기뻐하는 모습을 보는 쪽, 그리고 문을 나서며 자신을 비웃던 메이리를 마음 상하게 하는 쪽, 이 둘 중에 어느 쪽이 더 즐거울지를 저울질했다.

이윽고 그는 생각을 정리했다. '아니다, 지금은 전쟁 중이야. 잠시라도 이 사실을 잊어서는 안 된다. 두 사람이 만나지 않는 쪽이

나아. 의무를 저버린 채 사랑 타령이나 하면 안 되니까. 그런 일이 생기면 다 내 잘못이지.'

 장군은 결정을 내린 뒤 한두 번 크게 하품을 하고는 머리 위에 드리워진 모시 휘장에서 먼지가 날릴 정도로 몸을 흔들었다. 그런 뒤 오늘 하루 동안 벌어진 일들을 떠올리며 욕설 몇 마디를 퍼부은 다음 마침내 잠들었다.

10장
전쟁의 풍경

 메이리는 간호사들 숙소에서 바쁜 시간을 보냈다. 평생 일해야 했던 적이 없는 그녀로서는 할 일이 있다는 게 기쁨이라는 사실을 이제야 깨달아가고 있었다. 또한 그 기쁨의 절반 이상은 다른 생명들을 지휘해야 한다는 것을 느끼는 데서 비롯되고 있었다. 그녀는 다른 사람에게 지시 내리는 것을 좋아했다. 그녀는 이런 자기 성격을 알아서 남몰래 자조의 웃음을 지었고, 이 기쁨 앞에 조금이나마 떳떳하기 위해 항상 시키기만 할 뿐 자신은 손가락 하나 까딱하지 않는다는 불평을 듣지 않으려고 노력했다.

그녀는 꼭 청소를 해야만 몸을 누일 수 있을 만큼 지저분한 방, 또는 짐승이 더럽힌 마당을 발견하면 간호사들에게 "자, 모두 꾸물대지 말고 더러운 걸 깨끗이 치우도록 해요!" 명령했다. 하지만 이렇게 지시하면서도 자신이 늘 앞장섰고, 아침부터 밤까지 무명 제복을 벗지 않았다. 이런 그녀의 곁에는 언제나 판샤오가 있었다. 판샤오는 메이리 곁에 있을 수 있다는 것만으로도 만족했고, 불평 같은 건 늘어놓지 않았다.

판샤오는 상황이 어떻건 항상 어린아이처럼 생각했다. 그녀는 전쟁이 왜 일어났는지도 모르고 거기에 아무 관심도 없었다. 그녀는 고향 집과 부모님을 거의 잊고 있다가 메이리가 이걸 알아채자 이따금 의식적으로 링탄과 링사오, 오빠와 옥 그리고 어린 조카들에 대해 이야기해주었다.

메이리가 자기 가족에 대해서 이야기할 때면 판샤오의 동그랗고 예쁘장한 얼굴에는 환한 미소가 떠올랐다. 그러나 그 미소는 금세 사라지고 판샤오는 이유 모를 심각한 얼굴로 메이리의 이야기에 귀를 기울였다.

"생각나?" 어느 날 판샤오와 함께 연못가에 앉아 허리를 굽힌 채 옷을 빨고 있던 메이리가 말했다.

"고향 집 근처에 연못이 어떻게 생겼었는지 말이야."

"우리 집 근처에 연못이 있었어요?" 판샤오가 어리둥절한 얼굴로 물었다. "저도 봤나요?"

"어쩌면 못 봤을 수도 있겠구나." 메이리가 서둘러 대답했.

"마당에 있는 작은 연못은 생각나지? 금붕어가 살았잖아."

판샤오는 아무 대답도 하지 않은 채, 접어서 돌에 얹은 웃옷을 두들기던 일손을 멈추고 말없이 메이리를 바라보았다.

"마당이랑 갈대를 엮어 만든 발 아래 놓여 있던 탁자는? 그 자리가 여름에 얼마나 시원했는지 기억 안 나?" 메이리가 물었다.

"물론 기억나요." 판샤오가 느릿느릿 답했지만 그 눈에는 고통이 어렸다.

"가족들 얼굴이 생각이 안 나요." 판샤오의 목소리는 침울했.

"셋째 오빠 얼굴은 기억나지만요. 항상 같이 물소를 타고 산에 올라가 풀을 뜯게 했거든요. 하지만 아버지 얼굴은…… 생김새가 잘 기억이 안 나요. 어머니는 강하고 마른 분이셨어요. 그리고 목소리가 컸죠. 하지만 역시 얼굴은 떠오르지 않아요. 그날 밤 집에서 달아나 그 외국 여자 분이 있는 곳으로 피신하기 전에 있었던 일은 전혀 기억이 안 나는 것 같아요."

판샤오는 애써 기억을 떠올리려는 듯 눈에 힘을 주며 먼 곳을 바라보았고, 메이리는 어느 순간부터 판샤오의 기억이 완전히 단절되었음을 알아차렸다.

"기억하려고 애쓰지 마." 메이리가 다정하게 말했다.

"언젠가는 다시 가족들을 만나게 될 테고, 그러면 기억이 되살아날 거야."

판샤오는 갑자기 어린애처럼 천진난만한 웃음을 터뜨리더니 "물론 그럴 거예요." 답하고는 다시 빨래를 두들기기 시작했다. 사방으로 튄 작은 물방울들이 판샤오의 어여쁜 눈썹 위에 매달려 빛났고, 그 뺨에도 눈물처럼 맺혔다.

"하지만 셋째 오빠는…… 승 오빠 말예요, 아주 또렷해요. 오빠는 어렸을 때 성격이 나빠서 모두가 오빠한테 항상 졌죠. 저도 오

전쟁의 풍경　209

빠가 무서웠어요. 하지만 저랑 둘이서 산에 갈 때면 빨간 가시딸기를 찾아줬어요. 그리고 언젠가는 집을 나갈 거라고 말하곤 했어요."

메이리는 푸른 웃옷을 연못물에 휘저어 헹구며 물었다.

"집을 나가서 뭘 한다던?"

"그건 말 안 했는걸요." 판샤오가 소리 내어 웃으며 대답했다.

"제 생각에는 오빠도 뭘 할지 몰랐던 것 같아요…… 뭔가 계획이 있는 척했지만 사실은 아무 생각이 없었던 거죠."

"그래도 괜찮아. 젊은 사람이라면 할 수 있는 일이 딱 하나뿐인 때니까. 우리 땅에서 적군을 완전히 몰아낼 때까지 싸우는 거지."

"맞아요." 판샤오가 쾌활하게 말했지만, 그 표정과 목소리는 그녀가 전쟁에 대해 아무 감정도 아는 바도 없다는 사실을 고스란히 보여주고 있었다.

판샤오는 자신이 증오하고 두려워하는 것으로부터 달아나는 법을 배웠으며, 지금 벌어지고 있는 전쟁이야말로 그녀가 피하고자 하는 것이었다. 그녀는 주변에서 벌어지는 일을 의도적으로 인식하지 않음으로써 전쟁에서 도망쳤다. 판샤오는 메이리가 뭘 시키든지 기쁜 마음으로 받아들이고 쾌활한 얼굴로 바쁘게 움직였다.

요리사를 돕고 설거지와 빨래, 옷 수선을 했고, 아픈 사람이 있으면 누구건 정성을 다해 돌봤다. 오래지 않아 모두가 판샤오를 좋아하게 되었고, 그녀를 보며 즐겁게 웃었다. 하지만 판샤오는 전쟁 이야기만 나오면 잠든 것처럼 멍한 표정으로 상대방의 시선을 피했다.

또 하나 이상한 행동이 더 있었다. 그녀의 방황하는 마음은 더는 옳은 것과 그른 것을 구별하지 못했다. 판샤오는 마음에 드는 작은 물건 같은 게 있으면 마음대로 가졌다. 메이리가 이 사실을 알게 된 건 늘 곁을 지키는 간호사 세 명과 판샤오와 실과 면양말을 비롯해 자잘한 물건들을 사기 위해 외출했을 때였다.

그날 일행은 길가에 있는 작은 상점 앞에서 걸음을 멈추었는데, 딱히 살 생각 없이 머리 장식용 종이꽃을 구경하기 위해서였다. 지금 같은 삶에서 이런 머리장식이 무슨 소용 있을까 싶었지만, 다들 여자였기에 솜씨 좋게 만들어진 장식에 잠시 시선을 빼앗긴 것이다. 꽃 위에는 금빛 철사와 파란 물총새 깃털을 꼬아 만든 나비 여러 마리가 하늘거리고 있었다. 메이리 일행은 감탄 어린 눈으로 머리장식을 마음껏 구경한 뒤 다시 걸음을 옮겼다. 그런데 뒤에서 귀청이 떨어질 것 같은 고함이 들려왔다. 뒤를 돌아보니 상점 안에 있던 여자가 소리를 지르며 뛰어오고 있었다. 곧 여자는 손가락으로 판샤오를 가리켰다.

"무슨 일이죠?" 메이리가 여자에게 물었다. 그러나 자기 나라 말밖에 모르는 여자의 말을 무슨 수로 알아듣는단 말인가? 여자는 판샤오를 거칠게 끌어당기더니 윗도리 단추를 잡아당겼고, 메이리 일행은 판샤오를 보호하기 위해 앞으로 뛰어 나왔다. 순간 판샤오의 단추 하나가 뜯어지면서 안주머니에 꽂혀 있던 머리장식 두 개가 모습을 드러냈다.

"판샤오!" 메이리가 엄한 목소리로 외쳤다.

"돈 내는 걸 못 봤는데 어떻게 된 거지?"

판샤오의 빨간 입술이 떨렸다.

"돈이 없는걸요." 판샤오는 눈을 휘둥그레 뜨며 답했다.

"아무도 저한테 돈을 안 줬어요!"

"그런데 왜 머리장식을 멋대로 가져와서 우리를 창피하게 만들지?" 메이리가 또다시 물었다.

동행한 간호사 세 명 역시 심각한 얼굴이었는데, 장군의 특별 지시 때문이었다. 장군은 피를 나누지 않은 이들이 사는 낯선 도시에 있는 만큼 값을 지불하지 않고 뭔가를 취해서는 절대 안 된다고 대원 모두에게 크게 강조한 차였다. 젊은 과부 치링이 팔을 내밀어 판샤오의 손을 잡았다.

"이걸 왜 가져왔는지 말해봐." 치링이 판샤오를 구슬렸다.

판샤오는 울음을 터뜨리더니 숨을 헐떡거리며 말했다.

"너무 예뻤어요! 저한테는 예쁜 게 아무것도 없는데……. 저한테는 작은 것 하나도 예쁜 거라고는 없어요!"

"이런 시절에 예쁜 걸 바라는 사람이 어디 있니?" 안란이 격한 목소리로 물었다. 하지만 이번에는 셰잉이 모두에게 버럭 소리를 질렀다.

"별것도 아닌데 원한다면 못 가질 이유도 없잖아요? 내가 살게요!"

셰잉은 상점 주인을 향해 돌아섰다.

"이렇게 야박하게 굴다니, 대체 얼마죠?"

셰잉는 주머니에서 동전 몇 개를 꺼내 보였고, 상점 주인은 작은 은전 한 닢을 가리켰다. 셰잉은 사나운 눈으로 상점 주인을 쏘아보며 은전을 건넸다. 뺨이 발그스레한 셰잉은 명랑해 보이는 얼굴과 대조적인 짙고 검은 눈썹을 가지고 있었다. 상점 주인은 셰잉의 매서운 눈빛 앞에서 입을 꾹 다문 채 돌아갔고 판샤오는 작게 흐느껴 울었다. 세잉은 종이꽃을 꺼내 판샤오의 머리에 꽂아주고는 판샤오를 달랬다.

"괜찮아. 이제 네 거야. 정말 예쁘다." 판샤오는 곧바로 손을 올려 머리장식을 만져보더니 울음을 그쳤고, 메이리 일행도 가던 길을 계속 갔다.

메이리는 한바탕 소동이 벌어지는 동안 더는 뭐라 말하지 않았지만 그 뒤로 판샤오를 주의 깊게 살펴보았고, 그녀가 머리빗이나 실 뭉치처럼 자기 것이 아닌 작은 물건들을 가져가는 것을 여러 번 목격했다. 한번은 류마가 만들어준 작은 바느질 주머니가 보이지 않아 판샤오를 찾아가 물은 적도 있었다.

"내 바느질 주머니를 돌려줄래? 윗도리를 꿰매야 하거든."

판샤오는 천진난만한 얼굴로 주저 없이 배낭에서 바느질 주머니를 꺼내더니 메이리에게 건넸고, 메이리는 판샤오가 남의 물건을 가져가는 게 잘못된 행동임을 전혀 모르고 있다는 사실을 깨달았다. 그날 이후로 메이리는 판샤오와 생활하는 모든 이들에게 그녀를 비난하지 말고 불쌍히 여겨야 한다고 당부했다. 그런 뒤 판샤오가 물건을 가져가거든 살며시 제자리에 돌려놓으라고 덧붙였다. 전쟁 중에 몸을 다치는 사람도 있지만, 판샤오는 정신에 상처를 입은 것이다.

판샤오는 아무도 자기를 나무라지 않자 마냥 행복해 했고 지시를 받으면 뭐든 기쁜 마음으로 임했지만, 전쟁에 대한 이야기가 들릴 때면 그 눈이 잠든 것처럼 멍해졌다.

이렇게 사소한 사건들 가운데 시간은 물 흐르듯이 하루하루 흘러갔다. 여자 대원들과 남자 대원들은 멀리 떨어져 지냈으므로 승과 메이리는 단 한 번도 마주치지 않았고, 서로가 어디 있는지도 몰랐다. 그러나 둘 다 각자 위치에서 비록 간절함은 없으나 서로를 생각했다. 전쟁은 혀를 괴롭히는 고추처럼 심장을 아리게 하고 다른 모든 감각을 무디게 만들었다. 신 것도 달콤한 것도 모두 얼얼함 속에 묻혀버렸다. 그리고 승과 메이리는 불과 이삼 킬로미터 떨어진 곳에 서로가 있다는 사실을 알지 못했다.

✢

남자보다는 여자가 기다림을 잘 견디게 마련이다. 하지만 군인들을 괴롭히는 조바심이 이제는 간호사들이 있는 곳에까지 스며들기 시작했다. 청 박사 역시 애타기는 마찬가지였으므로 무료함을 달래기 위해 머물고 있는 도시 안, 멀지 않은 곳에 있는 환자들을 돌보는 일을 시작했다. 아픈 사람이 한둘이 아니었다.

또한 청 박사는 매일 아침 간호사들까지 살피러 왔다. 군인들과 간호사들이 생활하는 공간이 청결하고 건강히 지낼 만한지 점검하는 일은 그의 임무 중 하나였고, 그는 메이리를 대할 때도 이를 임무의 일부로 여겼다. 메이리 역시 혹시라도 아픈 간호사가 생기면 청 박사에게 보고해야 했다. 어느 날 박사가 메이리에게 말했다.

"일이 없어 지루해 죽을 지경입니다. 그런데 가만 보니, 이 도시만 해도 눈 안 좋은 아이들이 수두룩하더군요. 연주창*에 걸린

---

* 림프샘의 결핵성 부종인 갑상샘종이 헐어서 터진 부스럼

사람, 궤양 앓는 거지들도 많고요. 물론 우리 약을 그 사람들한테 쓸 수는 없어요. 전투가 시작되면 부상병 치료에 써야 하니까요. 하지만 약초를 뜯어서 약을 만들 수는 있습니다. 적어도 염증 소독 정도는 해줄 수 있고요."

"좋은 일이네요." 메이리가 대답했다.

그날 이후로 메이리는 매일 아침 서너 시간 동안 문을 열고 환자들을 받았다. 청 박사가 이곳을 찾아 환자들의 병이 무엇인지를 가늠하고 가능한 모든 치료를 해주었다. 대부분의 환자들은 이질이나 말라리아 혹은 안질환이나 종기로 고통받고 있었는데, 이런 질병들은 약을 많이 안 써도 고칠 수 있었다. 다만 이따금 다리를 절단해야 하거나 자루처럼 늘어진 암 덩어리를 달고 온 남자, 자궁이 찢어지거나 분만이 지연되고 있는 여인이 도움을 청하러 오기도 했다. 그럴 때면 박사는 군인들을 위해 가져온 물품을 사용해 이 생명들을 구해주고 싶은 유혹에 휩싸였지만, 신체 일부를 자르려 드는 환자가 없어서 그 유혹에서 벗어날 수 있었다.

"잘라내다니요?" 다리가 썩은 남자가 소리쳤다. "저는 치료를 받으러 온 거지 다리를 없애려고 온 게 아닙니다!"

환자들은 몸뚱이 한 부분이 없는 채로 무덤에 들어갈 수 없다고 생각했다. 그런 몸으로 죽으면 조상님이 어떻게 알아볼 수 있겠냐는 것이다.

메이리는 박사도 전투가 지연되자 몹시 애태우고 있다는 걸 알 수 있었다.

"이건 내 일이 아닙니다." 박사는 짓무른 눈을 소독하고 궤양을 도려내고 나면 날마다 침울한 목소리로 이렇게 말했다.

"이런 일은 집을 떠나지 않고서도 얼마든지 할 수 있어요. 내가 여기에 온 건 전쟁에 뛰어들기 위해서입니다."

"행군을 왜 멈춘 걸까요?" 메이리가 궁금해 하며 물었다.

"정말 왜일까요?" 박사도 되물으며 고개를 내저었다.

파오첸은 누구에게 말을 건네지도, 다른 사람 말을 들으려고도 하지 않은 채 아침부터 밤까지 탁자 하나와 침대 하나가 놓인 작은 방에 앉아 항의 편지를 쓴 뒤 장군과 총통, 미국인 지휘관과 신문사, 도움이 될 만한 모든 이에게 보냈다. 사람들은 침대에 책상다리를 하고 앉아 탁자를 바짝 끌어당긴 채 편지를 쓰는 그를 '글 쓰는 부처'라고 불렀다.

그러던 어느 밤, 메이리가 '찰리'라고 부르는 리쿼판이 그녀를 찾아와서 말했다.

"내일부터 저는 여기에 없을 겁니다. 십칠 일 정도 후에 돌아올 거예요."

"돌아오기 전에 행군이 다시 시작되면요?" 메이리가 물었다.

"그런 일은 없을 겁니다." 찰리의 목소리는 단호했.

"우리는 여기에 눈보라에 갇힌 낙타처럼 발이 묶인 거예요."

두 사람은 함께 트럭에 몸을 싣고 험난한 산을 넘은 날 이후로, 우정이라고 부를 만한 가식 없는 관계를 유지하고 있었다. 찰리는 이삼일에 한 번씩 어슬렁거리며 메이리를 찾아 가까이에 앉아서는 그녀가 계속 일하는 동안 이런저런 이야기를 나누곤 했다.

"어디로 가는데요?" 메이리가 물었다.

찰리는 두 손을 맞잡더니 그 안에 입술을 대고 말했다.

"명령을 받았어요."

메이리는 눈썹을 치켜세웠고, 찰리는 계속 말했다.

"장군께서 지금 기다림에 화가 나셨어요. 어제 대원들 중에 오십 명을 부르시더니 여길 떠나 상황을 정탐하고 오라시더군요."

얼굴이 붉어지는가 싶더니 찰리는 갑자기 영어로 말하기 시작했다. "동생 분을 잘 좀 보살펴주세요."

"동생이라뇨?" 메이리는 어리둥절한 기분이었지만, 순간 찰리의 시선이 판샤오에게 향하는 것을 보았다. 판샤오는 긴 의자에 앉아 바느질을 하고 있었다. 메이리는 살짝 얼굴을 찡그리더니 찰리에게 호통치듯이 외쳤다.

"그래서 온 거군요! 나를 보러 오는 줄 알았더니!"

"감히 간호대장님을 보러올 수는 없죠." 찰리가 태연한 얼굴로 대답했다.

"간호대장님은 지체 높은 집안의 따님이신데, 서민의 아들인 제가 뭐가 잘났다고 그런 분을 상대할 수 있겠어요?"

찰리의 말이 끝나기가 무섭게 메이리는 오른발로 바닥의 흙을 차서 그에게 날린 뒤 앞치마 자락을 휘둘러 그를 때리려고 했다. 찰리는 웃으며 달아났다. 메이리는 찰리가 떠난 뒤 그의 말을 곰곰이 되씹었고, 그도 더는 기다림을 견딜 수 없어서 떠난다는 사실을 깨달았다. 생각에 잠긴 채 우두커니 서 있는 메이리의 눈에 판샤오가 들어왔다. 판샤오는 메이리의 시선을 느꼈는지 속눈썹이 긴 눈을 들더니 얼굴을 붉혔다.

"찰리가 여기 올 때마다 만났어?" 메이리가 판샤오에게 물었다.

"가끔요." 판샤오의 얼굴이 더 붉어졌다.

"아하!" 메이리는 소리 낮추어 외친 뒤 판샤오 앞으로 걸어가 그 양쪽 뺨을 차례로 가볍게 친 뒤 웃었다.

"찰리는 셋째 오빠를 닮은 것 같아요." 판샤오가 변명하듯 속삭였다. 메이리는 웃음을 멈추고 판샤오의 애원하는 듯한 앳된 얼굴을 내려다보았다.

"아니, 안 닮았어, 하나도. 승이 찰리보다 훨씬 잘생겼거든."

메이리가 급히 말을 이었다.

"그래요?" 판샤오가 중얼거렸다.

"그럼 제가 셋째 오빠 얼굴도 잊은 모양이네요." 판샤오는 한숨을 쉬었고, 메이리는 판샤오의 작은 코를 엄지손가락과 집게손가락으로 가볍게 집으며 또다시 웃었다.

✢

그로부터 십칠일 후, 찰리는 영국군 하나가 보초 서고 있는 국경 초소 앞을 조심스럽게 지나고 있었다. 보초병을 속이는 건 식은 죽 먹기였다. 찰리는 지난 십칠일 동안, 옷만 똑같이 입으면 어떤 영국인도 중국인과 버마인, 일본인을 구별할 수 없다는 사실을 알아차렸다. 영국 군인들은 찰리에게 발을 볼 수 있게 신발을 벗으라고 명령하고는, 버마 옷을 입고 있는 그의 엄지발가락과 나머지 발가락 사이가 넓지 않은 걸 확인하고는 통과시켜주었다.

하지만 적군은 이미 발가락 사이가 벌어지지 않게 하는 방법을 찾아 이 결점을 보완한 터였다. 찰리는 이런 식으로 위장한 적군과 네 번 마주쳤고, 그중에 두 명을 사살했다. 그는 어떤 영국군을 만나건 무사히 통과할 수 있을 만큼 훌륭히 위장한 상태였다. 버마인의 피부가 중국인보다 검다는 점을 염두에 두고 살갗에는 검은 칠을 했고, 몸에는 짙은 황색 승복을 걸쳤다. 찰리가 초소 앞을 지나는데 영국인 보초가 그를 멈춰 세우더니 총으로 가슴을 가리켰다.

"가슴에서 손을 떼라! 손에 든 게 뭐지?" 보초가 외쳤다.

찰리는 이곳저곳 옮겨 다니는 동안 구걸에 사용하던 탁발 그릇을 내밀었다.

"타베이트Thabeit입니다." 찰리는 짐짓 미소를 지으며 버마어로 '탁발 그릇'이라고 대답했다.

"이런 거지 같으니, 어서 꺼져." 영국 군인은 이렇게 말하며 찰리를 보내주었다.

찰리는 국경을 넘어 계속 길을 걸으면서 가슴속에 분노가 차오르는 것을 느꼈다. 설령 그가 적군이었더라도 얼마든지 이 국경을 넘을 수 있었으리라. 그 자신들 외에는 아무도 믿으려 들지 않는 이 백인들은 얼마나 어리석은 자들인가! 그들은 너무 무지해서 동맹군과 적도 구별하지 못했다. 찰리는 또다시 나쁜 예감에 사로잡혔다. 과연 이런 동맹군들과 전쟁에서 싸워 이길 수 있을까?

자정이 가까운 시간, 찰리는 골똘히 생각에 잠긴 채 국경과 접한 마을에 들어서서 곧바로 장군의 숙소로 향했다. 장군이 자고 있다면 깨울 작정이었지만, 창밖으로 흘러나오는 불빛과 탁자에 놓인 지도 위로 몸을 숙이고 있는 장군의 모습이 보였다. 또한 그의 젊은 부하 장교인 슝과 파오첸, 야오융과 첸유가 새까만 머리를 동그랗게 맞대고 장군을 둘러싸고 있었다.

전쟁의 풍경 219

"정지!" 문을 지키고 있던 군인이 찰리가 다가오자 소리쳤다.

"나를 막지 말라. 보고할 게 있다." 찰리가 대답했다.

"암호를 대라!"

암호는 날마다 바뀌는데 오늘 암호를 어떻게 안단 말인가? 찰리는 암호를 말하는 대신 목소리를 높여 장군의 이름을 외쳤고, 장군은 소란스러운 소리에 몸소 밖으로 나왔다.

"왜 이렇게 시끄러운가?" 장군이 어둠을 향해 소리쳤다. 순간 불빛이 찰리의 얼굴을 비추었고, 그를 알아본 장군이 들어오라고 말했다.

방 안으로 들어선 찰리가 앞에 서자 장교들은 그 모습에 한바탕 웃음을 터뜨렸다. 손에 탁발 그릇을 들고 있는 찰리는 진짜 젊은 버마 행려승처럼 보였다.

"연극을 보는 것 같군요." 승이 이를 드러내며 활짝 웃었다.

"첩자들이 한 명씩 속속 도착하니 말입니다."

"오십 명 중에서 열여섯 번째로군. 자, 어떤 새 소식이 있는지 말해보게." 장군은 이렇게 명령한 뒤 탁자 뒤에 앉으며 모두에게 앉으라고 말했고, 찰리는 방 안에 모인 이들의 얼굴을 번갈아 바라보며 이야기를 시작했다.

"저는 랑군으로 갔습니다. 전투가 가장 치열하게 벌어지고 있는 곳이니까요."

장군은 고개를 끄덕이더니 담배에 불을 붙였다. 그 매끄러운 피부로 감싸인 얼굴이 딱딱하게 굳고 있었다.

"장군님, 랑군은 백인들이 차지한 도시입니다." 찰리는 목소리는 부드러웠지만 그 눈빛만큼은 매서웠다.

"큰 업무용 건물들이 많은데 모두 백인 소유더군요. 학교도 많았습니다. 하지만 모두가 그 백인들의 대변인 혹은 고용인과 하인이 될 사람들을 위한 것이었습니다."

"계속해라." 장군이 말했다.

"지금 백인들은 그곳에 없습니다." 찰리는 방 안에 모인 사람들을 번갈아 바라보았다.

"다들 도시를 떠나 산 속에서 안전하게 지내고 있죠. 하인들에게 전쟁이 끝날 때까지 삼사 주 정도 그곳에서 기다리겠노라고 말했답니다."

찰리의 목소리는 노래하듯이 부드럽고 조용하게 울려 퍼졌고, 그의 이야기를 들은 젊은 장교들은 큰 소리로 웃었다.

"전쟁이 끝날 때까지 삼사 주 정도 기다린다고!"

첸유가 비웃었다.

"계속해라." 장군이 또다시 말했다.

"랑군에는 금색으로 칠한 큰 신전이 하나 있는데, 그곳에는 부처님의 머리카락 두 올이 모셔져 있습니다. 계단을 오르내리는 순례자들의 발길이 종일 끊이지 않는 곳이지요. 그곳은 계단마저도 신성하기 때문에 순례자들도 신발을 벗습니다. 그런데 지금은 그 신전을 찾는 순례자가 절반으로 줄었다더군요."

"신전 얘기는 그만하지." 장군이 찰리의 말을 막았다. 담배가 벌써 다 타서 장군은 또 한 개비를 꺼내 불을 붙였다.

"항구는 어떤가? 제대로 방어되고 있던가?"

"전혀 그렇지 않았습니다. 방어 시설도 형편없었고 방어 계획조차 제대로 갖춰져 있지 않더군요. 하지만 랑군은 거대한 항구 도시입니다. 벼 베기 철이 되면 미국 뉴욕항에 한 해 드나드는 것보다 많은 수가 인도를 떠나 랑군항을 이용하죠. 따라서 이 지역은 백인들에게 더할 수 없이 중요합니다. 쌀, 기름, 금속, 질 좋은 목재, 티크······.

"도시에도 방어 시설이 없던가?" 장군이 또다시 물었다.

"전혀 없었습니다." 찰리가 대답했다.

"그밖에도 안 좋은 이야기가 많이 들렸습니다. 부두를 따라 철조망이 쳐져 있고, 출구가 있긴 한데 커다란 자물쇠가 채워져 있었습니다. 적군의 상륙을 저지하려고 설치한 방어물이라고 생각했는데 뭔가 이상하더군요. 적군이 바다가 아닌 육로로 쳐들어올 거라는 사실은 영국군도 잘 알 것 아닙니까? 궁금하던 차에 그 철조망이 적군이 아닌 배에서 짐을 실어내리는 막일꾼을 막기 위한 것이라는 이야기를 들었습니다. 백인들은 도시가 폭격 당할 때 이 무지한 짐꾼들이 산속으로 달아나 물건 실어 나를 사람이 없으면 어쩌나 두려웠던 겁니다. 그래서 철조망 설치를 지시했고, 적군이 들이닥치자 출구를 봉쇄한 겁니다. 부두에 있는 짐꾼들이 달아나지 못하도록 말입니다."

"짐꾼들이 죽지는 않았나?" 승이 놀라서 물었다.

"그 사람들 몸도 우리처럼 살과 피로 만들어지지 않았을까요." 찰리가 대답했고, 모두 한동안 말이 없었다.

"계속해라." 장군이 마침내 입을 열었다.

"짐꾼들은 그곳에서 비참한 생활을 하고 있었습니다." 찰리가 느리게 말했다.

"폐질환으로 죽는 건 흔한 일입니다. 랑군에서는 폭탄 파편에 맞아 죽는 사람보다 폐가 썩어 죽는 사람이 더 많다는 이야기를 들었습니다. 하지만 12월에는 단 하루 동안의 폭격으로 천 명이 넘는 사람이 죽기도 했습니다."

"계속해라." 장군이 말했다. "계속해! 이런 판국에 죽어가는 사람 얘기나 해야겠나! 이착륙장에 우리 대원들을 위한 물품이 쌓여 있던가!"

"수백 톤은 될 것 같았습니다. 비행기마다 미국에서 공수된 물품이 가득 실려 있었습니다. 모두 버마로드를 따라 수송할 물품들이었습니다."

장군은 담배 한 개비를 더 꺼내 불을 붙였다. 이번에는 그 오른손이 떨리고 있었다.

"물품이 제대로 전달될 리 없다." 장군이 투덜거렸다.

"모두 잃고 말겠지. 우리가 지난 수개월 동안 그토록 기다렸던 그 값진 물건들을 말이다! 적군은 랑군을 가장 먼저 함락할 것이야. 당연히 그러겠지. 지금 적의 전투기란 전투기는 모두 죽은 소 몸뚱이 위를 맴도는 까마귀 떼처럼 랑군 주위를 돌고 있다. 랑군은 버마의 심장과 같다."

"며칠 뒤면 랑군은 더 이상 존재하지 않을 겁니다." 찰리의 목소리가 낮게 가라앉았다.

"며칠 뒤면 랑군을 잃고 말 겁니다. 그들은 더 버티지 않을 겁니다."

장군이 볼이 움푹 패도록 담배를 빨자 담배가 시뻘건 빛을 발하며 타들어갔다.

"버티지 않을 거라니 무슨 말인가?"

"영국군 말입니다. 그들은 더 버티지 않을 겁니다." 찰리의 목소리가 갑자기 갈라지며 거칠어졌다.

"후퇴할 거예요!"

찰리의 이야기에 귀를 기울이고 있던 젊은 장교들이 신음을 흘리며 욕설을 퍼부었고, 장군은 왼손바닥에 담배를 비벼 껐다.

"내가 말했던 대로군." 장군이 퉁명스럽게 말했다.

"놀랄 일도 아니지. 다들 놀랄 필요 없어."

"이대로 진격은 안 하는 겁니까?" 젊은 장교 중 한 사람인 야오웅이 물었다. 마른 몸집의 그는 고향에 사랑하는 아내와 어린 세 아들을 두고 온 터였다.

"기다려라." 갑자기 탁해진 장군의 목소리에 장교들 모두가 그를 바라보았다.

"영국인은 한 명도 남김없이 도시를 떠났나?" 장군이 찰리에게 물었다.

"몇 명은 남아 있습니다. 부두에 직원들을 데리고 남아 있는 영국인 한 사람이 있다고도 들었습니다. 젊은 부인과 어린 두 아이도 함께 있다더군요. 아마 직원들과 남아 있는 동안 항구에 배가 들어올 때마다 하역 작업을 계속할 겁니다."

"영국인들은 겁쟁이들이던가?" 장군이 물었다.

"아닙니다." 찰리가 느리게 대답했다.

"겁쟁이라기보다는 어리석은 게 아닐까 생각됩니다. 아무 준비도 해놓지 않았으니 말입니다. 그 때문에 결국 사람들을 혼란에 빠뜨렸지요……."

찰리는 두 손을 무릎에 얹고 몸을 앞으로 숙였다.

"적군은 버마어로 방송을 내보내고 있습니다. 영국의 통치로부터 버마인들을 해방시키러 왔다고, 두려워하지 말라고 선전하고 있지요. 그런데 이렇게 사악한 적군에 맞서 영국인들이 뭘 했는지 아십니까? 그들 역시 버마인들을 안심시키려고 방송을 내보냈다고 합니다. 소문에 귀를 기울이지 말라고 말이지요. 그런데 그 방송을 버마 사람들이 알아듣지도 못하는 영어로 했다더군요!"

젊은 장교들은 얼굴을 찌푸리고 침울하게 웃었다.

"영국인들이 어리석은 인간들이 아니라 차라리 겁쟁이였으면 좋겠군요. 겁쟁이는 달아날 뿐이지만 어리석은 자는 남아서 바보짓을 하니까요." 승이 말했다.

장군은 두 손으로 머리를 감싼 채 의자에 앉아 침묵하고 있었다.

"모두 돌아가라." 마침내 장군이 입을 열었다.

"모두 돌아가. 내가 할 일이 뭔지 생각해야겠다. 파오첸, 귀관은 남아서 각하께 편지를 써라. 진행 중이신 일을 재고해달라고 다시 한 번 청해야겠다."

젊은 장교들이 자리에서 일어나 경례를 한 뒤 방에서 나가자 찰리도 그 뒤를 따랐다. 순간 그가 문을 막 나서려는데 장군이 그를 불러 세웠다.

"자네를 잊지 않겠네." 장군의 얼굴은 의미심장했다.

"그렇다면 저를 다시 보내주십시오." 찰리는 쾌활한 목소리로 답하고는 다시 한 번 경례를 붙였다. 그 때문에 누더기가 된 승복 자락이 흔들렸다. 장군이 소리 내서 웃으며 답했다.

"군복으로 갈아입도록. 아무리 자네라도 승려와 군인의 차이를 아는 사람은 속일 수 없을 것이네!"

11장
불안한 행군

장군은 혼란스러웠고, 여러 날 동안 총통에게 자문을 구하지 못한 터라 더 불안했다. 게다가 버마로 가져온 작은 라디오도 수선이 불가능할 정도로 망가져버렸다. 장군은 마침내 파오첸을 불러 지시를 내렸다.

"각하의 마음을 움직일 만한 편지를 써라. 우리에게 내리신 지시가 어떤 건지 깨달으실 수 있도록 말이다. 무선 수신기도 고장 나서 각하의 명령을 들을 방법이 없다고 써라. 나는 두렵지 않다고, 각하께서 명령하시는 곳에서 우리 민족의 이름을 걸고 싸우겠노라고 써라. 하지만 우리 스스로 싸울 수 있는 자유를 달라고, 우리가 도착하기도 전에 후퇴해버리는 동맹군과 함께 싸우는 일만은 피하게 해달라고 써라. 랑군이 이미 운이 다한 뒤에야 진격해야 하는 건지 여쭤라. 우리의 정예 대원들이 밀림에서 백인들이나 구하다가 죽어야 할지, 아니면 스스로의 판단에 따라 싸워야 할지를 결정할 이는 내가 아닌 각하라고도 적어라. 호소력 강한 문장을 사용하면서 내용이 잘 전달되도록 써라.

영국인들은 우리가 쌀을 사도록 허락하지 않을 거라고 써라. 그리고 미군은 어디에 있는지도 여쭤라. 우리는 나무 위로 쫓겨 올라간 원숭이처럼 적군이 원하는 걸 맘대로 손아귀에 넣는 동안 꼼짝도 못하고 앉아 있다고 써라. 육만 명에 달하는 적군이 태국 국경 지대 황무지에서 공격 태세를 갖추고 있다고도 써라. 세상에서 가장 험한 전장인 그 황량한 곳에서, 우리가 조국 땅을 지키기 위해서가 아니라 백인들의 제국을 보호하기 위해 싸워야 하는지도 여쭤라.

또 다른 이만 명의 적군들이 태국과의 국경 건너편에 진을 치고 있다고도 쓰고, 두 무리의 적군 사이에 첨병이 있다고도 적어라. 그곳에는 샨 고원이 우뚝 솟아 있는데, 정상부 높이가 천팔백 미터가 넘고 골짜기에는 밀림이 펼쳐져 있다. 그곳이 바로 우리가 싸워야 할 곳이라고 써라. 첩자들의 보고에 의하면 영국인들이 유전을 그대로 둔 채 떠나고 있다고도 써라. 유전 지대는 전혀 파괴되지 않았고, 파손되었다 해도 그 정도가 미비한 상태고, 몇 달 아니 몇 주 안에 적군의 손에 넘어가게 될 거라고 써라. 그리고……."

파오첸의 펜이 종이 위에서 바쁘게 움직였다. 그의 얼굴에서는 땀이 비 오듯 쏟아지고 있었다.

"최대한 암울하게 써라. 아무리 노력한다 한들 실로 이 암울한 상황을 그대로 전하지는 못할 거다."

장군이 열띤 목소리로 말했다.

"암울하게 쓰고 있습니다." 파오첸이 중얼거렸다.

두 사람은 잠시 말없이 앉아 있었고, 선 굵은 글씨를 써내려가는 파오첸의 외국 산 펜만이 침묵을 깨뜨리고 있었다.

"읽을까요?" 편지를 다 쓰고 난 뒤에 파오첸이 물었다.

"읽어라."

장군은 두 손으로 머리를 감싼 채 들을 준비를 했다. 순간 문이 열리더니 열일곱 번째 첩자가 뛰어 들어왔다. 첩자는 옷이 너덜너덜 찢어져 있고 발에서는 피가 흐르고 있었다. 게다가 왼손까지 다쳤는지 웃옷 소매를 찢어 상처를 감싸고 있었다.

"랑군이……." 첩자가 숨을 헐떡였다.

"랑군이 무너졌습니다!"

장군은 벌떡 일어서며 외쳤다.

"이것도 적어라! 랑군이 무너졌다고! 랑군이 무너진 마당에 우리는 아직도 국경도 못 넘고 있다고 써라!"

장군은 두 다리로 버티고 서서 아랫입술을 깨물었고, 파오첸은 장군이 지시한 내용을 써넣었다. 장군이 편지를 낚아채서는 큰 소리로 부관을 불렀다.

"제가 가겠습니다!" 파오첸이 외쳤다.

"제가 편지를 각하께 전하게 해주십시오! 장군님을 대신해서 편지를 전하고 장군님의 생각도 전하겠습니다."

장군은 잠시 꼼짝 않고 서 있었다. 그는 얼굴이 시뻘겋게 달아올랐고, 분노 가득한 눈 위에서 눈썹이 실룩였다.

"좋다." 장군이 무뚝뚝하게 말했다.

"그럼 소형기를 타고 가라. 귀관이 충분히 다녀올 수 있을 만큼 기다리겠다. 그러나 그 이상으로 기다리지는 않을 것이다. 우리는 무슨 일이 있건 진격한다."

✣

총통은 파오첸이 장군을 대신해서 쓴 편지를 손에서 내려놓았다. 총통은 서둘지 않고 찬찬히 편지를 읽었고, 영부인도 그의 뒤에 서서 함께 읽었다.

오늘밤 영부인은 매우 아름다웠다. 그녀는 밝은 녹황색 비단 드레스를 입고 있었는데, 아주 길게 늘어진 드레스가 날씬한 몸에 꼭 맞도록 재단되어 있었다. 또한 드레스 위에 검은 벨벳 조끼를 걸치고 있었는데, 허리까지 내려오는 짤막한 조끼도 역시 몸에 꼭 맞도록 마름질되어 있었다. 게다가 높이 올라온 옷깃의 초록빛이 그녀의 새하얀 피부와 빨간 입술, 뒤로 빗어 넘긴 부드럽고 까만 머리칼을 더 선명하게 만들었다. 영부인을 본 남자라면 누구나 그랬듯이, 파오첸도 생각할 필요조차 없이 그녀의 아름다움을 인정했다.

총통과 영부인 모두 말이 없었다. 영부인은 내킬 때는 작은 일에도 어린애처럼 수다스럽게 이야기를 늘어놓았지만, 침묵이 나을 때는 침묵을 지킬 줄도 알았다. 영부인은 자리에 앉아 두 손을 맞잡았다. 그 손가락에는 그녀의 일부처럼 보이는 멋진 옥 반지가, 귀에는 작은 옥 귀걸이가 걸려 있었다. 그녀는 커다란 검은 눈동자로 남편의 얼굴을 뚫어질 듯 바라보았다. 바로 그 눈이 영부인의 아름다움을 빛나게 만들고 있었다. 그녀의 눈은 검은자위와 흰자위가 아주 또렷이 구분되어 있는 데다 그 시선 또한 솔직하고 강렬하고 대담해서 영부인을 본 사람은 누구나 나중에 그 눈을 언급하곤 했다.

총통은 고개를 들더니 영부인과 한참 마주보았다. 이윽고 총통이 기다리고 있던 파오첸에게 말했다.

"귀관이 이야기한 걸 내가 모를 거라고는 생각지 말라. 나는 이미 모든 것을 알고 있었다. 하지만 나는 이 전투뿐만 아니라 더 많은 걸 생각해야 했다. 나는 우리의 현재뿐만 아니라 미래를 생각해야 해. 이번 전쟁에서 우리는 여러 참전국들 중에 하나일 뿐이다."

영부인은 총통의 말에 성급하게 손을 들었다.

"우리는 지난 수년간 이번 전쟁에서 다른 나라를 위해 홀로 싸웠어요. 그런데도 계속 홀로 싸워야 하나요?"

총통은 눈빛으로 영부인을 침묵하게 만들었다.

"나는 내가 뭘 하는지 잘 알고 있소."

영부인은 총통의 말이 끝나기가 무섭게 눈을 빛내며 자리에서 일어서더니 당당하면서도 우아한 걸음걸이로 방에서 나갔다. 총통은 그 모습을 말없이 부드러운 시선으로 지켜보다가 그녀의 모습이 시야에서 사라지자 파오첸을 돌아보았다.

"부대로 돌아가라. 내가 직접 가서 상황을 보도록 하겠다."

✥

그로부터 불과 며칠 후, 출격 명령만 애타게 기다리고 있는 대원들의 야영지가 술렁거리기 시작했다.

"총통께서 오셨다는군."

소문이 입에서 귀로 전해지더니 한 시간이 채 안 돼 모든 대원들이 그날 정오 총통 내외와 미국인 지휘관을 태운 비행기가 도시 외곽에 착륙했다는 사실을 알게 되었다. 대원들은 저마다 주어진 것을 최대한 돋보이게 만들려고 애썼다. 제복은 먼지를 털고 총은 반짝반짝 윤을 냈으며, 얼굴과 귀를 씻고 머리를 단정하게 빗었다. 간호사들은 모이기만 하면 영부인 이야기를 했고, 남자들 말처럼 그녀가 정말로 그렇게 아름다운지 궁금해 했다.

"영부인이 그렇게 미인이신가요?" 셰잉이 메이리에게 물었다.

"내가 보기에는 그래." 메이리가 웃으며 대답했다.

"그래도 선생님만큼 예쁘지는 않아요!" 판샤오가 질투 어린 목소리로 외쳤다.

"훨씬 더 예쁘셔." 메이리가 여전히 웃으며 말했다.

"영부인을 한 번 만나본 적이 있어요."

수첸이 자랑하듯 이야기했다.

"오래전에, 그러니까 전쟁이 터지기 전에 우리 학교에 오신 적이 있거든요. 몸을 청결히 하고 떨어진 단추는 꼭 달아 입어야 한다고 말씀하셨어요. 그리고 '신생활'이라는 것도 이야기하셨죠. 정말 미인이셨어요. 그날 부인께서 제 손을 봐주셨던 게 기억나요. 겨울에 흔히 그런 것처럼 그날도 손이 갈라져 있었어요. 그러자 부인께서는 교장선생님께 저에게 외제 크림을 사주라고 말씀하셨죠. 하지만 크림은 사지 못했어요. 너무 비쌌거든요."

오후 중반이 지났을 무렵, 모든 대원들이 사열 준비를 마쳤다. 메이리도 열을 지어 선 간호사들 앞에 꼿꼿하게 서 있었다.

총통 내외가 미국인 지휘관과 함께 대열 앞으로 다가왔고, 마른 체구에 머리가 하얗게 센 미국인 지휘관 옆에 장군의 모습이 보였다. 대원들은 네 사람에게 경례했고 지체 높은 이들이 지나가는 동안 진지한 표정을 거두지 않았다. 영부인이 걸음을 멈추더니 특유의 부드러운 말투로 이야기했다.

"모두들 아름다워 보이는군요. 조국을 위해 헌신할 준비가 되어 있는 지금보다 더 아름다울 수는 없을 겁니다."

그런 뒤 영부인이 메이리에게 물었다. "행복하니?"

"네, 여사님." 메이리가 여전히 차려 자세로 서서 대답했다.

영부인은 여전히 걸음을 떼지 못하더니 가냘픈 손가락 두 개를 메이리의 소매에 얹고 목소리를 낮추어 이야기했다.

"삼십 분 뒤에 나한테 좀 오겠니?"

간호사들은 영부인이 속삭이는 소리를 알아들었다. 그러자 메이리를 좋아하는 이들은 기쁜 마음으로 그녀를 부러워했고 그렇지 않은 사람들은 그녀를 시기했다. 반시간 뒤 메이리는 사령부 처가 된 집으로 향했고, 영부인은 거의 한 시간 동안이나 그녀를 잡아두었다. 총통은 지휘관들과 바쁜 시간을 보내고 있었으므로 영부인은 혼자였고, 덕분에 메이리에게 마음껏 예리한 질문을 던질 수 있었다.

"너한테 내 눈과 귀가 돼달라고 하지 않았니? 그러니 네가 보고 들은 걸 모두 말해다오."

영부인은 메이리의 이야기에 귀를 기울였고, 이따금 날카로운 질문을 던졌다. 그리고 거의 한 시간이 지났을 즈음 두 손을 눈앞으로 내밀더니 한숨을 쉬고 자기 말을 기다리고 있는 메이리에게 이렇게 말했다.

"그만 가서 자거라. 너는 내 충실한 눈과 귀가 돼주었다. 하지만 네가 전해준 소식들은 네가 상상하는 것 이상으로 내 마음을 무겁게 하는구나."

그때 총통이 들어와서는 영부인을 보자마자 급히 외쳤다.

"당신, 몸이 안 좋구려!"

"네, 좀 아픈 것 같아요."

영부인이 답하자 총통은 허리를 굽혀 영부인 곁으로 다가가며 메이리에게 손짓했다.

"어서 가서 의사를 불러주세요."

메이리가 서둘러 방을 나서려는데 영부인이 고집스럽게 말했.

"아뇨, 그냥 집으로 데려다 주세요. 지금 당장 집으로 가요. 즉시 비행기를 준비시키라고 해주세요."

영부인은 자리에서 일어나더니 고통스러운 듯 방 안을 서성였고, 총통은 문을 지키고 있는 보초에게 명령을 내렸다. 그리고 메이리는 사령부를 떠났다.

잠시 후 대원들은 비행기가 머리 위로 날아오르더니 동쪽으로 멀어져가는 소리를 들었다. 총통 내외가 떠나자 메이리도 간호사들을 해산시켰다. 이후 마당은 이야기와 웃음소리, 궁금증과 감탄으로 가득 찼다. 젊고 순진한 간호사들에게 총통 내외는 지도자 이상의 존재였다. 총통 내외를 통해 어쩌면 영원히 경험할 수 없을지도 모를 남녀 간의 꿈같은 사랑을 본 것이다.

심지어 메이리도 그날 밤 잠시 꿈을 꾸었고, 오래 간직해오던 것과 다른 감정으로 승을 떠올렸다. 총통도 젊었을 때는 승처럼 거칠었을까? 메이리는 다시 한 번 총통도 평범한 부모 밑에서 태어난 데다 공부가 짧았고 외국어도 할 줄 모르며 온갖 고생과 힘든 일을 겪은 사람이라는 사실을 생각했다. 게다가 총통이 젊은 시절 얼마나 짓궂었는지를 말해주는 소문들도 숱했다. 그 역시 처음부터 근엄하고 지체 높은 사람은 아니었던 셈이다.

메이리는 한숨을 쉬며 지금쯤 승은 어디에 있을까 생각했고, 침대에서 일어나 창가로 걸어간 뒤 지붕들 사이로 보이는 별 가득한 하늘 한 조각을 바라보았다. 머리가 아닌 가슴으로 승을 떠올리자 갑자기 그가 아주 가깝게 느껴졌다.

그다지 멀지 않은 곳에서 승은 병사 바닥에 짚자리를 깔고 똑바로 누워 있었다. 이 순간 그는 줄지어 누운 군인들 중에 하나일 뿐이었다. 감긴 눈꺼풀 안에서 메이리의 얼굴이 떠올랐다. 총통 내외가 지나가는 동안 승도 입을 다물고 대원들 앞에 서 있었다. 영부인은 걸음을 옮기며 깊은 시선으로 승을 바라보았고, 그 시선이 승을 깨어나게 했다. 그 시선을 통해 메이리를 떠올린 것이다.

그러나 승은 뒤척이지 않았다. 애태우며 잠 못 이룰 이유가 뭐가 있는가? 메이리를 다시 볼 수 없을지도 몰랐다.

사열이 끝난 뒤 총통은 젊은 장교들을 불러 모았다.

"내일 귀관들은 대원들을 이끌고 국경을 넘게 될 것이다." 총통이 말했다. "우리는 더 기다리지 않을 것이다."

그때 총통의 깊은 눈이 승을 발견했다.

"키 큰 자네, 오랜만이군." 총통의 목소리는 다정했다.

"얼굴은 물론이고 자네 이름과 고향도 기억하고 있지. 가장 우수한 군인 중에 하나라서 자네를 이곳으로 보낸 걸세. 어려운 임무가 있을 때는 자네에게 맡기라고 장군에게 말해두었네."

총통의 말에 승은 깃발이 세워지는 것처럼 자부심이 솟구치는 것을 느꼈다.

"어떤 임무든 성실히 수행하겠습니다." 승이 대답했다.

✤

메이리는 젊은 간호사들을 이끌고 국경을 넘었다. '우리는 이국 땅에 있다.'고 생각하자 뼈와 골수에 두려움이 스며드는 것 같았다. 이곳에서 그녀가 이끄는 간호사들에게 무슨 일이 생길지 누가 안단 말인가?

구름 한 점 없이 화창한 아침이었다. 이 지역 길들은 차로 달리기에는 너무 좁고 구불구불해서 다들 걸어서 이동하는 중이었다. 간호사들 앞으로는 무기와 식량을 지고 가는 짐꾼들이 보였고, 그들 앞에서는 군인들이 행군하고 있었다. 메이리는 푸른 군복을 입은 군인들이 촘촘히 열을 지어 몸뚱이 긴 거대한 짐승처럼 구불구불 걸어가는 모습을 볼 수 있었다.

불안한 행군

메이리와 젊은 간호사들도 군인들과 같은 제복을 입었고, 장군도 같은 차림이었다. 중국을 상징하는 흰 별이 그려진 파란 에나멜 배지를 제외하면 그와 군인들은 조금도 다르지 않았다. 또한 그들 뒤로 시야 안에서 길게 늘어선 더 많은 군인들이 구불구불한 길을 따라 걷고 있었다.

메이리는 간호사들을 바라보며 웃음을 지었다. 그을린 피부와 맑은 눈의 간호사들은 아침 햇살 아래 기운차고 강인해 보였다. 이제 더는 립스틱을 칠하거나 볼연지를 찍어 바르는 사람도 없었다. 다들 화장 따위는 잊어버린 터였다. 메이리 역시 외국 산 립스틱과 분에는 손끝도 대지 않고 다른 간호사들과 마찬가지로 따뜻한 물과 비누로 세수를 했다. 치장이라고는 밤 무렵 바람에 갈라진 뺨과 손에 이따금 양 기름 조각을 문지르는 게 전부였다. 그럼에도 메이리는 그 어느 때보다 기운이 솟는 걸 느끼고 생기가 넘쳤다.

또한 그녀는 그 사실을 잘 알고 있었다. 심지어 안란조차도 얼굴에 핏기가 돌기 시작했다. 가냘픈 몸매의 안란은 여전히 웃지 않지만 눈에 가득하던 고뇌는 더 이상 찾아볼 수 없었다.

안란은 메이리와 눈이 마주치자 진지하게 말했다. "우리 대원들이 다른 나라 땅을 밟고 걷는 건 이번이 처음이네요."

"정말 그렇네." 메이리가 놀란 얼굴로 답하고는 갑자기 심각해졌다. 중국의 남녀들이 싸움을 위해 조국 땅을 떠난 건 정말로 이번이 처음이었다. 메이리는 생각에 잠긴 채 계속 걸음을 옮겼다. 그들 뒤에는 중국이 있었고, 그들 주변과 앞은 버마 땅이었다.

메이리는 고개를 들어 초록빛 산을 바라보았다. 만일 칼로 이곳을 자르면 버마는 위쪽과 아래쪽으로 나뉠 것이다. 오른쪽 지형은 눈으로 봐도 왼쪽보다 울퉁불퉁한 오르막이었다. 또한 북쪽으로 보이는 들쑥날쑥한 언덕도 어느새 높은 산으로 이어지고 있었다.

그러나 버마 남쪽으로는 바다를 향해 평평한 땅이 펼쳐져 있었다. 수백 년간 인간의 발이 디디기 편한 곳을 찾으며 생겨난 길은 때로는 갈고리 모양으로, 때로는 반으로 접어 겹쳐놓은 듯 터무니없을 정도로 급격하게 휘어졌다. 버마는 비옥한 땅이었다. 지금도 초록빛을 띠고 있는 논에서는 농부들이 허리를 굽힌 채 일을 하고 있었다. 사방을 에워싼 초록빛 위로 이따금 등불처럼 노란빛을 띤 승복이 보였다.

이곳에는 승려들, 특히 젊은 승려들이 많은데 이들을 포함해 메이리의 눈에 보이는 사람들은 모두 당장이라도 웃을 것처럼 쾌활한 얼굴이었다. 이들은 대원들이 지나갈 때면 고개를 들고 구경했다. 농부들은 일손을 멈추고 대원들로부터 눈을 떼지 못했고, 아이들은 손가락을 빨았다. 기둥 위에 집을 지은 마을을 지날 때도 그랬다. 주민들 모두가 걸음을 멈추고 행렬을 지켜보았다. 점심때가 다가오자 대원들은 음식을 챙겨온 터라 마을을 벗어난 곳에서 행군을 멈추었다.

장군은 버마 사람들로부터 달걀 한 알도 빼앗지 말라고 모든 대원들에게 명령해둔 차였다. 음식이 필요하면 돈을 지불하고 그들 것이 아닌 물건에 손을 대지 말라는 것이다. 또한 버마 사람들이 선물로 뭔가를 줘도 사양해야 했다. 장군이 말했다.

"귀관들은 모범적인 모습을 보임으로써 조국을 명예롭게 해야 한다. 그렇지 않을 시에는 조상님들께 누가 된다는 것을 기억하라."

이 같은 당부 때문에 대원들은 점심때를 맞이해 잠시 행군을 멈추라는 지시가 내려오자 사방이 탁 트인 길가에 앉아 배급 받은 볶음밥을 먹고 물병에 담아둔 연한 차를 마셨다.

햇볕은 뜨거웠고, 길에는 흙먼지가 쌓여 있었다. 대원들이 앉은 자리 앞으로, 어린아이 한 무리가 들판을 가로질러 뛰어 오더니 스무 발자국 정도 앞에서 멈춰 섰다. 아이들은 뚫어질 듯이 대원들을 바라보았다. 그리고 메이리가 밥 한 줌을 내밀자 뒷걸음질을 치면서 달아났다.

"너무 귀엽네요." 치링이 한숨을 쉬었다.

"저한테도 어린 아들이 있었어요······."

치링은 자리에서 일어나 허리띠를 조이더니 아이들을 등진 채로 섰다. 그러나 뭐라고 말하거나 그 이야기에 대꾸하는 사람이 없었다. 이런 시절에는 누구도 서로에게 질문 같은 걸 던지지 않았다. 가슴 깊이 사랑하는 이를 잃어보지 않은 사람이 누가 있단 말인가?

행군을 계속하라는 명령이 떨어지자 다들 일어서서 좌우로 몸을 흔들며 성큼성큼 걸었다. 이들은 이렇게 해서 하루에 삼십 킬로미터를, 사십 킬로미터를, 때로는 오십 킬로미터를 이동했다. 오후가 다 지나가서 시탕 강Sittang River 남쪽으로 행군하는 대원들의 눈앞에서 해가 저물었다. 그들은 동맹군이 적군을 피해 철수했다는 걸 알고 있었고, 동맹군 좌측에 합류해 공격을 감행해야 한다는 사실도 알고 있었다.

공격을 감행한다! 그들은 만나기로 한 약속이나 잔치 혹은 소풍 이야기를 하는 것처럼 적과의 교전에 대해 대수롭지 않게 말하곤 했다. 하지만 메이리는 앞으로 맞닥뜨릴 시간이 몹시 두려웠고 남몰래 그 두려움을 감추었다.

타국 땅에서 맞이하는 첫날 밤, 대원들은 깊은 불안감에 사로잡혔다. 그들은 해질 무렵 나지막한 산 사이를 따라 이어진 얕은 골짜기에 야영지를 마련한 터였다. 모두가 지쳐 있었지만 다들 잠을 이루지 못했다. 위에 펼쳐진 하늘은 한 시간 동안 동쪽과 서쪽 모두에서 진줏빛과 분홍빛을 띠더니 보랏빛으로 물들었다. 그들을 에워싼 마을에서 새어나오는 불빛들이 반딧불처럼 작게 깜박였다. 메이리와 간호사들은 담요를 활짝 펴서 깐 자리에 한데 모이긴 했지만 잘 생각은 없는 듯했다.

군인들을 엄습한 불안감이 간호사들에게도 손을 뻗친 터라 다들 말없이 앉아 있었다. 다리를 웅크리고 그 위에 팔을 포개 얹어 엎드린 사람이 있는가 하면, 서 있거나 이리저리 서성대는 사람도 있었다. 주위를 왔다 갔다 하던 이들이 앉아 있던 간호사들에게 발이 걸려 비틀거리기도 했다. 밤공기 속에서 모기가 윙윙거렸고, 이따금 찰싹 소리와 함께 욕설이 들려왔다.

'다들 왜 이렇게 불안해 하는 걸까?' 메이리는 마음속으로 생각했다. 잠든 사람은 판샤오 하나였다. 판샤오는 담요를 들고 와서 메이리 곁에 펼치더니 모기에 물리지 않으려고 머리끝부터 발끝까지 담요를 몸을 돌돌 말고 누웠다. 어린아이처럼 깊고 고른 판샤오의 숨소리가 메이리의 귓가에 들려왔다.

그때 누군가 작은 소리로 메이리의 이름을 불렀다. 메이리의 곁에 있던 간호사들이 여자들의 야영지 밖에 서 있는 사람을 가리켰다. 메이리는 자리에서 일어나 이름을 부른 남자 앞으로 걸어갔다.

파오첸이었다.

"장군님이 보내셔서 왔습니다." 파오첸이 속삭였다. "잠시 나와서 병사들의 사기를 북돋아줄 수 없을지 물어보라고 하셨습니다. 노래 같은 걸로 말입니다. 아니면 이야기를 들려준다든지 짤막한 연극은 어떨까요? 병사들이 불안해 하고 있습니다. 이곳 공기에 이상한 망령이 우글댄다면서 말입니다." 메이리는 예기치 못했던 명령 앞에서 잠시 생각할 시간이 필요했다.

"네, 할 수 있습니다. 수첸은 외국 노래를 몇 곡 부를 줄 알고, 셰잉은 칼춤을 아주 잘 추죠. 그리고…… 잠깐 생각 좀 해볼게요. 삼십 분만 달라고 장군님께 전해주세요."

파오첸은 고개를 끄덕인 뒤 돌아갔다. 메이리는 야영지 한가운데로 갔고, 간호사들이 그녀의 이야기에 집중할 수 있도록 손뼉을 친 뒤 장군의 명령을 전했다. 그녀의 맑고 또렷한 목소리가 남자 목소리보다 기운차게 어스름을 갈랐다.

"뭐든지 좋으니, 특별히 뭔가를 잘하는 사람 있어요? 부끄러워하지 맙시다! 병사들을 생각해보세요. 피로를 잊고 잠들 수 있도록 저들을 웃게 해줘야 해요. 어서 앞으로 나오세요. 이 또한 조국을 위한 일입니다."

얼마 안 가 간호사들도 병사들처럼 웃음을 갈망하고 있었던 것처럼 키득거리면서 재잘대기 시작했다. 메이리의 입가에도 미소가 떠올랐다. 이 소녀들은, 이 여인들은 정말 너무 어렸다! 전쟁이 아니었다면 대부분 학교나 집에 있었을 것이다. 그럼에도 이들은 지금 군대의 일원이 되어 조국이 만난 적들 중에 가장 잔인한 상대와 싸우기 위해 여기 있는 것이다!

메이리는 눈물을 보이는 것을 무엇보다 싫어했지만 간호사들의 웃음소리를 듣자 갑자기 목이 메었다. 미소 짓는 그녀의 입술이 떨리고 있었다. "자, 어서요!" 메이리가 외쳤다.

"밤새도록 기다려야 하나요?" 간호사들이 하나둘 앞으로 나왔다.

"외국 노래를 조금 알아요." 수첸이 말했다.

"저는 칼춤을 출 수 있어요." 셰잉이 뒤이어 말했다.

"곡예사들처럼 재주를 부릴 수 있어요. 오빠한테 배웠거든요." 안란도 선뜻 나섰다.

"저는 재미있는 이야기를 할게요." 치링이 말했다.

이렇게 스무 명 가량이 재주를 펼쳐 보이겠다고 나섰고, 메이리는 이들을 이끌고 군인들이 있는 곳으로 갔다. 군인들은 간호사들을 맞이하기 위해 이미 가운데에 동그란 공간을 남겨둔 채 모여 있었다. 메이리 일행을 기다리고 있던 파오첸이 간호사들이 다가오는 것을 보자 박수를 치기 시작했다. 군인들도 작은 소리로 잠시 동안 박수를 쳤다.

휘영한 달빛 아래 파오첸은 미리 준비한 글을 읽기라도 한 것처럼 달변을 토했다.

"오늘 우리는 고향 집과 조국 땅을 멀리 떠나 있습니다. 우리 선조들 중에 누구도 지금 우리가 수행하고 있는 이 일을 해본 적 없습니다. 우리는 타민족의 땅에서 전투에 임하게 될 것입니다. 이 모든 상황이 우리에게는 낯설기만 합니다. 그 때문에 지금 우리는 불안감을 느끼고 이 일이 옳은지 아닌지 확신하지 못하는 것입니다. 하지만 안심해도 좋습니다. 우리는 총통 각하의 명령으로 이곳에 왔으며, 각하의 명령에 복종해야 합니다. 우리가 이곳에서 맞서야 할 적은 심지어 오늘도 우리 조국 땅에 폭탄을 떨어뜨리고 있는 바로 그자들입니다. 놈들은 오늘도 수백, 아니 수천에 달하는 목숨을 앗아갔습니다. 우리는 지금 이국 땅에 있지만 우리가 원하는 것은 이 땅이 아닙니다. 적을 무찌르고 난 뒤 우리는 조국 땅으로 돌아갈 것이며, 조국을 떠날 때 가져오지 않은 것은 무엇 하나 가져가지 않을 것입니다. 따라서 우리가 옳은 일을 하고 있다는 사실을 믿어도 좋습니다.

우리가 모든 걱정을 떨쳐버리고 잠을 청할 수 있도록 우리 자매들이 한두 시간 동안 노래와 이야기를 들려주고 장기를 보여줄 것입니다. 이름은 중요하지 않습니다. 모두가 우리의 자매라는 것만으로도 충분합니다."

파오첸은 이렇게 이야기를 끝맺고는 고개를 숙여 인사한 뒤 옆으로 물러났다. 뒤이어 메이리가 앞으로 나와 간호사들이 선보일 무대를 짤막하게 소개했다. 그녀 역시 간호사들의 이름은 물론, 자신의 이름도 말하지 않았다. 이름이 무슨 상관이겠는가. 메이리는 환한 달빛 아래에서 수많은 군인들의 얼굴을 보았다. 이들 역시 이름 같은 건 갖고 있지 않았다.

"한 명은 노래를, 또 몇몇은 이야기를 들려드릴 겁니다." 메이리가 말했다.

"그리고 여섯 명이 함께 짤막한 연극을 보여드릴 겁니다. 이 여섯 명은 조국을 떠나기 전에 이곳저곳 이동하면서 마을 사람들 앞에서 자주 연극 공연을 했습니다. 지금 벌어지고 있는 전쟁에 대해 이야기하고, 이곳에서건 조국 땅에서건 모두가 힘을 합쳐 싸워야 하는 이유를 알리기 위해서였습니다."

메이리가 이야기를 시작할 때였다. 뒤쪽 멀리에 앉아 있던 승은 깜짝 놀라 자리에서 일어섰다. 서로 다른 두 사람의 목소리가 이토록 같을 수 있을까? 승은 스스로에게 물었다. 그런 뒤 꼼짝 않고 서서 귀를 기울였지만 그녀가 하는 말을 모두 알아들을 수는 없었다. 거리가 너무 먼 데다 귓가에서 모기가 요란스럽게 윙윙댔기 때문이다.

달빛 아래 어떻게 그 얼굴을 볼 수 있을까? 메이리도 군복을 입고 있어서 승이 있는 곳에서는 남자처럼 보였다. 산들바람이 메이리의 짧은 머리를 뒤로 넘기면서 얼굴을 보여주었지만 승은 그 이목구비 중 어느 하나도 또렷이 볼 수 없었다.

그는 다시 자리에 앉았다. 그녀일 리 없었다. 머나먼 쿤밍의 작은 집에 두고 온 그녀가 저 앞에 있을 리 만무했다.

승은 마지막으로 본 그녀의 모습을 떠올렸다. 그때 그가 본 건 메이리의 얼굴이 아닌 옥반지를 낀 손이었다. 그녀는 장군의 방에서 나온 터였다. 그때 보초병이 장군과의 면담을 기다리고 있던 승과 젊은 지휘관들에게 상스러운 말을 하지 않았던가.

"아직 한참 기다리셔야 할 겁니다." 보초병은 히죽히죽 웃었.

"미인 하나가 장군님 방에 있거든요."

마침내 장군의 방에서 나온 여자가 메이리라니! 승은 그 이튿날 새벽 부하들을 이끌고 버마를 향해 출발했고, 사실을 묻기 위해 메이리를 찾지도 않았다. 이제 곧 전쟁터로 떠날 남자는 여자에게 무엇도 물어봐서는 안 됐다.

군인들 앞에 선 여인이 말을 멈추더니 외국 노래를 부르기 시작했다. 그 목소리는 높고도 감미로웠다. 승은 이따금 도시에서 무선 라디오를 통해 흘러나오는 것들 말고는 외국 음악을 들어본 적이 없었다. 승은 곁에 앉은 찰리가 외국 문물에 밝다는 걸 알아서 그를 향해 몸을 기울였다.

"무슨 노래를 부르는 거지?" 승이 물었다.

"학교에서 배운 노래군요." 찰리는 이렇게 답한 뒤 잠시 후 노랫말을 번역해주었다.

"오직 그대의 눈으로 나를 취하게 하오."

"오직 그대의 눈으로 나를 취하게 하오……?"

승이 깜짝 놀란 얼굴로 찰리의 말을 따라했다.

"그게 무슨 뜻이지?"

"여인의 눈이 남자의 눈을 들여다볼 때는 남자한테 술이 필요 없다는 뜻입니다."

승은 더는 아무 말도 않고 낯선 노랫말과 맑고 높은 목소리에 귀를 기울였다. 노랫가락이 가슴을 아프게 하고 몸속으로 파고들어 그를 전율하게 했다. '그래, 사실이야.' 승은 메이리를 떠올리며 생각했다. '메이리의 눈을 들여다볼 때면 술을 마신 것 같았어. 온몸이 뜨거워지는 것 같았지.'

군인들 앞에 선 여인이 노래를 마치자 승은 자리에서 일어섰다.

"어디 가십니까?" 찰리가 물었다.

"할 일이 있어." 승은 짤막하게 답한 뒤 군인들 사이를 헤치며 걸었다. 군인들은 바닥에 앉거나 누워서 노래를 듣고 있었다. 이윽고 군인들 사이에서 빠져나온 승은 작은 나무 아래로 향한 뒤, 지니고 있던 담요를 꺼내 머리끝부터 발끝까지 돌돌 말고 누웠다. 그는 가슴속에 차오르는 외로움을 억누르며 무감각해지려고 애썼다.

12장
동맹이라는 족쇄

승은 누군가 그의 몸 위로 넘어지는 바람에 잠에서 깨어났다. 그런데 미처 일어나기도 전에 연달아 다시 두 사람이 그의 몸 위로 넘어졌다. 승은 고함을 지르며 일어나서 앉았다.

"어떤 멍청이야!"

승이 호통을 치며 팔을 쭉 뻗어 다리 하나를 움켜잡자 누군가가 또 그의 위로 넘어졌다. 두 사람은 잠시 몸싸움을 하다가 비틀거리면서 일어섰다.

"빌어먹을!" 남자가 욕설을 퍼붓더니 이글거리는 눈으로 승을 마주보았다.

"장교셨군요!" 남자가 승의 견장을 보더니 소리쳤.

"그런데 당장 진군하라는 명령이 떨어진 마당에 잠이 웬일입니까! 동맹군이 함정에 빠졌답니다! 부하들은 어디 있죠?"

승은 입을 딱 벌린 채 두 손으로 얼굴을 문지르고는 말없이 두 팔꿈치를 앞으로 내밀어 자신의 몸을 파성퇴*처럼 만든 뒤 질주하는 군인들 사이를 헤치며 쏜살같이 나아갔다.

얼마나 잔 거지? 한 시간을 안 넘겼다는 건 틀림없었다. 하늘에는 별들이 반짝였고, 골짜기에는 밤의 고요가 자욱하게 깔려 있었다. 노랫소리가 여전히 귓가에 울려 퍼지는 기분이었다.

'나는 정말 멍청하군!' 승은 수치심에 사로잡혔다. '어떻게 잠들 수 있단 말인가?'

승은 부하 중 한 명을 발견하고 그의 곁으로 다가갔다.

"이봐, 작은 게!" 승이 소리쳤다. 사람들이 그를 '작은 게'라고 부르는 데는 이유가 있었다. 그는 형제 중에 동생이었는데 전쟁터에서 부상을 당해 왼쪽 다리가 짧아져서 걸을 때면 마치 옆으로 걷는 것처럼 보였다.

"왜 이렇게 야단법석이지?" 승이 작은 게를 옆으로 끌어당기며 물었고, 무리에서 빠져나온 둘은 길을 빙 둘러 막사로 향했다. 에둘러가는 길이었지만 군인들의 무리에서 벗어난 덕에 더 빨리 도착할 수 있었다.

"제가 어떻게 알겠습니까?" 작은 게가 대답했다.

---

* 과거 성문이나 성벽을 두들겨 부수는 데 쓰던 나무 기둥처럼 생긴 무기

"저는 일개 군인에 불과하니 저한테 뭘 설명해주는 사람이 있겠습니까? 막 간호사들이 한 여학생이 어떻게 체포되었고 발각 전까지 어떻게 입속에 독을 발라 그걸로 적군 여섯을 죽였는지를 연극으로 보여주고 있었어요. 한창 재미있게 보고 있는데 장군님 전령이 뛰어 들어오더니 한 시간 내로 진군해야 한다는 겁니다. 영국군이 강 건너 남쪽에서 함정에 빠졌다는군요. 선발부대와 후발부대, 탱크 부대가 뒤엉킨 채 포위된 상태로 사악한 난쟁이 놈들한테 사방에서 공격 받고 있답니다. 게다가 영국군은 식량과 물이 바닥난 상태라는군요. 우리가 제때 도착하지 못하면 영국군 모두가 개죽음을 당하고 말 겁니다."

승은 대답 대신 작은 게를 절뚝거리며 걷도록 내버려둔 채 달리기 시작했다. 그리고 몇 분 안 되어 장군이 있는 사령부에 도착했다. 다른 지휘관들은 이미 모여서 기다리고 있었다. 장군은 마음속에 의심을 품고 있을지언정 얼굴에는 한 점의 의혹도 드러내지 않은 채, 책상 뒤에 서서 손에 든 서류를 읽으며 낮고 날카로운 목소리로 명령을 내렸다.

"파오첸, 귀관은 부대원을 이끌고 중앙을 맡아라. 야오융과 첸유, 귀관들은 좌익과 우익을 맡도록."

장군은 고개를 들어 방 안을 둘러보다가 승의 모습을 발견했다. 순간 그의 눈에 웃음기가 스쳐 지나갔다.

"승, 귀관은 가시덤불 속에서 자다가 온 것 같군." 장군은 역시 변함없는 목소리로 말했다.

승은 두 손을 머리로 가져갔다. 허둥대는 바람에 자던 곳에 장교 모자를 두고 왔는지 머리에 들러붙은 마른 대나무 잎이 손에 닿았다. 승은 급히 손가락으로 머리를 빗어 마른 잎을 떨어냈다. 그의 얼굴이 시뻘겋게 달아올랐다.

"저는 물소처럼 우둔한 놈입니다." 승이 중얼거렸다.

"주위가 조용하기만 하면 곯아떨어지니 말입니다."

"앞으로 한동안은 조용한 날이 없을 거다." 장군이 어두운 얼굴로 말했다.

"귀관은 선두를 맡아라. 부하들을 이끌고 당장 출발해야 한다. 남쪽으로 앞장서 가다가 서쪽으로 방향을 바꿔라. 첫 번째 강을 만나면 너머로 건널 수 있을 만한 수심 얕은 곳에서 곧바로 건너야 한다. 교량이 아직 남아 있을지 불확실하기 때문이다. 현재 전달받은 상황에 의하면 영국군이 적에게 완전히 포위돼 있다."

"장군님 명령에 기꺼이 따르겠습니다."

승은 이렇게 대답하며 경례했고, 여전히 머리칼이 곤두선 상태로 돌아서서 재빨리 방에서 걸어 나갔다. 그리고 문을 나서는 순간부터 내달리기 시작하다가 급히 장군을 만나러 온 청 박사를 쓰러뜨릴 뻔했다. 박사의 얼굴은 그의 손에서 바르르 떨리고 있는 서류 다발만큼 창백했다.

"장군님이 여기 계십니까?" 박사가 곁을 스쳐 달려가는 승에게 소리쳐 물었다.

"그럼 여기 말고 어디 계시겠습니까?" 승이 고개를 돌려 어깨 너머로 외쳤다. 어둠 속에서 여자 하나가 빠르고 가벼운 걸음걸이로 박사를 뒤따라 걷고 있었지만 승은 그녀를 보기 위해 돌아서지 않았다.

그 여인은 메이리였다. 메이리는 승의 목소리를 듣자 걸음을 멈춘 뒤, 급히 달려가는 젊은 남자의 모습을 뚫어질 듯 바라보았다. 장군의 방문 위에 등 하나가 매달려 흔들리고 있었지만 그 깜박이는 빛은 승이 있는 곳까지 닿지 못했다. 박사가 문 앞에서 고개를 돌리더니 메이리를 향해 소리쳤다.

"꾸물대지 말아요! 시간이 없습니다! 확실한 명령을 받기 전에는 출발할 수 없어요."

메이리는 혹시나 하는 마음을 접어버렸다. 정말 시간이 없었기 때문이다. 게다가 놀랄 이유도 없었다. 대원들 중에 우렁찬 목소리를 가진 남자가 한둘인가? 그런데 왜 이 순간 승을 떠올린 거지?

"네, 지금 가요." 메이리는 힘차게 대답한 뒤 장군의 방으로 들어갔다.

✣

진군은 자정이 되기도 전에 시작되었다. 너무 늦기 전에 영국군을 구할 수 있을지가 중요했다. 대원들은 가슴속에 품었던 적의를 잊고 오로지 조국의 영광만을 생각하며, 줄곧 그들 앞에서 왕이나 주인처럼 행동하던 자들을 구하러 가고 있었다.

"영국군도 이번만큼은 우리의 도움을 기다리고 있다."

장군이 무뚝뚝하게 말했지만 그 눈에는 경멸에 찬 자부심이 이글거리고, 그 목소리에는 냉혹함이 배어 있었다.

"그들은 지금까지 우리를 쓸모없다고 여겨왔다. 하지만 동쪽 바다 난쟁이들에게 완전히 포위된 지금, 우리를 필요로 하고 있다.

그들에게 우리의 진가를 보여주도록 하자!"

모든 대원들은 이 기치 아래 주어진 의무를 다했고, 그렇게 행군이 다시 시작되었다. 이 여정은 하루나 이틀 혹은 사흘 만에 끝날 법한 것이 아니었다. 지형 자체가 장애물이었고, 영국인들이 통치 기간 동안 넓은 길은 거의 닦아놓지 않은 터라 오래된 좁은 시골길을 따라갈 수밖에 없었다. 마른 진흙과 긴 세월에 부서진 자갈로 거칠어진 길 위에는 농부들의 투박한 수레가 남긴 바퀴 자국이 남아 있었다. 대원들은 그나마 이 길도 사라지고 이따금 좁은 오솔길이 나타날 때면 한 줄로 서서 걸었으며, 아예 길이라고는 없는 밀림과도 두 번 맞닥뜨렸다.

뱀이나 거머리처럼 끔찍한 생물이 득실거리는 밀림을 지났을 때는 환한 대낮이었으며, 따라서 발밑으로 기어가는 생물들을 지켜보는 것만으로는 충분치 않았다. 구름 뒤에 숨었다가 나타난 적기가 없는지 하늘도 함께 지켜봐야 했다. 적군은 포위된 영국군을 돕기 위해 이동 중인 지원군을 찾아내려고 수시로 정찰기를 보내고 있었다.

대원들은 이제 다들 녹색 상의를 입고 머리에는 나뭇가지를 감았다. 땅과 같은 색깔로 위장해 하늘에서 쉽게 찾아내지 못하게 하기 위해서였다. 메이리도 함께 걷고 있는 간호사들에게 머리에 나뭇가지를 감으라고 지시한 뒤, 이들을 바라보며 참으로 예쁘다고 생각했다. 아직 어린 간호사들은 죽음을 피하기 위해 위장을 하는 순간에조차 서로 마주보고 웃으며 장난을 치고 있었다. 나뭇가지를 구부려 만든 동료의 초록빛 관을 더 우아하게 매만져주려고 허리를 굽히는가 하면, 어떤 잎을 고를지 세심하게 살피는 사람도 있었다. 판샤오는 밀림 넝쿨에서 피는 주홍색 꽃을 발견하고는 그 꽃을 엮어 화관을 만들었다. 화관을 쓴 판샤오의 동그랗고 쾌활한 얼굴이 모두의 시선을 끌었다. 동료들은 그녀를 보며 미소를 지었다.

승은 대원들을 뒤로 한 채 선두에 있었다. 또한 메이리와 그녀가 이끄는 간호사들은 대열 끝에 있었다. 두 사람은 아직 만나지 못했고, 서로가 같은 전투에 참가하고 있다는 것도 몰랐다. 그러나 두 사람은 밤낮으로 이어지는 중대한 임무 속에서 행군으로 지친 몸을 이끌고도 서로의 것처럼 들렸던 그 목소리와 생김새를 잠깐씩 떠올렸다. 하지만 그 목소리와 생김새는 그들이 생각하는 서로의 것일 리 없었다. 전쟁은 승과 메이리에게 쉴 틈을 주지 않았고, 이미 전쟁의 일부가 된 둘은 각자 완수해야 할 무거운 책임을 짊어진 채 서로에게서 멀어져갔다.

이 순간, 생각하거나 꿈꿀 수 있는 시간 같은 건 없었다. 메이리는 매일 밤 행군을 마치고 나면 간호사들이 식사는 했는지, 안전하게 밤을 보낼 수는 있을지 확인해야 했다. 승은 부하들이 떡과 말린 두부를 먹고 마실 만한 물을 찾아 들이켜고 나면 열심히 지도를 들여다보고 적군의 동태와 포위된 영국군의 상황을 알아보기 위해 첩자를 보냈다.

영국군이 포위되었다는 사실이 지역 전체에 알려지면서, 사람들의 얼굴에는 회심의 미소가 떠올랐다. 그것은 사악한 웃음이자 승에게는 장애물이었다. 이곳 사람들은 영국군을 도우러 가는 대원들에게 반감을 품고 있었고, 특히 이 지역에 거주하는 불운한 인도 사람들에게도 깊은 적개심을 품고 있었다.

버마 사람들은 대놓고 인도 사람들을 증오했다. 인도 사람들이 버마로 들어와 버마 사람들의 몫인 일과 쌀을 가로채고 있다고 생각해서였다. 승은 선두에 서서 서쪽으로 그리고 남쪽으로 나아가는 동안 끊임없이 이런 증오를 목격했고, 증오심에 가득 찬 버마 사람들로부터 서너 차례나 인도 사람을 구해야 했다. 한번은 인도인 가족 전체를 구한 적도 있었는데, 그날 그들 중에 하나가 감사의 표시로 함께 지내던 가족들 곁을 떠나 종일 승을 따라왔다. 그러나 인도 남자의 헌신이 부담스러웠던 승은 그날 하루가 저물 무렵 작은 게를 불러 인도 남자를 데려가 병사들과 함께 지내도록 하라고 지시했다.

"나만 쳐다보는 이 사람의 시선이 불편하다. 내가 움직일 때마다 돕겠다고 튀어나오는 것도 불편하고." 승이 말했다.

인도 남자는 정말 그랬다. 버마 사람들이 그의 몸에 기름을 붓고 불을 붙이는 순간 승이 목숨을 구해준 것이다. 작은 게는 승의 지시를 받고 그날부터 인도 남자를 돌봤다. 말은 통하지 않았지만 어떻게든 그에게 할 일을 설명했고, 인도 남자는 개처럼 그의 명령에 따랐다.

장군은 찰리에게 승과 함께 이동하라고 명해둔 차였다. 승은 아직도 산악 지대를 근거지로 활동하던 유격대원의 습성을 완전히 버리지 못한 터라 조국 땅을 멀리 떠나 있는 것에 익숙하지 않았다. 반면 찰리는 발 디딘 곳이 어디건 그곳 사람이 될 수 있었고, 농부들이 구름과 바람을 읽는 것처럼 사람을 읽어내고, 입에서 뿜어 나오는 숨결인 것처럼 그들의 생각을 느꼈다. 그는 행군이 계속되는 동안 낮이면 걸인처럼 입고 대열 좌우 혹은 앞으로 빠져나와 사람들 사이를 오갔다. 이제 이곳 사람들의 언어를 충분히 습득했으므로 이들이 하는 말을 절반은 알아듣고 나머지는 짐작했다.

"한 세대가 지나도 우리가 이 순간 이곳 사람들의 가슴속에 심고 있는 증오는 사라지지 않을 겁니다. 우리는 이 전쟁에서 독자적으로 싸우지 않고 영국군을 돕고 있으니까요."

찰리가 슬픈 목소리로 말했다.

"버마인 모두가 중국이 같은 대륙 사람들을 배신했다고 입을 모으고 있어요. 적들이 사방에서 버마인을 지배했던 자들을 돕는 건 중국뿐이라고 선전하고 있거든요. 어딜 가든 버마인들에 의하면, 우리만 아니었다면 지금쯤 전쟁에 이겨 영국인들을 내쫓았을 것이라고 하더군요."

숭은 밤이면 부하들이 있는 곳에서 멀찌감치 떨어져 찰리와 마주앉아 이야기를 나누었다. 오늘밤 대원들은 접근하는 자가 있으면 한눈에 볼 수 있도록 마을에서 멀리 떨어진 밀림 가장자리에 야영지를 마련했고, 숭은 야영지 가까운 곳 썩은 나무 그루터기에 앉아 있었다. 대원들은 자신들이 처한 위험을 잘 알아서 잠을 이루지 못하고 주변을 살피고 있었다. 숭은 다리를 벌리고 앉아 주먹을 쥔 커다랗고 길쭉한 손을 무릎 위에 올려놓고는 고개를 꼿꼿이 들고 사방을 살폈다. 또한 찰리의 질문에 답하면서도 쉴 새 없이 눈을 움직였다.

"자세한 내용은 말하지 않겠지만, 만일 내가 그 난쟁이 놈들 손에 그런 고통을 당하지만 않았더라면, 고향집 근처 도시에서 그 끔찍한 광경을 못 봤더라면, 대대로 살아온 마을에서 어떤 일이 벌어졌는지 못 봤더라면, 아마 나도 우리가 같은 대륙 사람들을 배신했다는 버마인들의 말을 옳다고 생각했을 거다. 하지만 나는 내 눈으로 보았고 결코 잊지 못할 거야. 나는 백인들에 대해서는 잘 모른다. 한 번도 백인들과 얘기해본 적이 없거든. 하지만 그 난쟁이 놈들이라면 잘 알지. 내 눈으로 똑똑히 봤으니까. 내가 죽을 때까지 놈들은 내 적으로 남을 거다. 그리고 나는 죽은 뒤에도 놈들을 잊지 않을 거다."

승의 목소리가 낮은 천둥소리처럼 어둠 속에서 흘러나왔다. 그는 말을 이었다.

"한 번도 본 적 없는 영국인들을 내가 좋아할 것 같나? 내가 그렇게 어리석을 것 같나? 내가 흙도 바람도 낯선 이곳까지 와서 오늘밤 조국 땅이 아닌 이 바닥을 디디고 앉아 있는 건 영국군을 구하기 위해서가 아니다. 다만 내 적의 적이라면 영국군도 내 친구와 다름없기 때문이지."

"이 나라는 첩자들 때문에 못쓰게 돼버렸습니다." 초조한 듯 귀를 잡아당기며 찰리가 말했다.

"승려들도 열에 아홉은 일본 편이죠. 보통 사람들 중에서도 일본에 반대한다고 손 들 사람은 한 명도 없을 겁니다."

"그렇다면 버마 사람들도 내 적이다." 승은 무거운 목소리로 이렇게 답하고는 자리에서 일어나 사방으로 펼쳐진 어둠에 묻힌 이국 땅을 바라보았다. 그런 뒤 그는 밤바람을 코로 들이마셨다.

"심지어 바람에서도 고약한 냄새가 나는군. 썩은 냄새가 나."

"밀림 냄새입니다. 밀림이 썩고 있어요."

승과 찰리는 가슴속의 두려움을 서로에게 보이고 싶지 않아서 한참 침묵을 지켰다.

"자러 가야겠군." 마침내 승이 개 울음처럼 거칠고 메마른 목소리로 말했다.

"저도 한두 시간 눈을 붙인 다음 다시 길을 떠나겠습니다." 찰리가 대답했다.

"어디에서든 다시 뵙도록 하죠. 저를 찾지 마세요. 밤이 되기 전에 대열에 합류할 테니까요."

"사흘 후 새벽 전에는 반드시 목적지에 도착해야 한다. 그렇지 않으면 영국군은 더 멀리 후퇴하게 될 거야."

"후퇴요? 영국군은 후퇴할 수 없습니다. 완전히 포위됐으니까요. 게다가 그들은 차량 통행이 가능한 길이 없으면 움직일 줄도 모르죠."

두 사람은 유쾌하지 못한 웃음을 짓고는 각자 위치로 돌아갔다.

✥

행군 마지막 날, 대원들은 침묵 속에서 걸음을 옮겼다. 앞으로 일 킬로미터 내에 영국군이 구조를 기다리고 있었고, 장군도 이 사실을 알고 있었다. 그는 전령을 통해 미국인 지휘관과 연락을 주고받았지만 전달받은 내용을 믿지는 않았다. 미국인 지휘관은 이곳에 대해 장군보다도 더 몰랐다. 장군은 길게만 느껴지는 행군 마지막 날 내내 오로지 자신만 믿겠다고 다짐했다. 이번 전쟁은 같은 인종들에게만 정통한 백인들에게는 힘에 부치는 일이었다. 장군의 가슴속에 경멸이 차올랐다. 그것은 이 지역 사람들의 얼굴조차 구별 못하면서 이들 사이에서 싸우겠노라고 자기들 나라를 떠나 버마로 온 모든 백인들을 향한 경멸이었다.

장군은 그날 행군하면서 여러 번 씁쓸한 미소를 지었다. 그 역시 부하들과 마찬가지로 발로 걷고 있었다. 모자에 두른 나뭇가지가 그의 얼굴에 반점 같은 그림자를 드리웠다.

'한심한 백인들!' 장군은 두려움과 경멸 속에서 생각했다. '그들은 황갈색 얼굴을 가진 사람들은 구별도 못하지 않나. 적이 눈앞에 서서 '나는 당신 친구요.' 해도 그 차이를 모를 거야.'

장군은 첩자들로부터 수없는 이야기를 전해 들었다. 요즘 적군들은 군복 대신 속바지를 입고 발에는 샌들이나 고무창을 댄 신발을 신는다는 얘기였다. 또한 같은 옷차림을 한 이곳 사람들 속에 섞여들고 있으며, 이 지역 언어를 전혀 모르는 백인들은 그들을 모두 같은 나라 사람이라고 여긴다고 했다. 수백 년 동안 이곳을 지배하고도 사람 얼굴은 물론이고 제각기 다른 언어 또한 구별하지 못하는 것이다.

'우리가 이런 한심한 백인들을 구하러 가고 있다니.' 장군은 신음을 흘렸고 그의 가슴을 메운 경멸도 극에 달했다. 미국인 지휘관이 가야 할 곳과 해야 할 일을 지시하기 위해 오후 무렵 또다시 전령을 보내왔지만, 장군은 그 작전 지시서를 구겨서 던져버렸다.

"이제 나 자신의 분별력을 믿어야 한다." 장군은 혼잣말을 했다.

그의 가슴에 가득 찬 경멸이 그 목소리와 눈빛 그리고 말을 통해 흘러나왔고, 그의 지휘 하에 있는 대원들도 자신들도 모르는 새 이를 느끼고 들이마셨다. 대원들은 동맹군과 합류할 계획이었다. 그러나 기꺼이 그럴 마음이 있다 해도 이들에 대한 신뢰 같은 건 조금도 없었다. 실로 기꺼이 작전에 참여하는 사람이 있는가 하면 그렇지 않은 사람들도 있었는데, 후자도 달리 선택의 여지가 없다는 걸 잘 알고 있었다. 이제 그들은 백인과 나란히 서서 싸우거나, 아니면 백인과 맞서 싸워야 했다. 그러나 백인과 맞서 싸운다는 건 적군과 하나가 된다는 걸 의미했으므로 상상조차 할 수 없었다.

또한 대원들은 하나같이 국경을 넘기 전 그들 앞에 서 있던 총통의 모습을 기억하고 있었다. 그의 높은 목소리가 채찍질처럼 대원들의 머리 위 공기를 갈랐다.

"여러분은 깃발처럼 조국의 영광을 짊어지고 있습니다."

총통이 외쳤다.

"우리 중국인들이 뭘 할 수 있는지를 백인들에게 보여줍시다. 이번 작전을 훌륭하게 수행하면 백인들도 동쪽 바다의 적과 맞선 이번 전쟁에서 우리를 자신들의 동맹국으로 완전히 인정할 것입니다. 영국과 미국이 아니면 우리 조국을 차지하려는 적에 맞설 수 있는 동맹국을 어디에서 찾을 수 있겠습니까? 나는 변함없이 영국과 미국의 승리를 믿습니다. 그러니 내가 여러분의 지휘관으로 지정한 사람에게 복종하십시오. 이는 물론 여러분의 지휘관으로 백인이 필요해서가 아닙니다. 그는 우리에게 더 거칠고 덜 우호적인 영국인과 여러분 사이의 가교가 되어줄 것입니다. 우리는 동맹국으로서 부족함이 없어야 합니다. 미국인 지휘관에게 여러분이 어떤 군인인지를 보여주십시오. 국민 모두가 여러분을 믿고 있습니다. 장병 여러분! 명령입니다!"

동맹이라는 족쇄

연설하는 총통의 뒤에 서 있던 영부인도 총통이 외침에 맞추어 움켜쥔 작은 주먹을 머리 위로 들어올렸다.

장군은 총통과 함께 있던 영부인의 모습을 떠올렸다. 그 아름다운 여인도 사실상 외국인과 다름없지 않은가? 사람들은 총통이 백인들과 동맹 관계를 맺은 것도 영부인 때문이라고 숙덕대곤 했다. 영부인은 어린 시절을 해외에서 보내며 조국 아닌 나라의 흙을 밟고 그곳 바람을 맞으며 자랐다. 그녀가 모국어보다 백인들 말을 더 능숙하게 한다는 소문도 있었다. 실로 그녀는 모국어를 말할 때면 백인들처럼 혀를 굴리면서 발음했다. 또한 그녀는 이제는 사장된 글귀를 담은 오래된 책에나 나올 법한 고대 단어들을 사용했으며, 오늘날 통용되는 간결한 유행어도 잘 모르는 듯했다. 어쩌면 당연한 일인지도 몰랐다. 그녀는 총통의 아내로서 귀고리를 달고 반지를 낀 채 보통 사람들과 떨어져 살았지 않은가.

장군은 부질없는 생각들을 떨쳐내려고 고개를 들었다. 그는 군인이었고, 그의 앞에는 뚜렷하고 단순한 군인으로서의 임무가 놓여 있을 뿐이었다. 그는 우방국 사람들에 대해서는 잘 모를지라도 적에 대해서만큼은 아주 잘 알았다. 장군은 손목시계를 들여다보았다. 내일 해 뜰 무렵에는 강 너머 영국군이 보이는 곳에 있어야 했다. 그러나 그들이 아직 살아 있을지는 불확실했다.

✢

그날 밤 메이리는 도무지 잠을 이룰 수 없었다. 피곤해서만은 아니었다. 전쟁의 냄새가 허공을 맴돌았다. 대원들은 내일 전투가 벌어지리라는 것을 알고 있었다. 메이리에게는 첫 전투였다. 드디어 피 흘리며 죽어가고 치료를 받아야 할 군인들이 생겨날 것이다.

과연 주어진 임무를 완수할 수 있을까? 이 순간 메이리는 지금껏 살아온 자신의 인생이 쓸모없었다는 사실에 부끄러운 생각이 들었다. 그녀는 동포들로부터 멀리 떨어져 안락한 삶을 살았다. 해외에서 어린 시절을 보내며 외국인들 틈에서 자란 그녀는 아직까지도 동포들과 완전히 하나가 될 수 없었다. 중국인은 메이리에게 중요한 의미였다. 그녀와 같은 피를 나눠 가진 같은 나라 사람 아닌가.

그러나 메이리는 중국인들이 서로를 자기 일부로 여기는 것과는 달리 그들의 온전한 일부가 되지 못했다. 이 순간 그녀는 자신이 같은 피를 나눈 동포의 언어 말고 다른 말은 전혀 못했다면 얼마나 좋았을까 간절히 바라고 있었다. 또한 나라 밖 생활과 관련된 기억도 말끔히 지우고 싶었다.

'시간이 있다면 책을 읽고 또 읽고 싶어.' 메이리가 생각했다.

'외국 책이 아닌 내 나라의 책, 고대의 시와 철학을. 내 뿌리를 찾고 싶어.'

순간 메이리는 행여 죽으면 앞으로 이런 시간을 영원히 갖지 못할 수도 있겠구나 생각했고, 소리 나지 않게 두 손으로 입을 틀어막은 채 어둠 속에서 남몰래 울었다. 함께 누워 있는 간호사들이 우는 소리를 들어서는 안 됐다. 하지만 판샤오가 메이리의 울음소리를 들었다. 그녀는 메이리가 어디에 누울지 기다렸다가 그 곁으로 와서 짚자리를 깔고 누운 터였다.

그녀는 잠이 깬 채 잠시 가만히 누워 있다가 어둠 속에서 손을 내밀어 메이리의 뺨을 어루만졌다. 메이리의 뺨은 젖어 있었다. 그리고 판샤오는 메이리도 울 수 있다는 사실에 너무 놀라서 덩달아 울기 시작했다. 메이리는 이 이유 없는 울음이 공포처럼 간호사 모두를 사로잡을 수 있고, 이런 울음을 멈출 수 있는 것은 쏘아붙이는 한 마디밖에 없다는 걸 알아서 판샤오를 엄하게 나무랐다. 곧바로 일어나 앉아 판샤오의 땋은 머리채를 잡고 흔들며 속삭인 것이다.

"울지 마! 계속 울면 어린애 야단치듯이 혼내줄 거야!"

판샤오는 자신이 그토록 좋아하는 메이리의 목소리가 사나워지자 겁을 먹고 울음을 그쳤다. 메이리는 슬픔을 가라앉힌 채 다시 자리에 누웠다.

'지금 중요한 건 내 앞에 분명히 놓여 있는 한 가지 의무뿐이야.' 메이리는 생각했다.

13장

중국 만세!

이튿날 아침 모든 대원들이 동 트기 한참 전에 일어났다. 이들은 차가운 아침식사를 마친 뒤 대열을 이루어 조심스럽게 앞으로 나아가기 시작했다. 이제부터는 적군이 촘촘하게 주변에 깔려 있었으므로 한 걸음 한 걸음 살며시 내딛고 말을 삼가야 했다. 멀지 않은 곳에서 울려 퍼진 총소리에 공기가 갈라지며 쉬익 소리를 냈다. 장군은 적군들이 머리 위 뻗은 나뭇가지에 원숭이처럼 앉아 있거나 여타 짐승들처럼 밀림에 숨어 있을지 모른다고 대원들에게 경고했다. 이 때문에 대원들은 최대한 사방이 트인 길을 따라가야 했다.

"모두 제 한 몸은 물론이고 동료를 위해 주위를 잘 살펴야 한다." 장군은 대원들에게 이렇게 전달했다.

"사람이건 짐승이건 여기에는 우리에게 우호적인 게 단 하나도 없음을 기억해라."

전쟁이 벌어지고 있는 이곳에서 마음 편할 사람은 아무도 없었다. 남녀를 불문하고 모두가 조국 땅에서라면 영원히 싸울 수 있었지만 이국 땅을 걷는 일에는 익숙하지가 않았다. 조국 땅에서는 기운이 차올랐는데 여기서는 전혀 그런 것을 느낄 수 없었다. 심지어 발에 맞닿은 땅조차 적으로 느껴졌다.

대원들은 고요한 가슴을 안고 이제 곧 치르게 될 전투를 향해 진군했다. 가슴이 고요하니 더 두려웠다. 대원들에게 용기를 안겨줄 수 있는 것은 그나마 지휘관들의 명령뿐이었지만, 그들 중에 하나는 미국인이 아닌가. 게다가 돈만 받으면 무슨 짓이건 하는 사람들처럼 오로지 하달되는 명령에만 용기를 내다니, 과연 우리가 그런 적이 있었던가?

병사들의 불안은 간호사들에게도 고스란히 전해졌고, 말문이 막힌 간호사들은 침묵 속에서 대열을 따라 걸었다. 메이리는 무엇으로도 이들의 사기를 북돋아줄 수 없었다. 그럼에도 메이리는 군인 둘을 애써 구슬려 나무를 해오게 해서 출발 전에 불을 피워 간호사들에게 따뜻한 차를 끓여주었다.

그러나 간호사들은 힘없는 미소로 답례할 뿐 저마다의 슬픔에 잠겨 있었다. 마음 편안할 때는 쉽게 잊을 수 있는 슬픔이었음에도 또 다른 두려움이 짓누르고 있는 이 순간, 간호사들은 그 슬픔들을 새삼 곱씹고 있었다. 치링은 죽은 아이들을, 안란은 늙은 아버지를 생각했고, 나머지도 저마다의 슬픈 사연을 되새겼다. 심지어 그다지 슬픈 일을 겪지 않은 몇 안 되는 이들마저도 집은 물론 몸 편히 쉴 곳 하나 없는 이국 땅에 있다는 사실만으로도 오늘은 서글픈 날이라고 생각했다.

그러나 동틀 녘이 가까워지자 대원들의 사기가 조금 회복되었다. 지금까지 적의 공격을 받지 않고 무사히 이동한 것도 위안이었고, 적기가 하늘에서 그들을 발견하기 전에 영국군과 합류하기만 하면 끊임없는 후퇴 대신 전선을 정비해 공격 기반을 만들 수 있으리라는 희망 때문이었다.

승은 널찍한 농부의 보폭으로 쉼 없이 걸으며 일 초라도 빨리 영국군이 있는 곳에 도착하기를, 그래서 그들이 가진 무기와 장비를 직접 볼 수 있기를 고대했다. 지금까지 소총 하나만으로 싸워온 그로서는 백인들이 가진 수많은 무기들 중에 서너 가지만 얻어도 제대로 사용만 하면 후퇴 대신 공격을 감행해볼 수 있으리라 생각했다. 한 대의 박격포, 얼마나 간절히 원했던가! 영국군은 심지어 탱크와 전투기도 있었다. 이 장비들만 있다면 전세를 완전히 바꿀 수 있으리라.

승은 이런 희망으로 장군이 기다림을 명한 곳에서 진군을 멈추었다. 승과 부하들이 한 시간 남짓 기다리는 동안 다른 부대원들도 속속 도착했다. 승은 이야기 도중에 이런 희망을 드러내지 않을 수 없었고, 부하들도 그의 마음을 꿰뚫어 보고는 덩달아 희망을 품었다. 그리고 또렷이 들려오는 총성에 귀를 기울였지만 이상하게도 중화기 소리는 없었다. 혹시 영국인들한테 중화기가 없었던 걸까?

그때 찰리가 다리를 절뚝거리면서도 운 좋게 대열에 합류했다. 세 시 무렵부터 이 지역을 정찰한 그는 울퉁불퉁한 돌 위를 걷느라 발바닥에 타박상을 입긴 했지만 영국군이 있는 곳을 정확히 파악할 수 있었다.

"어젯밤, 적군이 영국군을 공격했습니다." 찰리가 승에게 말했다. "하지만 영국군은 여전히 버티며 싸우고 있습니다."

"중화기를 갖고 있던가?" 승이 열띤 목소리로 물었다.

"네, 갖고 있습니다. 직접 보기까지 했습니다. 사람이건 무기건 가릴 것 없이 여기에서 삼 킬로미터도 안 떨어진 얕은 골짜기에 심할 정도로 몰려 있습니다. 달아나는 군인들도 있더군요. 차를 타고 달아나는 걸 여기저기에서 목격했습니다."

"그렇다면 영국군은 이번 전투에서 진 거다." 승이 진지하게 말했다. "승리를 원하는 사내들은 달아나지 않는 법이지."

그러나 승은 여전히 희망을 버리지 않았다. 잠시 후 장군이 부관들과 도착했고, 서서히 모든 병력이 집결되고 있었다. 그들은 장군이 상황만 모두 전해 듣고 나면 곧바로 출발할 수 있을 만큼 준비를 마쳐둔 상태였다.

장군은 이제 적군이 세 개의 커다란 강줄기를 낀 골짜기를 따라 삼면에서 다가오고 있다는 사실을 알고 있었다. 그러나 이것은 주요 진격로에 불과했고, 적군은 이 진격로 사이사이를 누비듯 지나며 촘촘한 망을 만들어 길을 차단하고 있었다. 영국군은 길이 필요했다. 그들이 가진 덩치 큰 무기들은 길을 따라 달려야 하는 것들이었으므로 결국 짐만 되었고, 길 없는 곳에서는 그 크기 때문에 힘을 잃었다. 길조차 찾기 힘든 상황에서 적군들이 버마인들 사이로 몰래 숨어들고, 심지어 버마인들조차 적군을 돕고 있는 상황이었다. 얼마 안 가 모든 길이 봉쇄되었고, 따라서 영국군의 훌륭한 무기도 뭍에 던져진 바다 동물 혹은 숨이 끊어진 거인과 다름없는 꼴이 되어버렸다. 사용할 수도 없지만 차마 버릴 수도 없는 무기가 엄청난 짐이 된 것이다.

영국군은 쓰러져 길을 가로막고 있는 나무를 만날 때마다 당황했다. 이들이 나무를 치우느라 안간힘을 쓰는 동안 적군이 하늘에서 내려와 덮치거나 빽빽한 숲에 몸을 숨긴 채 총격을 가해왔다. 영국군은 무기를 구하려다가 그 자리에서 수도 없이 목숨을 잃었고, 때로는 그 수가 수백 명에 달하기도 했다.

장군은 이 모든 사실을 알고 있었고, 첩자들로부터도 익히 상황을 들어온 터였다. 장군은 계획을 강행해야 한다고 스스로 다짐했다. 하지만 그의 모든 직관력은 이것이 이미 패배한 전쟁이라고 되뇌고 있었다. 그러나 그날 동틀 녘, 복종이 의무인 군인들 가운데 작은 흙더미 위에 올라선 그의 마음속 절망을 읽어낼 수 있는 사람은 아무도 없었다.

"제군들!" 장군의 젊고 우렁찬 목소리가 치켜든 군인들의 머리 위로 울려 퍼졌다.

"제군들에게는 완수해야 할 임무가 있다. 우리의 안위는 잠시 뒤로 해야 한다. 우리는 동맹군을 구하고 전세를 역전시켜 공격을 감행하기 위해 이곳에 왔다. 제군들! 이것이 우리가 지난 오 년 동안 조국 땅에서 치러온 것과 똑같은 전쟁임을 잊지 말아야 한다. 우리가 맞서 싸워야 할 적도 같은 만큼, 이곳에서 적을 무찌른다면 조국 땅에서도 적을 무찌르는 것이 된다. 제군들! 적을 무찌르고 조국 땅으로 이어지는 버마로드를 되찾아야 한다. 우리 자신을 위해 싸우자!"

병사들은 억눌린 것 같으면서도 깊이 울리는 나지막한 함성을 내지른 뒤 곧바로 서쪽을 향해 한 몸처럼 움직이기 시작했다. 찰리는 길을 안내하기 위해 장군 바로 뒤에서 걸었다. 그러나 장군은 찰리가 영국군이 있는 골짜기에 이르는 지름길이나 비밀 길을 알려줄 때 대답하는 것을 제외하면 줄곧 침묵을 지켰다.

이렇게 진군은 계속되었고, 동쪽 하늘이 훤해지더니 어느새 태양이 열기를 내뿜으며 이글대기 시작했다. 공기는 날이 밝기도 전에 후텁지근해졌고, 바람 한 점 없었다. 태양이 불을 뿜는 듯 이글대면서 심지어 방금 전까지의 더위조차 냉기처럼 기억될 정도였다. 대원들의 얼굴에서는 땀이 비 오듯 흘렀지만 장군은 걸음을 멈추지 않았다.

"다음 고개를 넘으면 영국군이 있습니다." 마침내 찰리가 낮은 목소리로 말했다. 이제 총성이 대원들을 에워싼 뜨거운 공기를 가르며 아주 가까이서 들려오고 있었다.

장군은 고개를 끄덕였고 계속 나아갔다. 뒤에 있던 군인들은 찰리가 장군에게 건넨 말을 듣고 뒷사람에게 전했고, 소식이 입으로 전해지면서 모두의 가슴이 희망과 두려움으로 조여들었다.

장군은 대원들을 이끌고 산을 올라 정상을 지난 뒤 다시 내려가기 시작했다. 길게 줄지어 선 대원들이 장군을 따라 산 아래로 움직였다. 멀지 않은 곳에 자동차 한 대, 그리고 두 대가 보였다. 자동차가 길 한가운데 멈추자 장군은 쌍안경을 들어 눈앞에 댔다.

백인의 얼굴이 렌즈를 통해 커다랗게 부풀어 보였다. 그들은 겁에 질린 나머지 얼어붙은 것처럼 꼼짝 않고 있었다.

"잔뜩 겁을 먹었군. 왜 우리를 두려워하지?" 장군이 깜짝 놀라 찰리에게 물었다.

찰리는 장군이 건넨 쌍안경을 눈앞에 대고 보더니 웃기 시작했다. "우리를 적으로 생각하는 모양입니다. 적군도 녹색 제복을 입잖습니까? 물론 늘 입는 건 아니지만요. 사실 이렇게 수풀 우거진 곳에서 다른 색 군복을 입을 바보가 어디 있겠습니까?"

"우리가 누군지 알아볼 때까지 식은땀을 흘리게 내버려두자고." 장군이 냉담하게 말했다.

"다행히 우리 군모에는 파란 바탕에 하얀 해가 그려져 있으니, 얼굴로 구별할 수 없다면 우리 국기를 보고 알겠지."

장군은 계속 산을 내려갔다. 잠시 후 거리가 좁혀지자 정말로 백인들의 표정이 뒤바뀌었다. 공포는 기쁨에게 자리를 내주었고, 그들은 일어서서 두 팔을 흔들며 소리쳤다. 이제 장군의 귀에도 분명히 들려오는 그 외침은 중국군의 전투 구호였다.

"중국 만세!"

아주 사소한 무언가가 한 남자에게 용기를 불어넣어줄지 누가 알겠는가? 장군은 백인들을 보면서 새장 밖으로 새가 빠져나오는 것처럼 가슴에서 용기가 솟구치는 것을 느꼈다. 그의 부하들이 수없는 전투에서 부르짖었던 바로 그 구호를 백인들이 큰 소리로 외치고 있었다. 장군도 "중국 만세!"라고 힘차게 소리쳤다. 그러자 그 소리를 들은 부하들도 함성이 하늘에 닿을 때까지 고함을 질렀다. 장군은 한 순간도 걸음을 늦추지 않았다.

"적군이 어디 있는지 물어라." 장군이 차 앞으로 다가가면서 찰리에게 명령했다.

"적군은 어디 있죠?" 찰리가 백인들에게 그들의 나라 말로 물었다.

"저기, 저기요!" 백인들은 손으로 뒤쪽을 가리키며 고래고래 소리쳤고, 대원들은 그때서야 이들이 군인이 아니라는 것을 알아보았다. 무기를 지니지 않은 것으로 보아 민간인이 틀림없었다.

"적군은 저기에 있습니다. 그리고 우리 군인들은 여전히 싸우고 있어요." 백인들이 외쳤다.

장군은 백인들이 말을 끝내자 찰리가 번역해주는 내용에 귀를 기울였다. 또한 이야기를 듣는 와중에도 서쪽을 향해 계속해서 걸음을 옮겼다. 길게 늘어선 행렬도 그의 뒤를 따랐다.

승은 장군을 따라 백인들 앞을 지나면서 이 새로운 동맹국 사람들의 얼굴을 뚫어져라 바라보았다. 그는 백인을 가까이에서 본 적이 없었다. 이 순간 그의 눈에 들어온 백인들은 수염을 기른 여위고 초췌한 얼굴에 커다란 코와 움푹 들어간 눈을 가지고 있었다. 이들의 피부가 하얗다고? 때 묻고 그을린 이들의 살갗은 승의 어머니가 사용하던 붉은 흙으로 빚어 만든 찻주전자와 색깔이 똑같았다!

메이리는 승의 한참 뒤에서 간호사들을 이끌며 무거운 발걸음을 옮기고 있었다. 발걸음에서는 더 이상 경쾌함을 찾아볼 수 없었고 머리칼은 땀에 젖어들었다. 하지만 차 안에 서 있는 백인들과 그 입가에 어린 환한 미소를 보는 순간 메이리는 손을 흔들면서 소리쳤다. "안녕하세요!"

그녀는 이 짧은 인사가 그들에게 얼마나 큰 힘이 될지를 잘 알고 있었다.

"안녕하세요, 안녕하세요, 안녕하세요! 맙소사! 예쁜 아가씨잖아!"

장군이 계속 걷고 있었으므로 메이리도 멈출 수 없었지만, 그 가슴에서는 젊은 혈기와 웃음으로 가득 찬 뭔가가 꿈틀거렸다. 미국에서 이렇게 젊은 남자들과 춤추고 수다를 떨고 장난삼아 연애도 하면서 얼마나 즐거운 시간을 보냈던가! 젊은 사람들은 누구나 국적과 관계없이 함께 즐거운 시간을 보낼 수 있게 마련이다. 그러나 지금 같은 시절에는 생각할 수 없는 일이었다.

"저 털북숭이 청년들 말인데요, 굉장히 사납지 않나요?"

판샤오가 메이리의 곁에서 걱정스런 얼굴로 물었다.

"아니." 메이리가 짤막하게 대답했다.

"전혀. 그저 굶주린 데다 지쳐 있을 뿐이야. 이제 막 죽음을 피했는지도 몰라."

메이리도 허기와 피로를 느꼈다. 그녀는 한숨을 쉬면서 문득 전쟁이 끝나기를 간절히 바랐다.

과연 전쟁의 아름다움이란 게 있기나 할까? 지친 얼굴로 여기저기 흩어진 동맹군들을 본 장군은 차라리 태어나지 않았더라면 좋았겠다고 생각했다. 입은 떨어지지 않고, 가슴은 돌처럼 굳었다. 눈앞의 백인들은 동맹군이 아닌 이미 짊어진 짐에 더해야 할 또 하나의 짐에 불과했다. 적군은 낯선 땅과 전혀 다른 사람들, 무기와 전쟁 방식 모두에서 월등했고 그 사실이 이미 대원들에게는 큰 부담이었다. 장군은 대원들과 영국군을 하나로 묶으면 떨어져 있을 때보다 강한 뭔가를 끌어낼 수 있으리라 기대했다. 그러나 영국군을 보고 있는 이 순간, 장군은 그들과 동맹을 맺는 것이 힘을 더하기는커녕 오히려 전력을 약화시키는 일이 될 것임을 깨달았다.

장군은 간간이 들려오는 힘없는 환호성을 무시하면서 변함없는 걸음걸이로 영국군 사이를 걸었다. 그는 모국어밖에 몰라서 찰리를 따라오게 했다. 총통이 미국인 지휘관을 따르라고 명령한 터라 지금 그에게 도착을 보고해야 했다.

장군은 부관들을 돌아보며 말했다. "쉬어도 좋다."

이 지시는 대열을 따라 병사들에게 전달되었다. 또한 장군은 이렇게 덧붙였다.

"휴식을 취하면서 식사를 해라. 언제 전투가 다시 시작될지 모른다."

밤새 전투를 치른 터라 다행스럽게도 지금은 적군의 공격이 멈춘 상황이었다. 오후로 접어든 하늘에도 적기는 보이지 않았다. 이 짧은 평화를 틈타 영국군은 그늘진 아무데나 몸을 던지고 쉬고 있었다. 얼굴을 바닥에 대고 엎드린 사람, 모자로 눈을 가린 채 바닥에 등을 대고 누운 사람, 얼굴을 무릎에 얹고 앉아 있는 사람도 있었다. 모두가 하나같이 총은 바닥에 팽개쳐둔 채였다.

이제 막 도착한 대원들은 아무 말도 못하고 아연한 얼굴로 동맹군을 바라보기만 했다. 영국군들 중에는 우두커니 선 대원들을 보고 지친 팔을 들어 인사하는 사람도 있었고, 미소를 짓는 사람도 있었으며, 목쉰 소리로 인사말을 외치는 사람도 있었다. 그러나 대부분은 친구를 환호하며 맞이하기에는 너무 지친 듯이 잠자코 앉아 있거나 누워 있기만 했다.

장군은 이런 영국군들 사이를 걷다가 얼마 안 가 여윈 남자 하나가 다가오는 것을 보았다. 장군은 곧바로 그가 미국인 지휘관이라는 것을 알아보았다. 두 사람은 걸음을 멈추고 서로에게 경례했다. 잠시 후 장군은 미국인 지휘관이 중국어로 말하자 놀라움을 감추지 못했다. 미국인 지휘관이 중국말을 할 줄 안다는 얘기는 들었지만 믿지 않았던 것이다. 그러나 지금 장군은 이 미국인이 하는 말을 충분히 잘 이해할 수 있었다. 물론 그가 쓰는 말은 완벽한 중국어가 아닌 데다 신분이 높지 않은 이한테 배운 듯 말투도 품위 없었지만 그 내용만은 또렷했다.

"환영합니다." 미국인 지휘관은 이렇게 인사하더니 짧게 덧붙였다. "다만 너무 늦은 것 같군요."

"늦었다 한들 내 잘못은 아닙니다." 장군이 차가운 목소리로 대답했다. "우리는 국경에서 한참이나 대기했습니다."

"장군이 이끄는 그 많은 병사를 감당할 만한 쌀을 쉽게 구하지 못해서였소."

"우리한테 필요한 쌀은 우리 힘으로 구할 수도 있었습니다. 영국군 측에도 그렇게 전달했지요."

"어떤 실수가 있었건 간에 우리 모두가 동맹국임을 기억하는 것이 좋겠군요. 우리에게 남은 유일한 희망은 서로에게 등을 돌리는 것이 아니라 힘을 합해 싸우는 겁니다. 공격 준비는 돼 있습니까?"

"오로지 그 생각뿐입니다." 장군이 쏘아붙이듯 대답했다.

장군은 자신과 이 미국인은 서로를 좋아할 수 없으리라는 것을 깨달았다. 상대 역시 그 사실을 깨달은 것이 틀림없었다. 장군은 빈틈없어 보이는 그의 푸른 눈과 메마른 목소리에서 그걸 읽을 수 있었다. 미국인 지휘관이 장군 너머로 시선을 던졌다.

"병사들의 상태가 좋아 보이는군요." 미국인 지휘관이 차분한 목소리로 말했다.

"건강한 사람을 보는 건 기분 좋은 일입니다."

"제 대원들은 힘든 것에 익숙합니다." 장군의 말투에서는 자부심이 느껴졌다.

"필요한 걸 짊어지고 스스로 먹을 것을 구하면서 하루에 오십 킬로미터를 행군할 수 있습니다."

"그럼 되도록 빨리 서쪽으로 공격을 개시하시지요." 미국인 지휘관이 느리게 말했다.

"적군은 저기 언덕 너머 보이는 도시에 참호를 파고 숨어 있습니다. 탑이 있는 저 도시 보이시지요? 장군의 대원들이 공격을 하는 동안 우리는 영국군과 전열을 재정비할 수 있을 겁니다."

그는 잠시 머뭇거리더니 마지못해 말을 이었다.

"장군의 병사들을 여기 있는 군인들과 조금 떨어져 있도록 하는 게 좋을 것 같군요……. 저 개울 너머는 어떨까요? 모두 지친 상황인 만큼 미리 싸움을 방지하는 게 좋겠지요."

"싸움이라니요!" 장군이 거만하게 외쳤다.

"제 대원들은 싸움 같은 건 안 합니다."

찰리가 입가에 미소를 머금은 채 끼어들었다.

"미국인 지휘관 말뜻은 우리가 너무 가까이 있는 걸 백인들이 안 좋아한다는 겁니다. 우리와 백인들이 다른 건 사실이지요. 그러니 따로 떨어져 있는 게 좋을 것 같습니다."

땀에 젖은 장군의 얼굴이 갑자기 시뻘겋게 달아올랐다.

"떨어져 있기를 원하는 건 우리도 마찬가지다."

미국인 지휘관은 진지한 얼굴로 애원하듯이 말했다.

"우리에게는 죽지만 않는다면 두렵지만 꼭 완수해야 할 의무가 있습니다. 사실을 받아들이고 서로의 잘못은 잊도록 합시다. 장군이 무슨 생각을 하건 상관하지 않겠습니다. 부디 모든 걸 잊고 우리를 도와주십시오. 나중에…… 승리를 거둔 뒤에 복수를 하십시오. 그러나 지금은……."

그는 불쑥 손을 내밀더니 돌아섰다. 그러고는 잔뜩 때가 묻은 축축한 손수건을 꺼내 이마를 닦은 뒤 모자를 들고 벗어진 머리도 닦았다.

"공격이 언제 다시 시작될지 모릅니다."

"맞습니다." 찰리가 장군에게 말했다.

장군은 자기 자신과 갈등하며 한동안 꼼짝 않고 서 있었지만, 마침내 날카롭게 경례를 한 뒤 홱 돌아서서는 기다리는 대원들을 향해 소리쳤다.

"제군들! 정렬! 좌향좌! 앞으로가!"

대원들은 정렬한 뒤 왼쪽으로 돌아 작은 개울을 향해 걸음을 옮기더니, 허리까지 올라오는 개울을 첨벙대며 건너 기슭으로 올라갔다. 미국인 지휘관은 슬픔이 깃든 지친 얼굴로 그 모습을 지켜보았다. 젖은 셔츠 위로는 어깨뼈가 드러났고 두 손은 무거운 돌덩이처럼 양옆으로 축 늘어져 있었다. 그가 무슨 생각을 하고 있는지 대체 누가 알겠는가?

승은 부하들을 이끌고 미국인 지휘관의 앞을 지나가며 호기심 어린 눈으로 그를 바라보았다. 이 사람이 바로 미국인 지휘관이로구나! 그는 이런 삶을 견디기에는 너무 늙어 보였다. 이 정도로 나이 든 사람은 마땅히 집에서 자식들과 지내야 했다. 미국에는 젊은 사람이 없나?

지휘관은 너무 여위어서 가느다란 허리에 가죽 허리띠를 거의 두 바퀴나 돌려 매고 있었다. 게다가 앙상한 목에는 근육이 불거져 있었고, 얼굴은 뼈만 남아서 귀가 두드러지게 커 보였다. 하지만 큰 귀는 그가 인정 많고 지혜로운 사람임을 보여주는 좋은 표시 아닌가. 사실인지 아닌지는 모르겠으나 승의 어머니는 늘 그렇게 말했다.

미국인 지휘관은 승의 용감하고 젊은 눈과 마주치자 갑자기 미소를 지었다.

"식사는 했나?" 미국인 지휘관이 물었다.

"제가 말을 알아듣다니, 어떻게 된 일이죠?" 승이 깜짝 놀라 걸음을 멈춘 채 물었다.

"내가 자네 나라 말로 얘기했으니 당연히 알아들을 수밖에. 나는 자네 나라에서 이십 년을 살았네."

"거의 제 나이만큼 사셨군요." 승은 이가 다 드러나도록 활짝 웃었다.

"자네는 젊군. 한참 젊어. 나한테는 손자뻘 되겠어."

승은 갑자기 미국인 지휘관이 너무 좋아졌다.

"솔직히 여기 계시기에는 너무 나이가 드셨군요. 집에서 편히 쉬셔야 할 텐데요."

미국인 지휘관은 햇볕 가리는 모자를 쓰고 있었다. 그리고 '집이라는 말에 그 아래 파란 눈동자가 한순간 흔들렸다.

"집에 대해서는 얘기도 말고 생각도 안 하는 게 좋을 걸세." 미국인 지휘관이 메마른 목소리로 말했다.

"지금 집 가진 사람이 누가 있겠나?"

"제 아버지 집은 여전히 멀쩡하게 서 있습니다." 승이 자랑스러운 목소리로 대답했다.

"아버지 사시는 곳이 어디지?"

"난징시 근처입니다."

승은 다시 걸음을 옮겼고, 지휘관은 긴 행렬이 지나가는 풍경을 지켜보며 서 있었다. 잠자코 있던 그가 군인들 그리고 행렬 끝에서 여러 물건들과 의료용품을 진 채 걷는 짐꾼들 다음으로 모습을 드러낸 박사와 간호사들을 멈춰 세웠다.

"선생님은 여기 계셔도 됩니다." 그가 청 박사에게 말했다.

"파리 떼가 살을 다 뜯어 먹어 뼈만 남기 전에 부상자들을 치료해주시면 감사하겠습니다."

이곳에 도착하면서 메이리가 본 것은 허기와 피로에 지친 지저분한 남자들의 모습이 다였다. 검게 때 낀 그 얼굴들은 흐르는 땀으로 줄무늬가 그려져 있었고, 면도를 못해 수염이 더부룩했으며 눈은 움푹 꺼져 있었다. 좁다란 덤불 그늘에는 부상자들이 누워 있었는데, 그중에는 죽어가는 사람도 있고 이미 숨이 끊어진 사람도 많았다. 메이리는 간호사들에게 조용히 명령을 내리며 가슴이 방망이질 치는 것을 느꼈다.

"해야 할 일이 있습니다. 아직 살아 있는 부상자들을 저기 보이는 큰 나무 그늘로 옮길 겁니다. 그 다음에는 모두 저기 있는 연못으로 가서 물을 떠오세요. 물 끓이느라 시간을 허비하지 않고 소독약을 넣을 겁니다. 가장 상태가 나빠 보이는 사람부터 돌보면 됩니다. 셰잉은 힘이 세니까 땔감을 구해오도록 해. 불을 피워서 환자들에게 음식을 데워줍시다. 열 명은 부상자들을 돌보고, 두 명은 셰잉을 돕도록 해요. 판샤오, 너는 내 옆에 있어."

메이리는 간호사들에게 조용히 일을 분담시켰고, 그 동안 청 박사는 나무 아래 바닥을 골라 의료기구가 담긴 양철통에서 기름 먹인 깨끗한 천을 꺼내 펼친 뒤 수술복을 입고 부상자들의 몸에서 총알을 빼내고 벌어진 상처를 꿰맬 준비를 했다.

이날 메이리는 처음으로 박사와 말다툼을 했다. 아직 숨이 끊어지지 않은 사람들에게서 차마 등을 돌릴 수 없었기 때문이다. 그러나 박사는 부상자들을 손으로 가리키며 말했다.

"그 사람은 죽게 돼요. 가망이 없습니다. 눈이 흐릿하거든요. 살아남을 가능성이 있는 사람들만 구해야 합니다."

"누가 살고 죽을지 어떻게 아신다는 거죠?" 메이리가 소리쳤다.

박사는 잔인하게도 살아남을 사람과 죽을 사람을 손가락으로 가리켰고, 메이리는 두 눈에 눈물이 차오르는 걸 느끼면서도 쉬지 않고 일했다. 박사의 지시가 있었음에도 죽어가는 사람이 물을 마실 수 있도록 컵을 들어주었고, 그들이 내미는 얼룩진 편지와 사진을 받아주었다. 그들의 아내와 어머니, 아이들을 비롯해 사랑하는 사람들의 글과 모습이 담긴 편지와 사진들이었다. 그들은 마지막 숨을 쉬는 순간에도 때 묻은 군복 속에 고이 감춰둔 편지와 사진을 꺼내기 위해 안간힘을 썼고, 땀과 피로 얼룩진 그것들을 메이리의 손에 쥐어주며 마지막 소원을 말하고 싶어 했다.

"꼭 전해주세요……. 이렇게 말해주세요…….” 그들은 숨을 헐떡이며 이렇게 속삭일 뿐, 무슨 말을 전해야 하는지 묻기도 전에 하나둘 숨을 거두었다.

메이리는 자신도 모르게 울기 시작했다. 그러나 그것은 큰 소리로 나오는 울음이 아니라 깊은 내면의 흐느낌이었다. 무쇠로 만든 띠가 조이고 있는 것처럼 목이 메고 손이 떨려왔다. 메이리는 군인들이 건넨 낡은 편지와 사진을 모두 소중히 받아들었다. 이것은 그들이 지상에서 가장 사랑했던 사람들을 상징하는 물건들이었다.

메이리는 앞으로도 오늘 같은 날이 숱하게 이어질 것이며, 오늘은 그 첫날에 불과하다는 것을 잘 알았으므로 울음이 터져 나오는 것을 스스로 허락하지 않으려 했다. 그러나 이런 일을 일찍이 경험해본 적이 없었기에, 적어도 오늘만큼은 이런 슬픔과 맞바꿀 정도로 영예로운 일 따위는 없다고 생각했다.

간호사들은 메이리보다 훨씬 차분했다. 그들은 이런 일을, 그것도 지금처럼 타국 사람들이 아닌 같은 민족을 위해 해왔던 사람들이었다. 그러나 메이리는 이런 젊은이들이 살아 있는 모습만을, 웃고 떠드는 모습만을, 편안한 고향 집에서 걱정 없이 사랑 받으며 사는 모습만을 본 것이다. 그녀는 바로 이런 청년들과 춤을 추었고 이런 이들의 애정 표현을 허락했다. 이들은 메이리에게 낯선 이방인이 아니었다. 속고 배신당한 채 고립되고 궁지에 몰린 이들을 보는 건 가슴 아픈 일이었다. 메이리는 이들을 조금도 경멸하지 않았고 오직 동정심만 느꼈다. 특히 영어로 말을 건넬 때 이들이 감사하는 모습이 무엇보다 메이리의 가슴을 아프게 했다.

“여자가…… 영어로 말하는 거…… 정말 오랜만에…… 듣는군요." 금발 머리를 가진 앳된 얼굴의 남자가 한숨을 쉬었다. 그는 파란 눈을 감고 메이리의 손을 꼭 잡았다.

"노래 좀…… 해주실래요?" 남자가 속삭였다.

"그냥…… 아무 거나요."

메이리는 여전히 목이 메어 노래를 부를 수 있을 만큼 숨쉬기가 쉽지 않았지만 애써 먼저 떠오르는 노래를 부르기 시작했다. 며칠 전 밤에 부른 노래였다.

오직 그대의 눈으로 나를 취하게 하오.
나는 내 눈으로 맹세하리다.

처음에는 낮은 목소리였지만 노래가 목을 트이게 해주었다. 잠시 후 그녀의 목소리가 처음보다 맑아졌다. 숨이 꺼져가는 앳된 얼굴의 남자가 미소를 지었다.

"이건…… 영국…… 노래로군요." 남자가 속삭였다.

"어떻게……."

그의 말소리가 멈추며 그 손에서도 힘이 빠졌지만, 메이리는 노래를 다 부를 때까지 남자의 손을 잡고 있었다. 그녀의 뺨 위로 눈물이 흘렀다. 이윽고 노래를 마친 그녀는 남자의 무거운 손을 내려놓았다. 그의 젊은 손은 뼈가 굵고 야위었으며 새까만 손톱은 닳아 있었고, 하얀 피부에는 검은 때가 묻어 있었다. 메이리는 머리를 무릎에 대고 누가 보든 듣든 상관 않고 정말로 흐느껴 울기 시작했다. 이런 세상에는 오직 고통과 비애만이 존재하는 것 같았다. 순간 메이리는 누군가가 자신을 일으키는 것을 느꼈다. 메이리의 두 팔을 움켜쥔 손이 그녀를 일으켜 세웠다. 메이리는 뒤를 돌아보았다.

"슝!" 메이리가 속삭였다.

"당신이었군. 바로 당신이었어! 그날 밤 당신이 방금 그 노래를 부르는 걸 들었어!"

14장

산 자들이 부르는 노래

이렇게 승과 메이리는 영국 청년의 시신 옆에서 만났다. 다른 때였으면 놀랄 여유도 있었겠지만, 그들은 이 낯선 땅에서 날마다 놀랄 만한 일을 겪지 않았는가. 무슨 일이 생길지 모르고 한 시간 뒤에 어디서 무엇을 하게 될지 예측할 수 없는 상황에서 두 사람은 얼굴을 마주친 순간 소리친 것을 제외하면 더는 놀라지 않았다.

두 사람은 서로의 손을 잡은 채 꼼짝 않고 서서 마주보았다. 두 사람은 서로 같은 감정을, 그리고 말로 표현할 수 없는 위로를 느꼈다. 패배와 죽음의 한가운데 서 있는 만큼 기쁨에 마음을 내줄 수 없었음에도, 손을 통해 흘러나온 용기가 서로의 가슴으로 스며들었다. 순간 승은 메이리를 향한 질투와 의심을 모두 잊었다.

비 오듯 땀을 흘리는 메이리의 얼굴과 그 이마와 목에 젖어 들러붙은 머리카락이 승의 눈에 들어왔다. 메이리는 농부들처럼 올 굵은 밀짚모자를 쓰고 있었고, 모자 둘레에는 시들어가는 초록빛 잔가지가 둘둘 감겨 있었다. 승의 눈에 보이는 메이리는 뼈가 앙상할 정도로 여윈 모습이었고, 그 마른 몸에 걸친 푸른 무명 제복도 땀에 젖어 있었다. 게다가 맨발에 짚신을 신고 소매를 팔꿈치 위까지 둘둘 말아 올린 채였다.

메이리의 눈에는 가죽처럼 단단한 피부를 가진 수척하고 키가 훤칠한 청년이 들어왔다. 그는 더러운 군복을 입고 있었고, 검은 얼굴에서 비 오듯 땀이 흘러 턱에서 방울지고 있었다.

태양이 두 사람의 머리 위에서 잔인할 정도로 강한 빛을 뿜고 있었다. 주위에 나무라고는 낮고 폭이 좁은 덤불숲이 다였는데, 그 좁은 그늘마저도 간신히 몸을 옮겨 누운 부상자들이 차지하고 있었다. 그들은 숨을 헐떡이며 물을 찾았다. 승과 메이리 가까이 있던 그늘진 얼굴의 인도 남자도 작은 신음을 흘리며 물을 찾기 시작했다.

"파니Pani…… 파니……."

승과 메이리는 신음소리에 고개를 돌렸다가 어깨가 뜯겨나간 한 남자를 보았다. 남자는 금방이라도 죽을 것처럼 피를 흘리고 있었다. 승은 뭐라고 말하기도 전에 메이리의 손을 놓고 죽어가는 남자 앞으로 다가가더니, 소중한 물이 담긴 자신의 수통을 열어 남

산 자들이 부르는 노래

자의 입에 대주고 좀 더 쉽게 마실 수 있도록 오른손으로 머리를 들어주었다.

"어차피 죽을 거예요." 메이리가 목소리를 낮춰 외쳤다.

"당신한테도 필요할 테니 물을 아껴요……."

그러나 승은 마지막 한 방울까지 남자가 마시도록 내버려 둔 뒤 그를 다시 뜨거운 바닥에 눕혔다. 남자는 머리가 바닥에 채 닿기도 전에 숨을 거두었다.

"물만 버렸잖아요." 메이리가 여전히 목소리를 낮춰 말했다.

"이 사람의 부탁을 들어주지 않았다면 나중에 이 물을 마시다가 목에 걸렸을 거야."

승은 빈 병을 코르크 마개로 막은 뒤 다시 제자리에 달았다. 그런 뒤 다시 메이리를 향해 돌아서서 그녀의 손을 잡았다.

"어디에 있었소?"

"여기요. 내가 돌봐야 할 간호사들과 함께요."

"나는 당신이 그 작은 집에 있는 줄로만 알았소. 나보다 더 좋아하는 그 멍청한 개랑 말이지."

"나는 당신이 내가 있는 이곳에서 먼 어딘가에 있는 줄로만 알았어요." 메이리의 갈라진 입술에 미소가 어렸다.

"행군을 다시 시작한 그날 밤에 노래를 부른 사람이 바로 당신이었어. 당신일 리 없다고 생각했는데."

승과 메이리는 부상당한 몸으로 뜨거운 햇살 아래 누워서 죽어가고 있는 사람들에 둘러싸여 이렇게 몇 마디 안 되는 말을 주고받았다. 그들은 이 순간마저도 지속될 수 없다는 것을 알고 있었다. 두 사람에게는 이곳에 있는 사람들을 위해 완수해야 할 책임이 있었다. 간호사들은 벌써 호기심 어린 눈으로 승과 메이리를 흘끔거리고 있었다. 시선을 의식한 두 사람은 부여잡았던 손을 놓았다.

"오늘밤에 다시 찾아오겠소." 승이 말했다.

"기다리고 있을게요." 메이리는 대답은 이렇게 했지만, 이런 날에는 밤까지 기다리는 게 불가능할 것처럼 느껴졌다. 오늘 하루가 지났을 때 누가 살아 있고 누가 죽어 있을지 어떻게 안단 말이지?

"몸조심해요." 메이리의 눈이 애원하고 있었다.

"오늘밤을 무사히 맞아야 해요."

뜨겁게 달아오른 승의 검은 얼굴에 갑자기 불이 붙은 것 같았다.

"내가 죽을 것 같소? 오늘밤, 해가 진 다음에 만나지."

승은 돌아서서 사방에 흩어져 누워 있는 군인들 사이를 성큼성큼 걸어갔고, 메이리는 큰 키에 여윈 그의 모습을 잠시 바라보았다. 그때 작은 손 하나가 그녀의 손 안을 파고들었다.

"저 키 큰 사람은 누구예요, 언니?"

메이리의 어깨에 판샤오의 속삭임이 느껴졌다. 판샤오는 얼마 전부터 메이리를 '언니'라고 부르기 시작했고, 메이리는 어린 판샤오가 얼마나 외로운지를 잘 알아서 그걸 허락했다. 메이리는 고개를 돌려 판샤오의 호기심 가득한 눈을 내려다보고는 웃기 시작했다.

"네 생각을 미처 못했네! 네가 여기 있다는 걸 생각 못했어. 맙소사, 네 오빠잖아……! 셋째 오빠! 여기서 이렇게 만났어."

판샤오는 젊은 남자의 뒷모습을 눈으로 좇았지만, 그는 이미 군인들 사이로 사라진 뒤였다.

산 자들이 부르는 노래

"뛰어서 따라갈까요?" 판샤오가 물었다.

그러나 메이리는 고개를 저었다.

"지금은 그럴 시간 없어. 할 일이 있잖아. 오빠는 오늘 해가 진 다음에 다시 올 거야. 나랑 같이 기다리자."

메이리는 이렇게 말하고는 판샤오의 손을 잡고 발걸음을 옮기더니 두 손과 무릎으로 바닥을 기고 있는 영국군 위로 함께 몸을 숙였다. 군인은 부서진 트럭이 만들어낸 좁은 그늘을 향해 기어가고 있었는데 고개를 떨어뜨리고 있어서 얼굴은 볼 수 없었다.

"도와드릴까요?" 메이리가 물었다.

메이리의 목소리와 그녀의 입에서 흘러나온 영어에 군인은 있는 힘을 다해 고개를 들었다. 순간 메이리의 눈에 들어온 모습은 군인의 고통을 제외한 모든 것을 잊게 만들었다. 얼굴 아래쪽 절반이 없었다. 턱과 코, 말할 수 있는 입은 사라졌고 오직 겁에 질린 눈만이 고통 속에서 메이리를 올려다보았다.

메이리는 허리를 굽혀 판샤오의 도움을 받아가며 군인의 팔 밑에 손을 넣어 끌어주었다. 마침내 뜨거운 트럭 그늘 앞에 도착한 그녀는 얼굴만이라도 그늘에 가려질 수 있도록 군인을 잘 눕힌 다음, 가지고 있던 작은 상자에서 피하주사기를 꺼내 군인의 팔에 꽂고 군인이 자신의 나머지 한 손을 움켜잡도록 두었다. 잠시 후 그의 손에서 힘이 빠지는 것이 느껴지더니 번쩍이던 눈도 빛을 잃고 흐릿해졌다. 메이리는 마른 땅에 그의 손을 내려놓고 자리를 떠났다. 그녀가 생명을 구할 수 있을지도 모를 다른 부상자들이 있었기 때문이다.

❖

 그날은 모두가 임무를 수행하는 중에도 대대적인 후퇴가 계속되는 더 비참한 상황이 펼쳐졌다. 살아 있는 자와 죽어가는 자 모두가 쉼 없이 이동해야 했다. 사방에서 전쟁의 포효가 들려왔지만 메이리는 신경 쓰지 않고 끊임없이 일했다. 간호사들도 그녀를 도왔고 박사는 천막 아래 트럭에서 수술을 집도했다. 이렇게 일하는 와중에도 더 뒤로 물러나라는 명령이 울려 퍼지곤 했다.

 전쟁은 결코 그 전체를 볼 수 없는 법이다. 전쟁은 수많은 작은 움직임들과 사람들로 이루어져 있다. 그래서 각각의 개인들은 볼 수도 없고 이해할 수도 없는 그 전체의 일부가 된다. 명령이 떨어지면 움직여야 하고 지시된 방향으로 나아갈 뿐, 그 이유에 대해서는 알 수도 물을 수도 없다.

 그 무덥던 날, 메이리는 온종일 부상자들 사이를 바쁘게 오갔고, 새로운 부상자들이 죽기 위해 혹은 남은 목숨을 부여잡기 위해 속속들이 옮겨졌다.

 메이리는 지쳐서 쓰러질 것 같은 기분으로 청 박사를 바라보다가 순간적으로 아직 쉴 때가 아님을 깨달았다. 그도 여전히 일하고 있었기 때문이다. 그는 땀이 흘러 눈에 들어가는 것을 막기 위해 머리에 수건을 둘러매고 있었다. 그럼에도 그가 살을 가르고 베어내고 동맥과 정맥을 묶는 동안 땀이 그 뺨과 맨살을 드러낸 팔을 따라 손가락 끝에서 방울져 떨어졌다. 간호사들은 박사를 따라다니면서 그가 절단한 부위를 붕대로 감고 있었는데 그 붕대마저도 이들이 흘린 땀으로 축축하게 젖어들었다. 이 가혹한 더위

속에서 땀을 말릴 수 있는 사람은 아무도 없었다. 다들 눈에 띄는 물이 있으면 닥치는 대로 마셨다. 청 박사도 말라가는 더러운 개울에서 퍼온 양동이 물에 뭔지 모를 약품 한두 병과 소금을 넣고는 사람들에게 마시게 했다. 죽음 한가운데 오직 무모함만이 삶을 이어가는 힘이 되고 있는 지금, 당장이라도 하늘 혹은 둘러싼 덤불에서 죽음이 엄습해올지 모르는 이 순간, 그토록 애타게 원하던 물 앞에서 몸 사릴 필요가 없었다.

메이리는 간호사들이 하루를 잘 견뎌내고 있는지 주의 깊게 살펴보았다. 그리고 적어도 그녀의 눈에는 모두가 잘 버티고 있는 것처럼 보였다. 또한 가장 걱정했던 판샤오가 누구보다도 훌륭하게 임무를 다하고 있었다. 그녀는 무더위와 피, 그리고 죽음의 한복판에서 바쁘게 오가며 필요한 물건들을 가져오고 운반했다. 작은 얼굴은 더위로 달아올라 있었지만 즐거워 보였다. 메이리는 자신의 곁으로 다가오는 판샤오의 얼굴에서 미소를 보았다.

"오늘밤만 고대하고 있어요." 판샤오가 속삭였다.

판샤오는 정말 어린아이였다. 메이리는 말없이 미소로 답했다. 이 끔찍한 상황에서도 그녀는 오늘밤에 맛보게 될 자신의 기쁨 외에는 아무것도 생각지 않고 있었다. 그녀의 어린 마음은 이 공포 속에서 더는 아무 의미도 느끼지 않는 쪽을 택했다. 판샤오는 사람이 죽어가는 걸 지켜보면서도 너무 자주 본 광경이라 아무 감정도 느끼지 못했다. 그녀에게 이제 죽음은 인생의 일부였다. 그녀는 피와 상처, 악취를 예사롭게 여겼고 자신만의 생각에 골몰했다. 오늘 그녀의 머리를 가득 매운 건 오빠에 대한 생각이었다. 어제는 한 상점에서 우연히 발견해 동전 한 닢을 주고 산 달콤한 음식을 온종일 생각했고, 그저께는 길가를 헤매던 새끼 고양이에게 종일 마음을 빼앗겼다. 내일은 또 다른 뭔가를 생각하리라.

내륙 지방의 학교에 다녔고 난징 공습으로 고아가 된 수첸은 일하는 내내 눈물을 흘렸고, 이따금 피와 흙먼지가 잔뜩 묻은 손을 들어 눈과 얼굴을 닦았다. 언제나 불그스레했던 그녀의 얼굴은 이제 다른 사람의 피로 얼룩져 있었다. 그러나 메이리는 울 수라도 있다면 수첸을 걱정할 필요가 없다고 생각했고, 셰잉 걱정도 하지 않았다. 셰잉은 악담과 욕설을 퍼부으며 무거운 군인들을 등에 업고 전장을 가로질렀고, 가벼운 군인들은 어린애 안듯 두 팔로 들어 옮겼다. 메이리는 셰잉이 오갈 때마다 혼잣말로 내뱉는 저주와 욕설을 들을 수 있었다.

"아, 맙소사! 이렇게 선량한 사람들이 부질없이 죽다니! 그 사악한 놈들과 그 애비는 고자가 되고, 그놈들의 어미는 밑이 썩어 문드러져라."

셰잉은 이렇게 중얼대다 말고 또 소리를 질렀다.

"세상에, 저 이 사람 알아요! 다리가 떨어져나간 이 사람 말예요! 대장님!"

셰잉이 메이리를 향해서 외쳤다.

"트럭을 운전한 사람이에요. 기억하세요? 정말 친절하고 마음 좋은 사람이었는데. 가엾기도 하지! 자, 제가 박사님 계신 곳으로 옮겨드릴게요."

그때 청 박사가 셰잉에게 남자를 데려오지 말라고 소리쳤다. 이미 떨어져나간 두 다리를 어떻게 몸통에 다시 붙인단 말인가? 그러자 셰잉은 설령 자기 어머니가 저주를 받는다 해도 살아 있는 두 눈으로 그녀를 바라보는 사람은 피부색이 희건 검건, 다리가 달려 있건 떨어졌건 박사한테 데려오겠노라고 고래고래 소리를 질렀다. 그리고는 죽은 사람만 그대로 내버려둘 거라고 덧붙이면서, 더군다나 얼굴을 아는 사람을 그냥 둘 수는 없다고 말했다. 그러나 남자는 셰잉이 말을 끝맺기도 전에 숨을 거두었다.

✥

적군이 하늘과 나무들이 빽빽한 숲에서 잠시도 공격을 멈추지 않았던 그 끔찍한 날, 혼미해질 정도로 지친 대원들이 바쁜 중에도 안간힘을 다해 싸우는 모습은 이상하게만 보였다. 청 박사와 셰잉처럼, 때때로 뜻을 모아야 할 대원들이 일을 하다가 격렬한 다툼을 벌이곤 했다. 다들 극도의 두려움과 피로, 더위와 굶주림 속에서 적의 무기가 폭발하는 것만큼이나 자주 분노를 터뜨렸다. 무엇보다 참기 어려운 것은 잔인할 정도로 이글거리는 분노한 태양이었다. 태양은 날이 밝고 시간이 흐르자 점점 더 맹렬하게 타올랐다.

그러나 메이리는 서로 소리치고 욕하거나 눈물을 흘리며 울 수 있는 한 간호사들에게는 별 일이 없으리라는 걸 알고 있었다. 그녀는 오직 침묵하는 이들만 주의 깊게 살폈다. 지나치리만치 조용한 두 사람이 있었는데 바로 안란과 치링이었다. 두 사람은 줄곧 말이 없었으며 치링은 점심때가 한참 지나서 간단한 먹을거리가 배급되었을 때도 고개를 저으며 음식을 입에 대려 하지 않았다.

메이리가 치링 곁으로 다가가서 말했다. "먹어. 명령이야."

치링은 고개를 저었다.

"아무리 명령이라도 못 먹겠어요. 다 토할 거예요."

메이리는 더는 강요하지 않고 안란과 함께 일하는 그녀를 지켜보기만 했다. 치링과 안란 사이에는 우정이라고 부를 만한 감정이 싹터 있었고, 두 사람은 침묵 속에서도 서로에게서 위안을 얻었다.

길게만 느껴지던 하루가 이렇게 흘러가며 점차 대원들의 마음을 무겁게 만들었다. 오후 시간이 절반쯤 지났을 무렵, 모두들 아군이 전투에서 패하고 있음을 깨달았다. 그들은 공기와 흙먼지와 열기 속에서 패배의 냄새를 맡았고, 누구도 '패배'라는 단어를 입에 담지 않지만 상황을 모르는 사람이 없었다. 아군이 패하고 있다는 사실이 사악한 바람처럼 모두들 휘저어놓았다.

장군은 전령이 소식을 전하기도 전에 벌써 이 사실을 알고 있었다. 그는 그날 아군의 후퇴를 돕기 위해 부하들과 온힘을 다해 길을 막은 장애물을 제거했다. 하지만 적군은 사악하기 그지없고 동시에 교활했다. 퇴로를 확보했다 싶으면 결국 그 길은 다른 지점에서 다시 막혀 있곤 했다. 영국군도 이처럼 길이 끝없이 차단된 상황에서 빠져나올 수 없는 덫에 걸려 있었던 셈이다.

장군은 이제 엔진이 멈추면 아무짝에도 쓸모없어지는 백인들의 차량을 진심으로 저주하고 있었다. 엔진은 인간의 심장처럼 차체에서 가장 섬세하면서도 약한 부품이었다. 적군은 멈춰버린 차량들을 쉼 없이 끌어다가 길을 막으며 보루를 쌓고 후퇴로에 총탄을 퍼부었다.

"백인들의 차 때문에 발이 묶인 셈이로군!" 장군이 부관들에게 고함을 질렀다.

"우리의 두 다리는 믿을 수는 없는 건가? 이 빌어먹을 물건들을 녹슬고 썩어 문드러지도록 여기에 버려둘 수는 없는 건가?"

그러나 동맹군이 그토록 신뢰하는 무기와 차량을 그냥 버리고 갈 수는 없었다. 차 때문에 그들은 길을 따라가야 했고, 그러면 적군은 하늘과 밀림에서 그 길 위로 총탄을 퍼부었다. 그들은 몸을 숨길 수도, 길을 벗어날 수도 없었으므로 가는 곳마다 적에게 발각되었다.

이윽고 어둠이 내리자 모두 걸음을 멈추었다. 다들 내일 자신들이 통과해야 하는 길을 적군이 밤새 막을 것임을, 그리고 자신들을 적으로 간주하는 버마인들이 적군을 돕고 숨겨주고 이들과 나란히 서서 자신들에게 방아쇠를 당길 것임을 알고 있었다.

승은 이곳 사람들이 탄환 대신 무엇이든 사용할 줄 안다는 사실을 깨닫게 되었다. 적군은 새로 개발된 뛰어난 성능의 탄환을 보유하고 있었다. 그 탄환은 순식간에 터지며 작은 금속 조각을 흩뿌려 인간의 살을 갈가리 찢어놓았다. 그러나 그날 늦게 어둠이 내려 정지 명령이 하달되기 전, 승은 왼쪽 위팔이 뜨끔하는 걸 느꼈다. 밤이 깊어가는 터라 큰길에서 갈라져 나온 좁은 길 위에서 대원들이 야영할 만한 장소를 찾고 있던 참이었다.

그는 손을 팔에 댔고, 뜨끔했던 이유를 찾기도 전에 함께 있는 몇 안 되는 대원들 위로 뾰족한 쇠붙이가 쏟아졌다. 다들 머리를 숙인 채 서둘러 그 자리를 피했고, 승도 그나마 안전한 큰길로 나와 위험한 나무에서 멀찌감치 떨어져 손으로 팔을 더듬었다. 가만 보니 목수가 못질이라도 한 것처럼 못 한 개가 팔 깊숙이 박혀 있었다. 승은 놀람을 금치 못하고 못대가리를 잡아당겼다. 못은 손가락 두세 마디 정도로 길었다. 승은 엄지손가락과 집게손가락으로 못을 들고 욕설을 퍼부었다.

"이것 좀 봐." 승이 부하들에게 말했다.

"이걸 우리 머리 위로 쏟아 부었어."

"그 못은 절대로 적군들 물건이 아닙니다." 부하 중 하나가 말했다.

"우리와 싸우려고 적군과 합류한 버마 사람들일 겁니다. 영국인들이 오랫동안 무기 소지를 법으로 금지시켜서 이들한테는 좋은 무기가 없지요. 가진 거라고는 훔치거나 이런 날 쓰려고 숨겨둔 오래된 무기뿐입니다. 그런데 총알이 없으니 못이나 쇠붙이를 탄알 대신 사용하는 겁니다."

못을 빼낸 구멍에서 짙은 피가 천천히 방울져 떨어졌다. 승은 상처를 씻기 위해 잠시 피가 흐르도록 내버려둔 뒤 윗도리 밑단을 길게 찢어 상처 부위에 동여매고는 하던 일을 계속했다. 그날 밤 그들은 누가 다가오지는 않는지 사방을 감시하기 위해 샛길 아닌 큰길 한복판에서 야영했다. 승은 근처 밀림을 따라 대원들을 부채 모양으로 배치시켰는데, 바깥쪽 대원들은 불침번을 서고 안쪽 대원들은 자정이 되어 그들과 교대할 때까지 잠을 청했다.

밤을 보낼 모든 준비를 마치자 지쳐버린 대원들은 형편없는 음식으로 허기를 달랬다. 먼 대열 끝에서 다시 식량이 전달될 때까지 이렇게 버티는 수밖에 없었다. 승은 하급 장교에게 잠시 빈자리를 대신해달라고 부탁한 뒤 홀로 이 킬로미터는 족히 되는 길을 떠났다. 그의 발걸음은 만나기로 한 약속을 지키기 위해 부상자들이 있는 곳을 향하고 있었다.

약속 장소가 가까워지자 승은 가슴이 두근대는 것을 느꼈다. 야영지 앞에는 예상과 달리 한 명 아닌 두 명이 그를 기다리고 있었다. 희미한 달빛이 빽빽한 나무숲 사이로 스며들어 길을 비추는 햇빛처럼 쏟아지고 있었고, 그 어렴풋한 빛 아래 메이리가 고개를 들어 귀를 기울이는 게 보였다. 그런데 키 작고 어린 누군가가 두 손으로 메이리의 손을 붙잡고 있었다. 뜨겁게 타오르던 승의 가슴이 갑자기 싸늘해졌다. 첫 만남에 왜 낯선 사람을 데리고 나왔지? 그토록 오랫동안 그가 다가가는 걸 막더니 또다시 벽을 쌓고 줄다리기하고, 기다리게 만들려는 걸까? 이런 생각을 하자 화가 치밀었다.

'더 이상 시간 끌 여유가 없어.' 승은 생각했다.

'이제 메이리도 가부간에 결정을 내려야 해. 나와의 관계를 확실히 하도록 만들겠어. 여자가 아닌 남자를 대하듯이 확실히 담판을 지어야겠군.'

승은 화난 마음에 걸음을 재촉하며 성큼성큼 걸어갔고, 메이리는 점차 가까워지는 둥한 얼굴을 볼 수 있었다. 그녀는 말없이 승의 얼굴을 바라보며 기다렸다.

"누굴 데려온 거요?" 승이 짧게 물었다. 메이리는 승이 화가 난 이유를 알아차리고는 소리 내서 웃었다.

"승! 당신도 아는 사람이에요."

승은 메이리와 단둘이 있고 싶은 마음이 간절했기 때문에 판샤오에게 관심 없는 시선을 한두 번 던졌다. 그때 판샤오가 작은 얼굴을 수줍게 들더니 큰 키에 거친 목소리를 가진 남자를 놀란 눈으로 바라보았다. 이 사람이 정말로 셋째 오빠일까?

판샤오가 기억하는 그는 갈대처럼 호리호리한 몸에 골난 얼굴로 집 안을 휘젓고 다니던 소년이었다. 그러나 판샤오는 아주 어릴 때 그가 이따금 자신을 물소에 태워 풀밭으로 데리고 갔던 걸 기억하고 있었다. 햇살 가득한 평화로운 언덕에서는 그도 더 이상 퉁명스러운 소년이 아니었고, 한없이 다정하기만 했다. 그는 초록빛 잎집*안에 부드러운 은빛 수염이 접혀 있는 달콤한 풀을 뜯어 판샤오의 벌린 입 앞에 대주었고, 판샤오는 오빠가 잎자루를 하나씩 뜯어낼 때마다 혀로 단물을 핥아먹었다. 두 어린아이는 소리 내서 웃으며 마냥 즐겁기만 했다. 판샤오는 오빠가 노래를 불러주곤 했던 것도 기억하고 있었다.

"예전에 자주 부르던 노래 생각나? 봄에 괭이질하는 농부들에 대한 노래."

판샤오가 뜬금없이 질문을 던지더니 목청을 돋워 맑게 떨리는 소리로 한 소절을 불렀다.

"그 노래를 어떻게 아는 거지?" 승이 물었다.

"그건 내 고향 산동네 사람들이 부르는 노랜데."

"난 판샤오니까." 판샤오가 성이 난 매서운 눈으로 그를 쳐다보며 더듬었다. 그러자 승은 판샤오를 내려다보며 숨을 크게 들이마시더니 자신의 오른쪽 귀를 당겼다.

"내가 동생도 못 알아보는 사람인 것 같아? 이 끔찍한 구렁텅이에 빠져 있는 네가 내 동생이라고? 그게 사실이라면 목숨이 다할 때까지 머리를 쥐어짜도 네가 어떻게 여기에 와 있는지 모르겠

---

* 잎자루가 칼집 모양으로 줄기를 싸고 있는 것

군!"

승의 얼굴에서 더는 화난 기색을 찾아볼 수 없었다. 그는 흥분과 놀라움이 가득한 눈으로 판샤오의 얼굴을 들여다보았고, 보면 볼수록 동생이 맞다는 것을 깨닫고 있었다.

"내 형수님 이름이 뭐지?" 승이 물었다.

"옥." 판샤오가 곧바로 대답했다.

"나한테 형이 몇 명 있지?"

"둘." 판샤오가 기분 좋은 목소리로 말했다.

"라오타랑 라오얼. 그리고 오빠 이름은 라오산. 우리 집 가운데에는 마당이 있고, 마당 한복판에는 작은 연못이 있어. 연못에는 금붕어가 살고. 여름에는 마당에 거적으로 지붕을 쳐서 다 같이 그 아래 모여서 밥을 먹었어. 큰오빠네 아들들은 집 안을 정신없이 뛰어 다녔고…… 그리고……." 판샤오는 손으로 입을 막았다.

"아, 불쌍한 큰올케언니…… 언니가 죽은 걸 오랫동안 잊고 있었어!"

"조카도 둘 다 죽었어." 승이 무뚝뚝하게 말했다.

판샤오가 슬픔에 못 이겨 울부짖었다.

"두 아이 모두 너무 예뻤는데! 둘째를 안으면 포동포동하고 부드러워서 너무 예뻤어. 그리고 송아지처럼 항상 젖 냄새가 났어!"

낯설고 외로운 이곳, 한밤에나 잠시 누릴 수 있는 평화로운 이 순간에 오누이는 자신들이 태어난 집을 그리워하며 서로에게 다가갔다. 주위에는 잠든 군인들이 보였고, 귓가에는 부상병들의 신음이 들렸다.

"어디에 좀 앉죠." 메이리가 다정한 목소리로 말했다. 그러나 악이 들끓는 이곳 어디에 앉을 만한 자리가 있겠는가?

"숲 가까이는 안 돼." 승이 말했다.

"이곳 뱀은 굉장히 빠르지. 게다가 여기 뱀한테 물리면 꼼짝 없이 죽어. 그러니 바닥이 훤히 보이는 곳에 있어야 하오."

가까이에 부서진 트럭 한 대가 보였다. 옆으로 쓰러진 트럭은 적의 포탄에 맞아 한쪽이 날아가고 없었다. 메이리와 승은 판샤오를 가운데 두고 트럭 위에 앉았다. 귓가에서 모기가 시끄럽게 윙윙거렸고, 양옆으로 보이는 숲에서는 밤새 움직이는 작은 짐승들의 날카로운 소리가 밤공기를 가르며 들려왔다. 잔가지가 덩치 큰 동물의 발에 밟혀서 이따금 살며시 부러지는 소리도 들렸다. 세 사람은 달빛 쏟아지는 뜨거운 밤공기 속에 앉아 있었다. 먼 곳에 두고 온 농가에 얽힌 기억이 가슴 아픈 추억이 되어 스멀스멀 몸속으로 기어들었다.

그들은 한동안 침묵에 잠겨 있었다. 이윽고 판샤오가 기억을 끄집어내 펼치기 시작했고, 승은 고향 집과 자신을 낳아준 부모님 외에는 모든 걸 잊고 몽상에 잠겼다. 생각이 어디로 흘러가는지는 누구도 알 수 없었다.

❖

같은 시간, 잠자리에 누운 링사오도 셋째 아들 생각에 잠을 이루지 못했다. 밤에 침대에 누우면 곧바로 잠들던 그녀였음에도 오늘은 아까 전해 들은 불길한 소식에 마음이 편치 않았다. 링탄도 같은 이유로 뒤척이고 있었다. 그는 링사오 곁에 꼼짝 않고 누워 있었지만 잠든 건 아니었다. 오늘 갓 뽑은 무를 팔러 성 안으로 간 두 아들이 버마 패전 소식을 듣고는 집으로 돌아와 전한 것이다. 버마는 수천 킬로미터 떨어진 곳임에도 이곳까지 불길한 소식이 전해지고 있었다. 허공을 맴도는 비밀스러운 목소리와 가린 손 뒤에서 새어나오는 속삭임이 곤두세운 귀로 흘러들었고, 이제 수많은 사람들이 버마가 곧 무너질 것이며 자신들도 자유를 되찾기까지 수년은 더 기다리게 되었음을 깨닫게 되었다.

링탄은 오늘 성 안에 갔던 두 아들이 바구니가 텅 비었음에도 어두운 얼굴로 돌아온 것을 보았다.

"그 악마 같은 놈들이 오늘은 또 무슨 짓을 하더냐?" 링탄이 물었다. 그는 얼마 전부터 성 안에 들어가는 대신 남은 힘을 논밭에만 쏟아 부었다.

"오늘은 그 악마 같은 놈들이 아니라 버마에 있는 백인들 때문입니다." 라오타가 말했다.

그는 문 앞의 긴 의자에 걸터앉아 한숨을 쉬며 바구니를 털썩 내려놓더니, 짤막한 대나무 담뱃대를 꺼내 요즘 담배 대신 사용하는 마른 풀을 꾹꾹 눌러 담았다.

라오타는 자기가 파놓은 함정에 빠져 있던 여인과 결혼한 뒤로, 말랐던 옛 모습을 찾아볼 수 없을 정도로 몸에 살이 붙고 윤택해졌다. 새 아내가 남몰래 맛있는 음식을 만들어주고 가장 좋은 고깃덩어리를 가족들 눈에 띄지 않게 그의 밥공기에만 넣어준 덕이었다. 게다가 그녀는 연로하신 아버지를 더 많이 도와야 한다며 라오타가 더 이상 함정을 파지 못하도록 설득했다.

"당신처럼 효심 깊은 장남은 당연히 아버님을 더 도와드려야죠."
새 아내는 라오타에게 이렇게 말하고, 언제나 칭찬을 아끼지 않았다. 그녀는 라오타를 추켜세우며 달랬으며 전혀 힘들이지 않고도 그가 서서히 자기 뜻대로 움직이도록 만들었다.

이처럼 그의 새 아내는 식구들의 마음을 움직이는 힘을 가지고 있었다. 그녀가 사랑을 듬뿍 담은 더할 나위 없이 다정한 말로 가족들을 구슬르면, 가족들도 기쁜 마음으로 그녀의 뜻에 따랐다. 그녀가 하는 일들은 모두 그 자신을 위한 것이 아니었으며, 그녀의 사랑은 가족 모두에게 아낌없이 돌아갔다.

가족들은 이런 그녀를 사랑했다. 새 아내는 옥 앞에서 한 번도 손윗사람 행세를 하지 않았으며 그녀의 학식과 고운 외모에 감탄을 아끼지 않았고, 그녀의 세 아들 특히 그녀가 한 번에 낳은 쌍둥이를 숭배하다시피 열렬히 사랑했다. 또한 라오얼을 깍듯이 모시고 칭찬하며 이토록 지혜로운 그가 장남으로 태어났어야 한다고 생각하게 만들었다. 또한 링사오를 아끼려고 노력했으며 주인 섬기듯 링탄을 모셨다.

하지만 이런 그녀도 남편인 라오타에게만은 가슴에 품은 한 가지 큰 소원을 드러내 보였다. 바로 너무 늦기 전에 아들을 가지고 싶다는 바람이었다. 또한 이 소원도 남편을 향한 애끓는 사랑을 담아 이야기했으므로 여기에 감동한 라오타는 새 아내를 탓하는 대신 이렇게 위로했다.

"아이 때문에 속 태우지 마. 설령 아이를 못 가진다 해도 나는 당신이 좋아. 게다가 지금은 아이들이 살기 좋은 세상이 아니잖아."

그는 새 아내에게 자주 이렇게 말하곤 했다. 그러나 새 아내는 염주를 손에 들고 밤낮으로 관세음보살에게 소원을 빌며 희망을 놓지 않았다.

이처럼 라오타는 요즘 기분이 너무 좋아서 마음에 근심이 있으면 금방 얼굴에 드러났다. 그는 동생과 오늘 성 안에서 들은 이야기를 가족들에게 전했고, 가족들은 그가 느끼는 울적한 기분을 함께 나누었다. 그들은 저녁이 늦도록 한자리에 모여 이야기를 나누며 만일 버마가 무너지면 어떻게 해야 할지 계획을 세웠다.

"백인들이, 그 백인들이 전쟁에 질 거라고는 상상도 못했다." 링탄은 같은 말을 계속 반복했다.

"그런 총과 무기를 가지고도 어떻게 진단 말이냐?"

링탄은 서글픈 생각에 잠겼다. 버마가 무너지면 백인들이 했던 약속은 또 얼마나 부질없는 것이 되어버리겠는가.

"이 나라가 이렇게 세상과 단절되면, 아마 수년 동안은 헤어나지 못할 겁니다." 라오얼이 슬픈 목소리로 말하며 옥의 눈을 바라보았다.

"우리 아이들도 노예처럼 자라야 하는 거예요?" 옥이 소리쳤다. 줄곧 말없이 앉아 있던 옥의 갑작스러운 외침에 모두가 그녀를 돌아보았다. 옥은 울음을 터뜨리더니 방에서 뛰쳐나갔다. 그러자 링탄이 둘째 아들의 심각한 얼굴을 바라보며 물었다.

"어멈이 한 말이 무슨 소리냐?"

"저 사람은 아이들이 자유가 뭔지 모르게 될 수 있다는 걸 무엇보다도 두려워해요." 라오얼이 대답했다.

"어멈은 지금껏 맹목적으로 백인들이 신속하게 적군을 무찌르기를 바라고 있었어요. 그리고 버마가 바로 그런 승리를 거두기 위한 마지막 희망이라는 것도 알고 있었죠."

"어멈은 언제나 아는 게 너무 많아." 링사오가 한숨을 쉬었다.

"네 처는 남자만큼이나 아는 게 많구나."

링탄이 다시 라오얼에게 말했다.

"네 아들들이 자유롭게 자라기를 원한다면 이 집을 떠나라."

"예?" 그때 링사오가 소리쳤다.

"손자들이 집을 떠나게 내버려두라고요? 그래서 우리 셋째 아이처럼 소식도 알 수 없게 말예요?"

링사오가 파란 앞치마로 눈을 가리고 큰 소리로 울기 시작하자 라오얼은 황급히 그녀를 위로했다.

"어머니, 왜 항상 시작도 하기 전에 끝을 먼저 생각하세요? 제가 아이들을 먼 곳으로 데려가겠다고 한 적이 있던가요?"

"아니다." 링사오가 흐느꼈다.

"하지만 어멈이 떠나고 싶어 하면 너도 갈 거 아니냐."

"어떻게 아이 셋을 눈에 안 띄게 데려가겠어요?" 라오얼은 어머니를 달래려고 말을 이었다.

"이건 어멈 혼자 꿈이에요. 저희는 어머니 곁을 떠나지 않을 거예요."

링사오는 라오얼의 말에서 위안을 얻지 못했다. "어멈이 꿈꾸는 일이라니 더 걱정이구나."

라오타의 아내가 그녀를 진정시키기 위해 따뜻한 차를 내왔지만 링사오는 입도 대지 않았다. 마침내 가족들 모두가 자리에서 일어나 각자 잠자리에 들었다. 그러나 마음 편한 사람은 아무도 없었다.

침대에 누운 링사오는 집안에 손자들이 없으면 너무 슬플 것이며, 그게 셋째 아들의 부고보다도 끔찍하리라 생각했다. 하지만 자식을 떠올리며 이런 모진 생각을 하는 자신이 사악하게 느껴진 그녀는 물밀 듯 밀려드는 라오산에 대한 그리움에 소리 죽여 울기 시작했다. 링탄은 그녀의 우는 소리를 듣고는 베개에 머리를 묻고 날카롭게 말했다.

"그만 좀 울어. 그간 험한 일을 숱하게 겪었으니 이제 눈물 마를 때도 됐잖아."

"내가 곁에 손자들도 없이 이 세상을 떠야 하나요?" 링사오가 울부짖었다.

"아직도 당신 생각만 하는구려." 링탄이 무거운 목소리로 대답했다. "당신하고 나는 이제 다 살았어. 그런데 저 어린 것들을 노예처럼 자라게 할 수 있나? 어멈 생각이 옳아."

　링사오는 남편의 말에 또다시 목을 놓아 울기 시작했고, 링탄은 노쇠해서 몹시 지쳐 있던 터라 아내에게 인내심을 베풀지 못하고 손을 뻗어 링사오의 뺨을 때렸다.

"그만해……! 그만해……!" 링탄이 소리쳤다.

"나까지 약하게 만들고 싶지 않다면 그만!"

　링사오는 울음을 그치더니 남편이 성이 나 있다는 것도 잊고 그의 뺨을 어루만졌다. 링탄의 뺨도 젖어 있었다. 링사오는 마침내 마음을 가라앉혔다.

"당신도 나와 같은 마음이지요?" 링사오가 속삭였다.

"그만둬." 링탄은 투덜거리는 듯했지만, 그 목소리가 링사오의 마음을 아프게 했다.

"여보……." 링샤오는 조용히 남편을 부르며 자신의 고집을 떨쳐버렸다. 어차피 겪을 일이라면 막지 말자……. 어차피 겪을 일이라면.

❖

승은 뜨거운 밤공기 속에서 얼굴을 찡그린 채 기억을 더듬었다. 판샤오도 그의 곁에서 옛일을 떠올렸다. 메이리는 자리에 없는 듯이 두 사람을 조용히 내버려두었다. 판샤오가 손을 내밀자 승이 그 손을 잡았다.

"판샤오, 어쩌다 여기 온 거야?" 승의 목소리에는 슬픔이 어려 있었다.

"여기는 나보다 너한테 더 좋지 않은 곳이다. 너한테 무슨 일이 생길지 모른다."

"하지만 언니를 만났고, 이제 오빠까지 만났으니 정말 잘됐잖아." 판샤오가 기분 좋은 목소리로 대답했다.

"아니면 나 혼자 여기 있었을지도 몰라." 판샤오는 곡절 끝에 이곳에 오게 된 사정을 승에게 이야기했다.

"강물에 떠 있는 나뭇잎 같군." 승이 말했다.

"어찌된 일인지, 왜인지도 모르고 여기까지 흘러왔으니."

"하지만 이젠 안전해. 언니하고 오빠랑 같이 있으니까." 판샤오는 아무 걱정이 없어 보였다.

승과 메이리는 판샤오의 머리 위로 마주보면서 서로의 마음을 읽었다. 두 사람은 단둘이 있기를 갈망하면서도, 자신들만 믿는 어린 판샤오에게 차마 잠시라도 자리를 피해달라고 말할 수 없었다. 둘은 그렇게 모질지 못해서 말없이 앉아 판샤오가 재잘거리는 소리에 귀를 기울이면서 그 머리 위로 서로를 바라보기만 했다.

판샤오는 쉴 새 없이 고향 집 얘기를 했다.

"작은올케언니가 나한테 글을 가르쳐주려고 애썼던 거 기억나, 오빠? 지금 내가 글을 얼마나 잘 아는지 올케언니한테 보여주고 내 작은 책도 읽어주고 싶어. 지금도 내 가방 안에 그 책이 들어 있거든."

"정말이에요." 메이리가 거들었다.

"판샤오가 가끔 그 책을 읽는 걸 봤어요."

"나는 책 읽는 걸 백인 여자가 만든 학교에서 배웠어. 그 학교에서 언니를 만났고."

판샤오가 메이리를 향해 말을 이었다.

"언니를 처음 본 순간, 나는 언니가……."

판샤오는 갑자기 깊은 생각에 잠긴 얼굴로 승을 돌아보았다.

"언니를 처음 봤을 때 언니한테, 언니가 오빠에게 좋은 아내가 될 거라고 했어."

승이 큰 소리로 웃었다.

"나도 언제나 같은 말을 하곤 했지. 지금도 마찬가지고. 메이리가 우리와 같은 생각을 하도록 네가 한번 설득해볼래?"

판샤오는 더할 수 없이 진지했다. 그녀는 메이리의 손을 잡아서 자기 무릎 위에 있는 승의 손 위로 가져왔다. 그런 뒤 자신의 작고 거친 두 손으로 두 사람의 손을 포개 잡았다.

"이제 둘이, 둘이 같은 생각이죠?" 판샤오가 더듬으며 물었다.

메이리는 판샤오의 기분을 좋게 해주려는 듯 자기 손을 승의 손 밑에 그대로 두었고, 승도 오른손으로 메이리의 가냘픈 손을 힘주어 잡았다. 판샤오도 떨리는 뜨거운 두 손으로 두 사람의 손을 눌렀다.

"언니도 우리랑 같은 생각이죠?" 판샤오가 메이리에게 애원하듯이 물었다.

"판샤오, 지금은 그런 얘기를 할 때가 아닌 것 같은데? 내일 우리한테 무슨 일이 생길지 누가 알겠니?"

"그러니까 지금 답해야 돼요." 판샤오가 초조한 얼굴로 말했다.

"내일이 틀림없이 온다면 서두를 필요도 없죠. 하지만 내일이 없을지도 모르니까 지금 대답해야 돼요."

"판샤오 말이 맞아." 승이 깊은 목소리로 거들었다.

메이리는 몸 밖으로 심장이 빠져나가는 것 같은 기분이었다. 약속을 하면 그게 승에게 힘이 되어줄까? 그 약속이 적어도 승을 안전하게 지켜주지 않을까?

그러나 하늘은 그녀에게 약속할 기회조차 허락하지 않으려는 듯했다. 메이리가 미처 대답하기 전에 누군가 달려오는 소리가 들렸다. 안란이었다. 달빛 아래 창백한 얼굴의 안란은 헐떡이며 핏기 없는 얼굴의 검은 눈으로 멍하니 앞을 바라보고 있었다. 그녀는 승과 판샤오는 눈에 들어오지 않는 것처럼 메이리 앞으로만 달려오며 소리쳤다.

"아, 여기 계셨군요……! 사방으로 찾아 다녔어요! 치링이…… 치링이 나무에 목을 맸어요! 저기, 저기요!"

산 자들이 부르는 노래

안란이 야영지 저편을 가리켰다. 메이리는 벌떡 일어나 안란이 가리키는 곳을 향해 달리기 시작했고 승도 그 뒤를 따랐다. 판샤오는 여전히 우두커니 서 있었지만 지금은 누구도 그녀를 염두에 두지 않았다. 모두들 병사들이 차량으로 방책을 세우고 잠들어 있는 곳을 지나 숲 가장자리로 달려갔다. 혹 투성이 키 작은 나무에 치링의 가냘픈 몸이 축 늘어진 채 매달려 있었고, 부채 모양의 작은 나뭇잎들이 바람 한 점 없는 고요에 가늘게 떨리고 있었다.

승은 칼을 꺼내 치링을 매단 천을 끊은 뒤 떨어지는 몸을 받아 바닥에 눕혔다. 정말로 치링이었다. 허리띠를 반으로 찢어 만든 올가미로 제 목숨을 스스로 앗아간 것이다. 정말로 저세상 사람이 된 걸까? 메이리는 허리를 굽혀 치링의 몸을 만졌다. 아직 온기가 느껴졌다.

"뛰어! 가서 박사님을 모셔와!"

메이리는 안란에게 소리친 뒤 치링의 축 늘어진 손을 문지르고 그 마른 팔을 흔들기 시작했다. 얼마 안 돼 청 박사가 도착했.

그는 무더운 기후에 거의 알몸으로 자고 있던 터라 달려오면서 허리띠를 채우고 있었다. 박사는 몸을 숙이고 치링의 심장에 귀를 댔다. 그리고는 고개를 저었다. 심장은 멎었고, 그녀는 죽었다. 그들은 자리에서 일어섰다. 안란은 눈물 없는 마른 눈으로 입을 굳게 다문 채 치링을 내려다보고 있었다.

"안란, 치링이 아무 말도 안 했어?" 메이리가 다정한 목소리로 물었다. "둘이 절친한 사이였잖아."

"아무 말 없었어요." 안란이 대답했다.

"늘 그랬던 것처럼 저희 둘만 동료들한테서 멀찌감치 떨어져 같이 저녁을 먹었어요. 조용히 있고 싶어서요. 그 다음엔 대장님 지시대로 부상자들을 돌봤어요. 치링이랑 저랑 각자 맡은 부상자들을요."

"치링을 봤습니다." 청 박사가 천천히 말했다.

"한 시간도 안 됐어요. 호주 병사 하나가 죽었다고 보고하러 왔지요. 이미 예상했던 일이었습니다. 상처에 괴저가 생긴 환자였거든요. 설파제*도 다 떨어졌는데 말입니다. 치링도 그 군인이 죽을 수 있다는 걸 알고 있었어요. 게다가 그는 치링과 아무 상관없는 사람이었죠."

"치링은 죽은 사람이 누가 됐건 너무 마음 아파했어요." 안란이 중얼거렸다.

"그래서 앞으로 죽는 사람을 수도 없이 보게 될 거라고, 매번 이렇게 힘들어 하면 앞으로 어떻게 할 거냐고 했어요."

"그랬더니 치링이 뭐래?" 메이리가 물었다.

"누가 뭘 물어도 대답 안 하는 거 아시잖아요. 저한테도 대답 안 했어요. 치링은 죽어가는 젊은 군인 앞으로 걸어가고 있었고, 저는 그 뒤에서 떠들었어요. 분명히 그 군인이 죽는 걸 보고는 여기 이 숲으로 와서 목을 맸을 거예요."

"가서 그 죽인 군인 좀 봅시다." 청 박사가 말했다.

"그 사람 몸 위에 무슨 표시를 남겼을지도 모릅니다."

"하지만 치링을 두고 갈 수는 없어요." 메이리가 다급히 박사를 막았다.

---

* 화농성 질환과 거의 모든 세균성 질환의 치료에 쓰이며 넓은 뜻으로는 이뇨 강압제와 혈당 강하제를 포함한다.

"밀림에 사는 짐승들이 먹어치울 거예요. 개미하고 살쾡이 같은 것들 말이에요……. 여기는 호랑이도 산다고 들었어요."

승이 허리를 굽혔다. "내가 안고 가지." 그는 치링의 시신을 어깨에 짊어졌다.

잠시 후 그들은 야영지 안으로 들어갔다. 영국인 보초가 그들을 뚫어져라 바라보았다.

"그건 누구요?" 보초가 물었다.

"간호사 한 명이 자살했습니다." 청 박사가 무뚝뚝하게 대답했다.

"아, 저런!" 보초는 중얼거리더니 총을 내리고 모자챙에 매단 모기장 천을 걷어 치링을 바라보았다.

"맙소사, 이 사람이군요." 그가 깜짝 놀란 얼굴로 말했다.

"여길 지나간 지 삼십 분도 채 안 됐어요. 혼자 나가는 건 위험하다고 말했지만 저를 밀치고 갔습니다. 그냥 내버려둘 수밖에 없었습니다. 영어를 못하는 사람하고 말씨름하기가 쉽지 않거든요."

"내려놔요." 청 박사가 승에게 말했다.

"우리가 돌아올 때까지 보초가 지켜줄 겁니다."

승이 치링의 시신을 내려놓자 메이리가 허리를 굽혀 시신을 반듯하게 눕혔다. 치링은 얼굴에 하얀 달빛을 받으며 평화롭게 누워 있었다.

"제가 지키지요." 보초가 중얼거렸다.

그들은 젊은 군인이 누워 있던 짚자리로 조용히 걸어갔다. 그는 숨이 끊어진 상태로 여전히 거기에 누워 있었다. 그러나 치링이 남긴 표시나 쪽지 같은 건 없었다. 그들은 숨진 군인을 자세히 살피다가 시신이 깨끗하게 매만져져 있다는 걸 깨달았다. 머리는 말끔하게 빗질되어 있었고, 살이 썩어 악취를 풍기는 아랫배에는 뭔지 모르나 향기를 풍기는 나뭇잎이 한 움큼 얹혀 있었다.

"치링이 얹어 놓은 잎이에요." 안란이 말했다.

그들은 잠시 가만히 서 있었다.

"그만 돌아가서 치링을 묻읍시다. 이런 더위에 시신을 방치하는 건 좋지 않아요. 이 청년은 다른 사람들이 알아서 묻어줄 겁니다. 하지만 치링은 우리 사람이니 우리가 묻읍시다."

그들은 치링이 있는 곳으로 돌아가 승이 구해온 막대기와 삽으로 숲 가장자리를 따라 난 길 옆에 구덩이를 팠다. 그 다음 안란과 메이리가 구덩이에 초록빛 나뭇잎을 뿌리자 이윽고 그 위에 시신을 눕혀 흙으로 구덩이를 메웠다. 승과 청 박사는 짐승들이 흙을 파지 못하도록 쓰러진 나무를 들어 무덤 위에 가로질러 놓았다.

모든 일이 끝나자 승과 메이리는 서로 마주보았다. 그리고 승은 예전과 다름없는 무뚝뚝한 투로 말했다. "이제 부하들한테 가야겠소. 당신도 돌아가서 할 일을 하시오."

승과 메이리가 마주보고 있는 동안 판샤오가 왔다. 판샤오는 여느 때와 다른 놀란 눈으로 말없이 두 사람을 지켜보았다. 그러나 그들은 판샤오에게도, 얼굴을 두 손에 파묻은 채 통나무 끝에 앉아 있는 안란에게도 주의를 기울이지 않았다. 청 박사는 이미 자리를 뜨고 없었다.

"시간이 허락하는 한 밤에 자주 만납시다." 승이 말했다.

"기다리시오. 시간이 날 때마다 당신을 만나러 오지."

메이리는 고개를 끄덕였다. 승은 돌아서서 걸음을 옮겼고, 메이리는 승이 시야에서 사라지자 안란의 곁으로 다가가 그 어깨에 손

산 자들이 부르는 노래

을 얹으며 말했다.

"가자."

안란이 일어서고, 판샤오도 가까이 다가왔다. 메이리는 겁에 질린 채 말이 없어진 판샤오의 손을 잡았다.

이렇게 세 사람은 잠을 청하기 위해 야영지로 향했다. 그러나 다시 동이 트기까지 남은 몇 시간 안에 과연 잘 수 있을지 의문이었다.

15장

또 한 번의 이별

　이튿날 밤도 그 다음날 밤도, 또다시 여섯 밤이 지날 때까지 승과 메이리는 만나지 못했다. 이튿날 새벽, 모기와 거머리 혹은 눈에놀이*를 비롯한 야생 땅에 서식하는 성가신 벌레들과 작은 생명체들에도 잠을 깨지 않은 사람들은 결국 저공비행하는 적기의 소리에 눈을 떴다. 적기는 심지어 메이리와 간호사들이 있는 후미에까지 폭탄을 쏟아 부었다. 메이리는 승이 떠나고 난 뒤 안란에

---

* 모기와 비슷한 흡혈성 곤충

게 도움 청할 일이 있을지 모르니 멀리 가지 말라고 지시했지만, 그것은 핑계일 뿐 사실은 그녀의 침묵이 걱정스러워서였다. 그런 뒤 메이리는 판샤오 곁에 한두 시간 정도 누워 있었다.

머릿속이 혼란스럽고 마음이 괴로워 잠을 이룰 수 없을 것 같았는데도, 지칠 대로 지친 데다 아직 젊은 메이리는 생각과 달리 잠에 빠져들었다. 그러다 그녀가 눈을 뜬 건 역시 가까이에서 폭탄이 터지는 천둥 같은 소리 때문이었다. 그녀는 화들짝 깨어 벌떡 일어서서는 판샤오를 잡아끌고 숲 가장자리로 내달렸다. 두 사람은 바짝 붙어 칠흑 같은 어둠 속에 서 있었다. 방금 지나간 비는 천장 낮은 텐트 안의 사람들을 깨우지는 못했지만 잎 하나 남김없이 덤불을 적신 차였다. 그리고 이 순간, 조금 전 내린 비가 바람 한 점 없는 뜨거운 아침 공기 속에서 한기를 몰고 왔다.

물론 이곳도 안전하지는 않았다. 다들 적군이 초록색으로 위장하고 원숭이처럼 나무를 탄다는 걸 알고 있었다. 메이리는 두려움 가득한 눈으로 주위를 둘러보았다. 그때 적군 대신 짤막하고 굵은 뱀이 코앞의 썩어가는 통나무 뒤에서 고개를 쳐들고 있는 게 보였다.

"움직이지 마." 메이리가 판샤오에게 속삭였.

"사악한 얼굴을 가진 뱀이 우리를 노려보고 있어."

메이리와 판샤오는 감히 움직이지도 못하고 겁에 질린 눈으로 뱀을 바라보며 바짝 몸을 붙였다. 머리 위에서는 폭격기가 귀청 찢는 굉음을 내며 높이 오르내리기를 반복하고 있었다. 폭격기가 갑자기 고도를 낮출 때마다 천둥 같은 소리가 울려 퍼졌다. 뱀은 요란한 소리에 점점 더 성이 나서 몸을 앞뒤로 흔들기 시작하더니, 똬리를 튼 몸 위로 쳐든 납작한 대가리 사이로 얇고 갈라진 주홍색 혀를 날름댔다.

그 모습을 지켜보던 판샤오의 얼굴에서 핏기가 가셨다.

"저건 뱀이 아니에요." 판샤오가 속삭였다. "저건 악마예요."

몸이 흠뻑 적을 만큼 바람 한 점 없는 축축한 열기 속에서 두 사람은 뱀에게 시선을 고정시킨 채 얼어붙은 듯 서 있었다. 뱀은 대가리를 숙이더니 천천히 좌우로 앞뒤로 움직였고, 두 개의 새까맣고 동그란 눈을 잠시도 두 사람에게서 떼지 않았다. 뱀은 스무 발자국이 넘을 만큼 떨어져 있었지만 메이리 역시 이 흉측한 동물이 자신과 판샤오에게 사악한 의도를 품고 있다고 확신하기 시작했다.

"여기 있으면 안 되겠어." 메이리가 판샤오에게 속삭였.

"뱀이 우리가 움직이는 걸 눈치 채지 못하게 천천히 나가자."

겁에 질린 두 사람은 머리 위를 날고 있는 적기는 까맣게 잊은 채 밀림을 벗어나기 위해 천천히 뒷걸음질 치기 시작했다. 그러나 걸음을 옮기기 시작하자 걷잡을 수 없는 공포가 온몸을 휘감았다. 두 사람은 휘몰아치는 두려움에 정신을 빼앗긴 채 생각 없이 길 한복판으로 뛰쳐나갔고, 단 한 번도 뱀을 뒤돌아보지 않았다.

"저 뱀 말이에요. 너무 시끄러워서 우리를 원망하는 거 아닐까요?" 이윽고 달음박질을 멈추었을 때 판샤오가 걱정스러운 얼굴로 물었다.

"미처 생각 못했는데 네 말이 맞는 것 같아." 메이리는 사방에서 폭탄이 떨어지는 위험 한복판에서 잠시 생각에 잠겼다. 태고 이래로 고요함에 길들여진 이곳 밀림 생명체들도 도무지 이해할 수 없는 지금 상황에 정신을 못 차리고 있으리라.

메이리는 판샤오와 함께 뱀을 피해 달아나며 느꼈던 공포를 당분간은 자주 체험해야 할 운명이었고, 얼마 전부터 후퇴를 되풀이하고 있는 군인들도 비슷한 공포에 사로잡혀 있는 듯했다. 적군은 물러서는 군인들 위로 하루에 대여섯 번씩 폭탄을 퍼부었다. 그때마다 매장과 치료가 불가능할 정도로 수많은 사망자와 부상자가 생겼다. 잘 시간도 없었고 심지어 허기를 채울 시간도 없었다. 게다가 부실한 배급 음식 앞에서 식욕도 잃었다. 통신이 두절되는 바람에 다들 스스로 먹을거리를 찾아야 했다.

판샤오는 며칠 새 살이 빠지고 창백해졌으며 언제나 얼굴이 발그스레하던 수첸도 낯빛에 핏기를 잃었다. 화내거나 말다툼을 할 힘조차 없었다. 산 사람들은 죽어가는 사람들을 위해 할 일을 했다.

밤낮으로 수그러들 줄 모르는 끈질긴 더위가 젖은 양털 이불처럼 위아래와 주위를 겹겹이 감싸고 있었다. 다들 견디기 힘든 낮 햇볕 아래에서 밤을 갈망했다. 하지만 밤이 되면 역시 증오스러운 뜨거운 어둠 앞에서 다시 낮을 갈망했다. 지금은 '망고 소나기'가 내리는 철이었다. 맑아만 보이는 하늘에서 난데없이 쏟아져 가볍게 지나가는 이 망고 소나기는 과일을 익게 해주는 비였으므로 지금처럼 어수선하지 않던 시절에는 모두가 감사한 마음으로 그 비를 기다렸다.

소나기가 잠시 더위를 식혀주긴 했지만 전투로 체력이 떨어진 대원들은 몸에서 한기가 떠나지 않는다고 느꼈다. 요즘에는 정말 좋은 일이 하나도 없었다. 조금이라도 빨리 후퇴하기 위해 끝없이 안간힘을 쓰며 투쟁하는 게 전부였다. 마침내 후퇴는 대원들 모두에게 공포스러운 일이 되었다. 정신은 이미 죽었지만 육신이 공포를 느끼면서 두려움이 몸에서 몸으로 퍼져갔다.

이렇게 엿새가 지나는 동안 메이리는 단 한 번도 승을 보지 못했다. 아니, 사실을 말하자면 승을 찾지 않았다. 후퇴가 계속되는 동안 그럴 만한 시간이 없었기 때문이다. 그러나 엿새째 되던 날 저녁, 오후에 쏟아진 폭우로 길이 진흙탕으로 변해 걷기 힘들어진 탓에 다들 후퇴를 중단했다. 게다가 하늘에 구름이 잔뜩 껴서 적군의 공격도 한동안은 어려울 것이 분명했다.

메이리는 지난 엿새 밤과 낮을 보낸 이후 처음으로 시간을 내서 몸을 씻었다. 하늘에서 가늘고 고른 빗줄기가 내렸고, 메이리는 집을 떠난 이래 줄곧 소중하게 간직해온 마지막 비누 조각을 가방에서 꺼냈다. 그런 뒤 판샤오에게 조금 떨어진 곳에서 그녀와 길 사이를 거적으로 막고 서 있어 달라고 부탁한 뒤, 그 거적 뒤에서 빗물로 깨끗이 몸을 씻었다.

그때 판샤오가 거적 너머로 고개를 내밀었다. 빗물이 그녀의 뺨을 타고 흘러내리고 있었다.

"어쩌죠? 오빠가 오고 있어요."

"가까이 왔어?" 메이리가 큰 소리로 물었다.

"빨리 옷 입을게."

젖은 제복을 입고 젖은 머리를 묶으면 그만이었으므로 메이리는 금세 준비를 마쳤고, 거적 뒤에서 나와 보니 승은 벌써 바로 앞까지 도착해 있었다. 가장 먼저 눈에 띈 것은 아픈 것처럼 보이는 얼굴이었다. 이어서 삼을 꼬아 만든 짤막한 줄로 팔걸이 붕대를 하고 있는 팔도 눈에 들어왔다.

"맙소사, 다쳤군요!" 메이리가 외쳤다.

"다쳤다는 말로는 충분하지 않아." 승이 대답했다.

"엿새 전에 못에 찔려 팔에 구멍이 났어. 상처를 잘 소독했다고 생각했는데 아무래도 못에 독이 발라져 있었던 것 같아." 승은 팔이 어떻게 쓰끔했는지 설명한 뒤에 못이 대가리만 남고 끝까지 깊숙이 박혀 있었다고도 말했다.

"어디 좀 봐요."

메이리는 승을 작은 텐트 안으로 데리고 가서 셔츠 자락을 찢어 만든 붕대를 풀게 했다. 몹시 흉하고 성난 상처가 눈앞에 드러났다. 그의 팔은 부어 있었고 구멍에서는 고름이 흘렀고, 가느다란 붉은 혈관이 팔과 어깨를 따라 곤두서 있었다.

"정말 바보로군요!" 놀라움은 분노로 변했다.

"왜 진작 말하지 않았죠?"

"누구라도 그랬겠지만 내 한 몸 생각할 시간이 없었소." 승이 대답했다.

메이리는 아무 말도 할 수 없었다. 그녀는 걱정스런 표정을 짓고 있는 판샤오를 돌아보았다.

"가서 박사님을 모셔와." 메이리가 말했다.

"이번에는 다친 사람이 오빠라고 말씀드려."

판샤오가 박사 쪽으로 달려갔고, 그 동안 메이리는 가지고 있는 구급함에서 약품을 꺼내 상처를 소독했다.

판샤오가 자리를 뜨자 승과 메이리는 어색한 기분이었다. 하지만 혼란스러운 상황임에도 불구하고 단둘이 있는 게 싫지 않았다. 두 사람은 주어진 시간이 고작 몇 분이라는 걸 잘 알고 있었으므로 서둘러 이 시간 동안 무슨 말을 해야 할지 생각하기 시작했다. 다시금 단둘이 있게 될 때까지 기억에 남을 만한 말을 하고 싶었다. 언제나처럼 솔직한 승이 먼저 입을 열었다.

"만일 이곳에서 무사히 빠져나가면 단 하루도 더 기다리지 않고 당신이 나한테 어떤 감정을 갖고 있는지 대답을 들어야겠소."

상처를 치료하느라 바쁘게 손을 움직이던 메이리가 미소를 지으며 승을 올려다보았다. 그러나 순간 메이리의 얼굴에 그 미소가 사라졌다. 조심스럽게 상처를 치료했음에도 승의 얼굴이 고통으로 일그러져 있었기 때문이다.

"이런, 많이 아픈 모양이군요." 메이리가 놀란 목소리로 말했다. "많이 아프다고 왜 말 안 했어요? 여기 앉아요, 승……."

메이리는 승을 상자 위에 앉혔다. 그 상자는 한때 탄환이 들어 있던 상자였지만 의자로 사용하기 위해 이곳에 끌어다 놓은 터였다. 그녀는 속삭임으로 승을 진정시키며 계속해서 상처를 치료했다.

"아플 거예요…… 어쩔 수 없어요. 이렇게 당신을 아프게 하다니 내 살까지 아픈 것 같아요. 하지만 상처를 깨끗이 소독하고 독을 빼야 해요. 박사님이 도착할 즈음이면 상처는 말끔히 소독돼 있을 거예요. 그 다음 처치는 박사님이 알아서 해주실 거예요……."

승은 말없이 가만히 앉아 있었다. 메이리의 속삭임이 듣기 좋았다. 그녀의 목소리는 다정하기 그지없었다. 두 사람은 가까이, 아주 가까이 있었고 심지어 죽음마저도 둘을 갈라놓지 못할 것 같았다.

그러나 그 순간은 너무 짧았으며 부여잡을 기회조차 없이 지나가버렸다. 청 박사가 텐트 입구에 도착한 것이다.

"무슨 일이죠?" 박사가 물었다.

"이 사람 몸에 못이 박혀서 독이 들어갔어요." 메이리가 대답했다.

요즘 들어 박사의 네모난 얼굴은 죽은 사람의 머리처럼 보였다. 얼굴은 뼈만 앙상해서 목 힘줄이 마치 머리를 움직이는 줄처럼 보였다. 좋은 시절에 약간 나왔던 배도 홀쭉하게 꺼져버려서 박사는 움푹 팬 배 둘레로 허리띠를 두 바퀴나 돌려 매고 있었다. 그럼에도 그는 아픈 데가 없었으며 피곤하다고 말한 적도 없었다. 박사는 깨끗하게 소독된 상처를 들여다보고 냄새를 맡아보더니 고개를 저었다.

"설파제를 투여해야 되는데 남은 게 없어요. 벌써 여러 날 전에 바닥이 났습니다."

"영국군한테 있지 않을까요?" 메이리가 물었다.

"난들 알겠습니까? 지난 열흘 동안 영국 군의관 코빼기도 못 봤습니다." 박사가 대답했다.

"영국군의 속도를 따라잡을 수가 없어요." 승이 얼굴을 찌푸린 채 말했다.

"영국군은 항상 우리보다 먼저 후퇴하거든요."

메이리는 자신들이 날마다 뒤로 물러났던 이유를 비로소 알게 되었다. "우리가 매일 정오쯤 되면 정신없이 서둘렀던 것도 그래서였군요?"

"매일 아침 전선을 사수하라는 명령을 받았거든." 승이 서둘러 말했다. "그리고 모든 희생을 감수하면서 명령에 따랐소. 그런데 정오쯤 되면 전열을 정비하라는 명령이 내려오지. 그러면 영국군이 있는 곳으로 후퇴하면서 오후 시간을 다 보냈고."

그들은 깊은 수심에 잠긴 눈으로 서로를 바라보았다.

"대체 어디까지 물러나려는 거죠?" 메이리가 물었다.

"그걸 누가 알겠소?" 승이 대답했다.

"장군님은 미친 사람처럼 돼버렸소. 평생 숱하게 전쟁을 치르고도 후퇴라고는 모르던 분이 시체가 된 부하들을 남겨둔 채 계속 뒤로 물러나라고 강요받고 계시니 말이오. 장군님 밑에서 병사들에게 명령을 내려야 하는 우리는 또 뭘 할 수 있겠소?"

"그 미국 지휘관은요?" 메이리는 크게 숨을 쉬었다.

"그 사람이라고 뭘 어쩌겠소?" 승이 무뚝뚝하게 대답했다.

"그 사람은 신이 아니오. 우리와 다를 게 없지. 그저 이국 땅에서 싸우고 있는 외국인일 뿐이오. 우리는 이 전쟁에서 졌소. 모두가 알고 있는 사실이지. 심지어 후위에서도 패배의 냄새를 맡을 수 있을 정도요. 그래서 병사들이 달아나고 있는 거요."

"우리 병사들이요?" 메이리가 힘없는 목소리로 물었다.

"전부 다. 탈영 의지가 있는 병사들은 모두 달아나고 있소. 피부가 희건 누렇건 검건 관계없이……."

승은 대화가 오가는 동안 줄곧 다친 팔에 힘을 주고 있었다. 마침내 박사가 한숨을 쉬며 그에게 말했다.

"상처를 어떻게 치료해야 할지 도무지 모르겠군요."

그때 전쟁 대화가 오가는 동안 입을 꼭 다물고 있던 판샤오가 입을 열었다. 그녀는 그들의 이야기에는 전혀 신경 쓰지 않고 오직 오빠의 팔에만 관심을 쏟고 있었다.

"오빠, 기억나?" 판샤오가 물었.

"어머니가 효모를 넣어서 구운 빵을 적셔서 찜질 약을 만들곤 하셨잖아. 우리가 여름에 종기로 고생할 때면 그 약을 붙여주셨고, 그러면 종기가 터져서 없어졌지 않아? 노란 유채 씨를 붙여주실 때도 있었어. 여기서 유채 씨는 못 구하지만 내 가방에 빵이 조금 있어. 배고플 때 먹으려고 오래전부터 간직한 거야. 날마다 곰팡이를 털어냈어. 조금 떼어 먹기는 했지만 지금까지 아껴뒀어. 지금보다 더 배고픈 날이 올지 모른다고 생각했거든."

"해로울 건 없을 겁니다. 효과가 있을지는 모르지만요." 박사가 말했다. "빵을 가져오렴."

판샤오는 작은 가방을 열더니 얇은 갈색 기름종이로 싼 빵을 꺼냈다. 갈색 종이를 벗기자 또다시 종이가 나왔다. 종이는 바짝 마른 데다 구멍이 송송 뚫린 채로 곰팡이 낀 빵을 감싸고 있었다. 청 박사는 빵을 받아서 물에 적신 뒤 승의 팔을 감쌌다.

"팔을 쓰지 말아야 합니다." 박사가 말했다.

"다행히 총 드는 팔이 아니니 박사님 말씀에 따르겠습니다."

승이 대답한 뒤 일어서며 덧붙였다.

"그만 가봐야겠습니다. 장군님께서 오늘 자정에 소집 명령을 내리셨거든요."

승은 메이리에게 손을 내밀지는 않았지만, 깊은 시선으로 한참 그녀를 바라보았다.

"내일 다시 오시는 게 좋을 겁니다. 상처를 볼 수 있게요." 박사가 말했다.

"가능하다면 그렇게 하겠습니다." 승은 여전히 메이리를 바라보며 대답했다.

"하지만 한동안 못 올 수도 있습니다. 며칠이 될지 모르지만 혹시 제가 못 오더라도 상처가 아파서 그렇다고는 생각지 마십시오. 만일 못 온다면 그건 장군님의 명령으로 임무를 수행 중이기 때문일 겁니다. 여건이 허락할 때 오겠습니다."

승은 메이리가 듣기를 바라는 마음으로 말했고, 메이리는 미소를 머금은 얼굴로 용기를 내서 대답했다.

"알겠어요. 아무 걱정 안 할게요."

두 사람은 이렇게 또다시 이별했다.

✥

메이리의 곁을 떠난 승은 혼란스럽게 후퇴하는 병사들 사이를 헤집고 왼쪽으로 돌아 장군이 사용하는 작은 천막 앞에 이르러서는 도착을 알리기 위해 기침을 했다. 이어서 그는 들어오라는 장군의 목소리가 들리자 안으로 들어갔다.

다른 장교들은 이미 와 있었다. 야오용은 슬픔이 가득한 긴 얼굴로 접이식 의자에 앉아 있었고, 파오첸은 쪼그린 채였다. 찰리의 모습도 보였다. 그는 무릎에 구멍이 날 정도로 너덜너덜해진 바지를 입고 있었다.

"아무데나 앉게." 장군이 무뚝뚝하게 말했다.

"지금은 직위 같은 걸 따질 때가 아니다. 귀관들을 부른 건 찰리가 나쁜 소식을 가져왔기 때문이다. 후위부대는 이미 전멸했고, 모든 병사들이 이번 전투에서 패했음을 알고 있다. 보급도 끊어진 상태다. 게다가 상부로부터 명령도 하달되고 있지 않다. 후위부대가 전멸한 지금, 전위부대가 얼마나 버틸 수 있을지 의문이다. 그런데 오늘밤 미국인 지휘관으로부터 지시가 내려왔다. 또다시 함정에 빠진 백인들을 신속하게 구하라고 하더군. 적군이 이번에도 뒤쪽에서 포위 공격을 했다는 거다. 그들은 위장하고 민간인들 사이로 잠입한 뒤 현지인들 도움을 받아 백인들이 꼭 건너야 하는 강을 장악했다. 우리는 적진으로 뛰어들어 백인들이 탈출할 수 있도록 강으로 이어지는 길을 확보하라는 명령을 받았다. 적군이 점령하고 있는 다리가 하나 있다. 우리는 적군을 강기슭에서 몰아낸 다음, 백인들이 다리를 건너는 동안 이들을 교량 동쪽에 붙잡아두고 있어야 한다. 그 다음 우리 대원들도 다리를 건너 적군이 추격하기 전에 교량을 폭파해야 한다. 이건 상아 세공인이 작품을 만들 때처럼 세심한 공을 들여야 하는 작전이다."

장군이 높낮이 없는 차가운 목소리로 말했다. 그가 설명을 마친 뒤에도 모두들 한동안 침묵을 지켰다. 이윽고 승이 입을 열었다.

"찰리의 말대로 후위부대가 전멸한 게 사실이라면, 백인들은 강을 건넌 다음 어떻게 되는 겁니까?"

"그들은 후퇴를 계속할 거다." 장군이 대답하고는 초췌한 얼굴을 들어 장교들의 얼굴을 차례로 바라보았다.

"헛된 희망으로 우리 자신을 속이지 말자." 장군이 말을 이었다. "백인들은 우리가 기대했던 공중 지원을 할 수 없게 됐다. 우리는 어떤 도움도 없이 이번 작전을 수행해야 한다."

"그럼 백인들은 제 나라 사람들을 그냥 죽도록 여기에 내버려두겠다는 겁니까?"

야오융이 크게 놀란 얼굴로 물었다. 그는 이번 작전을 수행하기에는 너무 여린 성격이었다.

"그들은 헛된 일이라는 걸 알면서 추가 병력을 파견하는 것보다는 이미 전선에 배치된 병사들이 스스로 살아 돌아오도록 내버려두는 편이 병력 손실을 줄이는 길이라고 믿고 있다." 장군이 대답했다.

"그럼 우리는 뭘 위해서 싸우는 겁니까?" 승이 물었다.

"그 질문은 각자 스스로에게 던져보도록." 장군의 목소리는 침울했다.

"어쨌든 우리에게는 주어진 임무가 있다. 누가 자원하겠나?"

그는 버거운 임무가 있으면 승에게 맡기라던 총통의 말을 떠올렸고, 어떤 일이든 기꺼이 하겠다던 승의 다짐도 기억해냈다. 그럼에도 누구에게도 죽음으로 뛰어들라는 명령을 내리고 싶지 않아서 잠자코 기다렸다. 침묵이 흘렀다.

"누가 자원하겠나, 아니면 내가 지명할까?" 끝내 아무도 나서지 않자 장군이 물었다.

파오첸은 흙먼지 바닥에 침을 뱉을 뿐 아무 말도 하지 않았고, 야오융도 젊은 아내와 어린 아들들을 생각하며 입을 다물고 있었다. 첸유는 늘 곁에서 장군을 보좌해야 하는 자신이 여기로 보내지지는 않을 것임을 알아서 잠자코 있었다.

승은 천막 안에 모인 장교들을 둘러보며 자신이 한 약속을 기억했다. 그는 고개를 뒤로 젖히면서 외쳤다.

"모두 벙어리가 됐군요. 소리 낼 수 있는 사람은 나뿐이니 내가 말하도록 하죠! 제가 가겠습니다, 장군님. 백인들이 탈출할 수 있도록 부하들과 퇴각로를 확보하겠습니다. 하지만 먼저 그들이 함정에 빠진 이유를 알려주십시오. 제가 이번 작전을 반드시 완수해야 할 임무로 받아들일 수 있도록 말입니다."

"나는 아무것도 모른다." 장군이 대답했다.

"아무 말도 못 들었기 때문이다. 나는 단지 명령을 받았을 뿐이고, 명령에 따를지 아닐지를 선택할 수 있을 뿐이다. 지금까지 나는 명령에 복종해왔다. 만일 귀관이 작전을 수행하러 떠난다면, 나는 변함없이 명령에 복종할 수 있을 것이다. 그러나 가지 않겠다면……."

사실 승은 드러내지는 않았지만 심한 갈등을 느끼고 있었다. 장군의 말처럼 그들에게 설명된 사실은 아무것도 없었다. 백인들이 뭘 했고 그 이유가 무엇이었는지 아는 사람 또한 없었다. 그들은 백인들이 결정한 전선을 지키기 위해 싸웠다. 그런데 백인들은 그들에게 알리지도 않고 하루에 오십 킬로미터 정도 되는 길을 걸어서 후퇴했으며, 또다시 덫에 빠진 신세가 되었다. 어떻게 이런 일이 벌어졌는지 그 누가 알겠는가? 승은 팔에 통증을 느꼈다. 그 통증은 장군의 천막 안에 서서 생각에 잠긴 그의 어깨로 올라가 다시 등을 타고 내려왔다.

"총통 각하와 우리 모두를 자랑스럽게 여기시는 각하의 믿음만 아니라면, 승산 없는 이번 전투에서 철수하라고 명령할 것이다. 우리가 이 땅에 발을 디디기도 전에 패배한 이번 전투에서 말이다. 그러나 각하께서 바라시는 것처럼 내가 가진 걸 다 쏟아 붓지 않고 돌아간다면 어떻게 각하의 얼굴을 대할 수 있겠나?"

승은 장군의 말에 깊은 한숨을 쉬며 천막의 중앙을 떠받친 나무 기둥에 아픈 어깨를 기댔다.

"제가 가겠습니다." 승은 다시 한 번 이렇게 말했다.

"장군님께서 쏟아 부으셔야 하는 모든 것의 일부가 되겠습니다……. 반드시 쏟아 부어야 한다면요."

"있다가 따로 남아라." 장군이 승에게 지시했다.

"귀관한테 줄 지도가 있다. 그리고 길을 가르쳐주도록 하지."

"한 가지만 부탁드리겠습니다. 이 친구와 같이 가게 해주십시오."

승이 찰리의 어깨에 손을 얹었다. 장군은 고개를 끄덕였다. 잠시 후 장교들은 세 사람만 남겨두고 장군의 천막을 떠났다. 그들은 두 시간 동안 더 대화를 나누었다. 주로 이야기하는 사람은 장군이었고, 승과 찰리는 그의 이야기에 귀를 기울였다. 찰리는 크고 작은 지름길을 보여주기 위해 이따금 손가락으로 지도를 짚었다. 그들은 차 없이 걸어서 이동할 생각이었으므로 좁은 오솔길을 통해 더 빨리 강에 도착할 수 있었다.

"하루하고 반나절만 열심히 걸으면 도착할 거다." 장군이 말했다. "해가 질 때까지 기다렸다가 내가 설명한 대로 밤에 작전을 개시해라. 아무도 일행임을 눈치 못 채도록 대원들과 넓게 흩어져서 이동하되 사전에 철저히 지시해두어야 한다. 정해진 시각에 정해진 장소에서 집결해야 하며, 늦는 사람이 있어서는 안 된다."

"아무도 안 늦을 겁니다." 승이 대답했다.

"언제 출발할 수 있나?" 장군이 물었다.

승은 잠시 대답을 미뤘다. 군복에 가려진 어깨가 욱신거렸지만 그는 아픈 팔 따위는 잊고 신경을 추슬렀다. 그가 대답을 망설인 것은 다른 이유 때문이었다. 잠시 짬을 내 메이리를 찾아가서 이 임무를 알려야 할까? 사실을 알리면 과연 메이리가 이 임무를 담담히 받아들일까? 열 때문에 어질어질하고 눈알이 타는 것처럼 화끈거리는 느낌, 붕대를 감은 팔이 부어오르는 이 느낌을 과연 메이리에게 숨길 수 있을까?

승은 자신을 붙잡으려는 메이리의 강한 의지와 맞서 싸울 자신이 없었다. 다만 며칠 뒤에나 다시 만나게 될지 모른다고 말하지 않았던가. 그러니 그녀와의 만남은 며칠 뒤로 미루자.

"한 시간 안에 출발하겠습니다." 승이 장군에게 말했다.

"목숨을 걸고 하는 일인 만큼 귀관에게 따로 내릴 명령은 없다. 스스로의 판단으로 길을 찾도록 해라." 그리고 장군은 지금까지 밝히지 않았던 사실을 승에게 알렸다.

"세 개 사단에서 가장 우수한 병사들을 차출했다. 모두 귀관의 지휘를 따르게 될 거다."

여느 때 같으면 승은 장군의 말에 기쁨을 감추지 못했을 것이다. 그러나 이 순간 그는 장군의 이야기를 귀로 들을 뿐 머리로는 이해하지 못했다. 그는 장군에게 시선을 고정시키려고 애썼지만 장군의 얼굴이 두 개로 보였다.

"내 말 들리나?" 장군이 물었다.

"최선을…… 다하겠습니다."

승은 말을 더듬으며 있는 힘을 다해 오른팔을 들어 경례를 한 뒤 자신의 천막으로 돌아왔다.

16장

끊어진 다리

이튿날 동틀 무렵, 숭은 부은 팔이 아파서 뜬눈으로 밤을 지새운 뒤 더는 통증을 참지 못하고 군복 소매를 찢었다. 살갗이 너무 붉고 팽팽하게 당겨져 그 위로 느껴지는 옷 무게조차 견디기 힘들었던 터라 조금이나마 편안해졌다. 이어서 붕대와 물에 적신 헝겊마저 걷어내자 상처에서 노란 고름이 쏟아졌다. 고름이 흘러내리도록 두니 밖에 나가 부하들과 마주할 수 있을 정도로 통증이 가시는 기분이었다.

집합을 알리는 나팔 소리에 병사들이 모였다. 숭의 지휘 아래 젊은 장교 다섯 명이 병사들을 이끌고 있었다. 승은 병사들 앞에 섰다. 맑고 고요한 새벽 공기가 흥분한 그의 마음을 가라앉혀주었다. 승은 뿌듯한 마음으로 병사들을 바라보았다. 여위었고 피부는 햇볕에 그을려 거무스름했지만 나무랄 데 없이 건강한, 그야말로 훌륭한 군인들이었다. 이들의 군복은 본래 색깔을 알 수 없을 정도로 빛이 바래 회색을 띠고 있었다. 다들 맨발에는 짚신을 신고 여분 한 켤레를 등에 짊어지고 있었고, 저마다 무엇이 되었건 총 한 자루씩을 들고 있었다. 또한 각자 작은 가방을 등에 메고 햇빛이나 비를 막기 위한 짚 모자를 쓰고 있었다.

"준비됐나?"

승은 인사를 대신해 이렇게 물었고, 병사들도 저마다의 목소리로 준비되었다고 소리쳐 답했다. 승은 더는 말없이 병사들 앞으로 가서 섰다. 병사들도 무리를 지어 그의 뒤에서 골짜기를 따라 이동했고, 승은 몰랐지만 그중에는 그가 목숨을 구해준 인도 남자도 끼어 있었다. 인도 남자는 따라오지 말라는 작은 게의 명령에도 불구하고, 행군이 시작될 때까지 기다렸다가 대열에 끼어들었다. 승의 곁을 지키기 위해서였다. 찰리는 식량을 구하고 적의 동태를 살피기 위해 먼저 길을 떠난 터였다.

병사들은 수 킬로미터를 걸었고, 승은 날이 환하게 밝자 걸음을 멈추고 병사들을 쉬게 한 뒤 다음과 같이 명령을 내렸다.

"이제 날이 밝았으니 부채 펼친 모양으로 흩어지되, 모두 삼수촌 Village of Three Waters을 향해 이동해야 한다. 삼수촌은 강 동쪽에 위치한 마을로 이곳에서 약 백육십 킬로미터 떨어져 있다. 그리고 마을 가까이에 지금은 거의 말라붙은 작은 호수가 하나 있다. 백

명씩 흩어져 오백 미터를 이동한 뒤 똑바로 서쪽으로 가면 그 호수에 도착하게 될 거다. 지금 출발해서 북쪽으로 갈 거라면 호수에 도착하고 난 뒤 남쪽으로, 반대로 남쪽을 향해 출발할 거라면 호수에 도착한 뒤 북쪽으로 이동해라. 그리고 가능한 지점에서 그 호수를 건너라. 삼수촌은 호수 건너편 중앙에 있는데, 한눈에 알아볼 수 있을 거다. 마을은 한쪽으로는 호수를, 다른 한쪽으로는 지도에 표시되기에는 너무 작은 강 하나를, 또 한쪽으로는 좁은 수로를 끼고 있다. 이 세 곳이 바로 '삼수'다. 절대로 무리를 지어 이동하면 안 된다. 나그네나 순례자 혹은 길을 잃은 군인처럼 행동해라."

승은 국경 지역에서 군에 합류한 어린 소년과 움직이기로 했다. 말이 없는 아이였기 때문이다. 승은 또다시 팔에 통증이 온 데다 머리가 뜨겁고 어지러워서 아무 말도 하고 싶지 않았다. 그는 종일 소년에게 스무 마디 안 되는 말을 건넸을 뿐 입을 다문 채 걸었다. 소년은 그런 승이 무서워서 열 발자국 정도 거리를 둔 채 그를 따라갔고, 승이 뒤를 돌아볼 때 "네, 가고 있습니다." 답한 걸 제외하면 줄곧 침묵을 지켰다.

나중에 승은 발을 번갈아 내디딘 것 외에는 그날 있었던 일의 절반을 기억하지 못했다. 그는 허기를 달래거나 휴식을 취하는 일로는 걸음을 멈추지 않았지만 물을 만날 때면 멈춰 서서 무슨 물이건 상관없이 목을 축였다. 그러다가 마을이 보이면 빙 둘러서 피해 갔다. 큰 마을들은 대나무 담에 둘러싸여 있고, 작은 마을들은 나무 기둥 위에 높이 세워진 집들이 모여 있어서 한눈에 알아보기 어렵지 않았다. 게다가 모든 마을들에 적어도 열 채에서 스무 채 넘는 집들이 있었다. 승과 소년은 들판으로만 이동했고 언덕이 보이면 그 뒤에 숨어서 걸었다. 길은 구불구불한 데다 제멋대로 사방으로 뻗어 있어서 마을 사람들의 눈에 띄지 않게 걸을 수 있었다. 이따금 벼가 높이 자라 있으면 논 사이로 난 좁은 길을 따라서 걷기도 했다.

한번은 버마의 농부가 그들을 뚫어져라 바라보았다. 그 시선을 알아차린 승은 의사를 찾으러 가는 양 다친 팔을 가리켰다. 고개를 끄덕이는 농부도 있고 동정 어린 눈으로 바라보는 농부도 있었다. 승과 소년은 종종 이렇게 위기를 모면했다. 그런데 한번은 얼굴과 빛나는 검은 눈에 혈기 가득한 노인이 그들을 막아 세웠다. 그리고 승의 팔을 보더니 소리치며 그의 반대편 손을 잡아당겼다. 승은 소란을 피우고 싶지 않아서 노인을 따라 가까운 마을로 향했다. 마을에는 길이 하나였는데, 그 길을 따라 늘어선 상점들에서 작은 물건들을 팔고 있었고 대장간도 한두 개 보였다. 그 길이 끝나는 곳에는 절이 있었다.

노인은 승을 절 문 안으로 지체 없이 이끌고 들어가 늙은 남자 하나가 앉아 있는 방으로 안내했다. 위엄 있으면서도 인자해 보이는 그 남자는 승복 차림이었다. 노인은 그를 가리키며 승에게 큰 소리로 말했다.

"퐁이Pong yi, 퐁이!"

하지만 승은 노인이 하는 말을 알아들을 길이 없었기에 그저 멍한 얼굴이었다. 그러자 노인은 그보다 더 나이 들어 보이는 남자에게 재빨리 뭐라고 말했다. 그는 승의 팔을 덮은 찢어진 소매를 들춰 상처를 들여다보더니 매우 심각하다고 말하려는 듯 고개를 내저으며 서너 번 한숨을 쉬었다. 이윽고 그가 천천히 자리에서 일어나 느린 걸음으로 다른 방으로 향하더니 잠시 후 작은 백자기를 갖고 돌아왔다. 그 안에는 매끄러운 검은색 연고가 담겨 있었다. 남자는 길고 가느다란 집게손가락으로 연고를 뜨더니 숭에게 팔을 내밀라고 손짓했다. 그런 뒤 잔뜩 성이 난 상처 위에 연고를 발랐다.

상처는 연고가 닿자마자 불붙은 듯 화끈거렸고, 숭은 아픔을 견디지 못해 비명을 터뜨릴 것 같은 기분이었다. 하지만 그는 체면을 지키기 위해 이를 악물고 참았다. 그런데 그 화끈거리는 느낌이 금방 사라지면서 상처가 시원해지더니 이어서 팔에 감각이 무디어졌다. 잠시 후 숭은 더는 아무 통증도 느껴지지 않는다는 것을 깨달았다. 숭은 너무 감사한 마음에 나이 든 남자에게 사례를 하기 위해 허리춤에서 돈주머니를 꺼냈다. 그러나 치료해준 남자도 숭을 이곳으로 안내한 노인도 한사코 돈을 거절했다. 노인은 숭을 마을 입구까지 안내해주었고, 다시 한 번 간곡히 사례하겠다는 숭의 뜻을 끝내 거절했다. 숭은 계속 걸어가면서 적의가 들끓는 이 나라에도 아무 대가를 바라지 않고 친절을 베푸는 이들이 있다는 사실에 어리둥절한 기분이었다.

잠시 통증이 멈춘 이 순간, 숭은 걸음을 옮기는 게 어렵지 않았다. 걷는 게 한결 수월해지자 따라오는 소년이 배가 고프겠다는 생각이 들었다. 소년은 정말로 배가 고팠다.

"음식 파는 곳이 보이면 사자. 가져온 얼마 안 되는 음식을 먹어치우는 것보다는 그게 나을 거다."

숭은 소년과 한동안 걸었고 비로소 주위를 둘러보며 경치를 감

끊어진 다리

상할 수 있었다. 그 어느 땅과 견줘도 될 만큼 기름진 논밭이 펼쳐져 있었다. 승의 눈에 낯선 풍경 하나가 들어왔다. 논에서 볍씨 파종과 벼 수확이 동시에 이루어지고 있었다. 이곳은 승의 고향과는 달리 겨울도 여름도 없는 언제나 푸르른 곳이었다.

잠시 후 승과 소년은 가판대에서 음식 파는 남자와 마주쳤다. 남자는 볶음밥을 뭉쳐 팔고 있었는데, 승과 소년은 따뜻한 주먹밥을 각자 네다섯 개씩 샀다. 그런 뒤 길가로 자리를 옮겨 아주 얇은 나뭇잎이 달린 나무 아래 앉았다. 나무에는 고운 자줏빛 꽃이 피어 있었는데 그 향기가 얼마나 강한지 온갖 벌레와 벌이 잔뜩 꼬여 나무 위를 맴돌고 있었다.

소년은 조용히 입을 다물고 승과 조금 거리를 두고 앉는 것으로 윗사람에 대한 예의를 지켰다. 승은 소년에게 예의상 질문 한둘쯤은 건네야 생각하면서도 도저히 그럴 수 없었다. 몸속의 열이 그를 나른하게 만들고, 오후 열기와 꽃이 만발한 나무에서 풍기는 달콤한 향기가 무겁게 짓눌러왔다. 승은 강했던 허기에 못 미칠 정도로 조금만 먹은 뒤 그대로 드러누워 잠이 들었다.

그가 깨어난 것은 다시 욱신거리며 쑤시기 시작한 팔 때문이었다. 그는 잠시 자기가 어디 있는지도 모르고 주위를 둘러보았다. 핏줄이 뜨거운 납으로 가득 찬 것처럼 몸이 무거워서 있는 힘을 다해서 일어나 앉았다. 그러자 핏줄 안의 납도 흐름을 멈추고 잠잠해졌다.

"내가 많이 잤나?" 승이 물었다.

"많이 주무시지는 않았습니다." 소년이 대답했다.

"깨워드려야 할지 이제 막 고민하던 참입니다."

승은 대답 없이 풀밭에서 일어나 온전한 팔로 얼굴과 머리를 문지른 뒤 다시 걷기 시작했고, 소년도 조금 떨어져 그를 따라갔다.

 그날 더 이상 언급할 만한 일은 없었다. 승과 소년은 어둠이 내리고 난 무렵 물이 말라서 이제는 커다란 연못이 되어버린 호수에 도착했다. 두 사람은 물결 모양으로 딱딱하게 굳은 진흙 바닥에 고인 물을 끼고 돌았다. 대원들이 호수 반대편에서 규모 큰 군대처럼 보이지 않으려고 키 작은 나무 사이로 백 명씩 흩어져 승을 기다리고 있었다. 반갑게도 군인들 사이에 찰리가 서 있는 게 보였다.

 찰리는 앞으로 걸어와 승에게 음식을 내밀었다. 초록빛 연잎에 계란을 섞은 뜨거운 밥이 담겨 있고, 가까운 바닥에는 따뜻한 차가 가득 담긴 찻주전자가 놓여 있었다. 승은 지금까지 모든 게 순조로웠음에도 깊은 한숨을 내쉬며 허물어지듯 바닥에 주저앉았다. 찻주전자가 눈에 들어오자 걷잡을 수 없는 갈증이 밀려왔다. 승은 오른손으로 주전자를 들어 주둥이를 입에 대고는 숨을 참을 수 있을 만큼 오래 들이켰다. 찰리는 승을 지켜보며 그가 갈증을 씻어낼 때까지 기다렸다. 승이 마침내 주전자를 내려놓자 찰리가 조용히 말했다.

 "이제 소식을 전할 수 있겠군요. 이제 강행군을 해야 합니다. 오늘밤에는 쉴 수 없어요. 내일 밤까지 도착하지 못하면 백인들은 모조리 죽고 말 겁니다. 맹세컨대 사실입니다. 배를 좀 채운 다음 바로 출발하죠."

 찰리의 말에 귀를 기울이는 동안에도 팔이 다시금 욱신거리기 시작했다. 승은 대답을 대신해서 끙 하고 앓는 소리를 냈다.

승은 부하들에게 잘 수는 없고 잠시 쉬기만 할 것이라고 알린 뒤, 열을 식히기 위해 홀로 호숫가로 가서 흙탕물에 머리를 담그고 두 손으로 물을 퍼서 옷에 부었다. 그러나 열이 얼마나 심했는지 그로부터 한 시간 뒤 행군을 시작할 때 그의 옷은 벌써 말라 있었고 몸은 다시 뜨거워졌다.

✤

병사들은 두 시간마다 잠시 멈춰서 쉬며 밤새도록 행군했다. 밤낮으로 계속되는 강행군을 여러 번 해본 승은 밤낮 구분 없이 정해진 시간에 휴식하는 것이 일정한 속도를 유지하는 유일한 방법임을 잘 알고 있었다. 병사들은 어두운 동안은 함께 걷다가 날이 밝기 시작하자 다시 만나야 할 마을을 정하고 흩어졌다. 약속된 장소에 도착하면 들판에서 세 시간 잔 뒤 공격을 감행할 계획이었다.

모든 것이 순조롭게 진행되었다. 그러나 이튿날 정오가 가까워지자 다친 팔이 견디기 힘들 정도로 쑤시기 시작했다. 연고가 수시로 쏟아지는 소나기, 아니면 쉴 새 없이 흐르는 땀에 씻겨 달아났는지 괴롭히는 욱신거림이 다시 찾아왔고 현기증까지 일었다. 승은 검은 연고를 발라준 노인 같은 사람을 찾고 싶었지만 한시도 지체할 틈이 없었다. 계속해서 나아가는 것 말고는 달리 할 수 있는 일이 없어서 쉬지 않고 걸음을 옮겼다.

그러나 좋은 일도 있었다. 병사들은 줄곧 키 작은 나무가 우거진 무더운 밀림을 지나왔는데 그 길이 한낮에 접어들자 키 큰 티크나무 숲으로 변했고, 바닥에 떨어진 낙엽이 폭신한 양탄자처럼 지친 발의 피로를 덜어주었다. 짚신이 다 닳은 데다 맨발로 걷는 병사들마저 수두룩한 상황에서 일찍이 경험하지 못한 이 편안함이 고맙기 그지없었다. 다만 넓디넓은 숲에 바닥을 딛고 간 흔적이 너무 여러 갈래라 혼란스러웠다. 찰리는 다져진 땅 위에 찍힌 발자국을 살펴보더니 말했다.

"이건 코끼리가 나무를 끌고 가면서 남긴 발자국입니다. 이 길을 따라가지 않도록 조심해야 해요. 코끼리가 지나간 흔적을 따라갔다가는 여러 날이 지나도 숲을 벗어나지 못할 겁니다."

그들은 정신을 바짝 차려 나침반을 들여다보았고, 마침내 숲을 벗어났다.

밤이 가까워져서 승은 이곳에서 긴 잠을 자라고 명령했고, 병사들은 저마다 자리를 잡고 담요 위에서 잠을 청했다. 담요 하나를 둘이 나눠 사용하는 병사들도 있었다. 그런데 찰리는 자리에 눕지 않았다.

"자네는 원래 안 자나?" 승이 물었다.

"저는 서서 잡니다." 찰리는 여느 때처럼 이가 드러날 정도로 활짝 웃으며 답했다. 이윽고 주위가 고요해졌다. 찰리는 음식을 먹고 물을 마신 뒤 승에게 말했다.

"깨어나시기 전에 돌아오지요. 적군이 어디까지 포위망을 좁혔는지, 백인들은 지금 어디에 있는지 보고 드리도록 하겠습니다."

찰리는 말없는 소년 한 명만 데리고 넓은 보폭으로 소리 없이 숲을 가로질렀다.

❖

 승은 팔에 느껴지는 에는 듯한 통증 때문에 전혀 못 잤다고 생각했다. 그러나 세 시간 뒤에 찰리가 그를 깨운 걸 보니 잠들었던 게 틀림없었다. 승은 다친 팔을 건드리는 찰리의 손길을 느꼈고, 아주 살며시 손댔을 뿐인데 비명을 지르며 벌떡 일어섰다. 그런 뒤 고통을 못 이겨 뜨거운 어둠 속에서 몸을 떨며 잠시 서 있었다.

 "무슨 일이라도 있으신 겁니까?" 깜짝 놀란 찰리가 속삭이며 물었다. 승은 완전히 잠에서 깨어나 혀로 마른 입술을 핥았다. 몸은 건조했고 팽팽하게 당겨진 살도 불붙은 듯 뜨거웠다.

 "아무 일 아니다." 승이 무뚝뚝한 목소리로 대답했다. "나쁜 꿈을 꿨다."

 "잊어버리십시오." 찰리가 말했다.

 "백인들이 있는 곳을 찾았습니다. 정말로 덫에 걸린 신세더군요. 적군이 백인들과 강 사이에 쫙 깔려 있습니다. 남쪽과 동쪽으로 적의 세력이 너무나 강합니다. 유일하게 희망을 걸어볼 만한 곳은 다리가 있는 서쪽입니다. 그곳을 쳐야 합니다. 적군은 서쪽으로 강을 따라 팔백 미터 정도에 걸쳐 얇게 진을 치고 있습니다. 바로 그 지점을 공격하면 백인들을 구할 수 있을 겁니다. 다리를 건너서 탈출하면 되니까요. 하지만 적군이 다리를 파괴하지 못하도록 급습해야 합니다. 다리가 무너지면 우리까지 꼼짝 못하는 신세가 되고 맙니다. 다시 쏟아지는 비로 강물이 불어나고 있는 데다 배는 한 척도 없습니다."

"배가 없다고?" 승이 물었다.

"강에 배가 없다니 정말 이상한 일이로군."

찰리는 웃옷 자락으로 얼굴의 땀을 닦았다.

"백인들이 지휘관의 눈을 피해 달아나고 있습니다." 찰리가 대답했다.

"정확히 말하자면 모두가 백인인 건 아닙니다. 그들 중에 일부는 인도 사람입니다. 어쨌든 모두가 포위됐다는 걸 알고 있어요. 이 상황에서 누가 그들을 비난할 수 있겠습니까? 그들은 버마 사람을 구슬려 총과 배를 맞바꾸고 있습니다. 그러다 그들이 강 건너편에 도착해서 뛰어내리면 배는 흐르는 물을 따라 떠내려가 금방 사라져버리는 거죠."

"그 좋은 총을 버마의 반역자들한테 내준다고?" 승이 외쳤다. 분노가 잠시 동안이나마 그의 머리를 맑게 했다.

"총 말고는 가진 게 없는데, 무엇으로 버마 사람들을 매수할 수 있겠습니까? 백인들도 피부 거무스름한 사람들도 모두 인간입니다."

"하지만 그 좋은 총을!" 승은 신음하듯 투덜거렸다.

"우리한테는 그 좋은 총 한 자루 없는데!"

뜨거운 뇌가 욱신대는 머릿속으로 파고든 이 말을 빙빙 휘감았다.

"좋은 총…… 좋은 총…… 좋은 총……." 승이 끊임없이 중얼거렸다.

"취하셨습니까?" 찰리가 소리쳐 묻는 바람에 승의 머리는 다시금 잠시 맑아졌다.

"아니다."

그는 이렇게 답했지만 마음속으로는 통증에 취한 모양이라고 생각했다. 그러나 지금은 통증 따위에 신경 쓸 때가 아니었다. 승은 큰 소리로 웃었다.

"오늘 내 앞에 펼쳐질 일에 취했을 뿐이다."

승은 찰리에게 소리쳐 답하고 병사들이 있는 곳으로 가더니, 꾸물거리지 말고 자신을 따르라고 천둥처럼 우렁차게 명령했다.

승은 식사 시간이 돼도 걸음을 멈추지 않았고, 병사들도 그의 목소리에 겁을 먹고는 아무것도 입에 대지 않고 뒤를 따랐다. 승은 앞장서서 달렸고 병사들도 함께 뛰었다. 승은 온몸에 힘과 불이 차오르는 걸 느꼈다. 머리는 빙글빙글 돌고 눈은 뜨거웠지만 쉬지 않고 달렸다. 몸 안에서 전에 없이 강한 힘이 솟구쳐 올랐다.

뒤에서 병사들이 헐떡이며 투덜대는 소리가 들려왔지만 승은 신경 쓰지 않고 최고 속도로 강행군을 계속했다. 그러자 날이 밝기도 전에 저만치 앞에, 야영 중인 적군의 낮은 천막이 눈에 들어왔다. 그러나 승은 여전히 쉴 생각을 하지 않았다. 그는 천막을 보는 순간 황소처럼 고함을 질렀고, 모두 함께 외치라고 날카로운 목소리로 명했다. 병사들은 다 함께 고함을 지르며 공격을 예상 못하고 반쯤 잠들어 있는 적군을 덮쳤다.

승을 따르는 병사들은 그를 신처럼 여겼다. 따라서 승의 광기와 분노를 목격하자 덩달아 미친 듯이 날뛰며 눈에 띄는 대로 적군을 총검으로 찔렀다. 물론 처음에는 다들 총을 사용했다. 그러나 대부분의 병사들은 오래된 무기를 가지고 있어서 한 번 발사하고 나면 재장전을 해야 했다. 그래서 병사들은 시간을 허비하느니 총검으로

찌르고 베고 찢는 쪽을 택했으며, 맨손으로 적의 목을 조르고 양쪽 엄지손가락으로 적의 눈알을 파냈다. 또한 적의 귀를 비틀고 발꿈치로 배를 짓이겼고, 만신창이가 되도록 공격한 뒤 죽어가는 적을 강물에 던졌다.

이런 병사들 앞에는 승이 있었다. 벌겋게 이글거리는 눈에 네모난 입을 벌리고 쉴 새 없이 고함을 지르는 승은 마치 악마처럼 보였다. 승을 본 사람은 누구나 겁에 질렸고, 부하들은 지금의 그보다 사나운 사람은 본 적이 없다고 입을 모았다. 승은 독한 술로 채워진 잔처럼 온몸에 통증이 가득 차 아픔에 취한 상태였으므로 다친 팔을 마치 온전한 팔인 양 휘두르고 있었다.

병사들은 이런 승에게 이끌려 적군을 한쪽으로 몰아댔고, 지칠 대로 지친 백인들과 인도 사람들이 그 벌어진 틈으로 쏟아져 나와 갇혀 있던 함정에서 탈출했다. 후위에서 공격을 계속하던 승의 부하들은 백인들이 물살처럼 밀려나오는 것을 보았다. 다친 몸으로 달리는 병사도 있었고, 부서진 차를 타고 있는 병사도, 멀쩡한 차를 타고 달아나는 군인도 있었다. 자신들을 구출해준 승의 대원들을 향해 팔을 흔들며 소리쳐 인사하는 군인들도 간혹 보였지만 많지는 않았다. 대부분은 제 몸 하나만 신경 쓴 채 어떻게 해서든 목숨을 구하려고 다른 것에는 눈길도 주지 않았다. 서로 밀치는 와중에 군인들이 강물 속에 떨어지는 일이 예닐곱 번쯤 벌어졌으나, 소용돌이치는 흙탕물에 빠진 동료를 구하기 위해 걸음을 멈추는 사람은 아무도 없었다.

선두에 선 승은 더는 공격할 필요가 없음에도 계속 앞으로 나아갔다. 그는 열에 들떠 솟구치는 힘을 주체하지 못했고 정신은 흐릿해졌으며, 적을 무찌르기 위해 이곳에 보내졌다는 것만 기억할 뿐 자신이 왜 여기에 있는지를 잊어버렸다. 승은 계속 앞장섰고 그를 따르는 병사들도 뒤에서 공격을 늦추지 않았다. 그들은 승이 그의 허리띠를 움켜잡는 강한 손을 느낄 때까지 계속 싸웠다.

"정말 어리석군요!" 찰리가 외치는 소리였다.

"이대로 싸워서 오늘 인도까지 갈 작정입니까? 뒤를 좀 보세요! 뒤를요! 병사들이 뒤에서 죽고 있습니다! 적군이 남쪽에서 반격을 가하고 있어요!"

승은 숨을 헐떡이며 비틀거리는 걸음으로 돌아섰다.

"우리가…… 우리가 다리를 건넜나?" 승이 가쁜 숨을 몰아쉬며 물었다.

"다리는 이삼 킬로미터나 뒤에 있습니다!"

찰리는 소리쳐 대답하면서 승을 있는 힘껏 밀었고, 승은 왔던 길을 되돌아 달리기 시작했다. 승을 뒤쫓아 너무 멀리까지 온 병사들도 그와 함께 강기슭을 따라 달렸다. 그들은 마치 사냥개처럼 이삼 킬로미터가 되는 길을 달려 다리가 있던 곳에 도착했다.

다들 멈추어 서서 강 건너편을 하염없이 바라보았다. 다리는 반대편 강가와 맞닿은 부분이 완전히 무너져 그 사이로 거센 강물이 흐르고 있었다. 물살이 버티고 선 다리 끝부분을 휘감아 거칠게 비틀더니 승과 부하들이 보는 앞에서 또다시 한 토막을 끊어내 의기양양하게 휩쓸어갔다.

"다리가……." 승이 더듬거렸다. "다리가……."

그러나 승은 현기증 때문에 말을 끝맺지 못했고, 그때 말없던 소년이 그를 대신해 입을 열었다. 소년의 앳된 목소리가 또렷하면서도 귀청을 찢을 듯 날카로운 비명이 되어 울려 퍼졌다.

"아아, 어머니! 맙소사!" 소년은 울부짖었다.

"백인들이 다리를 끊었어요!"

소년의 말에 승은 피가 솟구쳐 머릿속을 가득 채우는 기분이었다. 승은 쩌렁쩌렁한 소리로 웃어 젖혔다.

"우리의 동맹군이……!" 그는 또다시 큰 소리로 웃었다.

"우리 동맹군이……!"

승은 도끼에 찍혀 머리가 둘로 쪼개지는 것 같은 기분을 느꼈을 뿐 더는 무슨 일이 벌어졌는지 알 수 없었다.

✤

며칠이나 지났을까? 승은 있는 곳이 어디인지도 모르고 정신을 차렸다. 부드러운 초록색 빛이 그의 몸을 감싸고 있었다. 승은 낮이나 밤의 빛이 아닌 이 빛의 정체가 무엇인지 알 수 없었다. 그저 자신이 물속에 있는 모양이라고 잠시 생각했다. 몸은 깨끗하고 차가우면서도 깡마른 기분이었다.

승은 등을 바닥에 대고 누워 있었으며, 그의 위쪽과 주위는 온통 초록빛이었다. 누군가의 입술이 만들어낸 날카롭고 맑은 휘파람 소리가 울려 퍼졌다. 뒤이어 영어로 말하는 목소리도 들렸다. 그러나 승은 영어를 알아듣지 못했고, 낯설고 거친 말소리가 이곳을 더 이상하게 느껴지게 했다.

죽음에서 깨어난 이곳은 어디일까? 승은 주위를 둘러보고 싶었지만 고개를 들 수가 없었으므로 눈을 힘없이 떴다 감는 게 전부였다.

날카롭고 거친 말소리가 다시 들려왔다. 이번에는 누군가 대답을 했다. 승이 아는 목소리, 바로 찰리의 목소리였다. 그러나 승은 여전히 말을 할 수 없어서 애써 눈을 뜨고 초록색 빛을 뚫어질 듯 바라보았다. 승과 초록빛 사이로 누군가가 얼굴을 디밀었다. 인도 남자의 거무스름한 얼굴이었다. 인도 남자는 기쁨을 억누르지 못하고 소리쳤고, 승의 눈앞 얼굴은 이제 찰리의 얼굴로 바뀌었다. 찰리의 얼굴은 아주 높은 곳에서 승을 내려다보고 있었다. 승의 귓가에 이제 찰리의 목소리가 그가 알아들을 수 있는 언어로 들려왔다.

"깨어나셨군요!"

하지만 승은 목소리를 낼 수 없었다. 입을 열었지만 숨만 새어 나갔다. 찰리의 얼굴이 바짝 다가왔다. 그는 무릎을 꿇고 앉아 있었다.

"제 말이 들리십니까?"

승은 있는 힘을 모조리 끌어 모았다. 목소리가 어린아이 말소리처럼 작게 새어 나왔다.

"응."

"저를 아시겠습니까?" 찰리가 물었다.

"응." 승이 또다시 대답했다.

"거뜬히 일어나실 겁니다." 찰리가 부드러운 목소리로 말하고는 품에서 계란 하나를 꺼내 조심스럽게 구멍을 낸 뒤 그 알맹이를 승의 벌어진 입술 사이로 흘려 넣었다.

"마시세요." 찰리가 말했다.

"대장님을 위해 간직해둔 겁니다."

승은 부드러운 계란 알맹이가 목을 타고 흘러내리는 것을 느꼈다. 그는 두 번 그리고 세 번 계란을 삼킨 뒤 둥둥 떠 있는 초록색 빛 속으로 다시 빠져들었다.

찰리는 알맹이가 사라진 계란 껍데기를 손에 쥔 채 무릎을 꿇고 앉아 잠시 동안 승을 지켜보았다. 승의 얼굴은 여전히 핏기 없는 노란빛이었지만 그 빛은 맑았다.

"좋아질 겁니다." 찰리가 영국 군인에게 말했다.

"당신 덕분이지요." 영국 군인이 대답했다.

"설파제를 준 건 당신이지 않습니까." 찰리의 목소리는 부드러웠다.

영국 군인은 살며시 미소를 지었다.

"담배나 한 대 피웠으면 좋겠군요."

"근처에 얼쩡거리는 일본군 놈이 있으면 목을 비틀고 놈의 담배를 당신한테 가져다줄 텐데요."

찰리가 말했다.

"일본군은 왜 모두 담배를 갖고 있는 거죠?" 영국 군인이 느리게 물었다.

"담배뿐만 아니라 총도 있지요."

찰리는 껍데기만 남은 계란을 한쪽 눈으로 들여다보더니 구멍을 더 크게 뚫어 입에 갖다 댄 다음 구멍 속으로 혀를 밀어 넣어 껍데기 안쪽을 깨끗이 핥았다.

"계란 맛본 지도 벌써 여러 달이군요." 찰리가 말했다.

"오늘 아침에는 하늘이 나를 도왔죠. 우연히 논 가장자리에 둥지를 틀고 앉은 검은 암탉을 발견했지 뭡니까. 아직 알을 안 낳았더군요. 그 암탉을 구슬려서 얻어온 겁니다."

"산파라도 되는 모양이죠?" 영국 군인은 이를 드러내면서 활짝 웃었다.

"정말 재미있는 되놈이군요!"

찰리는 '되놈'이라는 말에 날카로운 눈빛으로 영국 군인을 올려다보았다.

"되놈이라고요?"

그러나 영국 군인의 젊고 여윈 얼굴은 여전히 선량해 보였다. 분명 아무 생각 없이 되놈이라는 말을 쓴 것이 틀림없었다. 무릎을 꿇고 앉아 있던 찰리는 일어서서 손에 들고 있던 계란 껍데기를 으스러뜨렸다.

"당신네 영국인들은 이게 문제입니다."

찰리는 여느 때와 같이 듣기 좋은 목소리로 말했다. "당신들은 우리를 모욕하면서도 그걸 몰라요."

"당신들을 모욕한다고요?" 영국 군인이 놀란 얼굴로 물었다.

"당신들은 마치 숨 쉬는 것처럼 자연스럽게 우리를 모욕하지요." 찰리는 표정은 차분했지만 눈빛은 차가웠다.

"어떻게 모욕한다는 겁니까?"

영국 군인은 여전히 놀란 표정이었다.

"나는 당신의 이름조차 모릅니다." 찰리가 말하자 강기슭에 느긋하게 누워 있던 영국 군인이 벌떡 일어섰다. 그의 푸른 눈은 조금 둔한 것 같으면서도 정직해 보였다.

"미안합니다. 내 이름은 두걸입니다."

"나는 찰리라고 합니다." 찰리는 조용히 말하면서도 영국 군인처럼 손을 내밀지 않았다. 찰리는 느긋했고 영국 군인은 당황했지만, 그것만 다를 뿐 두 사람은 여전히 서로의 얼굴을 마주보고 있었다.

"우리는 벌써 이틀 하고도 반나절을 같이 있었습니다." 찰리가 이야기를 계속했다.

"그런데도 당신은 내 이름을 묻지 않았어요. 그래서 나도 당신 이름을 묻지 않았지요. 당신은 나를 '되놈'이라고 불렀지만, 나는 보다시피 되놈이 아닙니다. 내가 되놈이라면 당신이 정중하게 굴건 아니건 당신한테 예의를 지켰겠죠. 하지만 나는 새로운 부류의 되놈입니다. 나는 내 앞에 있는 사람이 백인이라고 무조건 예의를 지키지 않습니다. 원한다면 나를 공산주의자라고 불러도 좋습니다."

"알겠습니다."

두걸이 중얼거렸다. 더부룩하게 자란 금빛 수염 아래 그의 잘생긴 얼굴이 붉어졌다.

"나쁜 뜻으로 한 말이 아니라는 건 압니다." 찰리가 덧붙였다. "하지만 바로 그게 불만이지요."

"무슨 말인지 모르겠군요." 두걸이 딱딱한 목소리로 말했다. 그 얼굴에서 붉은 빛이 점차 사라지고 푸른 눈은 희미하게 빛나기 시작했다.

"압니다." 찰리는 전혀 언성을 높이지 않고 한결같은 목소리로 답했다. 듣기 좋은 어조가 고요한 초록빛 들판을 떠오르게 했다.

"그리고 당신이 아무것도 모르는 걸 당신 잘못이라고 생각하지 않는다는 것도 압니다."

"이건 뭐……."

젊은 영국 군인이 입술을 깨물었다. 그의 입술은 열기로 갈라지고 흰 피부는 얼룩이 져 있었다.

"당신은 너무 정직하군요." 찰리가 말했다. "당신들은 하나같이 놀랄 만큼 정직해요!"

찰리는 갑자기 소리 내서 웃으며 짧게 깎은 검은 머리를 두 손으로 문질렀다.

"아, 하느님, 우리 아시아 사람들을 이 정직한 백인들로부터 해방시켜주소서!"

그는 갑자기 웃음을 터뜨린 것과 마찬가지로 뜬금없이 기도를 했다. 그런 뒤 몸속에서 뭔가가 무너져 내리는 것 같은 기분을 느끼고 뒤돌아서서 초록빛으로 우거진 밀림 속으로 쿵쾅거리며 걸어갔다.

찰리는 커다란 양치식물과 키 작은 덤불로 몸을 가릴 만한 곳에 도착했고, 이어서 쓰러진 나무 주위에 자란 풀을 짓이겨 좁은 공간을 만들었다. 또한 혹시라도 뱀은 없는지 주의 깊게 주위를 살피며 거머리 두 마리를 떼어낸 뒤 나무 위에 앉았다. 나머지 대원들은 모두 어디에 있을까?

찰리는 승이 쓰러지는 순간 그 겨드랑이에 손을 넣어 그를 붙잡았다. 그리고 승을 둘러업고 뛰려는 찰나 거무스름한 피부에 몸이 유연한 남자가 덤불에서 튀어나오더니 무거운 승의 몸을 함께 들어주었다. 승이 목숨을 구해준 인도 남자였다. 그러나 찰리는 인도 남자에게 어떻게 이곳까지 왔냐고 물을 틈이 없었다.

두 사람은 서둘러 강기슭을 거슬러 숲속으로 들어간 뒤 축 늘어진 승의 몸을 양쪽에서 들고 두 시간 동안 쉬지 않고 뛰었다. 찰리는 혹시 승이 죽은 게 아닐까 싶었지만 걸음을 멈추고 확인할 여유도 없었다. 인도 남자는 지칠 줄을 몰랐고 곁에 있다는 걸 잊을 정도로 조용했다. 찰리는 자신들 뒤에서 무슨 일이 벌어지고 있는지를 잘 알았다. 제대로 된 무기 하나 없는 승의 부하들은 아마 강과 적군 사이에서 옴짝달싹못하는 신세로 몸이 동강나서 강물에 던져지고 있을 것이다. 만일 탈출한 대원이 있다면 찰리처럼 기회를 틈탔으리라.

그들은 마침내 승을 내려놓았다. 그리고 승을 보는 순간 누군가의 도움 없이는 그를 살릴 수 없다는 것을 깨달았다. 그러나 이 이국 땅에서 어떻게 도움을 얻는단 말인가?

비록 희망을 가지기 어려웠지만, 찰리는 인도 남자에게 파리 떼가 승의 몸을 먹어치우지 못하게 지켜달라고 부탁한 뒤 밀림 끝을 향해 조심스럽게 걸음을 옮겼다. 이윽고 반나절 거리의 밀림 가장자리에 도착한 그는 불길에 휩싸인 시골 풍경을 내려다보았다. 지평선 위로 화산처럼 이글거리는 불길이 솟구치고 있었다. 찰리는 거기서 뭐가 타고 있는지 알았다. 광기에 휩싸인 버마 사람들이 자신들의 마을을 불태우고 있는 게 틀림없었다. 그간 찰리는 이유는 모르지만 버마인들이 주위를 둘러싼 혼돈에 열광하기라도 하듯이 이렇게 행동하는 것을 여러 번 보았다. 그는 한동안 불타는 마을을 물끄러미 바라보다가 돌아서서 걸음을 옮겼다.

그렇게 왔던 길로 되돌아가던 중이었다. 찰리는 자신들과 마찬가지로 숲속에 숨어 있던 영국군 하나와 마주쳤다. 하마터면 찰리는 그의 몸을 밟고 지나갈 뻔했고, 짧은 찰나 총구가 찰리의 눈앞을

끊어진 다리 345

가득 메웠다. 하지만 그는 재빨리 총 위로 몸을 날려 죽음을 모면할 수 있었다. 두걸은 찰리를 일본군으로 오해한 나머지 그를 긴 팔로 휘감아 짓눌렀다. 두 사람은 뒤엉킨 채 나뒹굴었고, 찰리는 한 뼘밖에 안 되는 거리에서 백인과 얼굴을 마주한 상태가 되었다. 두 사람은 서로 욕설을 퍼부었고, 찰리는 숨을 헐떡이며 자신은 중국인이라고 말했다. 두걸은 즉시 찰리를 놓아주었다.

"맙소사!" 두걸이 외쳤다. "하마터면 당신을 죽일 뻔했군요. 나는 당신이 일본군인 줄로만 알았습니다."

두 사람은 별 대화 없이 밀림을 가로질러 마침내 승이 있는 곳에 도착했다. 두걸은 승이 살아 있는 것을 확인하고는 말없이 주머니에 손을 넣더니 밀봉된 작은 통 하나를 꺼내 포장을 뜯고, 안에 든 서너 가지 약 중에 하얗고 납작한 알갱이를 집어 들었다.

"이걸 먹이는 게 좋을 겁니다."

두걸이 말했다. 인도 남자는 찰리가 없는 동안 물기 어린 구덩이를 발견해서 흙을 파낸 참이었다. 지금 구덩이에는 땅에서 스미어 나온 짙은 밀림의 물이 고여 있었다. 찰리는 두 손으로 물을 떠 승의 입에 흘려 넣어 알약을 삼키게 했다.

모두가 어제 아침에 벌어진 일이었다. 이후에도 두걸은 끊임없이 친절을 베풀었다. 그는 승이 좀 더 편하게 누울 수 있게 양치식물을 꺾어서 바닥에 깔아주는가 하면, 자신의 손수건을 깨끗이 빨아 승이 마실 물을 걸러주기도 했다. 바닥에 앉아 햇빛을 잘 받을 수 있게 승의 상처 난 팔을 잡아주기도 했다. 높이 초록빛 아치 모양으로 드리운 티크나무 사이로 비스듬한 빛줄기가 갈래갈래 스며드는 와중, 승을 위해 각다귀를 비롯한 작은 날벌레를 쫓아주는 것도 잊지 않았다.

"이런 상처는 햇볕을 잘 쬐면 낫습니다. 수도 없이 교육을 받아서 잘 알아요."

두걸이 말했다. 누구도 후퇴에 대해서는 입을 열지 않았다. 찰리는 한숨을 쉬며 일어섰다. 그는 이 숲이 싫었다. 고요 속에서 작은 소리가 들려왔다. 짐승들이 그를 보기 위해 살며시 기어 나오는 소리였다. 도마뱀 한 마리가 찰리의 발 앞에 쓰러진 나무 밑에서 기어 나와 위를 올려다보다가 깜짝 놀라 하늘색 꼬리를 혜성처럼 길게 늘어뜨리며 짓이겨진 풀을 가로질러 쏜살같이 달아났다. 날벌레 떼가 찰리의 머리 주위를 맴돌았다.

밀림에 인간을 위한 평화나 안전 같은 건 없었다. 이제 뭘 해야 하지? 어떻게 해서든 여길 벗어나 장군을 찾을 때까지 다시 서쪽으로 움직여야 했다. 영국 군인들을 구출했으니 적어도 주어진 임무는 완수한 게 아닌가.

찰리는 왔던 길을 되돌아갔지만, 그가 이곳에 오면서 남겼던 흔적들은 대부분 사라지고 없었다. 구부려 놓았던 잔가지는 다시 펴지는 중이었고 밟아둔 풀은 다시 일어서고 있었다. 한 시간만 더 지나면 발길이 전혀 닿지 않은 곳처럼 보일 게 틀림없었다. 그러나 찰리는 그 한 시간이 지나기 전에 모두가 힘을 합쳐 은신처로 만들어놓은 작은 빈터로 돌아왔다. 승은 의식이 되살아난 맑은 눈으로 깨어 있었다. 영국 군인은 잔가지를 수북하게 쌓아 승을 기대어 앉힌 뒤 손을 허리에 얹고 그를 내려다보면서 서 있었다.

"당신이 돌아오기를 기다리고 있었습니다." 영국 군인이 찰리에게 한껏 밝은 목소리로 말했다.

"당신이 떠나자마자 깨어났어요. 아마도 계란 덕분인 것 같습니다. 그런데 영어를 한 마디도 못하더군요."

"전혀 못합니다." 찰리가 대답했다.

순간 승은 영국 군인이 곁에 있는 것을 모르는지 힘은 없지만 여전히 단호한 목소리로 말했다.

"대원들은 어디 있지?" 승이 물었다. 찰리는 승에게 당분간은 진실을 알리지 않겠다고 다짐했지만 금방 마음을 고쳐먹었다. 승은 괴롭더라도 진실을 받아들이고 귀환을 위해 기운을 차려야 했다.

"전멸했습니다." 찰리가 대답했다.

"전멸했다고?"

"백인들이 강을 건넌 다음 다리를 끊어버렸어요. 기억나십니까?"

승은 검은 눈으로 찰리의 얼굴을 뚫어져라 바라보면서 고개를 끄덕였다.

"다리가 끊어지자마자 적군이 마을에서 쏟아져 나왔죠. 누런 승복을 입은 중들도 그 뒤를 따르고 있었습니다."

찰리는 이야기를 계속했다.

"적군은 우리를 향해 돌진했습니다. 그 순간 대장님이 쓰러지신 겁니다. 제가 대장님의 몸을 떠받쳤지요. 그런데 난데없이 저 인도 남자가 나타났습니다. 우리를 따라왔던 모양입니다. 저 사람이 저를 도왔어요. 그래서 여기로 피해올 수 있었습니다. 이게 제가 아는 전부입니다. 대원들이 어디 있는지는 모릅니다. 적군이 번쩍이는 총을 들고 대원들에게 달려드는 것만 봤습니다. 놈들은 번뜩이는 총검을 들이꽂고 있었습니다. 하지만 저는 인도 남자와 같이 대장님을 숲으로 피신시켰습니다. 반나절을 쉬지 않고 뛰었지요."

승은 영국 군인을 올려다보더니 그의 마르고 훤칠한 몸을 따라 위아래로 시선을 옮겼다. 젊은 영국 군인은 승과 찰리 사이에 오간 대화를 전혀 알아듣지 못하고 아이처럼 온화한 얼굴로 활짝 웃으며 서 있었다.

"무처럼 허옇고 길쭉한 저 사람은 누구지?" 승이 찰리에게 물었다.

"숲에서 우연히 만났습니다. 저를 일본군으로 착각해서 목을 졸라 죽이려 했죠. 일본군이 아니라는 걸 믿게 했더니 여기까지 따라왔습니다." 찰리가 대답했다.

중국인 둘과 인도인 하나는 두걸을 뚫어져라 바라보았고, 두걸은 그들의 따가운 시선에도 여전히 온화한 얼굴로 차분하게 서 있었다.

"자기들을 구해준 우리한테 왜 탈출로를 남겨주지 않았는지 말하던가?" 승이 물었다.

"물어보지 않았습니다." 찰리가 대답했다.

"지금 물어봐." 승이 명령했다.

찰리는 힘 하나 안 들이고 언어를 바꿔 영국 군인에게 물었다.

"강을 건넌 다음 어째서 다리를 무너뜨린 겁니까? 당신들을 구하러온 우리한테 어째서 후퇴할 길을 남겨주지 않은 거지요?"

두걸은 푸른 눈을 휘둥그레 떴다.

"우리가 그랬을 리 없습니다."

찰리는 또다시 언어를 바꿔 승에게 전했다.

"저 사람은 무슨 일이 벌어졌는지 모르나?" 승이 물었다.

"저 친구는 아무것도 모릅니다." 찰리가 대답했다.

"탈주병이 틀림없다. 도망친 이유를 물어봐." 잠시 후 승이 확신에 찬 목소리로 말했다.

"왜 부대에서 이탈했지요?" 찰리가 두걸에게 물었다. 그러자 젊은 영국 군인의 얇고 흰 피부가 또다시 빨개졌다.

"더 이상 참을 수 없었습니다." 그는 잠시 후 말을 이었다.

"모두들 우리가 패했다는 걸 알고 있었습니다."

그는 자신의 핏기 없는 길쭉한 손을 들여다보았다. 그의 손은 붉은 상처투성이에 손톱은 부러지고 검었다.

"너무 어리석었어요."

영국 군인이 마침내 이렇게 말했다.

"지휘관들조차도 자기가 뭘 하고 있는지 몰랐지요. 정신없이 후퇴만 하고 있었어요. 각자 알아서 살 궁리를 해야 했습니다."

영국 국인은 부끄러운 듯 빙그레 웃었다.

"어쨌든 이건 쓸모없는 전쟁입니다." 그는 밝고 당당한 목소리로 말을 이었다.

"우리가 전쟁에 이기면 이 땅은 다시 우리 차지가 될 겁니다. 하지만 전쟁에 진다면…… 그때는……." 그는 어깨를 으쓱했다.

"이 지긋지긋한 미개한 땅을 위해 싸웠던 게 다 무슨 소용입니까?"

찰리는 승에게 영국 군인의 말을 번역해주었고, 승은 기운 없는 탓에 신음을 흘리며 명령했다.

"이제 어떻게 할 건지 물어봐."

"이제 어떻게 할 계획입니까?" 찰리가 물었다.

"저요?" 두걸은 고개를 들더니 승과 찰리의 얼굴을 번갈아 바라보았다.

"괜찮다면 당신들을 따라가고 싶습니다. 당신을 만난 건 정말이지 행운이에요. 당신은 영어를 할 줄 아니까요."

"우리를 따라오겠답니다." 찰리가 승에게 말했다. 승은 눈을 감았다.

"이 사람이 자기가 갖고 있던 흰 알약을 대장님께 드렸습니다." 찰리가 덧붙였다.

"고사리를 뜯어 대장님이 누울 자리도 만들었고, 상처가 낫도록 대장님 팔을 햇빛 비치는 곳에서 잡고 있기도 했습니다. 이 정도면 은혜를 입은 것 아닐까요?"

승은 눈을 감은 채 쓸쓸한 미소를 지었다. "동맹국 사람이니 따라오게 해."

이틀 후 그들은 다시 서쪽을 향해 길을 떠났다. 승은 쇠약했지만 죽음을 이겨냈으며, 살 준비가 되어 있었고, 혼자 힘으로 걸었다.

17장
패배의 그늘에서

 장군은 금방이라도 튀어나올 것처럼 가슴에서 울렁대는 혐오감과 반감을 감추기 위해 표정 없는 얼굴로 미국인 지휘관을 바라보았다. 그는 이 감정을 표현하고 싶었고, 미국인 지휘관에게 당신의 그 어떤 결정도 이들을 구할 수 없다고 말하고 싶었다. 그리고 모두가 알고 있는 사실을, 그러니까 우리가 이 땅을 밟기도 전에 이곳 전투는 패배한 것이었다고 말하고 싶었다.
 "나는 사단 하나를 희생했습니다." 장군이 말했다.
 "55사단 대원 중에 단 한 명도 돌아오지 않았습니다. 다들 어디에 있는 겁니까?"

"하늘만이 알겠지요." 미국인 지휘관이 대답했다.

"사단 하나가 흔적도 없이 사라졌다는 얘기는 지금까지 들어본 적이 없습니다. 그런데 그 믿기 힘든 일이 벌어졌군요."

장군은 화를 내지 않기로 마음먹었다.

"한쪽 병력만으로는 결코 적에 맞서 싸울 수 없습니다." 장군은 외국 사람인 미국 지휘관이 알아들을 수 있도록 간단하고 쉽게 이야기했다. 미국인 지휘관은 자기 중국어를 자랑스럽게 생각했지만, 사실 그건 신분 낮은 사람한테 배운 것이고 그래봤자 외국인처럼 말하는 정도였음에도 그는 이 사실을 알지 못했다.

"무슨 말인지 알겠습니까? 나는 방위 구역을 지키라는 명령을 받고 지시에 따랐습니다. 대원들은 목숨을 걸고 싸웠지요. 그런데 전선을 재정비해야 하니 후퇴하라는 명령이 내려오더군요. 그래서 우리가 뭘 알게 됐을까요? 우리가 싸우고 있는 동안 우리 동맹군은 아무 통보도 없이 후퇴를 하고 있었던 겁니다. 그 때문에 우리는 목숨을 걸고 지켰던 걸 다 포기해야만 했습니다. 이것이 승리 중인 전투를 치르는 방식입니까?"

미국인 지휘관은 여윈 뺨을 붉힐 뿐 아무 대답도 하지 않았다.

"당신네 백인들은 서로의 체면을 지켜주기로 작정한 모양입니다." 장군은 또박또박 말하고는 손바닥으로 무릎을 치며 일어나 날카롭게 경례한 뒤, 휙 돌아서서 밖으로 나갔다. 그리고는 문 앞에서 기다리고 있던 호위병에게 무뚝뚝하게 고개를 끄덕였다. 호위병은 장군의 뒤를 따랐고, 장군은 호리호리한 몸을 꼿꼿이 세우고 자신의 천막으로 돌아왔다.

장군은 처자식을 다시는 보지 않겠다는 결심을 한 터였다. 이 결심이 언젠가 '아이스크림'이라는 이름의 얼린 서양 음식을 먹었을 때처럼 그의 가슴을 차갑게 만들었다. 장군은 불현듯 아내처럼 좋은 대화 상대가 되어줄 여자가 곁에 있었으면 싶었다. 장군의 아내는 그보다 예닐곱 살이나 어렸음에도 현명했을 뿐만 아니라 쉽게 문제 해결법을 찾아내곤 했다.

그러나 지금 그녀는 수천 킬로미터 떨어진 곳에 있었다. 거처로 들어선 장군은 보초병들조차 눈에 들어오지 않았다. 그저 천막 안에 앉아 눈을 감은 채 두 손으로 옆머리를 천천히 둥글게 문지를 뿐이었다.

그는 깊은 절망감에 빠져 있었다. 승은 돌아오지 않았고, 그동안 적군은 세 배나 빠른 속도로 진격했다. 기껏해야 하루에 십오 킬로미터 전진하던 적군이 그 속도를 삼십 킬로미터로 늘렸고, 이제 날마다 사십에서 오십 킬로미터를 진격하고 있었다.

장군은 두 손을 펴서 무릎에 올려놓은 채 꼼짝 않고 생각에 잠겼다. 적어도 라시오 길은 지켜야 하니, 그 길을 따라 병사들을 사다리꼴로 배치하겠다고 마음먹었다.

"백인들은 우리를 생각해준 적이 없어. 그러니 우리 스스로 우리 자신을 생각해야 한다." 장군은 중얼거렸다. 그리고 갑자기 솟구치는 충동에 스스로에게 놀랐다.

"이대로라면 후퇴만 계속될 뿐이다." 장군은 혼잣말을 했다.

"행동을 취해야 해. 이제 나 자신을 위해 행동하겠어."

장군은 군복 옷깃을 풀었다. 이곳은 밤낮 없이 더웠다. 물론 고향 마을과 이곳 더위는 달랐지만, 산줄기 사이로 뻗은 골짜기 마을에 살았던 장군으로서는 높은 기온쯤은 성가시지 않았다. 정말로 그를 진저리치게 하는 건 뱀과 모기였다. 게다가 이틀 전 밤에 전갈에게 물린 발목이 여전히 부어 있었다. 다행히 참모 중 한 명이 엄지손톱으로 재빨리 침을 뽑아 위기를 넘겨주었다.

장군은 한숨을 쉬며 잃어버린 대원들을 생각했다. 난징의 산골 마을 출신인 키 크고 용맹스러운 승도 행방이 묘연했다. 장군은 승을 떠올리다가 그 어여쁜 여인에게 이걸 설명해야만 한다고, 적어도 사실은 알려야 한다고 생각했다. 어차피 다시 못 보게 된다면 아내도 질투할 필요가 없겠지.

장군이 부르는 소리에 참모 한 명이 뛰어 들어왔다.

"위 메이리를 데려와." 장군은 무뚝뚝한 목소리로 명령을 내린 뒤 혹시 모를 오해를 막기 위해 덧붙였다.

"미국인 지휘관을 찾아가서 내 뜻을 전해주기를 바란다고 말해라. 위 메이리는 영어를 제법 잘하지. 그런데 미국인 지휘관이 하는 중국어는 통 알아들을 수가 없거든."

장군은 메이리를 보내 미국인 지휘관에게 창피를 줄 생각에 짜릿한 기쁨을 느꼈다. 미국인 지휘관은 자신이 그토록 자랑스러워하는 중국어를 장군이 잘 알아듣지 못한다는 사실에 수치심을 느낄 게 분명했다. 장군은 미소를 지으며 조금이나마 느긋한 거만함을 되찾았다.

❖

"네, 부르시면 당연히 가야죠." 메이리는 이렇게 대답하며 앞치마에 손을 닦았다.

"웃옷만 갈아입을게요. 피가 잔뜩 튀었거든요."

장군의 청을 전하러 온 군인이 고개를 끄덕였고, 메이리는 서둘러 수술실로 향했다. 그녀는 방금 전 청 박사를 도와 버마 여인의 아이를 받은 참이었다. 중국 상인의 아내인 산모는 몸집 크고 통통한 아들을 낳았다. 문 앞에서 기다리고 있던 중국 상인이 수술실로 들어가는 메이리를 붙잡았다.

"아기 말인데요, 왼쪽 귓불에 점이 있나요?" 중국 상인이 간절한 목소리로 물었다.

"점 같은 걸 살펴볼 여유가 있었겠어요?" 메이리가 웃었다. 그러나 중국 상인은 심각했다.

"선생님은 버마 여자들에 대해 모릅니다."

그는 시대에 뒤떨어진 중국어로 진지하게 말했다. 그는 돈을 벌기 위해서 소년 시절에 집을 떠나 오랫동안 고향에 가지 못한 탓에 여전히 어릴 때 사용하던 말을 쓰고 있었다.

"나처럼 점이 없다면 이 아이가 내 아들인지 어떻게 알겠습니까?" 중국 상인이 고개를 돌리자 왼쪽 귓불에 난 점이 보였다. 그 둥글고 검은 점에는 털이 나 있었다.

"하지만 자식들이 꼭 아버지와 같은 점을 가지고 태어나는 건 아니에요." 메이리가 목소리를 높여 대답했다.

"아내의 정절을 점으로 판가름하겠다는 건가요?"

메이리는 다시 한 번 웃었지만, 남자는 웃으려고 하지 않았다.

"한 번만 살펴봐주세요. 다른 남자의 아들한테 빨간 계란을 낭비하고 싶지는 않거든요. 아내는 젊고 예쁘답니다. 하지만 나는 항상 집에 있을 수가 없어요."

메이리는 남자에게 약속하고는 수술실로 들어갔다. 청 박사는 소독기로 사용하는 밀폐 금속 통에 넣기 전에 의료기구들을 조심스럽게 닦고 있었다.

"박사님, 장군님이 저를 찾으세요." 메이리는 이렇게 말하고는 긴 의자 위에 놓인 양동이에 손을 넣고 문지르기 시작했다. 양동이에는 따뜻한 물이 담겨 있었다.

"아, 박사님, 승이 돌아온 걸까요? 그게 아니면 왜 저를 부르시겠어요? 승을 못 본 지 벌써 여러 주예요."

"맞아요, 이제 승이 돌아올 때가 됐죠." 박사가 대답했다.

그토록 많은 병사들이 떠났는데 그중에 한 명도 돌아오지 않았다니 참으로 이상한 일이었다. 부상자도, 온전히 살아 돌아온 사람도 없었다. 이해할 수 없는 대기 상태만 계속되고 있었다. 이동하라는 명령도 없어서 모두들 거의 여드레째 기다리고만 있었다.

간호사들이 들어와 산모가 누워 있는 들것을 들고 밖으로 나갔다. 청 박사는 산모를 위해 마취제를 써야 할지 망설이다가 결국 투여했다. 어쨌든 아들을 낳지 않았는가.

메이리는 깨끗한 제복을 집어 들었고, 청 박사는 조심스럽게 등을 돌렸다. 그는 메이리가 조심성이 없는 건지 생각이 없는 건지 도무지 알 수 없었다. 어쨌든 그가 알 바는 아니었다. 잠시 후 메이리는 깨끗한 옷차림으로 다시 문 앞에 서 있었다. 순간 갑자기 아기가 울음을 터뜨렸다. 모두 아기의 존재를 잊고 있던 터였다. 아기는 수건에 둘둘 감싸여 한쪽 구석에 쌓인 짚 더미 위에 누워 있었다.

청 박사가 서둘러 걸어가 아기를 들어 안았다.

"정신없는 통에 너를 잊어버렸구나." 박사가 말하는 순간 메이리가 돌아서서 다시 안으로 뛰어 들어갔다.

"이리 주세요. 제가 돌아올 때까지 돌보라고 판샤오한테 말할게요."

메이리는 작고 포동포동한 아기를 안고는 또다시 문 앞으로 서둘러 걸어갔다. 문 밖에는 참을성 많은 아버지가 서 있었고, 메이리는 아기 아버지를 보는 순간 그가 한 부탁을 기억해냈다.

"여기요. 직접 확인해보세요." 메이리가 말했다.

메이리는 아기가 아버지로부터 점을 물려받았을 확률이 얼마나 낮은지를 잘 알았다. 하지만 아기의 까만 머리를 덮고 있던 수건 자락을 젖히자 작은 왼쪽 귀, 그 완벽한 귀에 작고 까만 점 하나가 박혀 있는 게 보였다.

"여기 있어요!" 메이리가 기쁨에 겨워 외쳤다.

"너무 작아서 잘 안 보이지만, 그건 아기가 아직 작아서 그래요."

중국 상인은 일어서서 품속에서 안경을 꺼내 쓰더니 아기의 작은 귓불을 들여다보았다.

"내 아들이 맞아요." 중국 상인은 엄숙한 목소리로 말했다. 그의 얼굴 위로 환한 미소가 번졌다.

"첫아들이에요." 그가 팔을 내밀었다. "제가 데려가겠습니다."

"씻겨서 옷을 입히려던 참인데요."

메이리가 반대의 뜻을 나타냈다.

"제가 데려가겠습니다." 중국 상인이 완강한 목소리로 되풀이했다. "저도 아기를 씻기고 옷을 입힐 수 있어요."

메이리는 아기를 내준 뒤, 옷자락을 휘날리며 큰 걸음으로 멀어져가는 남자의 모습을 잠시 지켜보았다. 그는 황제에게 제물을 바치러 가는 것처럼 두 팔 위에 아기를 눕혀놓았다. 남자의 모습이 멀리 길을 따라서 사라졌고, 메이리는 정신을 차렸.

'삶이란 얼마나 어리석은가.' 메이리는 생각했다. 전쟁과 죽음 그리고 온갖 불길한 소식 한가운데에서도, 비록 잠시지만 한 남자에게 또다시 아들이 태어났다는 사실을 제외하고 모든 걸 잊을 수 있다니.

메이리는 미소와 서글픔이 뒤섞인 얼굴로 걸음을 재촉했다.

❖

"승한테서는 전혀 소식이 없습니다."

장군의 말에 메이리는 무릎에 올려놓은 두 손을 좀 더 세게 맞잡았다. 장군은 메이리의 시선을 피했다.

"나는 두 사람 사이에 무슨 일이 있었는지 모릅니다."

장군이 이야기를 계속했다.

"하지만 승의 지휘 하에 있던 대원들이 단 한 명도 돌아오지 않았다는 사실을 당신한테는 알려야 할 것 같더군요. 우리 대원들은 물론 동맹군과 함께 강을 건넜습니다. 지금쯤이면 적어도 찰리가 돌아와서 대원들이 곧 귀대할 거라고 보고해야 마땅하지요. 전부대원을 라시오 길을 따라서 배치시킬 생각입니다. 하지만 승과 대원들이 돌아오지 않는다면 어떻게 작전을 실행에 옮길 수 있겠습니까? 전선 배치가 빈약할 수밖에 없을 겁니다. 그래도 나는 작전을 감행할 생각입니다."

"그건 우리가 이동해야 한다는 말씀인가요?" 메이리가 물었다.

"즉시 이동해야 합니다." 장군이 대답했다.

"내 개인적인 전령의 자격으로 미국인 지휘관을 만나러 가주셨으면 합니다. 그 사람이 확실히 알아들을 수 있게 영어로 전해주십시오. 누가 뭘 하든 나는 이동할 거라고. 이제 끊임없는 후퇴에 질렸습니다. 더 이상은 물러나지 않을 거예요. 이제 내 계획대로 할 작정입니다. 백인들이 뭘 하든 나는 조국 땅으로 이어지는 국경 지역을 방어할 겁니다."

메이리는 장군이 몹시 지쳤다는 걸 한눈에 알 수 있었다. 본래 뼈가 드러날 정도로 여윈 얼굴이 이제는 온통 움푹 파여 있었다. 관자놀이와 뺨도 쑥 들어가 있었고, 턱뼈 아래와 귀 밑도 마찬가지였다. 사실 후퇴 속도가 너무 빨랐다. 메이리 역시 서너 시간 간격으로 명령이 내려올 때마다 이동하느라 숱한 고생을 했다. 이제 승이 어떻게 그녀를 찾는단 말인가? 메이리는 승이 그녀를 남겨두고 떠난 곳으로부터 백 킬로미터 넘게 이동해온 터였다.

"지금 미국인 지휘관을 찾아갈까요?" 메이리가 물었다.

"네, 그렇게 하십시오." 장군이 대답했다.

"내일은 행군을 시작해야 합니다."

메이리는 자리에서 일어섰고, 장군은 초췌한 눈을 들어 그녀를 바라보았다.

"다시는 처자식을 못 볼 것 같습니다." 장군이 뜬금없이 말했다.

"희망을 버리지 마세요." 메이리가 서둘러 대답했다.

"내가 희망을 버린 게 아닙니다. 희망이 내게서 떨어져 나간 거지요." 장군은 잠시 망설이더니 이야기를 계속했다.

"그리고 솔직히 걱정이 됩니다. 승이…… 당신이 그토록……."

"아니요." 메이리가 장군의 말을 막았다.

"승 얘기는 마세요. 저는 희망을 버리지 않을 겁니다. 장군님은 승이 얼마나 강한지 모르실 거예요. 승은 절대로 적의 손에 죽지 않습니다."

"맞습니다. 승은 강한 사람이죠. 그리고…… 나도 마찬가지입니다."

"지금 가도 될까요?" 메이리는 거북함을 느끼며 거듭 물었다. 장군은 마음이 크게 흔들리고 깊이 절망한 상태였다. 메이리는 장군이 두렵지 않았다. 다만 지금 장군은 무엇에건, 아니면 누구에게건 매달리려 하고 있었다. "빨리 다녀오겠습니다." 메이리는 이렇게 말하고는 밖으로 나갔다.

그녀는 물론 미국인 지휘관이 어디 있는지 알았다. 다들 그가 여느 병사와 마찬가지로 작은 천막 안에서 지낸다는 걸 알고 있었다. 천막은 더위를 피하기 위해 반얀 나무 아래 자리 잡고 있었다. 메이리는 무수한 줄기를 뻗은 반얀 나무의 구부러진 가지 사이로 걸었다. 그녀는 직접 대화를 나눠본 적은 없었지만 미국인 지휘관이 두렵지 않았다. 병사들과 간호사들이 주고받는 가벼운 잡담을 통해 그가 어떤 사람인지 알 수 있었기 때문이다. 메이리는 미국인 지휘관이 일반 사병들과는 쉽게 가까워지면서도 장교들과는 잘 못 지낸다는 걸 알고 있었다.

'평등함을 받아들이지 못하는 해묵은 습성.' 메이리는 경멸감을 느끼며 생각했다.

'백인들은 우리 모두가 미천한 사람이기를 바라지. 그래야 언제까지나 우리 위에 군림할 수 있을 테니까.'

메이리는 천막 입구에 선 백인 보초병 앞에 도착하자 영어로 퉁명스럽게 말했다.

"중국 장군의 전령 자격으로 왔습니다."

"알겠습니다." 보초병은 경례를 붙이지 않고 대답한 뒤 천막 안으로 들어갔고, 잠시 후 밖으로 나오더니 말했다.

"안으로 들어오시랍니다."

메이리는 안으로 들어갔다. 미국인 지휘관은 등받이 없는 접이식 의자에 앉아 초록 껍질의 멜론을 먹고 있었다. 껍질에 감싸인 과육은 황금색이었다. 미국인 지휘관은 위를 올려다보더니 두 손에 멜론 반쪽을 들고 미소를 머금은 얼굴로 일어섰다.

"악수를 못하겠군요." 그의 목소리는 여유롭고 듣기 좋았다.

"하지만 이걸 한쪽 드리죠."

"아뇨, 감사합니다." 메이리는 이렇게 대답한 뒤 또 다른 의자에 앉았다.

"꽤 맛있습니다." 미국인 지휘관이 자리에 앉으며 말했다.

"그렇게 보이는군요. 하지만 제가 여기에 온 건 저희 장군님의 뜻을 전하기 위해서입니다. 내일 행군을 시작해서 라시오 길로 이동할 계획이라고 전하라 하셨습니다."

미국인 지휘관은 입 안 가득 물고 있던 황금빛 과즙을 삼킨 뒤 느리게 말했다.

"그런 결심을 했다니 유감입니다. 만약 그 계획을 실행에 옮긴다면 전선 병사 배치가 빈약해질 겁니다. 그건 대원들을 불리한 상황에 빠뜨리는 것과 다름없지요. 장군께서 마음을 돌리도록 설득해보세요. 내 힘으로는 어쩔 수가 없습니다. 장군은 내 명령을 따르지 않거든요."

"장군님은 의욕을 잃으셨어요." 메이리는 열띤 목소리로 말했다.

"우리 모두가 의욕을 잃었습니다."

미국인 지휘관은 작은 접이식 의자에 멜론을 내려놓은 뒤 놀라우리만치 흰 손수건에 손을 닦았다.

"압니다." 그의 목소리는 부드러웠다.

"알고 있어요……."

메이리는 미국인 지휘관이 이야기를 끝맺기를 기다렸지만, 지휘관은 더 말하지 않았다. 그녀는 지휘관의 몸 전체가 각각 분리되어 뒤로 조금씩 물러서는 걸 느꼈다. 눈이 가장 먼저 뒷걸음질 치더니 굳게 다문 침묵하는 입이 뒤이어 물러섰다. 어깨는 굳어 있었고 손은 손수건을 접으며 바쁘게 움직였다.

"당신들은 서로를 지켜주죠. 당신들과 영국인들 말이에요." 메이리는 불쑥 이렇게 말했다.

미국인 지휘관은 고개를 숙인 채 재빨리 메이리를 올려다보았다.

"우리는 낯선 이국 땅에 있는 이방인입니다."

"그럼 우리는요?" 메이리가 물었다.

"우리만큼 이질감을 느끼지는 않겠지요."

메이리는 갑자기 분노에 휩싸였다. "당신네 백인들은 당신들을 위해 만든 제단 위에 다른 모든 사람들을 제물로 바치는군요!" 메이리가 소리쳤다.

"나는 당신 나라에서 이십 년을 살았습니다." 미국인 지휘관은 메이리에게 사실을 다시 한 번 확인시켰다.

"그 시간 동안 언제나 백인으로 살았겠죠." 메이리가 쏘아붙였다.

"그렇게 태어난 걸 어쩌겠습니까." 미국인 지휘관이 대답했다.

메이리는 임무를 완수했다는 생각에 고개를 돌린 채 일어섰다. 그러나 지휘관은 그녀를 잠시 더 붙잡았다.

"당신이 무슨 생각하는지 압니다. 하지만 나는 이곳에 있는 영국 군인들보다 용감한 사람들을 본 적이 없습니다. 그들은 아무 지원도 못 받으리라는 걸 알고 있었습니다. 전투기나 군함은 물론이고 추가 병력도 없으리라는 걸 알고 있었지요. 영국군은 지연 전술을 폈습니다. 그들의 목숨은 다른 생명을 구하기 위해, 다가오는 늑대 떼 앞에 던져진 남은 고깃덩어리와 다름없었어요."

"당신들은 언제나 스스로를 영웅으로 만들려 하죠." 메이리가 사나운 목소리로 말했다.

"우리가 이곳 버마에서 적 아닌 동맹군과 함께 했어야 한다는 사실을 잊으셨군요. 지난 수십 년간 이 지역을 지배하는 동안, 당신들이 거무스름한 미개인들 사이에서 백인 영웅 행세를 하는 대신 인간이고자 노력했다면 말예요."

"잊지 마십시오. 나는 미국인입니다." 미국인 지휘관이 사실을 확인시켰다.

"저는 당신이 백인이라는 사실만 기억할 뿐이에요." 메이리는 미국인 지휘관을 외면하고 밖으로 나갔다.

분노로 걸음이 빨라진 그녀는 서둘러 걸었고, 장군을 만나러 가야 한다는 사실을 떠올리기도 전에 숙소에 도착해버렸다. 잠시 후 메이리가 찾아왔을 때, 장교들과 바쁜 시간을 보내고 있던 장군은 그녀를 들어오게 하는 대신 몸소 밖으로 나왔다. 메이리는 군인들이 지켜보는 가운데 장군에게 보고했다.

"장군님의 뜻을 전했습니다. 미국인 지휘관은 장군님의 계획에 반대하더군요."

"그 사람 충고 따위는 신경 쓰지 않을 겁니다."

장군이 대답했다.

"그럼 내일 출발하는 건가요?" 메이리가 물었다.

"새벽에 출발합니다."

메이리는 고개를 끄덕인 뒤 전보다 걸음을 재촉했다. 심한 부상을 입은 군인들을 남겨두고 가야 했기 때문이다. 중국인 가정을 찾아서 이들을 최대한 안전하게 분산시켜야 했다. 또한 부상이 심하지 않은 병사들은 이동할 수 있게 준비시키고, 우선 청 박사에게 이 일을 보고한 뒤 간호사들에게도 알려야 했다. 다시 행군을 하기 전에 수없는 소소한 일들을 처리해야 했다.

메이리는 얼굴을 찡그렸다. 어느새 익숙해진 근심걱정으로 초췌해진 표정이 그 얼굴에 서렸다. 적어도 이번은 후퇴가 아니었다. 메이리는 이곳에서 벗어나고 싶었다. 장군은 현명한 결정을 내린 것이며, 중국군은 독자적으로 병사들을 배치할 것이다. 내가 그 미국인 지휘관에게 뭐라고 했더라? 메이리는 승을 만나면 자신이 미국인 지휘관에게 어떻게 쏘아붙였는지 이야기하겠다고 마음먹었다. 승은 분명 잘했다고 대답할 것이다.

그러나 메이리는 자기 행동이 과연 옳았는지는 확신할 수 없었다. 미국인 지휘관은 정직한 사람이었다. 하지만 그 정직이 맹목적이라 해도 여전히 정직인가? 메이리는 지휘관으로부터 정직함을 보았지만, 승은 그로부터 무분별함을 보았다. 승이 옳았다. 승은 메이리보다 현명했다.

"아, 백인들은 대체 판단력이 없는 걸까?" 메이리는 이를 악문 채 중얼거렸다. 그녀는 백인들이 절대로 상황을 제대로 판단하지 못할 것임을 알고 있었다. 백인들은 일본군에게 밀려 후퇴하면서도 장님처럼 한치 앞도 못 봤다. 또한 뒤로 물러나는 지금도, 다시 돌아와서 언제나 그랬던 것처럼 백인 영웅이 되겠다고 계획하고 있을 게 틀림없었다.

메이리는 가지런한 이를 갈고, 빨간 입술을 꽉 다물었다. 그리고 눈시울이 뜨거워지는 것을 느꼈다. 그 경멸감이 날개를 달아준 것처럼 그녀는 할 일들을 빠른 속도로 처리했고, 법석을 떨며 사방을 휘젓고 다녔다. 청 박사가 마침내 그녀를 나무랐다.

"당신도 가끔은 서양 사람들처럼 함부로 행동하는군요."

메이리는 청 박사의 말에 멈춰 서더니 잠시 후 이렇게 대답했다. "어쩌면 박사님 말씀이 맞는지도 모르죠."

그런 뒤 그녀는 박사한테서 약을 받아먹기라도 한 것처럼 조용해졌다. 여전히 잰 걸음으로 걸어 다녔지만 소란을 피우지는 않았고, 목소리도 더 이상 날카롭지 않게 평온을 되찾았다. 모습을 보이지 않던 판샤오가 메이리 곁으로 다가왔다.

"다른 곳으로 가는 거예요?"

판샤오가 부드러운 목소리로 물었다.

"그래. 하지만 이번에는 집하고 가까워지는 거야." 메이리는 이렇게 말하며 이 대답이 판샤오에게 위로가 되리라 생각했다. 그러나 판샤오의 얼굴에 어린 건 불안감이었다.

"반가운 소식 아니야?" 제복을 접어 잔가지를 엮어 만든 바구니에 담고 있던 메이리가 물었다.

"반가운 소식이기는 한데……." 판샤오가 얼버무렸다.

"그런데 뭐?" 메이리가 물었다.

"오빠 말예요." 판샤오가 더듬었다. "어떻게 우리를 찾죠?"

메이리는 잠시 일손을 멈추었다.

"나도 그 생각을 하고 있었어. 오늘 아기를 낳은 산모한테 편지를 남기는 건 어떨까. 남편이 오늘밤에 산모를 집으로 데려갈 예정이거든. 그 사람한테 편지를 주면서 부탁할 거야. 여기로 오는 중국인을 찾으라고. 승도 우리가 떠난 걸 알게 되면 당연히 중국 사람들을 찾아갈 거야."

그러나 판샤오는 여전히 메이리의 대답에 만족하지 못했다. 그녀는 고개를 푹 숙인 채 손가락을 비틀었고, 바쁘게 일하고 있는 메이리를 이따금 곁눈질로 바라보았다.

메이리는 판샤오의 행동을 한동안 지켜보다가 마침내 말했다.

"지금 머릿속으로 무슨 생각을 하고 있는지 말해봐. 틀림없이 뭔가 있지?"

"아무 생각도 안 해요." 판샤오는 정색을 했다.

"아무것도요. 그게 그러니까…… 무슨 생각을 한들 중요한 건 아니에요. 저한테는 전혀 중요하지 않은 일이에요. 하지만 오빠한테 편지를 남길 거라면……."

메이리는 판샤오의 마음을 짐작하고는 웃으면서 말했다.

"찰리한테도 편지를 남겨야겠지."

그런 뒤 메이리는 판샤오를 향해 집게손가락 두 개를 칼처럼 곧게 폈다. 여자아이들이 서로를 놀릴 때 사용하는 이 손동작에 판샤오는 웃옷 자락으로 얼굴을 가리고는 달아났.

혼자 남은 메이리는 갑자기 웃음을 멈추고 한숨을 쉬었다. 그런 뒤 바삐 움직이던 손을 바구니에 얹은 채 한참이나 얼어붙은 것처럼 있었다. 어쩌면 승을 다시는 볼 수 없을지도 몰랐다.

❖

그날 밤 메이리는 승에게 편지를 썼다. 누가 보게 될지 몰라서 짧고 단순한 내용만 담았다.

> 승,
>
> 우리는 명령에 따라 내일 아침 동틀 녘에 떠납니다. 우리가 어디로 갔는지 달리 알아낼 수 없다면 미국인 지휘관을 찾아가세요. 당신이 우리를 따라올 수 있다면 밤낮으로 기다리겠습니다. 판샤오도 당신을 기다릴 거예요.
>
> 당신이 살아 있으리라 믿습니다. 당신이 만약 죽었다면 내가 모를 리 없겠죠

메이리는 이 짤막한 편지를 쓰고는, 행여 다른 누군가에게도 소식을 남겨야 하나 잠시 생각에 잠겼다. 그녀는 자신도 이번 작전에서 살아 돌아오지 못할 수도 있다는 걸 잘 알고 있었다.

또한 장군의 명령에 따라야 한다고 생각하면서도 미국인 지휘관의 경고도 잊을 수 없었다. 미국인 지휘관은 남은 병력이 얼마 안 되는 상황에서 장군의 계획은 어리석다고 했다. 적군은 상대가 여자든 남자든 자비를 베풀지 않았다. 이런 적과 맞서야 하는 이 작전에서 만일 죽게 될 운명이라면? 그렇다면 누구에게 편지를 써야 할까?

메이리는 미국에 계신 아버지를 떠올렸다. 당연히 소식을 전해야 했지만 그럴 수 없었다. 메이리에게 아버지는 너무 멀게 느껴졌다. 그는 메이리의 삶을 알지 못했고, 그녀가 왜 이런 삶을 살고 있는지 그 필요성도 이해하지 못했다. 그런 아버지에게 어디에 있고 왜 그곳에 있는지를 이제 와서 어떻게 설명한단 말인가? 너무 오래 침묵을 지키고 있었던 탓에 이제 그 침묵을 깨뜨릴 수 없게 되었다.

오늘이 대대적인 군사 작전을 앞둔 마지막 밤이라는 걸 알려야 할 또 다른 누군가가 있을까? 메이리는 이런저런 생각 끝에 난징 가까운 마을에 살고 있는 승의 가족을 떠올렸다. 그들에게라면 편지를 쓸 수 있었다. 그들은 전쟁이 무엇인지, 적군이 어떤 인간들인지, 내일 메이리가 어떤 위험에 직면하게 될지를 이해하리라.

메이리는 날렵하고도 또렷한 글씨체로 진실 그대로를 담아 옥에게 편지 한 통을 썼다. 승이 아직 돌아오지 않았지만 그가 죽었다고는 생각지 않는다고 썼고, 내일 나머지 대원들과 새 야영지와 전선을 향해 출발할 것이라고도 적었다. 그런 뒤에도 혹시 더 해야 할 이야기가 남았는지 생각하면서 잠시 앉아 있었다. 칠흑 같은 어둠이 그녀를 에워싸고 있었고, 열기로 가득 찬 공기는 숨이 막힐 듯했다. 메이리는 작은 천막 안에서 초롱 불빛에 의지해 편지를 쓰고 있었다. 나방과 풍뎅이가 구름처럼 떼를 지어 초롱 주위를 맴돌다가 오그라들어 종이 위로 떨어졌다. 메이리는 손으로 날벌레를 쓸어낸 뒤 계속해서 썼다.

"한 가지 더 말할 것이 있습니다. 동맹군은 이곳에서 우리를 지지하지 않았어요. 큰 희망을 품지 않는 편이 나을 겁니다. 후퇴가 거듭되고 있어요. 그리고 우리 도움으로 위기를 모면한 자들은 우리를 배신했습니다. 오늘밤은 어둡기만 합니다. 누가 내일을 볼 수 있을까요? 가족 모두의 행복을 빕니다. 만약 살아남는다면 승과 저는 언젠가 다시 집으로 돌아갈 것입니다."

메이리는 이만큼 자신과 승이 결혼할 것임을 간접적으로나마 그의 가족에게 드러내 보인 적이 없었다. 편지를 쓰는 동안 가슴에서 뜨거운 열기가 솟아 몸을 달아오르게 했다. 메이리는 직접 눈으로 시신이나 유골을 보기 전까지는 승이 죽었다고 생각지 않겠다고 혼자 중얼거렸다. 그녀는 봉투를 봉한 다음 옥에게 쓴 편지는 부쳤고, 승에게 쓴 편지는 버마 여인에게 맡긴 뒤 남편에게 전해달라고 부탁하며 이렇게 덧붙였다.

"찌푸린 눈에 키가 큰 청년을 찾으라고 전해주세요. 그 사람은 팔에 부상을 당했어요. 그런 청년을 찾거든 이 편지를 전해달라고요."

아이를 낳은 기쁨에 들떠 있던 버마 여인은 건강한 아들을 얻은 것에 감사하는 뜻에서 메이리의 부탁을 들어주기로 약속했다. 이 모든 게 새로운 행군을 앞둔 마지막 밤의 일이었다.

✥

　메이리가 옥에게 쓴 편지는 운송인의 손을 거쳐 비행기에 실렸고, 그 뒤에 다시 운송인의 손을 거쳐 산골사람들의 도움으로 적국을 건넜다. 그런 뒤 다시 운송인의 손에 들어가 우여곡절 끝에 링탄네 마을에 도착해 마침내 링탄의 집에까지 전해졌다.
　노학자가 세상을 떠난 뒤로 마을에서 글을 읽을 수 있는 사람은 링탄네 집을 제외하면 찾을 수 없었으므로 모든 편지는 링탄네 집으로, 정확히 말하자면 옥에게 배달되었다. 옥은 배운 게 많아서 깊은 지혜와 재능을 가진 여인으로 존경받았고, 심지어 먼 곳에 사는 여자들까지도 그녀를 찾아와 문제를 해결해달라고 부탁하곤 했다. 아들을 가지는 방법을 묻는 사람이 있는가 하면, 집에서 기르는 암탉이 알을 낳지 않는 까닭을 알고 싶어 하는 사람도 있었고, 종기나 이질 치료법을 물어오는 사람, 사시인 아이의 눈을 고치고 싶어 하는 사람도 있었다. 헤아릴 수 없이 많은 여자들이 이처럼 저마다의 문제를 안고 옥을 찾아왔다. 옥은 책에서 얻을 수 있는 답변은 직접 읽어주었지만 점점 깊어가는 지혜를 통해 치료법과 해결 방법을 손수 찾아내기 시작했다. 그런데 그 방법들이 대부분 좋은 효과를 낸 덕분에 그 지방에 조용히 이름을 알리게 된 것이다.

하늘도 옥을 좋게 생각한 게 틀림없었다. 라오얼은 한 번도 다른 여자에게 한눈을 팔지 않고 옥에게 온 마음을 다 바쳤다. 그녀의 자식들도 병치레 없이 자랐고, 아들 쌍둥이는 젖을 뗀 뒤에도 살이 빠지거나 보채는 일이 없었다. 결국 링사오는 옥에 대한 불평을 멈추고 집안 살림을 꾸려가며 점점 더 옥에게 의지하게 되었다. 옥은 말없이 집안의 중대사를 맡아 편안하고 조용하게 처리했으므로, 가족들은 그녀의 말이나 행동이 얼마나 큰 영향을 미치는지를 느끼지 못했다. 심지어 라오타의 부인마저도 손아랫사람인 옥에게 조언을 구할 정도였고, 라오타의 부인과 링사오 사이의 중재 역할도 이제 옥의 차지였다. 옥은 나이 들면서 점점 심해지는 링사오의 화를 달랬고, 눈물로 나날을 보내는 손윗동서를 위로했다. 다만 이 모든 행동이 조심성 있게 이루어진 만큼 라오타는 언제나 장남 대접을 받는다고 느꼈고, 링사오는 변함없이 여자들 중에 가장 존경받는 위치를 차지했다. 심지어 링탄은 자고 싶은데 파리가 귓가에서 윙윙댈 때나 나이 들어 답답한 뱃속을 시원한 트림으로 달래기 위해 따뜻한 물을 마시고 싶을 때면 항상 소리쳐서 옥을 불렀다. 자기 시중을 드는 것 외에는 옥이 할 일이 없다고 생각해서였다.

세상이 이토록 어수선한 중에도 링탄네 가족은 이렇게 살림을 꾸려갔고, 라오타와 라오얼은 적을 속이기 위한 교묘한 방법을 연구하며 시간을 보냈다. 수확량은 물론 집에서 기르는 날짐승과 물고기 수를 줄여서 보고했고, 겉으로는 가진 게 없는 것처럼 보이면서도 남몰래 배불리 먹었다. 부엌 바닥에 파놓은 굴은 소금에 절인 생선과 돼지고기를 비롯해 말린 오리고기와 돼지 허벅지 살,

양배추와 순무 그리고 쌀통을 감춰두는 장소로 사용했다. 이렇게 배불리 먹은 덕분에 아이들은 잘 자랐지만, 점령지 주민 치고는 너무 살찐 것처럼 보일까 싶어 라오얼은 아들들에게 적이 오면 숨도록 가르쳤다.

링탄네 가족에게 유일한 걱정거리가 있다면 라오타의 아내가 두 해 동안 아기를 갖지 못하고 있다는 것뿐이었다. 라오타의 아내는 자기가 남편보다 거의 열 살이나 많다는 사실을 한시도 잊지 못했고 조바심이 난 탓에 한 번, 두 번 그리고 세 번 거듭해 임신했다고 믿고 성급하게 사실을 알렸다가 얼마 못 가 자기가 틀렸음을 고백해야 했다. 이 일이 세 번째 되풀이되자 링사오는 화가 치밀었다.

"네 배가 불러서 내 눈으로 확인할 수 있기 전에는 두 번 다시 임신했다는 소리 말거라."

시어머니의 말에 라오타의 아내는 준비된 것처럼 눈물을 흘리기 시작했고, 링사오는 그 모습을 보며 매몰차게 계속 말했다.

"하긴 그래도 믿을 수 없지. 뱃속에 바람이 얼마나 꽉 찼던지 보는 사람 눈을 감쪽같이 속이는 여자들도 봤다. 산달이 됐을 때 그 뱃속에서 나온 건 바람뿐이었지."

링사오는 라오타의 아내가 마침내 진짜 아이를 가졌을 때도 아기가 태어날 때까지 그 사실을 믿지 않았다. 게다가 큰며느리가 낳은 아기는 안타깝게도 작고 바짝 마른 여자아이였고, 링사오는 처음 보는 순간부터 이 아이가 싫었다. 이렇게 링탄네 집에는 또 다른 걱정거리가 생겨났다.

옥은 남몰래 어린 조카의 편이 되어주었으며 링사오한테 받는 미움을 보상해주려고 노력했다. 링사오는 평생 부족한 것 없이 건강한 몸이었던 데다 자식들도 남부럽지 않게 튼실했으므로 자손들 중에 큰며느리가 낳은 손녀처럼 작고 노란 아이가 있다는 사실을 부끄러워했다.

"먹어! 어서 먹어!" 링사오는 손녀에게 이렇게 소리를 지르고는 했다. 그래서 아이가 사나운 모습에 겁을 집어먹고 울면서 음식을 먹지 못할 때면 가슴 아파하면서도 더 화를 냈다. 링탄네 가족들에게는 정말 골치 아픈 일이 아닐 수 없었다. 옥은 점점 커가는 아이를 자신의 방으로 데리고 가서는 계란이나 콩기름을 넣어 요리한 국수 같은 맛있는 음식으로 달래주곤 했다. 아이는 미소 머금은 얼굴로 다정하게 대해주는 옥 앞에서 이따금 음식을 받아먹었다.

옥은 언제나 온화한 얼굴과 다정한 눈빛을 잃지 않았지만 머릿속으로는 자신만의 생각에 잠겨 있었다. 심지어는 남편인 라오얼과 함께 있을 때도 딴생각을 했다. 그녀의 머릿속을 맴도는 것은 메이리와 라오산 아니, 승이었다. 옥은 라오산이 이제 '승'이라는 이름으로 불리고 있다는 걸 알고 있었다. 여러 날 전 라오얼이 집을 떠나서 비 점령지로 갈 생각은 이제 버리라고 말하던 순간부터 옥은 메이리와 승을 머릿속에서 지울 수 없었다.

"아버지의 곁에 남아서 땅을 지키는 게 우리 의무야." 라오얼은 옥에게 이렇게 말했다.

"우리는 바로 이곳에 자유의 날이 찾아올 때까지 기다려야 해."

그날부터 옥은 변함없는 희망으로 메이리와 승을 기다렸다. 그녀는 두 사람, 또한 그들 같은 사람들이 언젠가 적의 손아귀에서 동포를 구해주기를 바랐다. 만일 그들이 자유를 찾아주지 못한다면 진정 희망은 없으며, 옥의 소중한 아들들도 지배 하에서 노예로 자라나는 수밖에 없었다. 옥은 감춰둔 음식을 먹이며 아들들이 곧고 건강하게 자라도록 아낌없는 뒷바라지를 했다. 그러나 노예로 살아야 한다면 건장한 남자가 무슨 소용일까?

이런 생각에 잠긴 옥은 별이 빛나는 밤하늘을 몇 번이고 올려다보고 푸른 들판을 멍하니 바라보곤 했다. 그럴 때마다 가슴은 자유를 향한 갈망으로 아플 만큼 벅차올랐고, 그녀는 아무도 듣지 못하도록 가슴속으로 울부짖었다.

'자유를 되찾을 수 없다면 내 아들들도 차라리 어릴 때 죽는 편이 나아!'

그러던 중에 옥은 메이리의 편지를 받았다. 승이 백인들을 구하러 갔으며 아직 돌아오지 않았다는 사실과 아무도 그의 행방을 모른다는 내용이었다. 옥은 메이리가 편지에 적은 마지막 문장을 읽었다.

"후퇴가 거듭되고 있어요. 그리고 우리 도움으로 위기를 모면한 자들은 우리를 배신했습니다."

다행히도 옥이 이 편지를 읽은 것은 아무도 없는 곳에서였다. 여름 날씨가 더워지기 시작한 터라 점심식사를 마친 가족들은 낮잠을 자고 있었다. 그러나 옥은 가슴을 가득 메운 자유를 향한 갈망으로 잠을 잇고 살았고, 가족들이 낮잠을 자는 동안 마당으로 나와 대나무 그늘에 앉아 신 바닥을 꿰매곤 했다.

옥은 오늘도 여느 때처럼 대나무 그늘에 앉아 있었고, 비밀리에 우편물 배달부로부터 부탁을 받은 농부가 지나가는 길에 그녀에게 편지를 전했다. 옥은 결코 우는 일이 없었지만 그 편지를 읽고 나자 눈물이 고여 소리 없이 뺨을 타고 흘러내리는 것을 그냥 두었다. 자유를 되찾아줄 것이라고 기대했던 이들이 패배와 배신을 당했다면, 이제 아들들에게 무슨 희망이 남아 있단 말인가?

옥은 여전히 눈물 젖은 얼굴로 잠시 생각에 잠겼다. 가족들에게 편지를 읽어주어야 할까? 그래서 그들의 희망마저 앗아야 할까? 그녀는 마침내 결정을 내렸다.

'편지를 감추는 게 나아. 어머님 한탄과 아버님의 독설을 참고 견디느니 나 혼자 나쁜 소식을 알고 있는 편이 낫겠어.'

그러나 감히 시부모님에게 그들의 아들 소식까지 숨길 수는 없었으므로 마침내 그녀는 자리에서 일어나 라오얼이 자고 있는 침실로 들어갔다. 라오얼은 침대 위에 깐 돗자리에 몸을 쭉 뻗은 채로 누워 있었다. 옥은 푸른색 짧은 바지만 입고 상체는 알몸으로 누워 있는 남편을 슬픈 눈으로 바라보았다.

옥의 가슴에 남편을 향한 애정과 서글픔이 차올랐다. 라오얼은 적의 눈을 속이기 위해 삶을 허비하고 있었고, 때때로 발각될지 모를 위험에 처하곤 했다. 그러나 두 사람은 옥이 마음에 담았던 걱정을 목소리를 높여 쏟아낸 그날 이후로는 더 이상 그 위험에 대해 말하지 않았다. 그날 라오얼이 "나는 꼭 해야 할 일을 하는 거야. 당신이 내 일에 대해 언급하지만 않는다면 더 쉽게 해낼 수 있어."라고 답했기 때문이다.

그래서 옥은 한숨만 내쉬며 맨살이 드러난 라오얼의 어깨에 가만히 손을 얹었다. 라오얼은 살짝 손이 닿았을 뿐인데도 큰 비명을 지르며 깨어났다. 이는 그가 겉으로 드러내지 않을 뿐 끊임없이 두려움 속에서 살아가고 있다는 걸 보여주는 반응이었다. 라오얼은 곁에 선 사람이 아내인 걸 확인하고는 수치심에 사로잡혀 갑자기 얼굴 위로 쏟아진 땀을 닦았다.

"내 꼴이 꼭 바보 같지?"

옥은 남편이 비명을 지른 이유를 너무 잘 알았으므로 대답 없이 이렇게만 말했다.

"메이리한테서 편지가 왔어요. 나쁜 소식이에요. 우리만 알고 있어야 할지, 아니면 가족들한테 알려야 할지 결정해주세요."

옥은 라오얼에게 편지를 읽어주었다. 라오얼은 귀 기울여 듣다가 소리를 낮춰 욕설을 퍼붓고 얼굴을 찡그렸으며, 침대에 걸터앉아 손바닥으로 무릎을 쳤다. 그는 잠시 생각에 잠겼고, 옥은 잠자코 기다렸다. 이윽고 그가 입을 열었다.

"연로하신 부모님께 사실을 알려봐야 무슨 소용이겠어? 부모님은 당신들께서 자유를 되찾기 전에 돌아가시리라는 걸 아셔. 하지만 두 분의 자손인 우리들만은 자유를 찾으리라는 희망을 품고 계시지. 아버지가 백인들이 한 약속을 여전히 철석같이 믿고 계신 거, 당신도 알잖아. 백인들이 우리를 배신했다는 소식을 들으시면 무슨 생각을 하시겠어? 살아가실 수나 있겠어? 그리고 형님한테도 사실을 알리면, 곧바로 형수님 귀에 들어갈 거야. 형수님은 어머니한테 아무것도 못 숨겨. 그러니까 라오산의 생사를 확인할 때까지만이라도 우리 둘만 알고 있도록 하지."

"그렇게 말해줘서 기뻐요." 옥이 대답했다. "내가 원하는 것도, 두려워하는 것도 모두 당신 생각과 같아요."

옥은 자리에서 일어나 편지를 집어 겨울옷이 담긴 상자 바닥에 넣은 뒤 라오얼을 바라보았고, 라오얼은 그녀를 바라보았다. 두 사람은 서로의 생각을 읽을 수 있었다. 옥이 라오얼의 앞으로 다가오자 두 사람은 손을 맞잡은 채 잠시 아들들을 생각했다. 이윽고 라오얼은 헛기침을 한 뒤 이렇게 말했다.

"들판에 나가야 해." 옥은 눈물을 닦고 대답했다.

"모두가 깰 시간이에요. 저는 어머님과 아버님 시중을 들어야 해요."

라오얼과 옥은 그날부터 가슴속에 두 사람만의 절망을 남몰래 간직했다.

18장
죽음이 비껴간 자리

 버마 여인은 메이리가 승에게 쓴 편지를 안주머니에 넣고 집으로 돌아갔지만 그걸 엿새나 까맣게 잊고 있었다. 그녀가 없는 동안 지저분해진 집을 청소하고 남편에게도 신경 써야 했기 때문이다. 아내가 돌아온 걸 기뻐하던 남편은 한동안 아기 얼굴을 들여다보더니 침울해졌다. 귀에 점이 박혀 있음에도 그 작은 얼굴에 자신을 안 닮은 구석이 있다고 생각한 것이다. 그래서 그녀는 달콤한 말로 남편을 달래고 기분 좋게 해줘야 했다.
 이렇게 다른 문제들로 시간을 보내느라 편지를 잊고 있던 어느 날 아침, 그녀는 작은 못에서 빨래를 하려고 옷을 물에 적시기 전에 주머니 안에 들은 게 없는지 손을 넣었다가 편지를 발견했다. 그녀는 어쨌든 편지를 잃어버리지는 않았으니 아직 전하지 않은 건 큰 잘못이 아니라고 생각하면서 입은 옷 주머니에 편지를 넣었다. 그런 뒤 또다시 이틀은 잊은 채로 보냈고, 그 뒤에야 편지를 떠올리고 주머니에서 꺼내 남편에게 전했다.

마침 그날 남편은 마을의 중국 상인들이 모이는 곳에 갔다가 중국군 사단 하나가 전멸했고 유일하게 살아남은 두세 명이 마을로 돌아와 멍한 얼굴로 헤매며 이미 떠난 동료들을 찾고 있다는 이야기를 들은 터였다. 그는 편지를 움켜쥔 채 메이리가 키 큰 군인에게 편지를 전해달라고 당부했다는 설명을 들었다. 그는 여태껏 편지를 잊고 있던 아내의 뺨을 후려친 뒤 중국 상인들이 모이는 곳을 향해 걸음을 재촉했다. 그곳에 상인들 몇이 모여서 낙오된 군인들 이야기를 나누고 있었다. 그러나 상인들이 군의 계획까지 알 수는 없는 노릇이었다.

"그 미국 사람한테 가봅시다." 상인 중 하나가 마침내 제안했다.
"그 사람은 아직 여기 있지 않소."

모두 그의 말에 동의했다. 상인들은 멀지 않은 곳에 있는 군 야영지로 가서 미국인 지휘관과의 면담을 요청했고, 미국인 지휘관은 친절하게 그들을 맞이했다.

"낙오된 군인들이 중국군에 합류하려면 어느 길을 따라가야 할지 알려주실 수 있겠습니까?" 상인들이 물었다.

"북동쪽으로 가면 됩니다." 미국인 지휘관이 대답했다.

"그 이상은 말할 수 없습니다."

그러나 이것만으로도 충분했다. 상인들은 고개 숙여 인사한 뒤 야영지를 벗어났고, 작은 나귀를 빌려 타고 큰길을 따라 북동쪽으로 반나절을 이동했다. 이동하는 내내 곁길을 살피고 마을을 구석구석 돌아보던 그들은 마침내 앞서가던 남자 몇 명을 발견했다.

남자들은 셋이 아니라 모두 넷이었다. 상인들은 나귀를 재촉해 남자들 곁으로 다가갔다. 중국인 두 명과 영국인 한 명, 그리고 인도인 한 명인 이들은 누더기가 된 더러운 옷차림에 몹시 지쳐 있었다. 버마 여자를 아내로 둔 중국 상인이 두 명의 중국군 중에서 키가 굉장히 큰 한 사람을 보고는 주머니에 손을 넣어 편지를 꺼내 건네며 "당신이 이 사람입니까?" 물었다.

승은 편지에 적힌 자신의 이름을 보았다.

"그렇습니다."

"그럼 내 임무는 끝났군요." 상인은 승의 손에 선물로 돈을 쥐어준 뒤 작별인사를 하고는 일행과 함께 나귀를 돌려 집으로 향했다.

승은 이 편지가 어떻게 자기 손에 들어오게 되었는지 의아할 따름이었다. 그러나 세상 일이 얼마나 기묘하게 굴러가는지 누가 안단 말인가? 승은 메이리가 버마 여인의 아들을 받아주어 여태껏 자식 없던 중국 상인의 품에 안겨주었다는 것을, 그래서 이 편지가 자신에게 전달될 수 있었다는 건 알지 못했다. 단지 메이리가 쓴 편지가 자기 손에 쥐어졌다는 것만으로도 경이로움을 느꼈고, 그녀가 쓴 글귀를 읽을 수 있을 만큼 글을 안다는 사실만으로도 남몰래 하늘에 감사했다.

메이리는 승이 아직은 글을 숨 쉬는 것처럼 수월하게는 읽지 못

한다는 것을 알아서 글자를 또박또박 큼직하게 썼다. 승은 반얀 나무 아래에 앉아 메이리의 편지를 세 번이나 읽었고, 일행은 팔처럼 생긴 반얀 나무의 뿌리에 걸터앉아 기다렸다. 이윽고 승이 말했다.

"미국인 지휘관한테 가서 우리 군대가 어디로 갔는지 물어봐야겠어."

승은 이렇게 말하며 일어서서는 편지를 허리춤에 꽂았다. 찰리와 인도 남자도 승을 따라 일어났지만 영국 군인은 그대로 나무뿌리에 앉아 있었다. 그는 찰리가 미국인 지휘관이 있는 곳으로 가서 군대의 위치를 물어야 한다고 설명하자 당황한 것처럼 보였다.

"나는 안 갈 겁니다. 당신들끼리 가서 실컷 물어보고 와요. 나는 여기 앉아서 기다리겠습니다."

찰리가 웃더니 영국 군인은 알아들을 수 없는 그들만의 언어로 말했다.

"이 친구는 탈주병이니 백인 장교를 안 만나려는 게 당연하죠."

승의 일행은 나무뿌리에 앉아 배웅하는 영국 군인을 남겨둔 채 반나절을 걸어 미국인 지휘관과 그가 아직까지 남겨둔 병사들이 있는 야영지로 돌아왔다. 야영지에는 몇 안 되는 중국인과 인도인, 그리고 반복되는 후퇴와 패전 와중에 살아남은 군인들이 뒤섞여 있었다.

미국인 지휘관은 여느 병사들처럼 셔츠와 바지 차림으로 그가 사용하는 작은 텐트 앞에 앉아 있었다. 이곳은 밤낮으로 열기가 수그러들지 않는 탓에 그의 하얗게 센 머리칼은 가닥가닥 뭉쳐 있었다. 찰리는 지휘관 앞으로 다가가 중국군이 있는 곳을 물었다.

지도를 들여다보면서 그 위에 연필로 무언가를 적고 있던 지휘관은 누더기를 걸친 남자 몇 명이 눈앞에 서 있는 것을 보았다. 또한 그들이 입고 있는 옷이 행방이 묘연했던 사단의 제복임을 알아차리고는 놀라움과 분노에 사로잡혀 모국어로 욕을 하기 시작했다. 마침내 욕설을 멈춘 그가 질문을 던졌다.

"대체 어디에 있었나?"

미국인 지휘관의 질문에 찰리는 승이 어떻게 대원들을 이끌고 백인들을 구하러 갔으며, 어떻게 다리가 끊어졌는지를 사실 그대로 간략하게 설명했고, 후퇴가 불가능했기에 탈출의 기회를 잡은 몇 명을 제외하고는 모두 난도질을 당해 죽었다고 말했다. 그런 뒤 자신들 말고 누가 또 탈출했는지는 모른다고 덧붙였다.

미국인 지휘관은 고개를 쳐든 채 흔들림 없는 푸른 눈동자로 찰리를 바라보며 이야기를 들을 뿐 아무 말도 하지 않았다. 찰리는 이 순간 그 어떤 말도 부질없음을 깨닫고는 "우리 군대는 어디 있습니까?"라고 물었다.

"라시오 쪽으로 갔네." 미국인 지휘관이 영어로 대답했다.

"나는 장군한테 그가 계획하는 일은 무모하다고 했지. 장군은 어리석게도 깊고 좁은 전선에 병사들을 배치시키려 하고 있어. 일본군한테 전멸당하고 말거야. 하지만 장군은 내 말을 들으려 하지 않았네."

찰리는 미국인 지휘관의 말을 승에게 중국어로 번역해주었다. 승의 곁에 서 있던 인도 남자는 한 마디도 알아듣지 못해 멀뚱멀뚱 바라보고만 있었지만, 승은 지휘관이 하는 말을 곧바로 알아차렸다. 승은 미국인 지휘관의 생각이 옳다는 걸 알았으므로 마지못해 말했다.

"인정하기 싫지만 맞는 이야기라고 말해줘. 그리고 서둘러야겠군. 장군님께 가서 미국인 지휘관의 생각이 맞다고 말해야 해. 아직 늦지 않았을지 몰라."

"자네 생각을 이해하네."

미국인 지휘관이 말했다. 그는 강렬한 푸른 시선으로 승을 바라보았고, 승은 검은 눈동자로 그 시선을 마주했다. 두 사람은 서로가 마음에 들었다.

"자네를 본 적이 있어."

"한 번 만난 적이 있죠." 승이 미국인 지휘관의 말을 인정했다. "난징 산골 청년이라고 했지." 미국인 지휘관이 투박하고 단순한 중국어로 말을 이었다.

"자네가 장군이라면 좋겠군. 자네가 그 사람보다 더 분별력 있어." 승은 상관이 자신보다 못하다는 말을 받아들일 수 없었으므로 대답을 묻은 채 찰리에게 조용히 말했다.

"빨리 가지."

승의 일행이 감사의 인사를 했지만 미국인 지휘관은 건성으로 받았고, 그들은 서둘러 길을 떠났다.

그들이 반얀 나무가 있는 곳으로 돌아왔을 때, 영국 군인은 휘어진 커다란 나무뿌리 사이에 누워 자고 있었다. 그는 승의 일행이 계획을 이야기하자 몹시 꺼림칙한 표정을 지었다.

"인도로 가야 합니다."

영국 군인이 찰리에게 불만스럽게 말했다.

"그것만이 살아남을 수 있는 유일한 방법이에요."

"인도라뇨?" 찰리가 깜짝 놀라서 큰 소리로 외쳤다.

"인도로 가려면 험한 산을 넘어야 한다는 걸 알기나 합니까?"

영국 군인은 고집을 꺾지 않았다.

"나는 인도에만 도착하면 무사할 겁니다. 거기에 아는 사람들이 있거든요."

그러나 영국 군인은 의지할 데 없는 적의 땅에서 결국 승의 일행을 따라갈 수밖에 없었다. 버마 사람들이 영국인은 눈에 띄는 족족 총살했기 때문에 혼자 있기가 두려웠던 것이다. 승의 일행은 마을을 피해 작은 길을 따라갔고, 시골길을 걷다가 멀리서 누군가 오는 게 보이면 들판에 몸을 숨겼다. 들판 없는 곳에서는 길을 따라 펼쳐진 키 작은 나무숲으로 뛰어들었다.

그들은 이렇게 며칠간 걸으면서 여러 징표를 통해 자신들이 적의 부대 뒤를 따라가고 있음을 알게 되었다. 그게 어떤 종류의 부대이고 규모가 어느 정도인지는 알 수 없었지만 점차 늘어가는 표지들이 적군이 그들보다 앞서 움직이고 있음을 말해주고 있었다. 마을들은 절반쯤은 불타 있었다. 온전한 마을에서는 적기가 펄럭이고 있었고, 사람들은 자신들을 지배했던 백인들의 패배 앞에서 잔뜩 흥분해 승리감에 취해 있었다.

승은 이 사실을 알아차리고는 찰리에게 말했다.

"어떻게든 적군을 앞지르지 못하면 장군님이 계신 곳에 도착하기 전에 전투가 끝날 거야. 그리고 미국인 지휘관의 생각이 맞다면 이미 너무 늦었는지도 몰라."

✥

 장군은 자기 계획에 맞춰 병사들을 배치했다. 그는 밤이나 낮이나 고집스런 얼굴로 입을 다물고 있었다. 미국인 지휘관의 말을 뇌리에서 떨쳐버릴 수 없었음에도 자기 생각이 틀렸다고 인정하고 싶지도 않았다.

 그는 자기가 직접 선택한 좁은 전선을 따라 조심스럽게 병사들을 배치했다. 밤이 되면 불안감에 사로잡혔지만 단 한 차례도 전투에서 승리하지 못한 미국인 지휘관에게 충고할 권리 따위는 없다고 생각하며 마음을 다잡았다.

 '미국인 지휘관은 영국군과 한통속이야. 그러니 내가 어떻게 그 사람을 믿겠나?'

 장군은 씁쓸한 생각에 잠겼다. '백인들은 손을 맞잡고 우리한테 등을 돌렸어. 우리를 적의 땅에 끌어들이고는 동등하게 대해주지도 않았지. 백인들끼리 잘해보라고 해. 어차피 동맹군 대접도 못 받는데 우리 나름대로 행동하는 거야.'

 장군은 밤낮으로 이런 생각을 통해 분노로부터 힘을 얻었다. 또한 자신과 대원들은 조국 땅에서도 같은 적에 맞서 싸운 경험이 있는 만큼, 적의 어떤 공격도 막아낼 수 있다고 믿었다.

 간호사들은 그날그날 산더미처럼 주어지는 일을 할 뿐 상황에 대해서는 아는 바가 없었다. 수많은 병사들이 신발이 닳아 맨발로 걷고 누더기가 된 군복을 입고 있었다. 사방에 들끓는 벌레와 전갈, 거미와 뱀에 물린 대원들도 있었다. 달리 물을 구할 데가 없어서 오염된 우물물이나 숲에 고인 물을 마시고 탈이 난 사람들도 있었다. 청 박사는 환자들을 치료하는 와중에도 불안감을 떨쳐버릴 수 없었다. 간호사들은 아직 몰랐지만, 그는 이미 군인들로부터 떠도는 소문을 전해 들은 터였다.

어느 날 저녁 그는 마침내 메이리를 찾아갔다. 그녀는 류마가 만들어준 바느질 주머니를 곁에 내려놓고 헤진 웃옷을 꿰매고 있었다. 박사는 메이리에게 다가가 바닥에 앉은 뒤 낮은 목소리로 말했다.

"우리가 만약 공격당하고 만에 하나 패하기라도 한다면, 간호사들을 이끌고 무사히 탈출할 만한 계획은 있습니까?"

메이리는 간호사들이 자신만을 의지하리라는 것을 알아서 그런 사태가 발생할 경우 어떻게 할지 이미 숱하게 생각해온 터였다.

"상황이 허락한다면 군인들 곁에 있을 거예요. 하지만 그럴 수 없다면 숲속으로 달아나서 숨을 겁니다. 달리 무슨 방법이 있겠어요?"

"당신한테 작은 선물 하나를 주고 싶군요." 박사는 주머니에서 작은 나침반을 꺼냈다.

"받아요. 적군을 피해 서쪽으로 가는 데 도움이 될 겁니다." 메이리는 나침반을 받아 주머니에 넣었다.

"감사합니다."

메이리는 다시 바느질을 시작했고, 박사는 메이리의 얼굴을 보며 사람이 참 많이 변했다고 생각했다. 박사가 메이리를 처음 보았을 때 그녀는 아름답고 경솔하고 충동적인 여인이었다. 그러나 지금 그녀는 시골 아낙네처럼 마르고 억센 모습에다 검던 머리칼은 햇볕에 그을려 탈색된 채로 가닥가닥 뭉쳐 있었다. 얼굴과 팔 역시 거무스름하게 볕에 탔고 입술도 예전처럼 탐스럽지 않고 굳게 다물어져 있었다.

또한 눈썹은 그녀가 깊은 생각에 잠겨 있다는 걸 보여주고 있었다. 메이리는 어떤 험한 일도 마다하지 않았으므로 그녀의 손은 마디가 굵어졌고 손톱은 부러져 있었다. 태도도 달라졌다. 이제는 애교를 부리거나 미소 지을 시간이 없었으므로 얼굴에서도 미소를 찾아보기 힘들었다.

박사의 시선을 느낀 메이리는 고개를 들었고, 박사도 그녀의 꾸밈없는 시선을 마주했다. 그러나 두 사람 다 아무 말하지 않았다. 오늘 혹은 내일에 대해 무슨 말을 할 수 있겠는가?

박사는 일어서서 고갯짓으로 인사를 대신한 뒤 그녀의 곁을 떠났다. 그는 이 순간 자신이 남자 동료처럼 믿고 의지하게 된 이 여인을 다시는 못 보게 되리라는 것을 알지 못했다.

⁜

이튿날 동틀 무렵, 겉보기에는 평화롭기만 한 이 시골에 적군이 몰려들었다. 가장 먼저 잠에서 깬 대원들은 남쪽 지평선에 구름이 낀 것을 보았다. 구름 따위가 뭐 그리 대수롭겠는가. 이곳 아침은 해가 완전히 뜰 때까지는 구름에 가려져 있는 경우가 많았다. 또한 구름이 여느 때보다 노랗다고 한들 이 낯선 땅에서는 이상할 것이 없었다.

그러나 그 순간 대원들의 눈에 보인 구름은 적군이 탄 트럭을 포함한 차량의 먼지였다. 차량 위와 그 너머로 여러 대의 폭격기가 모습을 드러내더니 갑자기 굉음을 내뿜기 시작했다.

"빌어먹을!"

군인들은 소리를 지르며 위험에서 벗어나려고 우왕좌왕했다. 뜬눈으로 밤을 지새운 장군도 소란스러운 소리에 짚자리에서 벌떡 일어나 천막 밖으로 뛰쳐나갔다. 순간 작은 적기 한 대가 쏜살같이 아래로 내려와 두 개의 총구로 총알을 뿜어냈다. 장군은 날아온 총알에 어깨를 맞고 쓰러졌다. 그의 삶은 그 즉시 막을 내렸으므로 두려워할 틈조차 없었다.

장군이 쓰러지는 모습을 본 병사는 없었다. 적군은 이제 하늘과 땅 가릴 것 없이 사방을 뒤덮고 달아나는 병사들을 밀고 공격하고 쫓고 쓰러뜨렸다. 이렇게 총격이 가해지는 와중에 누가 다른 사람 생각을 하겠는가?

청 박사는 두 팔을 들어 올린 채 꼼짝 않고 서서 "이제 끝이로군." 하고 중얼거렸다. 그런 뒤는 고개를 들어 하늘을 올려다보았다. 적군은 박사에게 총격을 가했고, 박사는 쓰러졌다.

적군은 장군의 부하들 사이, 연대와 대대 사이로 밀고 들어왔으며, 후위를 지키고 있던 병사들을 에워싸 이들을 구멍 숭숭 뚫린 벌집처럼 사방으로 흩어지게 만든 뒤 작은 무리로 흩어진 병사들을 공격해 쓰러뜨렸다. 이렇게 장군이 이끌던 군대는 마치 존재한 적도 없었던 것처럼 사라졌다.

부상을 당했건 온전하건, 하늘을 점령한 적군이 해치우지 못한 병사들은 땅 위에서 맹렬히 밀고 들어오는 적군이 끝장냈다. 태양이 구름 위로 미처 고개를 내밀기도 전, 그 짧은 시간에 전투는 끝이 났다. 적군의 차량과 보병과 전투기가 사람과 쇠붙이로 이루어진 태풍처럼 거세게 북쪽으로 휘몰아쳤다. 태풍이 지나가고 남은 것은 밀림을 가로지르는 길을 따라 묻히지도 못하고 널브러진 주검들뿐이었다.

✢

밀림을 통해 탈출한 사람들 중에는 메이리와 판샤오, 그리고 메이리의 곁을 지키는 세 명의 간호사인 수첸, 안란, 셰잉도 있었다. 지난 밤 청 박사가 다녀간 뒤로 메이리는 몹시 불안한 마음에 잠을 이루지 못했다.

"걱정할 일이 없었다면 나를 찾아오지도 않았을 거야."

메이리는 혼자 중얼댔다. 적군과 그들이 여자를 다루는 악랄한 태도를 생각할수록 점점 더 마음이 불편해졌다. 메이리는 마침내 잠들기를 포기하고 잠자리를 털고 일어나 판샤오와 세 명의 간호사 곁으로 다가가 모두를 깨운 뒤 속삭였다.

"왠지 불안해. 모두 일어나서 내 말 잘 들어."

메이리는 작은 손전등으로 네 사람을 비추었고, 자고 있는 다른 여자들을 바라보며 머뭇거렸다. 간호사들은 한데 모여서 잠들어 있었다. 메이리는 진흙투성이 옷을 입은 채 지쳐 곯아떨어진 그녀들을 보며 연민을 느꼈다.

'다 깨워야 할까? 아니면 자게 둬야 하나?'

메이리는 새카만 하늘을 올려다본 뒤 다시 한 번 손전등으로 간호사들을 비추었다. 몸을 뒤척이는 사람은 없었다. 너무 고요한 밤 한가운데에서 메이리는 두려움에 정신을 빼앗긴 것을 후회하기 시작했다. 그녀는 나머지 간호사들은 자게 두고, 잠에서 깨운 네 사람에게도 다가가 다시 자라고 부탁했다.

"내가 겁난다고 깨우는 게 아니었는데…… 내 가슴속 불안감 때문에 공연히 겁내는 게 아니었는데."

네 사람은 다시 자리에 누웠다. 메이리는 마음을 가라앉혔음에도 두려움을 완전히 몰아내지 못하고 결국 이렇게 말했다.

"하지만 이 두려움이 이유 없는 게 아니라면 모두 서쪽으로 곧장 가서 밀림에 숨어. 일이 킬로미터 정도 밀림 속으로 들어가서 나를 기다려."

네 사람은 겁에 질린 채 메이리의 이야기를 들었고, 판샤오는 작은 소리로 외쳤다.

"언니가 그런 말을 하니까 무서워요."

"무서워할 필요 없어. 어서 자." 메이리는 서둘러 대답한 뒤 자기 잠자리로 돌아갔다.

그녀는 이 순간 자신이 잠 못 이루고 느끼는 불안감이 승 때문이라는 걸 알고 남몰래 자신을 나무랐다. 승의 생사를 모를뿐더러 설령 살아 있다 해도 그를 다시 볼 수 있을지 모르기 때문에 불안감이 엄습해온 것이다. 승은 포로가 되었을지도 몰랐다. 이렇게 불확실한 상황에서 메이리는 모든 것이 불편했다. 잠도 못 잤고, 음식을 먹을 때면 모래를 씹는 기분이었다.

여전히 뒤척이던 메이리는 멀리 하늘에서 울려 퍼지는 우르르 소리를 곧바로 알아듣고 벌떡 일어나 두리번거리며 위를 올려다보았다. 시야에 노란 구름이 들어왔다. 메이리는 그게 평범한 구름이 아니라는 것을 깨달았다. 그녀는 간호사들에게 일어나라고 소리치며 환자와 부상자들이 있는 곳으로 달려갔다.

"어서 피해요! 혼자 힘으로 움직일 수 있는 사람들은 어서 뛰어요!" 메이리는 고래고래 소리쳤다.

"피할 수 없는 분들은 바닥에 엎드리세요!"

메이리가 외치는 중에도 적기가 하강하고 있었다. 그녀는 바닥에 몸을 던졌고, 엎드리기 직전에 청 박사가 쓰러지는 것을 보았다.

어떤 이는 살아남고 어떤 이는 죽는 이유를 누가 설명할 수 있겠는가? 메이리는 두 팔에 얼굴을 맞대고 꼼짝없이 엎드려 있었다. 그녀와 적군 사이에는 어떤 방어벽도 없었다. 메이리는 위쪽과 사방에서 전해지는 열기를 느꼈다. 우르르 소리와 윙윙 소리 그리고 총성이 울려 퍼졌지만 그녀는 손끝 하나 다치지 않았다. 메이리는 바닥에 엎드린 채 고개를 숙였다.

'난 죽었어. 이렇게 죽는 거야. 다시는 두 발로 땅을 딛지 못하겠지. 아무 말도 할 수 없을 테고. 지금처럼 생각을 하는 것도 이걸로 마지막이야.'

메이리는 자신의 뇌가 살아 있음을, 죽음의 순간에 영원히 살 준비를 하며 활발히 움직이는 것을 느꼈다.

'좋은 두뇌였어. 훌륭한 두뇌였지.'

가늘게 떨리는 몸 역시 생명력이 넘쳤다. 메이리는 혈관 속을 부드럽게 흐르는 피와 탄력 있는 근육, 그리고 강한 뼈를 느꼈다. 영원히 생을 마감하게 만들 찰나의 죽음을 기다리면서 엎드린 이 순간, 몸에서는 그 어느 때보다도 생기가 넘쳐흘렀다.

'승과 결혼했어야 해.' 메이리는 열렬하게 생각했다.

'같이 잠자리라도 했어야 해……. 지난 수개월 동안 이렇게 외롭게 지내다니, 정말 시간 낭비였어!'

메이리는 곧 죽으리라 확신했으므로 모든 걸 잊은 채 오로지 하나만 생각했다.

'승, 승! 내 육신은 살아보지도 못한 채 죽는 거야.' 이 생각이 죽음을 기다리는 메이리를 가장 슬프게 만들었다.

그러나 죽음은 그녀를 비껴갔다. 적군은 계속 앞으로 나아갔고 메이리는 여전히 산 채로 죽음의 벌판 한가운데 엎드려 있었다. 굉음은 잦아들었고 적기는 긴 소리를 늘어뜨리며 저 멀리 하늘로 날아갔다. 마침내 더는 아무 소리도 들리지 않았다. 전투는 끝났고 여느 때와 다름없이 태양이 떠올랐다. 고개를 들자 사방에 널브러진 시체가 보였다.

그러나 그녀는…… 그녀는 살아 있었다. 메이리는 몸을 일으켜 두 발로 섰다. 모두가 죽은 가운데 홀로 살아남으니 스스로가 길 잃은 아이처럼 작게만 느껴졌다. 그녀는 잠시 그대로 서서 주위를 둘러보았다. 뒤틀리고 찢어진 채 피를 흘리는 부상자와 숨이 끊어져가는 사람들이 보였다. 자다가 죽음을 당한 간호사들이었다.

"모두 깨웠어야 해!" 메이리는 절규했다. 그런 뒤 이성을 잃고 금방이라도 토할 것 같은 기분으로 달리기 시작했다. 그녀는 신음을 흘리면서 비틀거리는 걸음으로 밀림을 향해 내달았다.

❖

 승의 일행은 갖은 애를 쓰고도 사람 발보다 빠른 차로 움직이는 적군을 앞지를 수 없었다.

 마침내 적군이 휩쓸고 간 곳에 이르렀을 때, 눈앞에 보이는 것은 시체 더미뿐이었다. 사방에 널린 시신이 햇빛과 한두 시간마다 쏟아지는 뜨거운 빗줄기 속에서 썩어가고 있었다. 탈출한 사람은 아무도 없는 것 같았다. 승의 일행은 장군의 시신을 발견했다. 장군은 쓰러진 자세 그대로 얼굴을 바닥에 댄 채 천막 앞에 고꾸라져 있었다. 적군은 장군의 무기와 계급장을 챙겨 갔다. 승이 장군을 일으켜 돌려 눕히자 그 얼굴이 드러났다. 아무리 장군일지라도 승은 그를 위해 울 수 없었다.

 "여자들은 어디 있지?" 승이 찰리에게 중얼거렸다.

 "아는 여자가 한 명 있는데……."

 "정말입니까?" 찰리가 되물었다.

 "저도 아는 여자가 한 명 있습니다."

 두 사람은 시체들이 널브러진 한가운데서 서로를 마주보았다. 적군은 중국으로 이어지는 버마로드를 차단하기 위해 라시오를 향해 북쪽으로 몰려갔다. 승과 찰리는 이제 적군의 위협으로부터 안전했다. 그러나 누가 그들을 슬픔에서 벗어나도록 해줄 수 있을까? 승은 두려움을 떨쳐내기 위해 메이리의 이름을 말해야 할 것 같아서 찰리에게 입을 열었다.

 "내가 아는 사람은 그 키 큰 여자야……. 위 씨 성에 이름은 메이리인 여자 말이야."

"그 사람이었습니까?" 찰리가 놀란 목소리로 물었고, 승은 잠시나마 자신과 찰리가 같은 여자를 사랑한 게 아닐까 더럭 겁이 났다. 그러나 찰리는 곧바로 말을 이었다.

"제가 아는 여자는 어린아이 같은 사람입니다. 강아지처럼 언제나 메이리를 따라다녔죠."

"그 아이는 내 동생이야!" 승이 외쳤다.

"판샤오를 말하는 거로군."

"판샤오가 당신의 동생입니까?" 찰리가 놀라서 물었다.

두 사람은 사방에 널려 있는 시체더미 한가운데에서 서로의 손을 움켜잡았다. 두 눈에 눈물이 고였지만 그냥 두었다. 가슴에 서로에게 하고 싶은 말이 가득 차올랐지만 영국 군인이 먼저 입을 열었다.

"이제 어쩔 작정이죠? 이제 내 말이 옳았다는 걸 인정하기 바랍니다. 곧장 인도로 갔어야 해요."

❖

이제 승 일행에게는 시체 썩는 냄새에서 벗어날 수 있는 밀림을 향해 움직이는 것 외에 달리 할 수 있는 일이 없었다. 그곳에서 다음 계획을 세워야 했다. 그러나 승과 찰리는 메이리와 판샤오가 있는지 구석구석 살펴보기 전에는 시체들이 널브러진 이곳을 떠날 수 없었다. 아는 얼굴이 숱했지만 그들의 힘으로는 이 많은 시신들을 매장할 수 없었다.

그들은 친분 있던 사람들을 찾아 반듯하게 누울 수 있도록 옮겼고, 장군의 시신은 파리 떼가 들러붙지 못하도록 찢어진 천막 조각을 찾아 덮었다. 사방을 둘러보았지만 끝내 메이리와 판샤오는 보이지 않았다. 햇빛이 맹렬하게 내리쬐기 시작했고, 파리도 무서울 정도로 떼를 지어 날아들었다. 그들은 결국 그늘과 물을 찾아, 그리고 주머니에 들어 있는 얼마 안 되는 음식을 먹기 위해 밀림으로 피신할 수밖에 없었다. 그들은 중국 상인이 승에게 준 돈으로 먹을 것을 사둔 터였다.

들어선 밀림은 여느 깊은 숲과 다름없이 길 찾기가 쉽지 않다. 이제 인도 사람이 앞장서서 승의 일행을 이끌고 있었다. 그는 사람이 지나간 흔적을 발견했다. 그들은 메이리와 간호사들이 네다섯 시간 전인 아침 무렵 지나간 길을 따라가고 있었다.

비틀거리며 밀림으로 들어선 메이리는 바로 이 길을 따라가며 쉽게 간호사들을 찾아냈다. 간호사들은 겁에 질려 아무 말도 못하고 바짝 서로에게 달라붙어 있었다. 낮게 내려앉은 하늘에서는 여느 때와 다름없이 빗방울이 떨어지기 시작했다. 사방에서 빗소리가 울려 퍼지자 간호사들은 혹시라도 적군이 오는 건 아닌지 두리번거리기 시작했다. 빗소리 때문에 발자국 소리를 듣지 못할까봐 겁이 나서였다.

간호사들은 메이리가 오는 소리를 듣지 못했으므로 메이리는 이들이 알아차리기도 전에 곁으로 다가와 있었다. 간호사들이 손을 내밀어 메이리를 가운데로 끌어당겼다. 그 얼굴들에서 빗줄기와 함께 눈물이 흘러내리고 있었다.

메이리는 얼굴을 덮고 있던 젖은 머리카락을 쓸어 넘기면서 스스로에게 이제 뭘 할 수 있을지를 물었다. 적이 들끓는 이 나라에서 과연 어디로 가야 하며, 몇 안 되는 이 여인들과 어떻게 탈출해서 조국 땅으로 돌아갈 수 있을까?

사방의 나무들이 빗속에서 선명한 녹색을 띠었고, 작은 원숭이들이 그들을 엿보는 사람들처럼 나뭇잎을 헤치고 메이리의 일행을 뚫어질 듯 내려다보고 있었다. 메이리는 원숭이들의 작고 까만 얼굴을 보며 몸을 떨었다. 적들도 원숭이처럼 나무에 숨기 때문이었다. 적군이 저것들과 함께 나무에 숨어 있지 않다고 누가 장담하겠는가? 일행 모두가 주변에 적군이 숨어 있다고 느꼈고, 두려움이 차가운 불꽃처럼 서로에게 번져갔다. 마침내 그들은 서로의 손을 움켜잡고 큰길을 향해 정신없이 달리기 시작했다.

메이리가 가장 먼저 이성을 되찾고 뒤로 물러서며 외쳤다.

"멈춰! 멈춰! 우리 모두 바보 같군. 지금 어디로 가고 있는 거지?"

그들은 모두 멈춰 서서 메이리를 바라보았다. 판샤오는 너무 덥고 지친 데다 두려움에 사로잡혀 울음을 터뜨렸다. 메이리는 그 얼굴들을 보면서 자신뿐만 아니라 모두를 생각해야 한다는 것을 깨달았다. 그래서 함께 할 수 있는 일이 무엇일지를 생각하며 가쁜 숨을 고르려고 애를 썼다.

비가 또다시 그치자 축축한 초록색 빛줄기가 깊고 부드럽게 빛났다. 아름다움이라는 걸 느낄 수 있을 만한 상황이었다면 그들도 그 빛의 아름다움을 볼 수 있었으리라. 그러나 이 순간 빛줄기는 낯설고 위험하게만 보였고, 물방울을 뚝뚝 떨어뜨리는 나뭇잎과 나무들도 몸을 흠뻑 적셔 쉴 곳을 앗아가는 존재들처럼 느껴졌다.

그들은 배고픈 데다 목까지 말랐다. 빗물은 이끼와 흙 속으로 모두 스며들었고, 가까운 곳에는 개울 하나 보이지 않았다.

그때 가까운 곳에서 남자들의 발자국 소리와 목소리가 들렸다. 무엇보다도 적군이 두려웠던 일행은 그 소리에 몸을 움츠렸다. 그녀들은 강했고 고통을 감내할 준비가 되어 있었으며, 전쟁의 시련을 함께 견뎌냈고, 병사들의 보폭에 맞추어 성큼성큼 행군한 이들이었다. 그런 이들이 갑자기 여자가 되어버렸다. 남자 목소리가 들려오자 자신들은 여자이고 남자 앞에서 무력한 존재라는 사실 외에는 모든 걸 깡그리 잊어버린 것이다. 그녀들은 서로 바짝 달라붙은 채 꼼짝 않고 서서 소리를 죽였고, 소리 나는 곳을 뚫어져라 바라보았다.

길은 메이리의 일행이 서 있는 곳 가까이에 있었다. 달아날 시간도 없었지만, 다들 소리를 낼까 두려워 감히 움직일 생각조차 하지 못했다. 남자들 목소리가 점차 가까워졌다. 모두 귀를 기울였고, 순간 메이리는 영어로 투덜대는 소리를 들었다.

"이렇게 걷다가는 내일이면 군화가 다 닳아 없어지겠네."

메이리는 손가락 하나를 입술에 대보인 뒤 일행에게서 떨어져 살금살금 앞으로 걸어갔다. 그런 뒤 초록빛 나뭇가지를 살며시 헤치고 앞을 바라보았다. 길 가장자리에 젊은 백인 셋이 앉아 있는 것이 보였다. 그들은 너덜너덜 떨어진 군복을 입고 있었고, 저마다 한 자루씩 움켜쥔 소총 외에는 아무것도 들고 있지 않았다. 그들 중 하나가 서글픈 얼굴로 벗은 군화를 손에 들고 내려다보고 있었다.

메이리는 그들 가까이 조심스럽게 걸어갔다. 말을 건넬까, 말까?

그들은 창백한 얼굴에 지친 모습이었고, 길을 잃은 것처럼 보였다. 메이리는 그들이 이제 갓 소년티를 벗은 젊은이들이리라 짐작하고는 말을 걸기로 마음먹었다.

"이봐요!" 메이리가 작은 소리로 군인들을 불렀다. "잠깐만요!"

군인들은 휘둥그레진 눈으로 총을 겨누며 벌떡 일어섰다.

"거기 서!"

군화를 벗은 남자가 단호한 목소리로 외쳤다.

"우리 편인가, 아니면 적인가?"

메이리는 모습을 가리고 있던 덤불 밖으로 걸어 나왔다.

"나는 중국인이에요. 그러니까 당신들 편이겠죠."

19장

당신은 내 친구입니까?

세 명의 영국 청년은 메이리를 뚫어져라 바라보았고, 메이리는 세 쌍의 옅은 눈동자 속에서 백인들이 으레 가지는 의심을 엿볼 수 있었다.

'중국인이라고! 친구인가 적인가?'

"겁낼 필요 없어요." 메이리가 침착한 목소리로 말했다.

"난 영국인은 아니지만 여자에 불과해요."

"혼자입니까?" 첫 번째 영국 청년이 물었다. 그는 총을 내렸음에도 움켜쥔 손에서 힘을 빼지 않고 있었다. 여위고 때 묻은 그

손의 관절들은 하얗게 변해 있었고, 메이리도 그걸 보았다.

"아뇨. 나 말고 넷이 더 있어요. 오늘 공습을 당한 곳에서 탈출했어요." 메이리가 대답했다.

"어디 말입니까?"

"큰길을 따라오지 않았나요?" 메이리가 물었다.

청년은 고개를 내저었다.

"그 반대입니다. 길 같은 건 구경도 못하고 벌써 며칠째 숲속을 헤매고 있어요. 우리가 어디 있는지도 모르겠군요. 인도로 가겠다는 생각으로 움직이고는 있는데 이렇게 지독하게 나무가 우거져서 해 뜨고 지는 것도 못 볼 정도로 캄캄하니 엉뚱한 방향으로 가고 있는지도 모르죠."

메이리는 주머니에서 청 박사가 준 작은 나침반을 꺼냈다.

"여러분은 지금 남동쪽으로 가고 있어요."

"맙소사!" 청년이 낮은 소리로 외쳤다.

영국 군인들은 당황한 나머지 두려움도 잊고 총을 내렸다. 그중에서 키가 작고 어깨가 떡 벌어진 청년이 햇볕 가리는 헬멧을 벗더니 열기와 더러움 때문에 머리카락이 빠져버린 머리를 긁었다. 한때 건장했겠지만 지금은 너무 여윈 그의 몸 위로 살이 축 늘어져 있었다. 세 번째 청년은 가장 어려 보였는데 얼굴이 백짓장처럼 하얗게 변했고, 면도를 하지 않은 두 뺨 위로는 땟국이 흐르고 있었다.

"그럼 지금까지 엉뚱한 방향으로 왔다는 거야, 헵?"

그가 첫 번째 청년에게 물었다.

"그런 것 같아." 첫 번째 청년이 대답했다.

그는 맨살 위에 걸치고 있던 웃옷 단추를 채우며 메이리에게 물었다.

"일본군은 우리 남쪽에 있나요? 아니면 다른 곳에 있습니까?"

"오늘 아침에 이곳을 지나 북동쪽으로 갔어요." 메이리가 대답했다. "얼마나 멀리 갔는지는 나도 몰라요."

"오늘 아침에 일본군이 여기에 있었다면 서둘러 움직여야겠군요. 하지만 어디로 가죠? 우리는 벌써 여러 날 동안 일본군을 피해 달려왔습니다. 며칠 전만 해도 저들은 우리 뒤에 있었어요."

청년은 고갯짓으로 북쪽을 가리켰다.

"그래서…… 그들로부터 멀어지고 있다고 믿었습니다."

"일단 숲에서 벗어나야 해요." 메이리가 말했다. "여길 빠져나가기 전에는 아무것도 볼 수 없어요. 일행을 부를게요."

메이리는 목소리를 높여 외쳤다.

"안란! 판샤오! 수첸! 셰잉!"

메이리의 목소리를 듣고 덤불 뒤에 숨어 있던 여자들이 머뭇거리며 밖으로 걸어 나왔다. 판샤오는 셰잉의 손을 꼭 잡고 있었다. 영국인과 중국인인 양쪽은 서로를 뚫어져라 바라보았고, 메이리는 영국 청년들에게서 언짢아하는 마음을 읽었다. 여자들은 짐이 될 뿐이라고 생각하는 게 틀림없었다.

"우리는 당신들 못지않게 빨리 걸을 수 있어요." 메이리가 말했다. "군인들과 보조를 맞춰 걷는 게 몸에 뱄거든요."

"여기까지 와서 고작 찾은 게 여자들이라니!" 키 작은 병사가 내뱉었다.

"그만둬, 릭." 첫 번째 청년이 외쳤다. 어색한 침묵이 한참 흐른 뒤, 그는 총을 어깨에 메며 말했다.

"자, 다들 갑시다. 계속 이동하는 편이 나을 겁니다." 그는 왔던 길로 터벅터벅 걸음을 옮겼다. 남자들이 앞장을 섰고 여자들은 그 뒤를 따라 한 줄로 걸었다.

남자와 여자, 흰 피부를 가진 이들과 거무스름한 피부를 가진 이들로 나뉜 두 무리는 찌는 듯한 어둑한 밀림 속을 여러 시간 걸었다. 그들은 서로를 믿지 못했으므로 입을 다문 채 걷기만 했고, 이따금 서로에 대해 뭐라고 중얼거리곤 했다. 한번은 영국 청년들이 메이리 일행을 흘긋 돌아보면서 이렇게 속삭였다.

"저 어린 여자는 기껏해야 열일곱 살밖에 안 돼 보이는데." 그러자 또 다른 한 명이 대답했다.

"고향에 두고 온 여자들과 비교하지만 않는다면 저 여자들도 나름 예뻐 보일 걸."

"저 여자들은 피부가 너무 노란데. 너무 말랐고. 게다가 저 눈들이 마음에 안 들어."

세 번째 청년이 말을 이었다.

"어쨌건 여자는 여자잖아." 첫 번째 청년이 말했다.

"그렇기는 하지." 또 다른 청년이 대답했다.

메이리 일행은 영국 청년들이 중국어를 이해하지 못한다는 걸 알았으므로 거리낌 없이 이야기를 나누었다.

"영국 남자들은 전부 저렇게 키 크고 뼈가 드러날 정도로 바짝 말랐나요?"

셰잉이 메이리에게 물었다. 메이리는 더웠고 지칠 대로 지쳐 있었지만 아직 미소 지을 힘은 남아 있었다.

"다른 나라들처럼 영국에도 뚱뚱한 남자와 마른 남자가 있어."

"저 사람들, 무서워요." 판샤오가 하소연하듯이 말했다.

"파란 눈은 잔인해 보이고 코는 쟁기날처럼 생겼어요. 왜 코가 저렇죠? 개들처럼 냄새를 잘 맡나요?"

"엄마 배에서 저런 코를 달고 나온 거야." 메이리가 대답했다.

"껍질을 벗겨낸 과일 같아요." 수첸이 말했다. "피부가 왜 저렇게 빨갛죠?"

"저 사람들 피부는 햇볕에 그을리면 검어지는 대신에 빨개져."

메이리의 일행은 모두 여자였으므로 보다 은밀한 대화도 시작됐다. "저 사람들도 보통 남자들이랑 똑같아요?"

남자에게 관심이 많은 셰잉이 물었다. 그녀는 부끄러운 마음에 최대한 마음을 숨기려고 했지만 소용없었다.

"물론이지." 메이리가 차분한 목소리로 대답했다.

"저런 징그러운 사람들이랑 잔다니, 생각만 해도 소름이 돋아요." 셰잉이 말했다.

메이리는 아무 감정도 드러나지 않는 미소를 지었다. "듣던 중 반가운 소리인데."

그녀의 말에 모두들 소리 내서 웃었다.

간호사들은 영국 청년들의 우툴두툴한 맨살 드러난 다리와 새빨갛게 익은 가늘고 긴 목을 보면서 정말로 소리 내서 웃을 수 있었다. 슬픈 전쟁을 겪었고 더할 수 없이 처참한 곤경에 처해 있었음에도 그녀들은 여전히 너무 젊었다.

"나는 저 사람들 몸에 잔뜩 난 털이 너무 싫어."

안란이 입을 열었다.

"난 고양이나 개, 원숭이처럼 털 난 짐승들이 예전부터 싫었어. 그런데 저 영국 남자들은 털투성이잖아. 저 수염 좀 봐!"

"그동안 면도를 못해서 그래." 메이리가 대답했다. "온몸의 털은 어떻게 다 깎고요?" 안란이 반박했다.

"저 팔이랑 다리를 좀 보세요. 턱이랑 다를 바 없이 털투성이잖아요. 저 사람들 가슴 봤어요? 멍멍이 가슴처럼 털이 수북하다고요. 옷에 가려진 맨살 전부에 저렇게 털이 나 있나요?"

"옷 안 입은 영국 남자를 본 적이 없어서." 메이리가 무뚝뚝하게 대답했다.

"남자 알몸을 본 적이 없거든. 하지만 백인들도 개들만큼 털북숭이는 아닐 거야."

메이리 일행은 수 킬로미터에 달하는 길을 걷는 동안 이런 대화들로 힘겨움을 달랬다. 그러나 언제까지나 마음 편하게 잡담만 늘어놓을 수는 없었다. 먹을 것과 쉴 곳, 그리고 어둠이 내리기 시작하면서부터는 잠잘 곳을 생각해야 했다. 오후 시간이 다 가고 저녁나절이 되자 메이리가 영국 청년들을 향해 외쳤다.

"먹을 것과 쉴 곳에 대해 같이 의논하고 결정하는 게 좋지 않을까요? 언제 밀림에서 빠져나가게 될지 모르지만, 그 전에도 먹고 자는 문제는 해결해야 하잖아요."

영국 청년들은 메이리의 말에 걸음을 멈추더니 여자들을 기다렸다. 쓰러진 나무에 걸터앉아 소매로 얼굴을 닦고, 넓은 잎을 따서 부채질을 했다. 새까맣게 떼 지어 머리 주위를 맴도는 각다귀와 하루살이를 쫓기 위해 쉴 새 없이 나뭇잎을 흔들어야 했다.

키 작은 영국 청년이 벌떡 일어섰다.

"빌어먹을, 도저히 못 참겠군!"

그는 맨살이 드러난 다리와 무릎을 손바닥으로 쳤다. 다리를 뒤덮은 적황색 털에 작은 벌레 수십 마리가 들러붙어 있었다. 그때 눈을 커다랗게 뜬 채 그를 바라보고 있던 셰잉이 손에 든 나뭇잎 냄새를 맡아 보았다. 그 나뭇잎에서는 아주 강한 냄새가 풍겼다. 셰잉은 잎을 으깨면 한결 더 톡 쏘는 냄새가 난다는 것을 알아차리고는 키 작은 영국 청년 앞으로 다가가 몸짓으로 잎을 다리에 문지르라고 설명했다. 청년은 그녀의 말을 따랐다. 벌레들이 나뭇잎이 발산하는 지독한 냄새를 싫어한 덕분에 골칫거리를 내쫓을 수 있었다.

"현명하시군요."

청년이 셰잉에게 말했고, 메이리가 그의 말을 통역해주었다. 그러자 셰잉은 손으로 입을 가린 채 웃었다.

그러나 나뭇잎의 독성이 너무 강했던지 청년은 말을 마치기가 무섭게 다리에 가려움증을 느꼈다. 그는 다리를 긁으며 소리쳤다.

"빌어먹을, 잎에 독이 든 모양이야!"

일행은 동시에 그의 다리를 바라보았고, 셰잉은 웃음을 멈추었.

그들은 벌레가 들끓는 곳을 떠나는 게 낫겠다고 결론 내리고는 다시 걸음을 옮겼다. 메이리와 키 큰 영국 청년은 각자 일행을 이끌어야 하는 위치였으므로 이제 대화를 하면서 나란히 걷고 있었다. 나머지도 두 사람의 뒤에서 떨어지지 않고 한 무리를 지어서 행군했다.

키 큰 청년은 볼수록 메이리가 좋았다. "영어를 할 줄 아는 사람을 만나다니 행운입니다. 우리는 서로에게 도움이 될 수 있을 거예요."

"이렇게 적의 가득한 곳에서 여자들끼리 이동하는 건 쉬운 일이 아니죠." 메이리가 대답했다.

"계획을 세워야 하지 않을까요?" 청년이 물었다.

"우리가 뭘 할 수 있을지 줄곧 생각하고 있었어요."

메이리가 말했다.

"인도로 이어지는 큰길을 만날 수 있다면, 그 길을 따라가는 편이 가장 좋을 거예요. 중국으로 통하는 넓은 길은 없거든요. 하지만 인도로 통하는 큰길이 있다는 얘기는 여러 번 들었어요."

키가 큰 청년은 부어오른 입을 굳게 다물더니 퉁명스럽게 말했다. "틀렸어요. 인도로 이어지는 큰길 같은 건 없습니다."

"없다고요?" 메이리가 놀란 목소리로 물었다. 청년은 고개를 끄덕이더니 느리게 대답했다.

"그래서 후퇴하기가 이렇게 힘든 겁니다……. 길은 있지만 좁아요. 오래전에 만들어진 구불구불한 그 길에는 사람들이 꽉 차 있고요. 게다가 인도로 곧장 이어지는 길은 아예 없습니다."

메이리는 너무 놀라서 잠시 아무 대답도 할 수 없었다. 그녀는 인도로 이어지는 폭이 삼십 미터가 넘는 훌륭한 길이 있다고 수도 없이 들어온 터였다. 그 길은 마룻바닥처럼 단단하고 대규모 부대가 행군할 수 있을 정도로 넓다고들 했다.

"승리를 끌어내기에는 턱없이 적은 군대를 이 나라에 끌어들이다니, 정말 당신네 나라 장군들은 제정신이 아닌 모양이로군요! 그것도 후퇴할 길이 없다는 걸 알면서!"

"나도 당신과 똑같이 말했습니다. 몇 번이고 되풀이해서요. 하지만 이미 벌어진 일입니다. 됭케르크Dunkerque*가 여기보다 훨씬 나았어요. 됭케르크 작전에도 참가했거든요. 그때는 그리 멀지 않은 바다를 건너면 그만이었죠. 게다가 영국 국민 전체가 우리를 돕기 위해 발 벗고 나섰고요. 우리는 믿고 의지할 수 있는 영국이 있다는 걸 알고 있었습니다. 하지만 이곳에는 끔찍한 밀림이 끝없이 펼쳐져 있을 뿐, 영국은 너무 멀리 있어요. 게다가 인도마저……."

영국 청년은 말을 끝맺지 못했고, 메이리는 그가 애써 눈물을 참고 있다는 걸 깨달았다. 메이리는 스스로에게 질문을 던졌.
'우리는 뭘 위해서 여기 온 거지?'

그때 영국인 청년이 큰 소리로 외쳤다.

"우리는 이 빌어먹을 나라에서 뭘 위해 싸우고 있는 거죠? 동료들 모두가 같은 질문을 던졌습니다. 만일 이긴다면 이 나라를 다시 통째로 차지하게 되겠지요. 하지만 진다면 이 나라를 잃게 될 거예요. 여기는 싸울 곳이 못 돼요. 한 번에 수만 명을 이 구덩이에 던져 넣어도 결코 이길 수 없습니다. 여기는 백인들이 싸울 만한 곳이 못 됩니다!"

메이리는 청년의 이야기를 듣기만 할 뿐 아무 대답도 하지 않았다. 그녀는 밀림을 돌아보았다. 이곳은 전장이라고 할 수 없었다. 머리 위에서는 나무가 흔들렸고, 나뭇가지에 매달린 덩굴도 함께 떨리고 있었다. 주위로는 덤불이 우거져 있고, 햇빛이 들어올 정도로 나무가 듬성한 곳에는 머리 위로 훌쩍 올라오는 키 큰 풀들이

---

* 프랑스 북부의 항구로 2차 세계대전 때 독일군의 공격을 받던 영국군과 프랑스군이 기적적으로 철수한 곳

자라고 있었다. 풀은 비에 젖어 있었고, 나뭇잎은 접시만큼 컸다. 메이리는 조금 전 내린 빗물을 그릇처럼 담고 있는 커다란 나뭇잎 옆에 걸음을 멈추고 무릎을 꿇어 그 물을 마셨다. 수 시간에 걸쳐 밀림을 가로지르는 동안 비가 세 차례 내렸고, 모두들 고인 빗물을 여러 번 마셨다.

정말로 이곳은 전쟁과 걸맞지 않은 나라였다. 그러나 이 땅 위에서 얼마나 많은 사람들이 목숨을 잃었는가! 메이리는 장군과 청 박사, 그리고 오늘 아침에 숨이 끊어진 걸 확인한 채 두고 온 모든 대원들을 떠올렸다. 그녀는 곁에서 걷고 있는 이 지치고 당황한 남자를 비난하고 싶지 않았다. 그도 메이리처럼 비난받을 이유가 없었다. 그는 단지 이곳으로 파견되었기 때문에 이곳에 있을 뿐이었다.

그들은 다시 앞으로 나아가기 시작했고, 잠시 아무 말도 하지 않았다. 이윽고 메이리가 부드러운 목소리로 입을 열었다.

"밤새 걸어야 할까요, 아니면 위험을 무릅쓰고 쉬어야 할까요?"

"다리를 움직일 수 있는 한 계속 갑시다."

키 큰 영국 청년이 대답했다.

그들은 이제 꼭 해야 할 말이 있을 때를 제외하고는 입을 열지 않았다. 마침내 어둠이 내려서 더는 앞으로 나아갈 수 없었다.

"여기서 멈추죠." 영국 청년이 말했다.

"풀을 짓이기도록 합시다. 한 번에 다 자면 안 될 것 같아요. 우리 셋이 여러분 주위를 규칙적으로 돌면서 적어도 뱀 정도는 쫓도록 하겠습니다. 짐승이 다가오는 소리도 들을 수 있을 겁니다."

"우리도 교대로 보초를 설게요. 판샤오만 빼고요."

메이리가 말했다. "판샤오는 아직 어려서 자야 하거든요."

"아닙니다, 그건 말도 안 되는 소리예요. 여러분은 자야 합니다." 청년이 반박했다. "우리가……."

메이리가 청년의 말을 막았다.

"우리 중국 여자들은 남자들하고 똑같이 일하는 것에 익숙합니다."

그들은 밀림에서의 밤을 자다가 걷다가를 반복하면서 보냈다. 이튿날은 일찍 밝았고, 그들은 다시 길을 떠났다.

✣

그 여정에 대해 무슨 말이 더 필요할까? 피로가 모두의 뇌를 마비시키고 살과 뼈에서 감각을 앗아갔다. 몸은 점점 지쳐갔고 걷는 중에도 졸음에서 헤어나지 못하는 일행의 발목과 다리에는 거머리가 들러붙었다. 일행이 거머리를 발견하고 떼어줄 때까지 다들 아무 감각도 느끼지 못했다. 거머리가 떨어진 자리에서는 피가 뚝뚝 떨어졌는데, 지나치게 피를 흘리는 것은 위험했으므로 모두가 서로를 더 주의 깊게 살폈다.

오늘따라 하늘은 잔인했다. 모두 허기조차 못 느낄 정도로 지쳐 있었지만 비가 한 차례밖에 오지 않아 종일 갈증과 현기증을 느꼈다. 음식보다 소금을 입에 털어 넣고 싶은 마음이 간절했다. 말하는 것은 숨을 가쁘게 하고 힘을 앗아갔으므로 오늘 꼭 해야 할 몇 마디 말고는 어떤 대화도 나누지 않았다. 일행은 메이리의 나침반을 손에 든 키 큰 청년을 따라 끊임없이 서쪽을 향해 나아갔다. 그러나 이 밀림이 남북으로 길게 뻗어 있는지, 아니면 동서로 길게 펼쳐져 있는지 누가 알겠는가? 그들은 단지 어디쯤에선가 이 밀림이 끝나기를 바라며 계속해서 걸음을 옮길 뿐이었다.

그날 늦은 저녁, 그들은 구불구불 이어진 흙탕물 강에 이르렀다. 강을 따라 시선을 옮기자 대나무 다리 하나가 흔들리고 있는 게 보였다. 가까운 곳에 인가가 있을지 모른다는 생각에 기운이 솟구쳤다. 모두 다리가 있는 쪽으로 걸어갔지만, 동시에 이곳 사람들이 적일 수도 있음을 알았으므로 반쯤은 겁에 질린 채였다.

모두들 두려움에 사로잡힌 채 강을 건넜다. 땅이 다져진 좁은 길이 키 작은 나무가 우거진 건너편 강가를 따라 이어져 있었다. 그들은 강가에 있는 마을이 보일 때까지 길을 따라갔다. 강 너머 보이는 밀림은 나무를 베어 작은 논으로 쪼개져 있었다. 논은 새로이 자라는 벼들의 짙은 초록빛과 추수를 앞둔 노란빛이 뒤섞여 있었다. 이곳은 일 년 내내 따뜻하고 비가 잦아 한쪽 논에서 추수를 해도 맞붙은 땅에 볍씨를 뿌릴 수 있었다. 이곳에는 계절이 없었다.

그들은 마을이 눈에 들어오자 걸음을 멈추고 어떻게 해야 할지를 의논했다.

"우리가 가서 살펴보고 오겠습니다." 키 큰 영국 청년이 말했다. 그러나 메이리는 그 의견을 받아들이지 않았다.

"당신들이 체포되거나 나쁜 일을 당하면 우린요?"
메이리가 물었다.

결국 메이리와 키 큰 영국 청년이 먼저 마을로 들어가고, 나머지는 뒤에 남기로 했다. 만일 두 사람이 돌아온다면 아무 문제가 없겠지만, 그렇지 못할 경우에는 나머지 사람들만이라도 필사적으로 이곳을 떠나야 했다. 그러나 이 계획을 들은 판샤오가 뒤에 남지 않겠다고 고집을 부리며 메이리를 따라 나섰다.

"동생인가요?"

영국 청년이 자기 손으로 메이리의 손을 파고드는 가냘픈 소녀를 흘긋 바라보며 물었다. 메이리는 아니라고 말하려다가 요즘 늘 마음에 담고 있는 숭을 떠올리고는 그렇다고 대답했다.

"네…… 동생이에요."

이 마을에는 예닐곱 가족이 전부였다. 그들은 이곳에서 평화롭게 살아왔고 밀림 너머에서 퍼지는 요란한 소리를 들은 것 외에는 전쟁에 대해 전혀 알지 못했으며, 읽거나 쓸 줄 아는 사람도 없었다. 그들은 바깥세상 소식을 전혀 듣지 못했고, 심지어 전쟁에 대해서도 들은 바가 없었다. 마을을 찾아오는 사람도 없어서, 특정 부류는 증오하고 또 다른 부류는 좋아할 만큼 아는 바도 없었다. 이 마을은 세상으로부터 너무 멀리 떨어진 곳이었다. 잠시 마을을 떠나거나 외지에서 들르는 사람도 일 년에 채 한 명이 안 됐다. 자급자족으로 사거나 팔 물건이 없으니 이곳을 찾을 이유가 없었던 것이다.

메이리와 판샤오 그리고 키 큰 청년은 차분한 걸음걸이로 주위를 살피며 마을로 들어섰다. 오후가 거의 저물어가는 지금, 몇 안 되는 노인들과 아이들을 제외한 마을 사람들 모두가 들에 나와 있었다. 노인과 아이들이 낯선 얼굴을 보고 소리치자 들일을 하던 사람들이 달려왔다. 사람들은 잠시 멈춰 서서 외부인을 뚫어져라 바라보며 서로에게 뭐라고 말했다. 메이리를 포함한 세 사람은 그들의 입에서 흘러나오는 말을 전혀 이해할 수 없었다. 그러나 사람들은 선량하고 쾌활하고 어린아이처럼 순수해 보였고, 벌레에게 물려 곪은 상처와 물 고인 논에 너무 오래 서 있어서 짓무른 다리를 제외하면 건강해 보였다. 메이리는 그 얼굴들을 볼수록 마음이 편해졌다.

"평범한 시골 사람들인 것 같아요."

메이리는 영국 청년에게 이렇게 말했다. 그런 다음 환한 웃음을 지으며 배가 고프다는 사실을 알리려고 입을 벌린 채 손가락으로 입속을 가리켰다. 마을 여자들이 곧바로 수다스럽게 재잘대더니 사다리를 밟고 자그마한 집으로 들어갔다. 그들이 살고 있는 그 집은 강가에 기둥을 박아 그 위에 지은 것이었다. 잠시 후 여자들은 차가운 밥과 생선을 커다란 나뭇잎에 받쳐들고 내려왔다. 여자들은 메이리 일행에게 음식을 건넸고, 세 사람은 음식을 보자 허기가 더 심해지는 것을 느꼈다. 그들은 음식을 받아들고 순식간에 먹어치웠다. 마을 사람들은 그 모습을 보며 큰 소리로 웃었다.

"여기라면 안전하게 머물 수 있겠어요." 메이리가 말했다.

"그럴 것 같군요." 영국 청년이 대답했다.

메이리는 강 위쪽을 가리킨 뒤 그곳에 다섯 명이 더 있다는 의미로 손가락 다섯 개를 쭉 펴보였다. 세 사람은 일행이 기다리는 곳을 향해 걸음을 옮겼고, 마을 사람들도 거리를 두고 그 뒤를 따랐다. 잠시 후 다섯 명이 더 보이자 사람들은 다시 와자지껄해지더니 마을로 돌아오는 내내 그들을 빙 에워싸고는 소리 내서 웃으며 이야기를 나누었다. 그들은 세 명의 영국 청년이 들고 있는 총을 관심 있게 바라보았지만 무엇에 쓰는 물건인지는 모르는 듯했다.

이윽고 여자들이 먹을 것을 더 가져왔다. 메이리 일행은 음식을 먹었고 달콤하게까지 느껴지는 시원하고 신선한 물을 마셨다. 얼마 안 돼 그들 사이에는 깊은 친밀감이 자라났다. 아이들은 메이리 일행을 구경하려고 바짝 다가왔고 마을 여자들은 웃으면서 자신들의 언어로 이야기를 나누었으며, 남자들은 총을 만져보았다.

마을 남자들 모두 한 번도 총을 본 적이 없는 게 틀림없었다. 키 작은 영국 청년이 이를 드러내며 웃더니 남자들을 즐겁게 해주려는 마음에 총을 어깨 높이로 들어 올려 나뭇가지에 앉아 있던 작은 새 한 마리를 쏘았다. 그러나 숨이 끊어진 새가 바닥에 떨어지는 순간, 사람들은 슬픔과 두려움의 비명을 지르며 이방인들로부터 멀찌감치 달아났다.

"맙소사! 그 총으로 무슨 짓을 할 수 있는지 꼭 보여줘야 해요?" 메이리가 소리쳤다.

"그냥 재미로 한 겁니다." 키 작은 영국 청년이 더듬거리면서 대답했다.

"마을 사람들이 좋아할 줄 알았어요."

"모두가 당신처럼 서슴없이 생명을 죽이지는 않아요." 메이리는 이렇게 그의 말을 막고는 키 큰 영국 청년에게 말했다.

"어서 화난 척하세요. 저 사람을 혼내는 척해요!"

메이리의 말에 키 큰 영국 청년이 동료 앞으로 성큼성큼 다가가더니 그의 뺨을 후려갈겼다.

"그냥 참아. 아무 말도 하지 말고. 나도 어쩔 수 없어……. 저 사람 말이 맞아."

 청년은 동료에게 소리를 지르며 그가 들고 있던 총을 낚아챈 뒤 마을에서 가장 나이 많은 남자에게 내밀었다. 그러나 노인은 총을 받으려 하지 않았고, 다른 사람들도 이 무시무시한 물건을 피해 뒤로 물러섰다. 청년은 결국 총 세 자루를 모아 가까이 있는 커다란 나무 앞에 나란히 내려놓았다. 마을 사람들은 청년의 행동을 보고 쉴 새 없이 대화를 나누었지만 나무 가까이 다가가는 사람은 아무도 없었다. 그들은 이렇게 해서 위기를 넘겼다.

 다시 밤이 되었다. 그들은 또다시 배를 채웠고 마을 한가운데에는 모깃불이 피어올랐다. 남자들은 짚자리를 들고 나와 불 가까이에 자리를 잡고 누웠다. 여자들은 집 안에서 잤지만 중국 여인들을 집 안으로 청하는 사람은 없었다. 결국 중국 여인들은 영국 청년들과 함께 나뭇가지를 꺾어 바닥에 깔고 불길을 마주한 채 누웠다. 불편한 자리였지만 모두들 배가 부른 데다 연기가 벌레를 쫓아준 덕에 침대에 누운 것처럼 단잠을 잤다.

⁂

 그들은 사흘간 이곳에 머물며 휴식을 취하고 몸을 씻었고, 힘 닿는 한 마을 사람들을 도우려고 노력했다. 메이리는 기술을 발휘해 마을 사람들의 곪은 상처를 치료해주었고, 마을 사람들은 그녀에게 감사의 마음을 갖게 되었다. 비록 약품은 없었지만 메이리는 물을 끓여 곪은 상처를 닦아준 뒤 환부에 마을 사람들이 밥을 발효시켜 만든 술을 사용했다. 그리고는 염증이 있는 사람들에게는 상처 부위를 끓인 물로 씻은 다음 술로 소독하고 매일 햇볕을 쪼이라고 몸짓으로 설명했다.

마을 사람들은 그녀가 하려는 말을 이해했고, 메이리는 불과 사흘 만에 상처가 낫기 시작하는 것을 볼 수 있었다. 마을 여자들은 아픈 아이를 데리고 왔고, 노인 한 명은 손가락으로 가슴을 가리키며 어디가 안 좋은지 설명하려고 쿨럭쿨럭 깊은 기침을 해보였다. 그러나 메이리의 힘으로 마을 사람들의 병을 모두 고칠 수는 없었다.

메이리는 사흘이 채 안 돼 마을을 떠나고 싶었다. 백인 청년 둘은 전혀 자제력이 없었고, 마을의 주인이라도 되는 것처럼 행세했다. 게다가 그중 하나는 마을의 예쁜 처녀를 쫓아다니기 시작했다. 그 모습을 본 메이리는 겁을 먹고는 키 큰 청년을 찾아갔다.

"그 처녀한테서 멀리 떨어져 있으라고 말하세요. 마을 사람들이 절대로 용납하지 않을 거예요."

"그렇게 말하겠습니다." 청년이 메이리에게 약속했다.

그러나 약속이 무슨 소용이 있겠는가? 메이리는 영국 청년들의 악의 없는 사소한 행동들이 마을 사람들을 화나게 하고 있다는 걸 깨달았다. 영국 청년들은 이렇게 작고 피부가 거무스름한 사람들도 자신들과 같은 온전한 인간이라는 사실을 믿지 않았고, 이를 금방 알아차린 마을 사람들은 그들을 언짢은 얼굴로 대하기 시작했다.

사흘째 되는 날 아침, 메이리는 키가 큰 영국 청년에게 말했다.

"마을 사람들하고 싸움이 벌어지기 전에 여기를 떠나야 해요."

"이곳 사람들은 욱하는 성질이 있군요. 내 생각에는 매운 음식을 너무 많이 먹어서인 것 같아요."

메이리는 청년의 말에 조금 화가 났다.

"당신들은 마을 사람을 하인 대하듯 하고 있어요. 우리가 손님일 뿐이라는 사실을 잊고서 말예요." 그러자 청년은 차가운 목소리로 대답했다.

"버마는 우리 땅입니다."

메이리가 큰 소리로 웃더니 외쳤다.

"당신들은 전쟁에 졌어요. 그걸 아직도 모르나요?"

그녀는 승이 백인들에게 반감을 품고 했던 모든 말을 떠올리며 이 순간만큼은 승의 생각에 동의했다. 그녀는 사나운 투로 이야기를 계속했다.

"이곳 사람들 손에 우리 목숨이 달려 있다는 걸 어떻게 아직도 모르는 거죠? 당신들은 교훈을 얻을 줄 모르나요? 당신들 영국인은 죽은 다음에나 정신을 차리나요?"

메이리는 청년의 정직하고 선량해 보이는 앳된 얼굴에 어리둥절하면서도 고집스러운 놀라움이 떠오르는 것을 보았다. 오늘 버마 남자한테서 빌린 면도기로 수염을 깎은 그는 너무나 어려 보였다. 그는 메이리의 말에 담긴 의미를 이해하지 못했고, 메이리는 화도 냉소도 아무 소용없다는 걸 깨달았다. 그는 메이리가 화내는 이유도 자신이 조롱당하는 이유도 몰랐다. 그녀의 말은 청년의 귓속으로 흘러들어가 그 몸속 어딘가에 있는 벽에 부딪친 뒤 어떤 울림도 남기지 못한 채 밖으로 튕겨 나왔다.

"이제 그만 이곳을 떠나야 해요. 살 길은 그것밖에 없어요." 메이리가 말했다.

그녀는 청년들만 떠나보내고 자신과 일행은 이 마을에 남고 싶은 생각이 없었다. 이곳에 머물다가는 무슨 일이 생길지 몰랐다. 어쨌든 백인들은 동맹국 사람이었고, 메이리의 일행은 달리 의지할 사람이 없었다.

그날 메이리는 쿨럭대며 기침하는 노인을 찾아갔다. 이제 메이리는 이 노인이 마을의 대표라는 걸 알고 있었다. 메이리는 손짓으로 길을 물었고, 그녀의 질문을 이해한 노인은 마을 사람 중 하나가 밀림이 끝나고 길이 나오는 곳까지 그들을 안내해줄 거라고 몸짓으로 대답했다. 메이리의 일행은 너무 친절하게 자신들을 대해주었던 마을을 뒤로 한 채 그날 다시 길을 떠났다. 그러나 그 길이 어디로 이어질지는 아무도 알지 못했다.

✥

같은 시간, 승도 일행과 함께 걷고 있었다. 그들의 여정은 기묘한 사정 때문에 더 힘겨워진 차였다. 인도 남자가 부대에서 홀로 떨어진 영국 군인에게 강렬한 증오심을 드러내기 시작한 것이다. 그 사무치게 미운 마음을 알아챈 승이 찰리에게 말했다.

"단둘이 있게 되면 저 백인을 해칠 거야. 인도 남자가 항상 손을 품에 찔러 넣고 있는 걸 봤지? 가슴에 칼을 품고 있어."

인도 남자는 칼 한 자루를 가지고 있었다. 그건 여느 칼과 달리 기껏해야 손가락 네 마디 정도였지만 날이 곱고 날카롭게 갈려 있었다.

"인도 남자가 남몰래 저 백인을 쳐다볼 때, 그 눈에 어려 있는 증오심을 봤어요." 찰리가 말했다.

"우리 중에 인도 말을 할 줄 아는 사람이 없다니 참으로 안타깝습니다. 왜 그토록 강한 증오심을 갖고 있는지 물어볼 수도 없으니 말예요."

"인도 남자한테서 한시도 눈을 떼면 안 돼." 승이 대답했다.

"그 사람이 좋아서가 아니야. 부당한 일이 벌어지면 안 되니까."

승과 찰리는 밤낮으로 인도 남자를 지켜보았다. 게다가 영국 군인이 인도 남자의 증오심을 눈치 채지 못하고 그를 하인 부리듯 대했으므로 더 신경을 곤두세워야 했다. 인도 남자는 영국 군인이 손가락질로 일을 시키면 복종은 했지만 그때마다 그 눈에 새로이 증오심이 차올랐다.

그들은 끊임없이 북쪽으로 걷고 있었다. 아무도 몰랐지만 서쪽보다는 북쪽으로 가면 훨씬 빨리 밀림을 벗어날 수 있었다. 마침내 밀림이 끝나고 동서로 길게 뻗은 길이 모습을 드러냈다. 그들은 걸음을 멈추고 동쪽으로 갈지 서쪽으로 갈지를 한참 생각했다. 승은 가능하면 동쪽으로 가고 싶었다.

그러나 그쪽에 가장 먼저 위치한 마을에는 적군이 들끓고 있었고, 일행은 다행히도 너무 멀리 가기 전에 이 사실을 알게 되었다. 앞서 가던 찰리가 일행에게 달려와 위험을 알린 덕분이었다. 그는 길가에 자리 잡은 작은 여관에 모여 앉아 차를 마시고 있는 적군을 보았고, 이 사실을 전해 들은 일행은 곧바로 서쪽으로 방향을 틀었다.

그들은 지금 마을 사람들이 메이리 일행을 안내한 것과 같은 길을 따라가고 있었다. 그러나 누가 이 사실을 알겠는가?

여하튼 그들은 모두 같은 길을 걷고 있었다. 승의 일행은 메이리 일행보다 걷는 속도가 빨랐다. 승은 날마다 메이리에게 가까워졌고 두 사람은 마침내 만날 수밖에 없는 상황이었다. 재회의 순간은 어느 날 정오 무렵 작은 마을에서 찾아왔다.

메이리의 일행과 영국 청년들은 이제 서로에게 깊은 우정을 느끼고 있었다. 그들은 서로의 단점을 알았고, 그것을 인내할 줄 알게 되었다. 메이리는 영국인을 깊이 알게 되었고 이들을 통해 그들이 버마 전쟁에서 패할 수밖에 없었던 이유를, 그럼에도 그들을 완전히 얕볼 수 없는 이유를 알게 되었다.

그녀는 영국 청년들을 지켜보고 이들과 대화하면서 하나의 깨달음을 얻었다. 그들은 그 어떤 시절이나 장소에 순응하지 않고 태어날 때와 마찬가지로 영국인의 모습을 유지했다. 그들은 선량하고 정직했다. 메이리는 영국 청년들이 자신들을 대하는 태도를 보면서, 남자가 여자를 이토록 존중할 수 있다는 것에 새삼 놀랐다. 그들이 만일 악한 마음을 품었다면 육욕을 채우기 위해 언제라도 사악한 짓을 저지를 수 있었을 것이다. 실로 키 작은 청년은 여자만 보면 시선이 가는 걸 참지 못했다. 그럼에도 그는 그 육욕을 오직 눈 안에만 담아둘 줄 알았다. 그들 중에 가장 현명한 사람은 키 큰 청년이었는데 메이리는 그를 좋아할 수밖에 없었다. 그는 좋은 학교에서 공부한 덕에 배운 것도 많았다.

"옥스퍼드에서 공부했습니다." 그는 언젠가 메이리의 질문에 이렇게 대답했다.

"저에 앞서 아버지와 할아버지께서도 옥스퍼드를 졸업하셨죠."

그는 너무나 섬세한 데다 매사를 복잡하게 생각했고 맹목적이기까지 했다. 메이리는 이따금 밤이 되면 이런 그를 떠올리며 한숨을 쉬곤 했다.

'백인들 모두가 사악하다면, 오히려 이들에게 속박당하며 사는 사람들도 견디기 쉬울 텐데.'

그러나 손으로 꼽자면, 악한 백인 한 명당 그저 맹목적일 뿐인 백인이 백 명은 되었다. 그리고 이 두 부류 중에 더 견디기 힘든 쪽은 맹목적인 사람이었다. 메이리는 키 큰 청년과 걷는 동안 그의 속마음을 알아보려고 재치 있는 질문을 던지고는 했다.

언젠가 그가 "우리는 이 나라에 대한 책임이 있습니다."라고 대답한 적이 있었다. 그리고 '책임'이라는 단어를 내뱉는 순간, 그는 고개를 꼿꼿이 세우고 푸른 버마의 들판을 바라보았다. 들판 사이로는 은빛 검처럼 보이는 길이 길게 뻗어 있었다.

"왜죠? 어째서 이 나라에 책임을 느끼는 거죠?"

메이리가 물었다.

"그건 이 나라가 대영제국의 일부이기 때문입니다."

"왜 대영제국의 일부여야 하나요? 왜 이곳 사람들이 자기 나라를 지키고 통치하도록 내버려두지 않는 거죠?"

"책임은 그렇게 쉽게 던져버릴 수 있는 게 아닙니다." 청년은 진지한 얼굴로 대답했다.

"우리는 책임을 다해야 합니다."

메이리는 고뇌에 찬 그 정직한 얼굴을 바라보며 그의 말이 진심이라고 느꼈다. 그는 자신과 동포의 어깨를 내리누르는 책임감을 느끼고 있었다. 메이리 역시 푸르른 버마를 바라보았다. "당신과 당신 나라 사람들이 이렇게 자비롭지 않다면, 모두에게 보다 살기 좋은 세상이 올 거예요."

청년은 메이리를 바라보았고, 그녀의 생각이 이해하기 힘들 정도로 앞서갈 때면 으레 그랬듯이 말을 더듬었다.

"그…… 그게 무슨 소리죠?"

"우리를 구하는 게 당신들의 의무라고 생각하지 않는다면, 그러면 우리는 자유로울 수 있을 테니까요." 메이리의 눈은 웃음을 지으면서도 동시에 슬픔을 담고 있었다.

"그 의무가 당신들을 주인으로, 우리를 노예로 만들고 있어요. 우리는 당신들의 자비로움에서 벗어날 수 없어요. 정직한 당신들이 우리를 놓아줄 리 없으니까요. 머지않아 우리는 당신들의 신에게 당당히 도전장을 던질 거고 자유를 얻을 거예요."

"제정신이 아닌 것 같군요." 청년이 놀라서 말했다. "지금 무슨 말을 하고 있는지나 알고 있어요?"

"아뇨, 잘 몰라요." 메이리가 대답했다.

"나는 머리가 아닌 가슴으로 말하고 있거든요. 바로 여기에서 당신들의 무게가 느껴져요." 메이리는 손을 가슴에 얹었다.

"당신과 있는 것만으로도 나를 내리누르는 무게가 느껴집니다."

"그렇다면 미안하군요." 청년은 더할 수 없이 심각한 얼굴로 말했다. "나는 정말로 당신을 좋아해요……."

"그래서 놀랐겠죠. 중국 사람을 좋아할 수 있으리라고는 생각해 본 적 없을 테니까요."

청년의 얼굴이 시뻘겋게 달아올랐다. "그런 말을 한 적은 없습니다. 단지 상상하지 못했던 것뿐이에요. 중국인이……."

"온전한 사람일 거라고는 상상하지 못했겠죠." 메이리가 그의 말을 받았다.

대화를 나누는 동안 어느새 제법 큰 마을에 이르렀다. 키 큰 청년은 대화에 푹 빠져 있었고 메이리는 세상만큼이나 드넓은 생각에 잠긴 탓에, 두 사람은 미처 주의를 기울이지 못하고 마을에 들어섰다. 마을 사람들이 우호적인지 그렇지 않은지 전혀 신경을 쓰지 못한 것이다. 그때 그들을 가장 먼저 발견한 누런 승복을 입은 젊은 승려가 동료 승려들에게 달려가 영국 군인들이 중국 여자들과 마을에 들어왔다고 전했다. 마른 풀에 떨어진 숯에서 작은 불꽃이 피어오르듯이 그 말에서 더할 수 없이 사악한 생각들이 피어올랐다. 결국 한 시간도 못 돼 마을 전체가 메이리의 일행에게 반감을 품게 되었다.

그런데도 그들은 아무것도 모른 채 마을 중심 거리 길가에 놓인 탁자에 자리를 잡고, 긴 의자에 걸터앉아 돈을 주고 산 밥과 카레를 먹고 차를 마셨다. 머리 위에 펼쳐진 천이 뜨거운 햇볕을 막아 주었고, 한동안은 모든 게 평화롭기만 했다. 그러나 잠시 후 그들은 화가 잔뜩 난 사나운 얼굴로 주위로 몰려드는 사람들과 맞닥뜨려야 했다.

"이런, 왜들 이러는 거지?" 키 큰 영국 청년이 투덜거리더니 손에 총을 든 채 벌떡 일어섰고, 나머지 두 명도 그를 따랐다. 그러나 메이리는 청년의 팔에 손을 얹어 총검이 아래를 향하게 했다.

"당신들은 총밖에 모르는군요." 메이리가 속삭였.

"어리석게도 모든 문제를 총으로 해결하려고만 해요! 기다려요. 뭐가 문제인지 알아보도록 하죠."

이렇게 큰 마을에는 흔히 중국 상인이 있었으므로, 메이리는 중국인처럼 보이는 얼굴을 찾으려고 마을 사람들의 얼굴을 찬찬히 살폈다. 그러나 중국 사람은 한 명도 없었다. 이 참담한 상황에서 뭘 해야 할지 생각하는 동안 가슴이 한두 차례 방망이질 쳤다. 이윽고 그녀는 군중을 향해 미소를 지으며 키 큰 영국 청년에게 말했다.

"총을 내려놔요. 동료들한테도 그렇게 말하세요. 그리고 자리에 앉아서 식사를 계속하세요……."

메이리가 속삭였고 청년들은 마지못해 그녀의 말에 따랐다. 그녀는 마을 사람들을 향해 두 팔을 내밀어 손에 아무것도 들고 있지 않다는 걸 확인시켰다. 그런 뒤 총 한 자루를 들고 고개를 저은 뒤 다시 내려놓았다. 마침내 그녀는 손가락으로 길을 가리키며 곧 떠날 것임을 알렸고, 여관 주인에게 음식 값을 치렀다. 그녀는 의자에 앉아 애써 음식을 먹고 있는 일행에게 손짓을 하며 말했다.

"자, 두려운 기색을 보이면 안 돼요. 아무 일도 없는 것처럼 태연하게 떠나요."

메이리의 차분한 태도 때문인지, 아니면 알아들을 수 없는 언어로 말하는 그녀의 목소리 때문인지, 아니면 영국 군인들이 들고 있는 세 자루의 총 때문인지 마을 사람들은 그들을 그냥 떠나도록 내버려두었다. 그러나 마을 사람들은 그들의 뒤를 따라오면서 점차 간격을 좁혀왔다.

20장

약속은 없다

 같은 시간, 승의 일행은 반대쪽에서 이 마을로 들어서서 메리 일행과 마찬가지로 중심 도로를 따라 걷고 있었다. 잠시 후 그들은 사람들이 큰 무리를 지어 모여 있는 것을 보고 걸음을 멈추었다.

 "적군인가?" 승이 찰리에게 물었다. 그때 떼 지어 모인 사람들을 향해 또 다른 이들이 달려왔다.

 "돌아서 옆길로 가죠." 찰리가 말했다.

 "마을을 빙 둘러 벗어나는 게 좋겠어요. 무슨 일인지 모르지만 피하는 게 상책입니다."

승의 일행은 돌아서서 성큼성큼 걸음을 옮겼고, 잠시 후 메이리 일행보다 먼저 마을 입구에 이르렀다. 그들이 마을을 벗어나는 순간이었다. 갑자기 "빨리 도망칩시다!"라고 영어로 외치는 소리가 들렸다.

승과 함께 있던 영국 군인이 그 소리를 듣고 "이제 나는 끝장입니다!" 말하더니 그 자리에 얼어붙었다. 승과 나머지 일행도 걸음을 멈추고 뒤를 돌아보았다. 저만치 영국군 세 명이 여자들의 손을 잡고 달려오는 모습이 보였다. 한 무리의 사람들이 이들을 공격하려고 혈안이 된 채 고함을 지르며 그 뒤를 쫓고 있었다.

승의 일행은 길 한가운데에 버티고 서서 도망치고 있는 사람들과 뒤쫓는 사람들 위로 총을 쏘았다. 총성이 울려 퍼지자 달아나던 영국군들도 돌아서서 여자들 손을 놓더니, 군중의 머리 위를 겨누고 방아쇠를 당겼다. 마을 사람들은 총알이 날아오자 멈추어 섰다. 그들 중에는 총 가진 사람이 없었으므로 맨손으로 총에 맞서 싸울 수는 없었다.

보다 강인했다면 영국군들에게 달려들었을지도 모르지만, 이곳 사람들은 사실 어린아이처럼 장난기가 많고 충동적일 뿐이었다. 그들은 대담하지 못했으므로 죽음을 무릅쓰기보다는 메이리의 일행을 떠나도록 내버려두었다. 그리고는 돌아서서는 싸움에서 이기기라도 한 것처럼 신이 나서 웃으며 마을로 돌아갔다.

승과 메이리는 그제야 서로를 발견했다. 두 사람은 잠시 상대방을 뚫어져라 바라보았다. 마침내 메이리는 수치심 따위는 아랑곳 않고 승을 향해 달려갔다. 판샤오도 그 뒤를 바짝 따라갔다.

"숭!" 메이리가 외쳤다. "당신이로군요! 팔은 다 나았나요?"

"오빠!" 판샤오도 숭을 소리쳐 불렀다.

"오빠, 어떻게 여기에 온 거야?"

그러나 숭은 메이리, 그리고 메이리와 함께 있는 청년들을 보는 순간 걷잡을 수 없는 질투심에 사로잡혔다. 메이리와 여기까지 온 저 백인들은 누구지?

숭은 메이리가 얼마나 손쉽게 백인들과 이야기를 나누고 얼마나 그들과 가까웠는지를 기억해내자 날카로운 고통을 느꼈다. 또한 자신과 메이리 사이를 가로막고 있는, 둘의 차이점이 쌓아올린 오래된 벽을 느꼈다. 그는 꼼짝 않고 멈추어 서서 얼음장처럼 차가운 얼굴에 거짓 웃음을 지어 보였다.

"다시 만났군. 친구들과 같이 있는 모양이오? 내 팔은 싸우는 데는 지장 없을 만큼 나았지."

숭의 냉담한 반응에 메이리도 걸음을 멈추었다. 지금 숭은 메이리가 상상조차 못했던 터무니없는 행동을 하고 있었다. 그녀는 흙먼지가 쌓인 울퉁불퉁한 길에 발을 구르며 소리쳤다.

"숭, 지금 무슨 말을 하는 거죠? 무슨 생각을 하는 거예요? 어떻게 나한테 그렇게 말할 수 있어요?"

판샤오가 숭의 곁으로 다가가서 그의 팔에 손을 얹고 말했다.

"오빠, 이제 오빠가 있으니까 저 낯선 사람들하고 같이 안 다녀도 돼."

"저 사람들과 정말 헤어지고 싶은 마음이 있는지 나는 잘 모르겠는데."

숭은 여전히 커다란 눈에 메이리를 향한 분노를 가득 담고 말했다. 메이리는 더위와 피로로 쓰러질 지경이었다. 마을 사람들의 분노가 가라앉기 전까지만 해도, 그녀는 자기가 얼마나 지쳐 있는지 알지 못했다. 그런데 이제는 당장 길바닥에 누워 죽고 싶을 정도로 피로를 느꼈다. 그녀의 입술이 떨리기 시작했고, 그 모습을 본 찰리는 "이제 막 큰 위험을 피한 마당에 꼭 화를 내야겠습니까?"라고 승에게 말했다. 그는 이렇게 말하면서도 곁눈질로 판샤오를 바라보았고, 판샤오도 곁눈질로 찰리를 바라보았다. 그러나 두 사람은 예의를 지키기 위해 서로에게 아무 말도 건네지 않았다.

잠시 후 찰리가 예의는 뒤로 한 채 "다친 데는 없나요?"라고 판샤오에게 물었다. 판샤오는 "네."라고 대답했다. 두 사람은 몇 마디 안 되는 말로도 많은 대화를 나눈 것 같은 기분이었다.

영국 군인들은 이들의 말을 이해하지 못했으므로 아연한 표정으로 그들을 지켜보았다. 승과 함께 온 영국 군인은 탈주병이 가질 법한 자신감 없는 모습으로 승과 찰리 뒤에 잠자코 서 있었다. 그러나 키 큰 영국 청년이 그를 발견하고는 큰 소리로 말을 걸며 백인들끼리 만날 때면 으레 그랬듯이 손을 내밀고 다가갔다.

"영국인이시로군요." 키 큰 영국 청년이 말했다. 승과 함께 온 군인도 손을 내밀면서 애써 환한 미소를 지었다.

"보시다시피요."

"이 중국 남자들과는 어떻게 만난 겁니까?"

"우연히 만났습니다."

"우리도 이 중국 여자들과 우연히 만났어요." 키 큰 영국 청년이 말했다.

"우리는 일본군에게 포로로 잡혔다가 탈출했어요. 모두 여덟 명이었는데…… 나머지는 운이 없었죠."

"그랬군요." 또 다른 영국 군인이 이렇게 대답하더니 조심스럽게 말을 이었다.

"저는 길을 잃었습니다. 퇴각 작전은 정말 끔찍했어요. 안 그래요?"

"맞습니다. 정말 끔찍했죠."

영국 군인들 모두가 가까이 모여 악수를 했고, 낮은 목소리로 중얼거리며 대화를 나누었다. 짧은 시간 동안 모두가 다시금 같은 인종끼리 모여 섰다. 메이리를 제외하고는 영국인과 중국인으로 나뉘어 있는 모두가 불편함을 느꼈다.

메이리는 두 무리를 번갈아 바라보았다. 마치 완전한 하나의 시간 덩어리 같은 낯선 순간이 찾아왔다. 이따금 찾아오는 이런 순간은 과거와 미래 모두로부터 단절된, 흐르는 시간 속에서 분리된 그 무엇이었다. 그들은 불안정한 침묵 속에서 이 순간을 견뎠다. 주위에는 모두에게 낯설기만 한 눈부신 초록빛 들판이 펼쳐져 있었다.

그들이 서 있는 곳은 나지막한 산이 보이는 흙먼지 길이었다. 머리 위에 펼쳐진 하늘은 온화한 푸른빛이었지만, 서쪽에는 느릿느릿 소나기 구름이 쌓여가고 있었다. 지평선 위로는 더 두껍게 쌓인 소나기 구름이 보였다. 들판이나 길 위에는 사람 그림자조차 없었고, 바람 한 점 없는 뜨거운 공기가 주위를 에워싸고 있었다. 세상으로부터 단절된 채 그 자체만으로 완전한 이 순간 속에 그들은 홀로, 그러면서도 둘로 나뉘어 있었다. 영국 청년들은 수염 더 부룩한 지저분한 모습으로 불안한 듯 머뭇거리며 모여 있었다.

중국인들도 빛바래고 찢어진 군복 차림으로 한데 모여 있었다. 그들은 신발도 신지 않았고, 모자 없는 얼굴은 햇볕에 그을려 거무스름했다. 냉담한 시선의 그들 뒤로 인도 남자가 서 있었지만, 그에게 신경 쓰는 사람은 아무도 없었다. 메이리는 모두의 한가운데 서서 키 큰 영국 청년과 승을 번갈아 보다가 마침내 승에게 물었다.

"그만 갈까요?"

"저 사람들하고?" 승은 검은 눈썹이 축 처지도록 실눈을 뜨고는 턱을 내밀어 영국 청년을 가리켰다.

"싫어. 백인이라면 신물이 나."

"그럼 어쩌자는 거죠? 어디로 가겠다는 거예요?"

"저 사람들은 어디로 가는데?" 승은 여전히 싫은 표정이었다.

메이리는 영국 군인들을 향해 돌아선 뒤 영어로 물었다.

"어디로 갈 거죠?"

영국군들은 머리를 맞댄 채 중얼거렸다. 메이리의 귓가에 그들이 나누는 대화가 이따금 부분적으로 들려왔다.

"되도록 빨리 떠나는 게 나아······."

"백인들이 있는 곳이면 어디든······."

"이 더러운 나라를 벗어나······."

마침내 키 큰 영국 청년이 허리를 꼿꼿이 펴더니 대답했다.

"서쪽으로 갈 겁니다. 인도로 갈 거예요."

그들은 시선을 서쪽으로 옮겼다. 하늘 위로 소나기 구름이 느리게 피어오르고 있었다. 해를 가린 구름 가장자리는 은빛을 띠고 있었지만, 지평선 위로 보이는 구름은 시커멓게 뭉쳐 있었다.

"폭풍이 올 거예요." 메이리가 말했다.

"그럴 것 같군요." 키가 큰 영국 청년이 대답했다.

"하지만 폭풍이라면 벌써 여러 번 만났습니다."

두 사람은 한동안 머뭇거렸다. 마침내 영국 청년이 주머니에 손을 넣더니, 메이리가 밀림을 빠져나오는 동안 그에게 맡겨두었던 나침반을 꺼냈다.

"여기, 당신 나침반이에요. 정말 고마웠습니다." 청년이 말했다.

서로에게 바짝 다가선 영국군들은 의지할 곳이 없어 보였다. 메이리는 청년에게 그냥 나침반을 간직하라고 말하고 싶었다. 과연 이끌어주는 사람이나 물건도 없이 길을 찾을 수 있을까?

그러나 이 나침반은 청 박사가 준 물건이었고, 그의 선물을 남한테 완전히 주고 싶지는 않았다. 메이리는 말없이 그걸 받아들었다. 키 큰 영국 청년은 마침내 총을 어깨에 멨다. 그의 얼굴은 창백하고 피로에 젖어 있었지만 눈에는 확고한 의지가 어려 있었다.

"자, 이제 그만 가야겠습니다." 그가 무뚝뚝하게 말했다.

청년은 말이 끝나기도 전에 휙 돌아서더니 성큼성큼 걸음을 옮겼고, 땀으로 얼룩진 더러운 군복 차림의 나머지 영국군들도 재빨리 그의 뒤를 따랐다. 그들은 이렇게 길을 따라 인도를 향해 멀어져 갔다. 중국인들은 누더기를 걸친 용감한 영국군들이 곧 천둥이 내리칠 것 같은 하늘을 배경으로 점차 작아지다가 서서히 짙어지는 어스름 속으로 완전히 사라질 때까지 그 뒷모습을 지켜보았다.

이 기묘한 순간에, 더할 수 없이 기묘한 순간이 연이어 찾아왔다. 줄곧 말없이 충실하게 승을 따르던 인도 남자가 검고 마른 몸을 웅크렸다가 마치 다리가 강철로 만든 용수철이라도 되는 것처럼 공중으로 튀어 오르더니 쏜살같이 영국 군인들의 뒤를 쫓아갔다. 그는 아무 소리도 내지 않았고, 고함도 지르지 않았으며, 작별 인사도 건네지 않고 백인들을 따라잡기 위해 어둠 속으로 달려갔다. 신발을 신지 않은 발이 흙먼지 길 위를 걷는 사자의 발처럼 소리 없이 바닥을 디디고 있었다. 그의 사나운 얼굴과 슬픔으로 가득 찬 커다란 눈의 흰자위, 번득이는 하얀 이가 한순간 보이는가 싶더니 그 역시 시야에서 사라져버렸다.

모두들 너무 놀라서 아무 말도 하지 못했다. 잠시 후 승이 찰리에게 물었다.

"저 인도 사람 말인데, 아직도 칼을 갖고 있나?"

찰리가 대답했다. "저 사람은 손에서 칼을 놓는 법이 없어요. 잘 때도 언제나 베개 밑에 넣어두더군요."

"그럼 아무래도 안 좋은 일이 벌어지겠군." 승이 어두운 얼굴로 말했다.

그들이 여전히 멈춰 있는 동안, 깊은 바람이 구름 밖으로 슬며시 빠져나오더니 아련한 우르르 소리를 내며 점점 거세졌다. 메이리는 바람소리에 불안해졌고, 처음으로 두려움을 느꼈다. 그녀는 승을 돌아보면서 물었다.

"어디로 가죠? 곧 몰아칠 폭풍이 무서워요. 예사로운 폭풍이 아닐 것 같아요."

"큰 폭풍일 거야." 승이 대답했다. 그는 서쪽 하늘 전체를 뒤덮고 돌돌 말려 올라가며 요동치는 구름을 걱정스러운 얼굴로 바라보았다.

"이걸 피해야 해."

승의 목소리는 진지했다. 그들은 동쪽을 바라보았다. 동쪽 하늘은 아직 맑고 푸르렀다.

"집으로 가지." 승이 불쑥 이렇게 말했다. 순간 승의 말을 들은 판샤오가 "집!"이라고 외쳤다.

"아! 집에 가고 싶어."

"집…… 집……." 지칠 대로 지친 메이리의 일행은 한숨을 쉬었다. 그러나 메이리는 슬픈 목소리로 말했다.

"집에 가려면 수백 킬로미터나 되는 밀림과 산과 강을 지나야 해요. 걸어서 그 먼 길을 갈 수 있을까요?"

"나는 갈 거야."

승의 목소리는 기운찼다. 그는 망설임 없이 걸음을 옮기기 시작했고, 판샤오도 그 뒤를 쫓아 달렸다. 찰리도 판샤오의 뒤를 따랐고 나머지 여자들도 하나둘 그들을 쫓아갔다. 결국 남은 사람은 메이리뿐이었다.

너무 지친 그녀는 자신에게 그 먼 길을 걸을 만한 힘이 남아 있지 않다고 생각했다. 승의 일행 앞으로 보이는 구름 한 점 없는 하늘이 더 환하게 빛나고 있었다. 그러나 메이리는 저 하늘을 향해 걷기에 자신은 너무 지친 게 아닐까 생각했다. 죽을 때까지 푹 자고만 싶었다.

그때 저만치 앞에서 승이 걸음을 멈추더니 뒤를 돌아보며 외쳤다. "같이 안 갈 거요?"

메이리는 망설였다.

'영원히 집에 돌아갈 수 없다면?'

"승!" 메이리가 소리쳤다.

"약속할 수 있어요? 반드시……!"

승은 애원 가득한 그녀의 말을 막으며 채찍 휘두르듯 모진 대답을 던졌다.

"나는 약속 같은 건 안 해. 나는 약속 따위를 하는 사람이 아니오!"

검푸른 빛 속에 꼿꼿하게 선 승의 모습이 눈에 들어왔다.

만일 이곳에 머문다면, 영국군들을 따라간다면 과연 폭풍이 덮치지 않을까? 앞에 펼쳐진 하늘은 여전히 대지 위로 햇살을 쏟아붓고 있었다. 승과 함께 가는 것 외에 달리 뭘 할 수 있겠는가?

게다가 약속은 말에 불과했고, 말이란 입에서 쉽게 떨어지고 나면 마치 없었던 것처럼 터져 사라지는 공기방울 같은 것이었다. 메이리는 고개를 숙였다.

그래, 승이 약속을 하지 않는다 해도…….

"갈게요."

메이리는 말했고, 그들은 이제 집으로 향하는 행군을 시작했다.

✥

머나먼 링탄의 집에서 옥은 대문 앞 타작마당에서 뛰놀고 있는 아들들을 지켜보고 있었다. 정오가 가까웠으니 라오타와 라오얼이 점심식사를 위해 곧 집에 돌아올 터였다. 그들은 지금 들에서 잘 익은 밀을 추수하는 중이었다. 올해는 풍년이었고, 그들은 적의 압제에 시달리는 이 지역 농부라면 다들 그러듯이 두 번이나 남몰래 밀을 솎아냈다. 적국 조사관이 들에 나와 살필 때 농사가 풍작인 걸 모르게 하기 위해서였다. 라오타와 라오얼은 몰래 거둬들인 곡식을 밤 타작해서 통에 담아 부엌 밑에 파놓은 굴에 감췄다.

라오얼의 옷을 꿰매고 있던 옥은 바늘땀을 뜨는 내내 옷감이 불만스러웠다. 이제 구할 수 있는 옷감은 적군이 주는 것들이 전부였고, 그렇게 돌아오는 무명천은 죄다 형편없었다. 옥은 언젠가 자유를 되찾으면 예전처럼 아버지가 아들에게 물려줄 수 있을 정도로 질기고 고운 푸른 무명천을 다시 한 번 손수 짜겠다고 결심했다. 그들은 틀림없이 자유를 되찾을 것이다. 그녀는 이 사실을 알았고, 느낄 수 있었다. 눈에 보이거나 귀에 들리는 약속 같은 건 없었다. 그럼에도 그들은 악이 들끓는 현실 속에서도 포기할 줄 모르는 가슴에 희망을 품기 시작했다.

옥은 이런 생각에 잠겨 바느질을 하다가 고개를 들었다. 라오타와 라오얼이 손에 낫을 든 채 들판을 가로지르고 있었다. 그들은 기운차고 강인한 모습으로 나란히 걷는 중이었다.

옥은 일어나서 집 안으로 들어가 식탁에 음식을 올리다가 쌍둥이 아들들이 시끄럽게 떠드는 소리를 듣고는 일손을 멈추었다. 덩치 큰 아이와 작은 아이가 싸우고 있었다. 두 아이는 쌍둥이였지만 나중에 태어난 아이가 더 작았다. 옥은 큰 아이에게 당하면서 울부짖는 작은 아이를 지켜주려다가 그만두었다. 그러고서 두 아이가 울고 아우성치는 모습을 가만히 서서 지켜보았다. 그녀는 아이들이 이 싸움을 어떻게 끌고 갈지 지켜보고 싶었다.

작은 아이가 갑자기 울음을 그쳤다. 옥은 아이의 얼굴에 분노가 서리는 것을 보았다. 아이는 힘을 다해 큰 아이에게 달려들었다.

분노가 아이의 얼굴을 사납게 만들고 팔에 힘을 선물했다. 옥은 그 모습을 보면서 소리 내서 웃었다.

"잘한다, 아들아! 네 힘으로 싸우렴. 싸워라, 싸워!"

옥은 만족스러워하며 집 안으로 들어갔다.

〈끝〉

약속 / 펄 S. 벅 ; 이선혜 옮김. 고양 : 갈산, 2011

450P. ; 125×187mm

영어서명 : Promise
원저자명 : Pearl S. Buck
ISBN   978-89-91291-32-4 03840 : \15000

843.5-KDC5   813.52-DDC21   CIP2011004172

나폴레옹 전기

666 인간 '나폴레옹'
그는 알면 알수록 점점 커져만 간다(괴테)

역사상 그 누가 모스크바를 점령하여 아침 햇살에 빛나는 모스크바의 둥근 지붕들을 바라보았던가? 이 책은 너무나 잘 알려진 이름임에도 그동안 감추어져 있었던 영웅 나폴레옹의 진면목을 강렬하고 빈틈없이 요약했다. - 동아일보

펠릭스 마크햄 지음 / 값 13,000원

이야기 성서

기쁨과 슬픔을 집대성한 인류역사 소설
왜 인간은 에덴의 동쪽으로 돌아갈 수 없는가

노벨문학상 수상 작가 펄 벅 여사의 '이야기 성서'는 경건한 종교세계는 물론 인류역사의 시작과 그 과정을 특유의 유려한 필치로 흥미롭게 풀어낸다. - 조선일보

펄 S. 벅 지음 / 값 35,000원

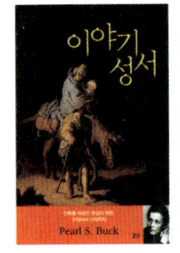

베토벤 평전

진실한 삶 속에서 울리는 풍요로운 음악 소리
베토벤, 자신을 버린 세상을 끊임없이 사랑하다

악성 베토벤의 인간적 삶에 초점을 맞춘 전기. 알코올중독자 아버지에게 혹독한 훈련을 받던 어린시절부터, 청각을 상실하는 말년에 이르기까지 베토벤의 삶과 예술을 풍성하게 되짚는다.
- 조선일보

앤 핌로트 베이커 지음 / 값 8,000원

상형문자의 비밀

고대 이집트의 눈부신 현장이 펼쳐진다

고대 이집트의 멸망과 함께 영원히 비밀 속으로 사라질 뻔했던 상형문자. 어느 날 로제타라는 작은 마을에서 회색빛 돌 하나를 발견하고, 돌 위에 씌어진 상형문자의 해독을 위해 모든 것을 바쳤던 사람들, 바로 그 정열적인 사람들의 신비로운 이야기.

캐롤 도나휴 지음 / 값 12,000원

두 개의 한국

한국 현대사를 정평한 제3자의 객관적 시각
한반도 현대사는 진정한 핵의 현대사다

전 워싱턴포스트지 기자 돈 오버더퍼의 눈을 통해 한반도 문제의 핵심인 청와대, 평양, 백악관 사이에서 비밀스럽게 진행됐던 수많은 사건들과 핵 협상의 숨막히는 담판 승부를 생생히 목도할 수 있다.

돈 오버더퍼 지음 / 값 22,000원

절대권력(전2권)

'돈 對 사상' 현대 중국의 고민

경제 발전에 따른 중국의 부패상을 담아낸 장편소설로 '사회주의적 인간의 건전성'을 찬미하는 데 목적을 두고 있다. 그러나 현대 중국의 갈등과 고민을 당성黨性과 자본주의적 배금주의와의 충돌로 이해하는 데 도움을 준다. - 중앙일보

저우메이선 지음

연인 서태후

꽃과 칼날의 여인, 서태후!

지금껏 수없이 오르내렸던 서태후란 이름은 각각의 입장에 따라 다른 해석이 나오게 마련이다. 환란의 청조 말기, 그녀의 이름은 어떤 사람에게는 시대를 밝히는 등불이였으며, 또 어떤 사람에게는 무시무시한 독재자의 이름이기도 했다. 중국에 대해 남다른 애정을 보였던 저자에게 '서태후'란 이름은 특히 매력적이었을 것이다. 이미 대작 『대지』로 친숙한 저자의 필치를 통해 '서태후'의 또 다른 모습을 볼 수 있다. 희대의 악녀로 불렸던 그녀를 순수하고 열정적인 여인으로 재탄생시키고 있는 것이다.

펄 S. 벅 지음 / 값 16,000원

매독

매독, 그리고 어둠 속의 신사들

콜럼버스가 신대륙 학살 끝에 얻어온 '창백한 범죄자' 매독은 근 5백년간 천재들의 영혼을 지배하며 복수의 칼날을 휘둘러왔다. 링컨의 알 수 없는 광증, 베토벤의 청력 상실, 히틀러의 유대인 학살, 니체의 폭발적인 사유, 이 모두가 만일 매독이 불러일으킨 불가해한 현상이라면, 과연 유럽의 역사는 어떻게 달라져야 하는가?

데버러 헤이든 지음 / 값 20,000원

해외 부동산투자 20국+영주권

해외투자는 새로운 미래다!

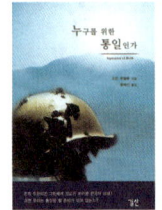

이 책은 투자 천국인 미국, EU 영주권을 제공하는 몰타, 최저비용으로 고품격 삶을 누릴 수 있는 멕시코 등 20국가를 선별해, 금전적 이익과 생활의 자유를 한꺼번에 잡을 수 있는 새로운 차원의 투자 방법을 제시하고 있다. 새로운 경제 돌파구를 마련하고자 하는 소규모 투자자, 세계를 익히고자 하는 의욕적인 사업가, 새로운 문화 속에서 제2의 인생을 꿈꾸는 퇴직자라면, 이 책에서 해외투자에 대한 많은 정보를 얻을 수 있을 것이다.

헨리 G. 리브먼 지음 / 값 15,000원

누구를 위한 통일인가

전직 주한미군 그린베레 장교가 바라본 한국의 분단과 통일관

한국 격변기 때 중요한 역사의 현장을 온몸으로 체험한 주한 미군 장교가 수기 형식으로 써내려간 이 책에서 우리는 흔히 접할 수 있는 딱딱한 이론이나 주관주의에 매몰된 자기 주장 따위는 찾아볼 수 없다. 마치 한 편의 소설을 읽는 듯한 착각에 빠지게 만드는 저자 특유의 생동감 넘치는 대화체 등의 현장 묘사와 그동안 배후에 가려져 왔던 숨겨진 일화들을 공개함으로써 읽는 재미를 배가시키며, 나무와 더불어 숲을 아우르는 객관적이고 심도 있는 분석을 통해 남북 분단의 근거와 실체, 주요 리더들의 특징과 그 역학적 관계에 대한 정확한 이해, 그에 따른 통일의 함정과 지향점 등을 설득력 있게 제시한 역작이다.

고든 쿠굴루 지음 / 값 17,000원

톨스토이 공원의 시인

톨스토이, 그리고 영혼의 집 짓기

1년밖에 살지 못한다는 시한부 인생을 선고받고 숲으로 들어와 20여 년을 더 살아낸 20세기 마지막 시인 헨리 스튜어트. 이 책은 삶과 죽음 사이를 흔들흔들 오가며 둥근 지붕의 집을 지은 헨리의 특별한 이야기이자, 세월 속에서 잃어버린 우리 영혼에 대한 기록이다. 마치 눈으로 보듯 세밀하게 그려진 집 짓기 과정은 부나 명예와 같은 껍데기가 아닌, 내면의 뼈대를 구축하는 일이 얼마나 중요한가를 역설하고 있으며, 곳곳에 녹아 있는 레오 톨스토이의 사상은 매순간 삶에 대한 뜨거운 애정으로 되살아난다.

소니 브루어 지음 / 값 15,000원

Dear Leader Mr. 김정일

김정일은 악마인가? 체제의 희생양인가?

2005년 타임지 선정 '세계에서 가장 영향력 있는 100인(지도자&혁명가 부문)' 중 한 사람. 세계 최초로 핵확산금지조약을 탈퇴한 지도자. 예술적 면모와 열정을 지닌 북한 최대의 영화 제작자. 개인 최대 코냑 수입자. 주민의 10%가 굶어 죽어가는 나라의 지도자. 이 책에서는 이처럼 아이러니 그 자체인 김정일을 정확하고 심도 있게 분석하고 있다.
김정일을 둘러싼 분분한 소문보다는 그의 행동과 북한 체제, 과거부터 현재까지 북한의 역사와 한국과의 관계를 정확히 분석하여 가정을 세우고, 그 가정을 증명한 이 책은 그간 어디서도 찾아볼 수 없던 북한 정밀 보고서이며, 김정일 정신분석 보고서다. 북한의 핵문제가 전 세계적으로 파급되고 있는 이때, 북한과 김정일을 정확하게 파악하지 못한다면 세계의 미래 역시 예측 불가능할 것이다. 저자는 이 책을 통해, 김정일을 사악한 미치광이로 매도하는 것은 지나친 단순화의 오류며, 김정일 또한 냉전이라는 덫에 사로잡힌 역사의 제물이고, 북한 공산주의라는 체제의 피해자임을 지적한다.

마이클 브린 지음 / 값 14,000원

통제하의 북한예술

'북한예술'을 발가벗긴 책

우리의 관심을 벗어날 수 없는 북한예술은 이 책을 통해 북한의 정치, 사회사를 통합적으로 관통한 저자의 서술에서 그 희미한 실체가 윤곽을 드러내게 된다. 또한 풍부한 자료를 통해 생생하게 전달되는 북한의 미술 세계에서 우리는 이제껏 품어온 궁금증을 하나씩 벗겨내며 저자의 훌륭한 안내를 받게 될 것이다.

제인 포털 지음 / 값 18,000원

독재자의 최후

한 권으로 읽는 지상 최고 악당들의 세계사

역사의 굵직굵직한 사건 뒤에는 늘 독재자들이 그 모습을 감추고 있었다. 그리고 사건이 표면화되면 그들은 서서히 모습을 드러내고 자신의 나라와 국민들을 피의 전쟁으로 몰아넣었다. 예수 그리스도의 탄생 후 자행되었던 헤롯의 유아 대학살, 칭기즈칸의 공포적인 영토 확장, 전 세계를 전쟁의 소용돌이로 몰아넣은 히틀러, 그리고 최근 비참한 말로를 맞은 후세인에 이르기까지…. 이 책은 역사상 가장 잔혹하고 무자비한 독재 정권을 통해 피의 향연을 펼치고, 아울러 역사를 바꾸기까지 한 독재자들에 대해 조명하고 있다. 어떻게 해서 그들이 독재적인 성격을 띠게 되었는지, 그리고 어떤 최후를 맞게 되었는지를 알아보고, 국가와 국민들에게 행한 잔인한 실상들을 낱낱이 파헤치고 있다.

셸리 클라인 지음 / 값 18,000원

사요나라 BAR

일본 신사이바시 골목 어딘가의 '사요나라 바'를 무대로 펼쳐지는 이 소설은 사랑과 폭력, 그리고 상처와 연민을, 젊음과 중년세대를 아우르며 매우 실감나게 묘사하고 있다.
(야쿠자 조직원과 눈먼 사랑에 빠진) 영국인 호스티스 메리, (소설 '황금비늘'과 '캐리'의 주인공을 연상케 하는) 영험한 정신적 능력을 지닌 4차원적 인물 와타나베, (죽은 아내의 환상 속에서 살아가는) 외로운 일벌레 사토, 이들의 이야기가 탄탄한 구성과 함께 저자 특유의 현란한 문체에 힘입어 독자들은 어느새 '사요나라 바'에 앉아 삶의 진한 페이소스로 혼합한 위스키 한 잔을 맛보는 듯한 착각에 빠질 것이다.

수잔 바커 지음 / 값 14,800원

북경의 세 딸

소리 없이 찾아드는 대반점의 밤

이 소설은 거대한 중국 본토에 피의 강을 범람케 했던 '문화대혁명'의 물결 속에서 영혼의 갈등을 겪는 한 가족의 이야기다. 상하이 최고 대반점의 여주인으로 언제 무너질지 모르는 아슬아슬한 삶을 사는 어머니와, 조국의 부름과 자유 사이에서 번뇌하는 세 딸들…. 온갖 영화의 시기를 구름처럼 흘려보내고 대혁명의 습격으로 인해 문을 닫게 되는 대반점과 양 마담의 비참한 최후는, 인간이 역사에게가 아니라, 역사가 인간에게 가져야 할 도의적 책임은 무엇인가라는 엄중한 물음을 던지고 있다.

펄 S. 벅 지음 / 값 14,000원

사탄은 잠들지 않는다

장개석과 모택동의 내전으로 넓은 중국 대륙이 온통 피로 물들던 시대, 두 명의 아일랜드인 신부가 중국 광동성의 시골 마을에 갇히고 만다.
강인한 신의 사자이자 인간적 위트로 넘치는 피치본 대신부와, 무한한 애정 속에서 영혼의 치료사로 거듭나는 젊은 신부 오배논, 그리고 오배논에 대한 금지된 사랑으로 가슴 아파하는 아름다운 소녀 수란과 부모에게 버림받았다는 상처 속에서 삐뚤어진 공산당원이 되는 호산……
이 네 사람 사이에 벌어지는 사랑에 대한 숭고하고도 슬픈 이 대서사시는, 수많은 극적인 사건이 숨겨진 한 편의 연극처럼, 읽는 이를 거대한 감정의 파도 속으로 몰고 간다.

펄 S. 벅 지음 / 값 9,800원

골든혼의 여인

황금빛 물결 속에 피어난 인연의 꽃

이스탄불에 석양이 질 무렵 황금빛 물결을 출렁이는 골든혼. 그곳에서 운명 지어진 아시아데와 존 롤랜드, 그리고 망명지에서의 새로운 연인 하싸. 어디로 흐를지 알 수 없는 세 남녀의 조국, 미래, 사랑의 물결을 따라 새 희망을 꿈꾸며 떠나는 인생 항로의 여정……

쿠르반 사이드 지음 / 값 12,900원

열두 가지 이야기

삶을 어루만지는 모성적 따뜻함의 정수精髓

일상적 소재에서 신선한 감동과 삶을 이끌어낸 펄 벅의 열두 가지 단편이 담겨 있다. 단절과 소외, 의혹과 불안의 시대를 살아가는 현대인의 가슴속에 따뜻한 온기를 불어넣어 삶에 대한 긍정적인 감정을 일깨워주는 작품.

펄 S. 벅 지음 / 값 12,900원

만다라

**리얼한 구성과 섬세한 내면 묘사
인도의 근현대사 안에서 펼쳐지는 대서사 로망스!**

《대지》, 《북경의 세 딸》 등을 통해 전통과 현대가 충돌하는 지점에서 역동적으로 삶을 헤쳐 나가는 인물들을 보여주었던 펄 벅이 또 한 번 따뜻한 리얼리스트로 돌아왔다. 《만다라》는 그녀의 완숙한 통찰력이 돋보이는 후기작으로, 인도의 격동기를 살아가는 네 주인공의 인생과 사랑, 갈등과 번민을 그린다. 왕족의 권위를 벗어던지고 시대정신에 따르려는 라지푸트족의 위대한 왕 자가트, 체제순응자인 고결한 왕비 모티, 정체성을 찾아 방랑하다 오래된 나라 인도를 찾아온 미국여자 부룩 그리고 가난한 소수민족에게 영적 자비와 실질적 도움을 주려 애쓰는 영국인 신부 폴 등을 통해 시대와의 불화와 극복, 인종과 신분을 뛰어넘은 세기의 사랑, 주변국과의 전쟁과 영토분쟁의 현실, 환생으로 이어지는 인간의 끈질긴 관계 등을 생생히 보여준다.

펄 S. 벅 지음 / 값 12,000원

카불미용학교

눈물과 웃음, 그것이 우리들의 신입니다

아프간 여인들의 삶 속으로 들어간 데보라 로드리게즈의 다큐멘터리 기록 《카불미용학교》는 전쟁의 그늘 속에서 재기를 꿈꾸는 아프간 여성들을 위해 건설된 미용학교에서 벌어진 일들을 그린 논픽션 작품이다. 애절한 사랑을 가슴에 묻고 계약과 다름없는 결혼을 해야 했던 로산나, 그 외에도 미용학교 수업을 듣기 위해 탈레반 남편의 잔인한 폭력에 맞서야 했던 수많은 아내들처럼, 이 미용학교는 가슴 아픈 사연을 한 자락씩 품은 여성들의 이야기로 넘쳐흐른다. 이들은 미용기술과 더불어 우정, 그리고 자유가 무엇인지를 배워나가는 동시에, 전쟁의 포화 속에서도 인간적 삶을 놓치지 않으려 했던 아프간 사람들의 역사를 눈물과 웃음으로 털어놓는다.

데보라 로드리게즈 지음 / 값 10,000원

Miss 디거의 황금 사냥

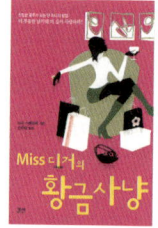

부유한 왕자님을 만나고 싶은가? 그렇다면 당신은 먼저 공주가 되어야 한다! 결과가 존재를 규명하는 것이 아니라, 존재가 결과를 불러온다. 공주처럼 생각하고 공주처럼 행동하고 공주처럼 존재하라! 이 책은 저자의 수많은 시행착오와 심리학적인 고찰을 통해 부유한 남자들의 본질을 해부하고, 그 위에 당당한 여성만의 깃발을 꽂았다. 생생한 에피소드와 저자 특유의 재치 있는 입담, 명쾌한 해법은, 저자가 직접 실천해서 성공한 '공주의 공식'과 '공주의 법칙'을 살아있는 것으로 만들고, 당신이 이를 적용하느냐 안 하느냐에 따라 관계의 재앙을 불러오거나, 관계의 열매를 맺을 수도 있다는 저자의 주장에 강한 힘을 실어준다.

도나 스팽글러 지음 / 값 9,800원

새해

남편의 숨겨진 아이를 찾아 떠나는 길고 긴 여행

이 책의 이야기는 단순하지만 가혹한 질문에서 시작된다. "만일 당신의 남편에게 숨겨진 아이가 있다면 당신은 어떻게 하겠는가?" 어느 날 사랑하는 남편과 평온한 생활을 꾸려오던 로라의 집에 편지 한 통이 도착한다. '그리운 아버지께'로 시작하는 편지는 평온했던 로라의 행복을 송두리째 앗아간다. 배신감을 느끼면서도 남편을 사랑할 수밖에 없는 로라는 남편의 숨겨진 아이를 만나기 위해 긴 여행을 떠나고, 고통 끝에 그 아이를 자신의 세계로 받아들임으로써, 인간의 삶은 노력을 통해서는 결코 완벽해질 수 없으며, 상실과 슬픔을 메울 수 있는 것은 결국 또 다른 사랑뿐이라는 오래된 진실을 들려준다.

펄 S. 벅 지음 / 값 9,500원

피오니

**유대인 남자를 사랑해 비구니가 될 수밖에 없었던
한 중국 소녀의 가슴아픈 사랑 이야기!**

소설 《피오니》는 유대인 가정에 팔려간 어린 중국 소녀 피오니의 삶과 사랑을 다룬 이야기로, 펄 벅 특유의 인생에 대한 통찰과 인간에 대한 따스한 시선을 물씬 느낄 수 있는 아름다운 소설이다. 주인공 피오니는 주인집 아들 데이빗을 어린 시절부터 가슴깊이 연모한다. 하지만, 신분과 종교의 벽은 번번이 그녀의 사랑을 가로막는다. 게다가 데이빗은 어머니가 선택한 랍비의 딸 리아와 자신이 반한 중국 여인 쿠에이란 사이에서 갈등하는데……

펄 S. 벅 지음 / 값 13,500원

동풍서풍

동양과 서양이 맞닿는 그곳에 당신이 있다

외국에서 서양식 교육을 받고 돌아온 의학자를 남편으로 맞은 중국 여인, 퀘이란이 전통적인 동양의 방식과 자유로운 서양의 방식 사이에서 갈등하다, 조금씩 조금씩 변화해가며 균형점을 찾아가는 과정을 그린 서간체 소설. 서양 여자를 아내로 맞으려는 퀘이란의 오빠와 전통을 고수하려는 기성세대 사이의 갈등, 또 변화에 직면한 20세기 초 중국인들의 사고방식과 생활풍습을 엿보는 묘미가 쏠쏠하다.

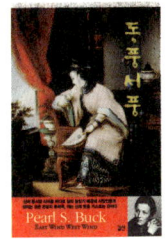

펄 S. 벅 지음 / 값 9,500원

여인의 저택

펄 벅의 수상(受賞) 소설들의 대부분은 중국의 평민들인 농부를 주로 다루고 있다. 그러나 이 작품은 부유하고 교양있으며 깨어 있는 정신으로 다양한 인간사를 경험하는 대지주 집안의 이야기를 다루고 있다. 소설은 중국의 모든 주택과 마찬가지로 단층짜리 방들로 둘러싸인 안뜰이 모여서 서로 좁은 길로 이어져 있는 대저택을 배경으로 하고 있다. 작품의 주인공인 우 씨 일가는 그 안에서 각 개인의 삶을 존중하는 가운데 삼대가 모여 산다. 독자들은 이 소설을 읽어가는 동안, 펄 벅이 중국에 대한 이야기뿐만 아니라 전 세계인 누구나 공감할 수 있는 남녀관계를 다루고 있음을 알게 될 것이다.

펄 S. 벅 지음 / 값 14,000원

싸우는 천사

작가 펄 벅이 쓴 선교사로서의 아버지의 삶을 회고한 글

넓고 광활한 중국대륙을 복음화 시키겠다는 소명을 갖고, 중국으로 건너간 펄벅의 아버지 선교사 앤드류는 혁명군의 총칼 아래에서도 자신의 선교의 소명을 결코 포기하지 않는 '투쟁하는 천사'였다. 그러나, 아내 캐리가 중병에 걸려 죽게 되고, 자신마저 젊은 선교사들에게 내몰려 강제 은퇴를 당할 위기에 놓이고 마는데……

펄 S. 벅 지음 / 값 14,000원

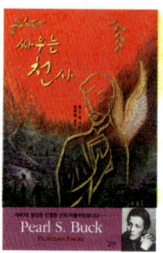

리앙家

중국과 미국을 배경으로 이어지는 전통과 진보 사이의 갈등

20세기 초, 미국에서 자라 성인이 된 리앙가의 4형제. 첫째와 둘째는 미국에서 태어났지만 본국인 중국으로 돌아가 살고 싶어 하고, 미국인으로서의 삶이 익숙한 셋째와 넷째는 공산주의화된 중국의 현실을 보고 이에 반대한다. 결국 이들은 중국으로 건너가게 되면서 변화에 대한 욕구, 전통을 지키고자 하는 과정에서 겪게 되는 좌절, 그 갈등 사이에서 정체성을 찾아가는 여정을 엿볼 수 있다.

펄 S. 벅 지음 / 값 18,000원

세 남매의 어머니

외딴 시골 마을에 사는 한 가난한 중국 여인네의 초상화. 20세기 초 중국의 어머니를 대변하는 이 여인네는 어느 날 갑자기 남편이 떠난 이후, 여자로서의 삶을 포기하고 어머니로서의 소박한 낙을 즐기며 살아가기로 하는데……. 이어지는 불행과 비극과 가난을 겪는 가운데에도 세 남매의 어머니로 꿋꿋이 삶을 헤쳐 나가는 모습에서 우리네 어머니의 모습을 엿볼 수 있다.

펄 S. 벅 지음 / 값 12,000원

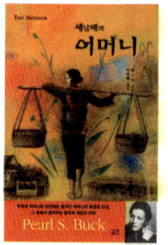

용의 자손

참혹한 전쟁의 소용돌이에 휘말린 중국 농촌마을, 그 속에서 땅과 나라를 지키려 몸부림치는 한 가족의 눈물겨운 투쟁사

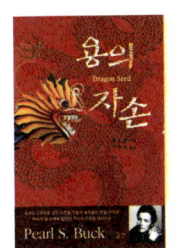

1차 세계대전의 화마를 피하고자 중립을 선언한 중국은 오히려 일본의 침략야욕에 노출된다. 폭력, 살인, 겁탈, 약탈 등 온갖 횡포를 일삼는 적군에 맞서 오로지 땅을 지켜내기 위해 싸우는 '링탄' 네 가족들. 그중 남자이면서도 왜군에게 성폭행을 당해 상처받은 영혼 '라오산'이 처참한 전쟁 속에서도 하늘이 정해놓은 운명 같은 사랑을 마침내 완성해가는 모습은 인간에 대한 작가의 진한 애정을 느끼게 한다.
40여 년을 중국에서 살아온 펄벅은 《용의 자손》을 통해 전쟁이란 윤리나 정치의 반성으로는 치유될 수 없는 상처일 뿐이라는 사실을 다시 한 번 되뇌게 하고 있다.

펄 S. 벅 지음 / 값 15,000원

중국을 변화시킨 청년, 쑨원

삼민주의를 꿈꿨던 중국 최고의 모던보이

이 소설은 중국 근대화의 아버지이자 '삼민주의'로 널리 알려진 쑨원의 격동기를 재현한 작품으로서 펄 벅의 중국 역사에 대한 농후한 통찰력을 엿볼 수 있다. 19세기 말, 외국 열강의 식민지와 다름없었던 중국에서 쑨원은 조국의 근대화와 통일이라는 거대한 목적을 이루고자 했고 일생을 바쳐 자신의 과업에 충실했다. 이 책은 쑨원의 발자취를 연대순으로 세심하게 따라가면서, 중국의 영웅으로 추앙받을 수 있었던 높은 이상과 참된 정신, 나아가 그의 인간적 고뇌를 충실하게 그려냈다.

펄 S. 벅 지음 / 값 9,000원

여신

"하나의 사랑이 또 다른 사랑의 자리를 대신할 수는 없어. 각각의 사랑이 나름대로 풍요로워질 뿐이지."

한 남자의 아내로, 아이들의 엄마로 살아온 중년 여인 에디스. 평범했던 결혼 생활이 끝나자 갑작스런 외로움과 혼란에 빠져 지내던 중 노년의 철학자와 매혹적인 청년을 만나게 되면서 한 여성으로서의 삶과 진정한 사랑을 추구하는 여정을 시작하게 된다. 여성 내면의 심리묘사가 돋보이는 자서전적이고도 철학적인 사랑에 대한 탐구.

펄 S. 벅 지음 / 값 9,500원

城의 죽음

영국의 고성古城을 뒤흔들어놓은 신대륙의 사랑!

왕의 후손으로 5백 년 넘은 스타보로 성을 상속받은 리처드 경은 전통과 영속성이라는 영국적 가치를 소중히 여기는 늙은 성주다. 그러나 바다 건너 신대륙에서 현대화의 활기찬 물결이 밀어닥치면서 성을 유지할 수 있는 수입원을 잃고 몰락하게 된다. 어느 날, 평등과 합리라는 새 가치를 추구하는 미국 청년 블레인이 이곳을 찾아든다. 얼마 안 가 그는 이 성의 비밀을 간직한 아름다운 하녀 케이트와 사랑에 빠지게 되는데……. 영국의 고성(古城)이라는 특별한 공간 안에서 풀어낸 이 소설은 수천 년간 얽혀온 성의 슬픈 비밀과 젊은 남녀의 희망적 사랑을 통해 새로운 미국적 가치와 깊은 영국적 가치의 합일에 대한 염원을 드라마틱하게 풀어가고 있다.

펄 S. 벅 지음 / 값 12,000원

건너야 할 다리

《건너야 할 다리》는 살면서 겪는 여러 일들, 그러니까 사랑과 이별, 낙천적인 소망과 슬픔, 그리움과 쓸쓸함이 잔잔하게 그린 소설이다. 자극적인 사건 없이 사람들과 부대끼면서 느끼는 감정들과 회환을 그린 소설이다. 몸 담고 있는 세상을 충실하게 껴안는 소설이면서, 눈에 보이지 않는 세상에 말을 거는 소설이다.

펄 S. 벅 지음 / 값 14,000원

어서 와요, 나의 연인

**잔잔하고도 뜨거운 갠지스 강변,
4대에 걸쳐 흐르는 영혼과 자유의 드라마!**

펄 벅의 대표작 《대지》에 비견할 만한 웅장한 스토리에 종교와 영혼의 자유라는 심도 깊은 주제를 다룬 이 작품은, 인도에서 펼쳐지는 한 가문의 4대에 걸친 잔잔하고도 열정적인 드라마를 다채롭게 수놓아간 보기 드문 대작이다.
19세기의 마지막 10년이 남은 시점, 뉴욕의 성공한 사업가인 맥카드, 사랑했던 아내 레일라를 잃고 외아들 데이빗과 인도행을 결정한다. 깊은 상실감 가운데 인도 방문에서 영적인 감복을 받은 그는 선교사를 키워 인도에 복음을 전파하고자 한다. 그러나 이는 엉뚱한 결과를 낳게 되는데…….

펄 S. 벅 지음 / 값 15,000원

타향살이

척박한 땅에 울려 퍼진 희망과 희망의 노래

이 소설은 선교를 위하여 조국을 떠난 이민자 가정에서 자란 딸의 시선으로 바라본 어머니의 삶을 그리고 있다. 가난과 굶주림, 질병과 무지로 점철된 척박한 중국 땅에서 소외된 이들을 사랑으로 어루만지고 치유하려 했던 어머니의 헌신적인 일생을 담담히 그려내고 있다.

펄 S. 벅 지음 / 14,000원

숨은 꽃

"주일미군 소위와 일본 여대생의 이루지 못한 사랑 이야기"

이 소설은 전후 점령군으로 일본에 부임한 미군 소위 앨런 캐네디와 꽃다운 일본 여대생 조스이 사카이의 사랑 이야기이다. 조스이에게 첫눈에 반해버린 앨런은 그녀의 사랑을 얻어내지만 두려움 없던 이들의 사랑은 미국에서 엄청난 시련을 겪게 된다. 유색인종과의 결혼을 반대하는 부모의 극심한 반대에 무릎을 꿇고 만 그들의 사랑이 남긴 것은 숨은 꽃, 아니 숨을 수밖에 없었던 아름다운 꽃 한 송이였다.

펄 S. 벅 지음 / 15,000원

펄 벅 시리즈

노벨문학수상작가
펄 벅이 돌아오다!

따뜻한 사랑과 화해를 향한 갈구, 역사와 인간에 대한 깊이 있는 시선으로
20세기의 고전을 빚어낸 "꿈의 스토리텔러 펄 벅"

기쁨과 슬픔을 집대성한 인류역사 소설
이야기 성서

꽃과 칼날의 여인, 서태후!
연인 서태후

소리 없이 찾아드는 대반전의 밤
북경의 세 딸

새해

동풍서풍

싸우는 천사

세 남매의 어머니

청년 쑨원

城의 죽음

어서 와요, 나의 연인

숨은 꽃

여자의 눈물은 사탄이 소유한 최고의 무기
사탄은 잠들지 않는다

삶을 어루만지는 모성적 따뜻함의 정수(精髓)
열두 가지 이야기

가늠할 수 없는 억겁의 사랑 그리고 꿈
만다라

피오니

여인의 저택

리앙家

용의 자손

여신

건너야 할 다리

타향살이

약속

2012년까지 펄 벅의 전집이 도서출판 길산에서 출간됩니다.

펄벅문화원 Pearl S. Buck Literary Institute